Les cathédrales du vide

DU MÊME AUTEUR

AUX ÉDITIONS FLAMMARION

Le Testament des siècles, 2003

Le Syndrome de Copernic, 2007

Le Rasoir d'Ockham, 2008

Les Cathédrales du vide, 2009

L'Apothicaire, 2011

Le Mystère Fulcanelli, 2013

Nous rêvions juste de liberté, 2015

J'irai tuer pour vous, 2018

AUX ÉDITIONS J'AI LU

GALLICA

1. *Le louvetier*
2. *La voix des brumes*
3. *Les enfants de la veuve*

LA MOÏRA

1. *La louve et l'enfant*
2. *La guerre des loups*
3. *La nuit de la louve*

SÉRUM - Saison 1

avec Fabrice Mazza

Épisode 1

Épisode 2

Épisode 3

Épisode 4

Épisode 5

Épisode 6

AUX ÉDITIONS BRAGELONNE

La Moïra, édition intégrale

Gallica, édition intégrale

Site officiel de l'auteur
www.henriloevenbruck.com

Henri Lœvenbruck est membre
de la Ligue de l'imaginaire
www.la-ldi.com

HENRI LŒVENBRUCK

Les cathédrales du vide

J'AI LU

Tout le secret de la vie se réduit à ceci : elle n'a aucun sens, chacun de nous, pourtant, lui en trouve.

Cioran

PREMIÈRE PARTIE

NIGREDO

01.

La nature a horreur du vide. Moi aussi.

Le vertige est l'expression de notre rapport complexe au vide. On éprouve devant lui la haine de l'ennemi, la peur de l'inconnu et l'attraction du danger. Avoir le vertige, c'est aussi goûter l'excitation que procure l'appel du gouffre : celui qui l'affronte, les jambes tremblantes, peut éprouver soudain l'irrésistible envie de l'embrasser. Pourquoi ? Pour y reconnaître, peut-être, le lieu secret de notre origine et de notre destination.

On fait des choses folles, par fascination du vide.

02.

En refermant derrière lui la lourde porte en fer, Charles Lynch savait pertinemment qu'il n'avait que deux issues possibles : la liberté ou la mort.

Sortir du complexe souterrain ou y disparaître à jamais.

Le sang battait dans ses tempes et sa poitrine avec la cadence inquiétante d'un tambour funèbre et le couloir qui s'ouvrait devant lui avait tout d'un corridor de la mort. Il tenta de ne pas se laisser impressionner ; il était trop tard pour renoncer.

L'homme inspira profondément, serra les poings et se dirigea de l'autre côté, en marchant d'abord, soucieux de ne pas faire de bruit, puis de plus en plus vite. L'urgence, désormais, l'emportait sur la prudence.

L'écho de ses pas s'éleva au milieu des murs de béton gris. Quelques mètres seulement le séparaient de la porte qui – il en était presque certain – le mènerait enfin là-haut, dehors, à la surface. Où exactement ? Dans quelle ville ? Quelle région ? Il n'en avait pas la moindre idée. Il n'était même pas sûr de savoir quel pays. Mais à la lumière du jour, sans aucun doute. Cette lumière qu'il n'avait pas vue depuis déjà deux mois.

L'esprit partagé entre l'espoir d'une délivrance prochaine et la peur d'être pris avant d'avoir pu sortir, les yeux rivés sur le boîtier électronique qui verrouillait la serrure, il continua sa course. Il ne restait plus qu'une vingtaine de mètres. Quelques foulées. Mais cela faisait si longtemps qu'il n'avait pas eu à courir ainsi ! Du haut de ses soixante-cinq ans, Charles Lynch n'avait jamais été un grand sportif et le souffle commençait à lui manquer. Il ne ralentit pas pour autant : tout se jouait maintenant, dans ce dernier effort.

Soudain, une sirène aiguë retentit et deux lampes se mirent à clignoter aux extrémités du couloir, illuminant le sol de leur lumière rouge à intervalles réguliers. Lynch accéléra.

Sa fuite avait été découverte, bien sûr. D'ailleurs, il n'avait pas douté un seul instant que les gardes finiraient par repérer son sabotage des caméras de surveillance. Simplement, tout était une question de temps. De secondes, peut-être.

Arrivé au bout du tunnel, il se précipita vers le cadran qui jouxtait la serrure. Il souleva le petit couvercle en plastique transparent et se frotta les paumes pour essuyer la transpiration. Puis, d'un geste mal assuré, il commença à entrer la combinaison. Son cœur battait à tout rompre. Son bras tout entier tremblait. Et si sa reprogrammation du code avait échoué ? Si les gardes avaient eu le temps de réinitialiser le système de sécurité ? Alors tous ces efforts, ce stratagème méticuleusement préparé, auraient été vains…

Non. Il devait réussir. Rejoindre le monde du dehors, avoir au moins le temps de prévenir quelqu'un, d'appeler au secours. C'était tout ce qu'il demandait. Pour lui, pour sa fille, et pour les autres encore enfermés à l'intérieur.

Le cri lancinant de l'alarme agressait ses oreilles. Il serra les dents et enfonça une sixième fois la touche pour compléter le code qu'il avait lui-même modifié. *110184*. La date de naissance de sa fille.

Il y eut une seconde de silence, qui lui parut durer une éternité. Un grésillement électrique s'échappa de la serrure, puis, enfin, le cliquetis libérateur : les pênes cylindriques se dégagèrent lentement de la gâche.

Charles Lynch tira sur l'imposante poignée et la porte s'ouvrit dans un grincement discordant, révélant les larges marches d'un escalier en vieilles pierres, plongé dans la pénombre.

L'homme fronça les sourcils. L'odeur humide, les toiles d'araignées, la poussière au sol… Tout jurait avec l'environnement dans lequel il vivait depuis deux mois ; il ne s'était pas attendu à un tel décor. En vérité, il avait espéré trouver tout de suite la lumière du jour, mais sans doute allait-il falloir chercher plus loin encore. Ne pas perdre courage : tout en haut de ces dernières marches, sa délivrance l'attendait sûrement. Il se glissa de l'autre côté de la porte.

Les jambes vacillantes, les poumons oppressés par l'angoisse, il commença à monter prudemment. Les murs de béton du sous-sol, droits et rugueux, avaient cédé la place aux parois inégales d'un bâtiment très ancien. La paume droite plaquée contre les pierres grossièrement taillées, il essaya d'accélérer la cadence de ses pas sans perdre l'équilibre. Mais alors qu'il gravissait les premières marches, il entendit soudain l'écho de cris furieux dans le couloir derrière lui.

Les gardes étaient déjà là, sur ses traces.

Aussitôt, les battements de son cœur redoublèrent d'intensité. Sa mâchoire se crispa. Il avait encore une chance.

Grimpant les marches deux par deux, oubliant tout le reste, il se propulsa vers le haut de l'escalier. Se dessinant dans l'obscurité, il devina bientôt une petite porte en bois abîmée. Il franchit les derniers mètres et l'ouvrit sans hésiter.

Le spectacle qu'il découvrit alors le subjugua totalement. Il resta bouche bée, incrédule, comme envoûté par ce décor inattendu.

Autour de lui se dressait l'intérieur majestueux d'une immense cathédrale en ruine.

Une authentique cathédrale gothique.

Le contraste avec la modernité du complexe souterrain lui parut invraisemblable. Et pourtant, il ne rêvait pas. La clarté colorée d'un soleil radieux inondait le transept à travers de grands vitraux brisés. Au milieu des décombres, envahis par les plantes, on devinait stalles, statues, bénitiers, retable... Des lianes, aussi droites que les larges piliers sculptés qu'elles semblaient imiter, quadrillaient l'espace en traversant les zones d'ombre et de lumière. Le sol était jonché de pierres, des blocs entiers tombés de la voûte et couverts de limon. Ici et là traînaient des chaises en bois renversées, des pupitres...

Charles Lynch fut tiré de sa stupeur immobile par le bruit des pas derrière lui. Les gardes allaient le rattraper, ce n'était pas le moment d'admirer l'architecture du lieu saint. Il se précipita vers la grande porte tout au bout de la nef. La lumière du jour se glissait par les ouvertures autour du grand panneau de bois.

Enjambant les débris, il descendit le bas-côté au pas de course. Quand il fut enfin devant la sortie, il aperçut derrière lui la silhouette des gardes qui venaient d'arriver dans la pénombre du transept.

Il se faufila alors entre les deux immenses battants du portail. Aussitôt, il dut faire volte-face et cligna des paupières pour s'habituer à la lueur éblouissante de ce soleil depuis trop longtemps disparu. Puis, lentement, il découvrit l'incroyable décor alentour.

Ce fut comme s'il recevait un second coup de poignard dans le cœur. Ce qu'il affrontait du regard était tout aussi inconcevable que l'intérieur de la cathédrale. Il fut pris de vertige. Ses épaules s'affaissèrent, comme chargées soudain du poids de l'humanité tout entière.

Dans un air saturé d'une chaleur moite, étouffante, se croisaient une infinie diversité de plantes et d'arbres démesurés, tous plus verts les uns que les autres. Lianes, fougères, rouges acajous, cèdres, arbres fruitiers... Et au milieu de ces géants verticaux résonnaient les cris inquiétants d'une faune invisible.

Charles Lynch comprit aussitôt, accablé, qu'il était perdu au cœur même de la forêt amazonienne. À mille lieues, sans doute, de la moindre habitation, du moindre secours possible. Ce qu'il ne parvenait à s'expliquer, c'était ce qu'une cathédrale gothique pouvait bien faire ici, égarée en pleine jungle.

Mais ces questions, il devrait y répondre plus tard. Car à présent, une seule chose comptait.

Fuir. Fuir et survivre.

03.

En arrivant au milieu du chœur, dans un halo de lumière violacée, le premier des gardes ordonna aux autres de s'arrêter. Il porta la main à sa ceinture et se saisit d'un émetteur-récepteur de petite taille.

— Il s'est enfoncé dans la jungle, annonça-t-il en appuyant sur le bouton de communication. Qu'est-ce qu'on fait ? On l'abat ? À vous.

Une voix nasillarde ne tarda pas à répondre.

— Non. Revenez à l'intérieur. Il n'ira pas bien loin.

Le garde éteignit l'appareil et le remit à sa ceinture. Il posa un regard circulaire sur l'immense vaisseau de pierre, sur ces murs ancestraux où la nature, progressivement, avait repris ses droits.

Il poussa un soupir puis fit signe à ses hommes de le suivre. Ils rangèrent leurs armes et, sans mot dire, retournèrent vers la petite porte en bois.

Alors qu'au-dehors s'élevait la plainte douloureuse d'un condor perché sur la plus haute flèche de l'édifice, les quatre silhouettes disparurent dans les entrailles de la cathédrale oubliée.

04.

Charles Lynch courait depuis plusieurs minutes déjà quand sa vue, soudain, se troubla. La forêt, tout autour de lui, parut se dédoubler un instant. Le souffle court, les muscles engourdis, il s'arrêta et, courbé en deux, s'appuya sur le tronc rugueux d'un arbre immense.

Lentement, il retrouva une respiration plus régulière. Il se redressa et regarda en arrière. L'improbable cathédrale avait disparu depuis longtemps derrière le rideau opaque de la jungle. Les gardes avaient perdu sa trace. En tout cas, il ne les avait pas vus ni entendus depuis qu'il avait quitté l'édifice. Mais était-ce une raison pour se réjouir ? Après tout, que pouvait-il espérer, maintenant ?

Il n'avait pas la moindre idée de l'endroit exact où il se trouvait. En forêt amazonienne, certes, mais où ? Près du Pacifique, sans doute. Pérou ? Équateur ? Colombie ? Quoi qu'il en fût, à en juger par la densité de la végétation, les chances de tomber sur une ville ou même un village à proximité étaient faibles. Et surtout, combien de temps pourrait-il continuer sans eau, sans nourriture ? Éreinté par sa fuite, il éprouvait déjà de nombreux signes de faiblesse.

Pourtant, il n'avait pas le droit d'abandonner. C'eût été trop stupide. À présent qu'il était parvenu à fuir, il devait trouver un moyen de prévenir quelqu'un. Les autorités en France. Ou au moins sa fille.

Il plongea une main dans la poche de sa veste et en extirpa son portefeuille en cuir. Les doigts tremblants, il saisit une photo froissée où on la voyait, si belle, posant devant le photographe avec un sourire de femme. Où était-elle à cet instant ? Le cherchait-elle ? S'était-elle inquiétée de sa disparition ?

La gorge nouée, il remit le cliché de sa fille en place, rangea le portefeuille et reprit sa route. Il avança, incertain, dans l'enchevêtrement des plantes. Mais après quelques pas à peine, sa tête se remit à tourner et il sentit le sol vaciller sous ses pieds. Il perdit l'équilibre et s'écroula.

Péniblement, il se tourna sur le dos, les yeux écarquillés. Il crut d'abord que c'était la fatigue, que ses jambes, après une si longue course, ne pouvaient simplement plus le porter. Mais rapidement, sa vue se troubla plus encore. La végétation devant lui se confondit avec les petits bouts de ciel qui apparaissaient au-delà des cimes tremblantes.

Il poussa un râle enragé. Que se passait-il ? Ce ne pouvait pas être la fatigue. C'était autre chose.

Quelque chose de plus grave. Il ferma les yeux et les ouvrit à nouveau. Rien n'y faisait. Sa vision ne cessait de s'empirer. Bientôt, le flou devint hallucination. Le bruit des bêtes sauvages s'éleva dans un écho indistinct. Il vit les lianes s'allonger, bouger, devenir serpents. Des gouttes de sueur bouillantes perlèrent sur son front. Au prix d'un effort surhumain, il releva la tête. Il vit alors ses propres mains, serrées sur ses cuisses, qui semblaient se déformer, ses doigts qui s'effilaient comme les griffes d'un rapace.

Il tenta de se remettre debout, mais ses jambes refusèrent de bouger. Alors la panique le gagna.

Petit à petit, il sentit la paralysie gagner chaque partie de son corps, ses bras, ses épaules, son torse, et remonter progressivement vers son cœur. Sonores comme de grands coups de gong, les pulsations s'espacèrent de plus en plus. Sa vue se brouilla tellement que le monde au-dessus de lui ne fut soudain plus qu'une palette de couleurs nuageuses.

Puis son muscle cardiaque s'arrêta de battre. Totalement.

Alors que Charles Lynch rendait son dernier souffle, il vit se dessiner, dans un halo de lumière, les contours du visage de sa fille. Ses grands yeux noirs. Son regard suppliant. Les lèvres de la jeune femme se mirent à trembler, et il lui sembla entendre sa voix. Des paroles confuses. Qu'il ne sut déchiffrer.

Et puis, enfin, il mourut.

05.

C'était encore un été de canicule, un signe de plus, comme une nouvelle grimace que la planète adressait à la négligence de ses arrogants occupants.

Paris, un peu floue, vacillait sous les nappes d'air chaud qui remontaient de l'asphalte.

Quiconque aurait connu Ari Mackenzie quelques mois plus tôt aurait constaté que l'homme qui venait de prendre place à une table derrière la vitre du *Sancerre* n'était plus que l'ombre de lui-même. Mais ici, au cœur du quartier des Abbesses, les gens ne l'avaient jamais vu sous un autre jour. Les employés de ce bar à la mode avaient pris l'habitude de voir arriver chaque jour, au milieu de l'après-midi, cet homme approchant la quarantaine, les yeux bleus cernés affichant un regard amer, les joues mal rasées, une épaisse chevelure poivre et sel coiffée en bataille. Accoutré de ses éternels jean foncé et chemise blanche ouverte, il lisait en silence le *Libération* du jour ou quelque roman contemporain de littérature américaine en enquillant *single malt* et cafés noirs jusqu'à repartir, titubant, vers la place Émile-Goudeau quand la nuit était enfin tombée sur la butte Montmartre.

— Tiens, Mackenzie ! Je croyais que vous repreniez le travail aujourd'hui ?

Bénédicte et Marion, les deux serveuses les plus régulières du *Sancerre*, étaient les rares de tout le quartier à être parvenues, après quelques semaines, à briser la glace avec ce client bourru et silencieux, qui n'ouvrait d'ordinaire la bouche que pour commander un autre whisky.

Ari laissa tomber son journal sur la table et releva lentement la tête vers la jeune femme.

— Bonjour Béné.

— Alors ? Ils n'ont pas voulu vous reprendre ?

— Le docteur a prolongé mon arrêt maladie de deux semaines.

— Oh ?

— Ouais. Je lui ai dit que j'avais gardé mon arme de service et qu'hier soir j'avais taillé une pipe à un canon de 9 mm.

— Très élégant. Mais, j'ai envie de dire, si vous êtes encore là, ça prouve au moins une chose...

— Que je tiens à la vie ?

— Oui... Ou bien que vous n'êtes pas très doué pour les pipes.

Mackenzie esquissa un sourire. Bénédicte était l'une des seules personnes encore capables de lui faire travailler les zygomatiques. Cette grande brune aux cheveux courts ébouriffés, svelte et sèche comme une coureuse de fond, aux traits fins et à l'allure soigneusement négligée, avait un humour pince-sans-rire et un cynisme désabusé qui ne pouvaient que plaire à ce vieil ours désenchanté. Il avait l'impression de la connaître depuis la nuit des temps, comme une sœur presque, et se délectait de sa désinvolture et de ses tics de langage, tel ce « j'ai envie de dire » qu'elle plaçait à tout bout de champ.

— Bon. Un whisky ?

— *What else*[1] ? répliqua Ari dont on avait pu dire, avant que son léger embonpoint ne le trahît quelque peu, qu'il avait de faux airs de George Clooney, en plus petit...

— Un Aberlour, je suppose ?

— Le patron ne s'est toujours pas décidé à commander du Caol Ila ?

— Je vous l'ai déjà dit, Ari : vous avez à peu près autant de chance d'avoir un Caol Ila ici que moi une augmentation...

— Bon, alors va pour votre Aberlour.

— Sans glace et avec un verre d'eau... C'est parti.

La serveuse fit volte-face et partit chercher la commande. Mackenzie la regarda s'éloigner dans sa robe moulante de laine grise et légère, laissa traîner son regard sur ses petites fesses musclées, puis se replongea en soupirant dans son article sur les

1. « Quoi d'autre ? », référence à une publicité interprétée par l'acteur américain George Clooney.

dessous de la flambée du pétrole. Cela faisait des semaines que la presse ne parlait plus que de cela et chaque jour le prix du baril d'or noir battait de nouveaux records.

En plein juillet, à 15 heures, toutes les terrasses des cafés de la rue des Abbesses étaient noires de monde, quel que fût le jour de la semaine. Assez peu de touristes, finalement, mais plutôt des habitués, essentiellement des trentenaires qui, depuis quelques années, s'appropriaient le quartier, à deux pas du Paris d'*Amélie Poulain*. Des artistes, des chanteurs, des comédiens, des réalisateurs, des peintres, des travailleurs indépendants officiant dans la pub, la communication, les RP, des jeunes couples branchés... le parfait panel des bourgeois bohèmes, comme on les appelait dans les magazines. Et puis il y avait les figures plus anciennes des Abbesses, qui faisaient partie du décor et que les plus jeunes avaient adoptées. Les petits commerçants d'hier qui faisaient de la résistance, une vieille entraîneuse remontée de Pigalle et qui portait encore des robes dont la vulgarité était effacée par le retour de la mode kitsch, un parolier dont tout le monde fredonnait les chansons mais dont personne ne connaissait le visage, quelque actrice de théâtre retraitée arborant un boa comme un trophée rapporté de ses belles années sur les planches, deux musiciens roumains dont le violon et l'accordéon donnaient des accents tziganes aux classiques de la chanson populaire réaliste, un grand acrobate africain qui portait sur sa tête un poisson rouge tournoyant dans un bocal, et deux ou trois SDF à qui l'on glissait de temps en temps une pièce ou une cigarette...

Ari, qui cherchait un peu de calme, s'installait toujours à la même table, à l'intérieur, loin des bruits de la rue, et ne sortait que pour fumer ses cigarettes. Il pouvait rester des heures entières à s'amuser des jeux de flirt auxquels se livraient les clients en terrasse, avec leurs lunettes de soleil disproportionnées, leurs décolletés plongeants, leurs T-shirts moulants, leurs téléphones portables dernier cri, leurs rires un peu forcés, leurs échanges de regards, leur quête d'attention... C'était la comédie vivante de l'amour courtois, transposé au XXIe siècle. Contrairement à ce que l'on aurait pu croire, le regard qu'Ari posait sur ses contemporains n'avait rien de condescendant, loin de là. Il éprouvait pour cette faune étrange une tendresse toute fraternelle, et peut-être même un peu d'envie. En vérité, un seul être lui manquait qui l'empêchait de quitter l'intérieur du bar pour se plonger parmi les siens. La solitude d'Ari était pleine du souvenir d'une femme de dix ans sa cadette. Lola. Le seul, l'unique amour véritable qu'il s'était jamais accordé, et qu'il avait si lamentablement gâché, incapable de s'ouvrir totalement, incapable de se débarrasser de sa peau de vieil ours pour offrir à cette jeune femme la vie simple dont elle rêvait en silence. Par peur, peut-être, d'un changement trop radical : être heureux.

Il en était à son troisième whisky et s'était lancé dans la lecture d'un livre de poche quand un homme en costume noir fit irruption dans le bar et se dirigea tout droit vers sa table. Ari ne le remarqua que quand il prit place à ses côtés.

— Vous saviez que Chuck Palahniuk avait commencé comme mécanicien avant que ses livres deviennent des best-sellers ?

Mackenzie haussa un sourcil.

— Euh, non. Et vous êtes ?

L'homme, la quarantaine, de grosses lunettes carrées, une épaisse chevelure brune et bouclée, parlait avec un léger accent belge.

— Willy Vlaeminck. Je travaille pour le SitCen...

— Le quoi ?

— Le SitCen : *European Union Joint Situation Centre*[1]. Allons, vous avez sûrement déjà eu affaire à nous, commandant Mackenzie.

Ari grimaça. L'organigramme des services de renseignements de l'Union européenne était une telle nébuleuse qu'il n'était pas certain de se souvenir des attributs de ce service-là, dont le nom, à la réflexion, lui disait effectivement quelque chose.

Pendant toutes les années où il avait dirigé le « groupe sectes » au sein de la section Analyse et prospective des Renseignements généraux français, Mackenzie n'avait jamais éprouvé le besoin ni l'envie de collaborer avec les services européens. Pour tout dire, il n'avait presque jamais collaboré avec quelque service que ce fût, préférant travailler seul et jouissant en outre d'une réputation suffisamment sulfureuse pour que nul ne se risquât à faire le premier pas. Le commandant Mackenzie ne traînait pas derrière lui le surnom de *loup solitaire* pour rien.

— Ah. Génial. Mais je ne suis pas en service, là, maugréa-t-il en faisant mine de se replonger dans son roman.

— C'est pour ça que je suis ici.

— Vous me dérangez.

— Votre nouvel arrêt de travail se termine dans deux semaines, Mackenzie. Vous allez bien devoir accepter d'intégrer la DCRI[2] dès votre retour. J'ai entendu dire que votre « groupe sectes » allait être supprimé et que vous alliez devoir rejoindre une

---

1. Centre de situation conjoint de l'Union européenne, service de renseignements rattaché au Secrétaire général adjoint de l'UE, comprenant une cellule de renseignement civil, une cellule antiterroriste et une cellule communications.

2. Direction centrale du renseignement intérieur, service de renseignement du ministère de l'Intérieur français, né en juillet 2008 de la fusion entre la Direction de la surveillance du territoire (DST) et de la Direction centrale des Renseignements généraux (DCRG).

nouvelle section. Dieu sait laquelle. Entre vous et moi, je comprends vos réticences. Cette nouvelle structure ne favorise guère les anciens des RG…

Ari ne put réprimer un rire moqueur.

— J'y crois pas ! lança-t-il. Un service de renseignements européen qui me fait du lèche-bottes ! Vous n'êtes quand même pas ici pour me proposer du boulot, j'espère ?

Le Belge fit mine de ne pas relever.

— Depuis les attentats de Madrid, l'Union européenne s'est décidée à se doter d'un service digne de ce nom à Bruxelles. Nous bénéficions d'un accroissement de nos moyens, d'un élargissement de nos mandats et d'un renforcement de nos capacités opérationnelles… Nous sommes en phase de recrutement et, en effet, pour ne rien vous cacher, nous pourrions avoir besoin d'un analyste comme vous.

— Un analyste comme moi ? ironisa Mackenzie. Vous voulez dire alcoolique, caractériel, insubordonné et avec la plus mauvaise réputation au sein des Renseignements français, voire de toute la Police nationale ? Vous êtes très perspicace, dites-moi… Un vrai chasseur de têtes ! Ne le prenez pas mal, hein, mais comme dirait Groucho Marx, je n'ai pas la moindre envie d'entrer dans un club qui accepterait parmi ses membres un type de mon acabit.

— Nous connaissons parfaitement vos états de service, Mackenzie. La mission de démilitarisation à laquelle vous avez participé en 1992 au sein de la FORPRONU, les nombreuses notes de synthèse que vous avez ensuite rédigées aux RG dans le cadre de la vigilance contre les dérives sectaires et votre participation à la résolution de l'affaire des carnets de Villard de Honnecourt[1]…

---

1. Voir *Le Rasoir d'Ockham*.

— Oui, oui, ça va, je connais ma propre biographie, je vous remercie...

— Vous êtes à la fois un excellent analyste et un homme de terrain. Un profil assez rare. Et votre connaissance des milieux ésotéristes est assez unique. Vos méthodes sont loin d'être conventionnelles, en effet, mais nous sommes davantage intéressés par les résultats...

— Pas moi. Ce qui m'intéresse, moi, c'est le procédé de distillation du *single malt* en Écosse. Mais vous êtes belge, vous, vous y connaissez sûrement que dalle à l'Écosse.

— Je m'y connais mieux en bière, je dois l'admettre. Allez... Arrêtons les conneries.

À cet instant, la voix et le visage de Vlaeminck se transformèrent, comme s'il se délestait de l'accent officiel, presque protocolaire, dont il avait usé jusqu'alors. Il se mit à parler à Ari sur le ton de la confidence, de la camaraderie.

— Vous adorez votre boulot, Mackenzie. Ce qui vous emmerde, c'est pas le fond, c'est la forme : la structure dans laquelle vous êtes obligé de bosser. Et encore plus depuis la fusion des services de Renseignements intérieurs français. Nous, ce qu'on vous propose, c'est un cadre beaucoup plus souple. Au SitCen, vous ne dépendriez que d'une seule personne : le Secrétaire général adjoint du Conseil de l'Union européenne. Pas d'autre intermédiaire. Pas de hiérarchie alambiquée, pas de bureaucratie.

— Eh bien, dites-moi, ça risque d'être un sacré bordel votre truc !

Le Belge poussa un soupir las.

— Mackenzie, je sais très bien pourquoi vous êtes dans ce café, en train d'enchaîner les verres de whisky.

— Ah ouais ?

— J'ai lu les rapports du psy.

— Vive le secret professionnel !

— Il n'y a qu'une seule chose qui peut vous sortir de votre dépression : le boulot. Il n'y a rien de tel pour guérir du mal dont vous souffrez...

La suffisance de son interlocuteur commençait à sérieusement agacer Ari.

— Le mal dont je souffre ? Mais qu'est-ce que vous en savez ?

— J'en sais bien plus que vous ne le pensez...

— Ah ouais ? Merde ! Mais c'est que j'ai affaire à un authentique espion !

— Je sais que vous vous êtes séparé de Dolorès Azillanet, la libraire que vous appelez Lola et avec laquelle vous avez vécu pendant quelques mois après l'affaire des carnets de Villard de Honnecourt. Je sais que vous avez quitté le quartier de la Bastille pour vous installer ici, aux Abbesses, dans le seul but de vous éloigner d'elle. Et je sais qu'elle vous a quitté parce que vous ne pouvez pas vous résoudre à vous engager sérieusement avec elle, vous marier, faire des gosses, tout le toutim... Vous êtes flic, Ari. Flic avant tout. Croyez-moi, je sais très bien ce que vous vivez. Et il n'y a qu'un remède : le boulot.

Ari but une gorgée de whisky sans quitter l'agent belge des yeux. Il aurait aimé, là, tout de suite, lui décocher un direct du gauche et lui écraser la tête contre la table, mais il s'était attaché à ce bar et n'avait pas envie de s'en faire refuser l'entrée à jamais.

— Franchement, Mackenzie, ne me dites pas que vous préférez prendre un poste bidon à la DCRI plutôt que d'entrer dans des services européens où vous disposerez de plus de moyens et de liberté ? Vous leur devez quoi, aux services français ?

L'analyste finit son verre de whisky, glissa une cigarette dans sa bouche, ramassa son livre et se leva.

— Monsieur, votre offre ne m'intéresse pas. Merci beaucoup et au revoir. Ah, et j'oubliais : allez vous faire foutre.

L'agent attrapa Ari par l'avant-bras pour le retenir.

— Attendez, Mackenzie. Si on a pensé à vous, ce n'est pas tout à fait par hasard.

Ari leva les yeux au plafond et laissa ses épaules s'affaisser dans un signe de profonde lassitude. Mais le Belge continua.

— Le ministère de l'Intérieur français ne vous a jamais laissé achever votre enquête sur les carnets de Villard de Honnecourt. Il restait des zones d'ombre, mais ils ont classé l'affaire Secret Défense. Nous, on vous propose de continuer. Ne me dites pas que vous n'en mourez pas d'envie ?

06.

Paris, le 21 mars 1417

Je m'appelle Nicolas Flamel et, toute ma vie, j'ai été libraire et écrivain.

Tu as peut-être, cher lecteur, entendu parler de moi : on a raconté tant de choses à mon sujet ! Alors qu'elle se termine à peine, mon existence est déjà l'objet d'une extraordinaire légende que l'on murmure dans les rues de Paris.

Tu ne vois pas ? Permets-moi alors de te dépeindre, dans les grandes lignes, cette histoire que l'on raconte sur moi.

Tout commence une nuit du printemps de l'année 1358. J'ai à peine vingt ans et possède une modeste échoppe située contre le flanc nord de l'église Saint-Jacques-de-la-Boucherie, au beau milieu de la rue des Escrivains, et pour laquelle je paye deux sols parisis au roi et deux autres encore à l'œuvre de Saint-Jacques. Je suis maître à écrire. Les habitants de la grande ville viennent me voir pour que je copie ou rédige actes, testaments et lettres diverses. Une vie ordinaire, en somme. Or cette nuit-là, donc, je fais un songe singulier.

Un ange m'apparaît dans mon sommeil qui tient dans ses mains un livre somptueux, couvert de cuir ouvragé. Le manuscrit, tel que je le vois, présente sur sa première feuille une dédicace : Abraham, Juif, prince, prêtre, lévite, astrologue et philosophe, à la nation des Juifs que l'ire de Dieu a dispersés dans les Gaules, salut !

L'ange, tout entier de divine splendeur, s'adresse à moi et me tient ce discours : « Flamel ! Vois ce livre auquel tu ne comprends rien : pour bien d'autres que toi, il resterait inintelligible ; mais tu y verras un jour ce que tout autre ne pourrait voir. » Ébloui, je tends les mains pour saisir l'ouvrage, mais aussitôt l'ange disparaît et une poussière d'or virevolte et scintille à l'endroit où il était encore l'instant d'avant.

Troublé par ce rêve, je reprends toutefois le cours de ma vie d'artisan quand, quelques jours plus tard, je trouve par hasard, dans une boutique voisine, un livre en tous points identique, long de vingt et un feuillets, et qui commence lui aussi par cette curieuse adresse d'Abraham le Juif. La couverture de cuir est gravée des mêmes hiéroglyphes et allégories qui me sont apparus en rêve : trois mains, dont une noire, qui s'étreignent, un bœuf entouré de deux anges prosternés devant la croix et, ici et là, des caractères hébraïques, arabes et grecs.

Ayant fait – pour la somme de deux florins – l'acquisition du précieux manuscrit, lequel traite de la transmutation métallique que l'on appelle alchimie, je n'aurai de cesse alors d'en saisir le sens occulte. Pendant vingt et une longues années je tente, en vain, de décrypter textes et figures. Je rencontre les plus grands hermétistes de la place de Paris, mais aucun ne me met sur la bonne voie. Au contraire, tous me perdent dans leurs obscures interprétations.

Las, je me résous, après tout ce temps, à trouver un maître initié aux mystères de la kabbale. Les Juifs ayant été chassés hors de France, pour les raisons que l'on connaît, il me faut partir pour l'Espagne, en secret. Tout commerce avec les Juifs étant proscrit, je prends le prétexte d'un pèlerinage à Compostelle et annonce à qui veut l'entendre que je m'en vais prier aux pieds du tombeau de saint Jacques le Majeur, en la crypte de la cathédrale de Santiago de Compostela.

Préférant ne pas emporter avec moi le manuscrit tout entier, et de peur de me faire prendre, j'en retire les sept premiers feuillets que je couds à l'intérieur de mes vêtements et voilà que je pars à travers les splendides terres rouges du Languedoc jusqu'au-delà des Pyrénées, parmi les pèlerins, portant coquille, bourdon, besace et chapeau à larges bords.

Après moult aventures sur le chemin de saint Jacques, ayant bravé les intempéries et une attaque de brigands coquillards, j'arrive dans la ville de León. Là, je rencontre dans une auberge un marchand de Bologne qui me dit connaître un dénommé Sanchez, médecin juif, réputé le plus grand kabbaliste et le plus sage hermétiste de toute l'Espagne. C'est l'homme qu'il me faut.

Ainsi, je rencontre le maître, et il est si troublé par les feuillets de mon livre qu'il insiste pour venir à Paris avec moi afin de m'aider à décrypter l'ensemble. Sa détermination est telle qu'il accepte même de se convertir à notre religion afin de pouvoir entrer au royaume de France, dont il est banni.

Nous voici donc sur la route et Sanchez, comme nous marchons, me livre lentement son enseignement. Chaque jour j'en apprends davantage sur les mystères du savoir juif et les dessins du livre d'Abraham s'éclaircissent.

Malheureusement, fort malade, Sanchez meurt à Orléans avant que je lui aie montré l'ouvrage dans son intégralité. Après avoir longtemps prié et pleuré, je fais inhumer mon maître en l'église de Sainte-Croix et rentre seul à Paris.

Néanmoins, fort de l'enseignement de Sanchez, il me faudra trois nouvelles années d'étude pour, enfin, comprendre le sens caché du livre.

Ainsi, le 17 janvier de l'an 1382, je réussis ma première projection : c'est l'œuvre au blanc.

Et le 21 avril de la même année, l'œuvre au rouge : je parviens à transformer le métal grossier en l'or le plus pur qui soit.

Partout, la rumeur se répand. Devenu maître alchimiste, je fais fortune et deviens propriétaire de nombreuses maisons, à Paris, mais aussi à Neuilly, Nanterre, la Villette, Aubervilliers. Je fais ériger des arcades au cimetière des Innocents, dont les fresques sont autant d'allégories du Grand Œuvre... À peine ai-je atteint l'âge extraordinaire de 78 ans que déjà on murmure que j'ai en sus résolu par mon livre l'énigme de la vie éternelle. D'aucuns tentent de m'arracher mon secret, mais nul ne l'obtiendra de moi, si ce n'est dame Pernelle, mon épouse, qui l'a emporté fidèlement dans la tombe, il y a près de vingt ans.

Voilà, cher lecteur, la version la plus répandue de l'histoire que l'on raconte de moi. J'espère, pour le moins, qu'elle t'aura un peu émerveillé car, je dois l'admettre, elle est réellement fabuleuse.

Pourtant je crois que tu riras fort, comme je ris maintenant, quand je te dirai la vérité. Car vois-tu, ami, tout ce que je viens de te rapporter est faux. Diablement faux.

De toute ma vie, je n'ai jamais mis les pieds en Espagne. Jamais je n'ai vu ce mystérieux livre d'Abraham le Juif et, pour tout dire, je pense même qu'il n'existe pas. Jamais, enfin, je n'ai été intéressé, de près ou de loin, par la transmutation des métaux, qui est affaire d'alchimiste et non d'écrivain...

Vois-tu, à présent, pourquoi je ris ?

Oh, bien sûr, je n'ai pas toujours trouvé ces légendes amusantes. La jalousie, la suspicion et l'envie de mes contemporains ont gâché les dernières années de mon existence et ne sont peut-être pas étrangères au décès prématuré de Pernelle, que ces rumeurs contrariaient encore plus que moi.

Mais à présent je suis vieux et, n'ayant malheureusement jamais trouvé le secret de la vie éternelle, je m'en vais mourir comme tout un chacun, et demain peut-être.

Alors, si tu le veux bien, avant qu'il ne soit trop tard, laisse-moi te conter mon histoire, telle qu'elle s'est réellement passée. Et s'il n'y est pas vraiment question de transmutation des métaux ou de mystérieux maître juif, aie confiance, elle n'en est pas moins extraordinaire...

07.

Sandrine Monney referma la porte de son bureau, vérifia obsessionnellement la serrure, descendit les quinze étages en ascenseur, salua poliment le gardien de nuit dans le hall d'accueil et sortit sur la grande artère du quartier d'affaires de Genève, une épaisse chemise cartonnée sous le bras.

C'était une femme d'une quarantaine d'années, grande et mince, plus grande probablement que la plupart de ses collègues masculins – ce qui semblait d'ailleurs gêner certains d'entre eux –, élégante, et presque toujours vêtue de noir. Elle avait une chevelure brune coupée au carré, le visage allongé, le nez fin et des yeux d'un noir profond qui lui donnaient un air toujours déterminé.

Fille d'horloger, brillante, elle était devenue chercheuse après des études de sciences politiques et avait épousé Antoine Monney, un peintre de Montreux au nom prédestiné, beaucoup plus âgé qu'elle et qui, il fallait bien l'admettre, vivait entièrement à ses crochets. C'était un couple insolite ; lui artiste reconnu par la presse, exposé dans plusieurs galeries de Genève et Lausanne, mais ruiné, et elle, travailleuse aussi modeste qu'acharnée, vivant à l'évidence une histoire d'amour véritable et passionnelle.

Depuis quelques semaines toutefois, elle n'avait pu se montrer aussi présente aux côtés de son époux qu'elle l'aurait souhaité, absorbée qu'elle était par ce qui s'était révélé le plus gros dossier de sa carrière : un rapport commandé par l'ONU.

Les derniers jours, en rentrant bien plus tard qu'à l'accoutumée, elle n'avait pu s'empêcher d'éprouver une culpabilité sotte. Mais ce soir-là, le sentiment qui l'habitait était encore différent. Ce soir-là, ce que ressentait Sandrine Monney ressemblait davantage à de la peur.

Il était presque minuit et les hauts buildings de verre baignaient dans une pénombre que seule venait rompre la lumière orangée des dernières fenêtres allumées. Il y avait dans la cité helvète des gens qui travaillaient bien plus tard qu'elle encore. Les trottoirs, eux, étaient éclairés par les enseignes des horlogers de luxe, qui restaient illuminées toute la nuit. Les logos des marques prestigieuses, Breitling, Chopard, Rolex, lui faisaient comme une haie d'honneur le long des boulevards.

Les doigts serrés sur sa chemise cartonnée, elle traversa la grande rue. Elle était convaincue à présent d'avoir réuni suffisamment de preuves pour obtenir enfin l'attention de ses correspondants. Cela faisait des semaines qu'elle enquêtait sur ce dossier et elle était persuadée d'avoir mis au jour, presque par hasard, un scandale international qui risquait fort de défrayer la chronique et, par la même occasion, de donner un sacré coup de pouce à sa carrière. D'ailleurs, les enjeux politiques et financiers étaient tels qu'elle avait vite compris combien tout cela pouvait se révéler dangereux. Elle avait beau se dire que, pour l'instant, elle ne risquait rien, qu'a priori, en dehors de son mari et de son assistant, personne n'était au courant du sujet exact de ses recherches, elle ne pouvait s'empêcher d'éprouver une angoisse grandissante. Et maintenant qu'elle s'apprêtait à rapporter l'essentiel des preuves à son domicile pour relire une dernière fois son rapport, elle s'imaginait le pire.

Quand elle monta dans le tramway qui devait la mener jusque chez elle, à l'est de Genève, Sandrine Monney se surprit à jeter un regard méfiant aux quelques passagers assis à l'intérieur.

Il y avait là une dizaine de personnes tout au plus. Un groupe de jeunes gens bruyants qui revenaient d'un bar ou, au contraire, s'apprêtaient à sortir, une vieille dame recroquevillée qui tenait sur ses genoux un petit chihuahua tremblant dans un sac à main, un homme distingué à l'air grave qui s'appuyait sur une canne désuète surmontée d'un pommeau argenté, un vieux couple silencieux, des touristes sans doute, et deux ou trois employés de bureau qui, comme elle, étaient probablement pressés de rentrer chez eux après une dure journée de labeur. Elle tenta de chasser la peur stupide qui l'étreignait et alla s'installer sur la dernière banquette, son dossier serré contre sa poitrine.

Mais, juste avant que les portes du tram ne se referment, un homme se faufila à l'intérieur.

08.

Ari n'avait même pas pris la peine d'accepter la carte de visite que lui avait tendue l'agent belge du SitCen et était sorti du *Sancerre* sans un mot, sous le regard étonné de Bénédicte. Il n'était pas dans ses habitudes de partir sans dire au revoir, et la serveuse avait jeté un coup d'œil réprobateur à l'homme en costume noir assis à la table du fond.

La nuit n'était pas encore tombée et les derniers rayons du soleil d'été donnaient aux murs de la rue une belle couleur orangée. Des enfants jouaient au ballon entre la fontaine Wallace et le carrousel de la place des Abbesses. Plus loin, une bande d'adolescents discutait en fumant des cigarettes autour d'une voiture de sport. Quelques touristes redescendus du Sacré-Cœur flânaient, profitant de la douceur du soir.

Son livre et son journal sous le bras, la tête rentrée dans les épaules, Mackenzie alluma sa Chesterfield et remonta la rue Ravignan d'un pas rapide.

Quitter son appartement de la Roquette après treize années n'avait pas été facile ; il gardait pour la Bastille une affection particulière. Mais l'idée d'y croiser Lola, qui travaillait toujours au *Passe-Muraille*, la petite librairie de la rue des Tournelles, avait fini de le décider. Deux mois plus tôt, il s'était donc installé au cœur du quartier des Abbesses, à quelques pas de la rue où il avait passé son enfance et où, après le décès de sa mère, il était resté dix ans avec son père.

Vivre dans le dix-huitième, c'était donc un retour aux sources et il n'avait pas tardé à retrouver ses marques – sans parvenir toutefois à oublier celle dont il avait fui la présence. Il avait recréé son espace de vie dans le deux pièces qui surplombait la place Émile-Goudeau, avec ses bibliothèques, ses grandes photos accrochées aux murs, ses guitares, sa gargantuesque collection de DVD... et, évidemment, son vieux chat de gouttière, ce gros matou qu'il avait surnommé Morrison parce qu'il miaulait faux, et de dos.

Ari passa à côté de la boutique d'antiquités industrielles sans prendre le temps, cette fois, de s'extasier devant les immenses horloges de gare exposées dans la vitrine, comme il le faisait pourtant chaque jour cérémonieusement. La visite inopinée de l'agent du SitCen l'avait profondément agacé. Bien qu'il l'eût fortement exagérée aux yeux du psy pour obtenir un arrêt de travail conséquent, la dépression qu'il traversait depuis sa séparation d'avec Lola était bien réelle et il n'avait pas la moindre envie de se replonger dans l'univers des renseignements. Écœuré par le système, il n'avait plus la force de travailler comme analyste, et l'idée de changer radicalement de domaine lui avait même traversé l'esprit. Certains soirs, quand il s'affalait sur le rocking-chair de son balcon avec un verre de whisky écossais et sa vieille Telecaster, ses doigts courant sur le manche usé de la guitare, il se surprenait à rêver d'une modeste carrière musicale : trouver un groupe de reprises et jouer dans les bars, comme au bon vieux temps. Interpréter les standards du blues et du rock des années 1970 sans rien d'autre en tête que son prochain chorus, et allumer dans le regard des clients enivrés une lueur de plaisir nostalgique... Depuis qu'il s'était installé dans le coin, il avait d'ailleurs joué deux ou trois fois avec La Marmotte Exhibitionniste, un groupe de rock français déjanté qui se produisait régulièrement dans les cafés des Abbesses et avec lequel il avait sympathisé à force de traîner dans le quartier. Pendant ces rares moments, Ari parvenait à oublier tout le reste, et l'envie de donner sa démission pour s'adonner enfin à sa plus ancienne passion le taraudait chaque jour un peu plus.

Pourtant, il devait bien l'admettre : à la simple évocation de son enquête inachevée, ses vieux démons d'analyste des RG avaient resurgi.

Le mystère qui entourait la fermeture prématurée de sa dernière enquête conservait la saveur amère d'une énigme irrésolue. L'impossibilité de boucler cette affaire avait d'ailleurs accru le dégoût qu'il ressentait aujourd'hui envers le fonctionnement des services de renseignements. Une goutte d'eau qui avait fait déborder un vase déjà fort plein.

Quelques mois plus tôt, en remontant la piste du *trépaneur*, un tueur en série, Ari avait démantelé une société secrète – la confrérie du Vril – accusée d'avoir volé six pages des carnets de Villard de Honnecourt, un singulier manuscrit du XIIIe siècle. Une fois réunies, ces six pages avaient révélé l'entrée oubliée d'un souterrain au cœur de Paris, dans lequel Ari avait découvert des documents anciens. Mais alors qu'il s'était apprêté à explorer plus avant ce tunnel insolite, le lieu avait été classé « Secret Défense » par la DRM[1], et son accès lui avait été tout simplement refusé. À ce jour, Mackenzie, tout comme le grand public d'ailleurs, ignorait toujours ce que cachait ce maudit tunnel. Comment cette entrée, à quelques pas de Notre-Dame, avait-elle pu rester secrète si longtemps ? Et surtout, où pouvait-elle mener ?

En mentionnant cette enquête, l'agent du SitCen savait sans doute qu'il allait attiser la curiosité de l'analyste. Mais aujourd'hui, Ari n'avait qu'une certitude : il ne pouvait faire confiance à aucun service et s'il devait un jour résoudre l'énigme, il le ferait seul. À sa manière.

Ce qui l'intriguait, toutefois, c'était la façon dont la rencontre s'était produite : en marge des canaux officiels. Pourquoi le SitCen n'était-il pas passé par la voie hiérarchique ? Et surtout, pourquoi cet agent avait-il accablé les services français et le ministère de l'Intérieur aux yeux d'Ari, en tentant de le débaucher ? Cela ne pouvait signifier qu'une seule chose : les services européens étaient sur une affaire qu'ils ne partageaient pas avec les Français. Et cela, en soi,

1. Direction du renseignement militaire.

était étonnant, parce que parfaitement contraire au protocole.

Quand il fut au pied de son immeuble, Ari constata que la lumière, au dernier étage, éclairait la grille du balcon. Il fronça les sourcils. Il n'était pas du genre à oublier d'éteindre en partant.

Quelques clients commençaient à dîner à la terrasse du restaurant qui faisait l'angle avec la rue des Trois-Frères. Il salua le serveur et se faufila derrière la porte cochère.

Ari se précipita dans les étages, convaincu qu'il se tramait quelque chose d'anormal. À peine arrivé sur le palier, il découvrit, interdit, que ses soupçons étaient justifiés.

La porte de son appartement était grande ouverte.

09.

En apercevant l'homme qui venait d'entrer dans le tram, Sandrine Monney ne put réprimer un léger frisson.

La quarantaine tout au plus, vêtu d'un costume gris foncé, le nouvel arrivant avait le visage buriné, rongé d'innombrables cicatrices, et portait une mallette noire. Sa tête disparut dans l'ombre alors qu'il se penchait pour acheter un ticket au chauffeur.

Le tram se mit en route et l'homme s'avança doucement entre les fauteuils. Les places étaient presque toutes libres, pourtant il continua de progresser vers l'arrière.

Sandrine Monney serra instinctivement son dossier contre sa poitrine. Elle ne pouvait s'empêcher de le dévisager et se rendit bientôt compte qu'il la regardait lui aussi avec insistance. Elle détourna les yeux et fit mine de contempler le paysage nocturne de Genève.

Il ne va quand même pas venir s'asseoir à côté de moi, celui-là !

L'homme aux cicatrices se mut d'un pas exagérément lent et prit enfin place à deux banquettes seulement de la sienne. Assis dans le sens contraire de la marche, il lui faisait face.

Au bout de quelques secondes, la chercheuse ne put résister à l'envie obsédante de jeter un nouveau coup d'œil vers l'homme : il la regardait toujours, un étrange sourire aux lèvres. Elle baissa la tête, embarrassée et agacée.

Qu'est-ce qu'il me veut, ce con ?

L'homme avait posé sa mallette sur ses genoux et s'était mis à tapoter dessus de ses deux paumes.

Et qu'est-ce qu'il a dans sa foutue mallette ?

Prenant conscience du ridicule de son angoisse, elle poussa un soupir et appuya sa tête contre la vitre du tram.

Quelle idiote je fais ! Calme-toi, ma vieille. Ce pauvre type ne te veut aucun mal. C'est juste un type dans un tramway, rien de plus. Tu vas rentrer chez toi, prendre une bonne douche et arrêter de t'inquiéter pour rien.

Les yeux rivés sur le trottoir qui défilait à sa droite, elle s'efforçait de ne pas relever la tête. Après quelques minutes, alors que le tram filait à travers la ville, elle se rendit compte qu'elle avait les doigts tellement crispés sur sa chemise cartonnée que le sang ne pouvait même plus circuler à l'intérieur. Elle relâcha son emprise et frotta l'une après l'autre ses mains moites sur sa longue jupe noire. Puis elle croisa à nouveau les bras sur son dossier et, irrésistiblement, jeta encore un coup d'œil vers l'homme aux cicatrices. Qui la dévisageait toujours. N'y tenant plus, elle soutint quelques instants son regard. Elle espérait que, gêné, il finirait par détourner les yeux lui-même. Mais il ne bougea pas même une paupière, et elle jugea alors qu'il avait un air vicieux, provocateur, ou pire : menaçant.

Cela ne pouvait pas être un hasard. Il en avait sûrement après elle ! Et même si elle ne pouvait en être certaine, à quoi bon prendre un risque ? Elle ressentit le besoin de se lever et de quitter le tram au plus vite. Mais il restait trois stations avant son arrêt, et à cette heure-là elle risquait d'attendre longtemps un autre tram. En outre, l'homme pouvait la suivre. Et alors elle se retrouverait toute seule face à lui, au milieu d'une rue déserte. Peut-être valait-il mieux descendre en même temps que quelqu'un d'autre. Le groupe de jeunes gens à l'avant de la rame ?

Elle sentit une goutte de transpiration couler sur son front. Tous ses muscles se tendirent. Elle hésita à se lever. Mettre un terme à cette peur qui ne cessait de grandir…

C'est ridicule. Si ça se trouve, je me fais des idées. Mais c'est peut-être ce qu'on se dit toujours avant de se faire agresser. Il faut que je sorte. Ce type, avec sa mallette, qui rentre juste après moi dans le tram, ça ne peut pas être un hasard… Ils sont au courant. Ils savent que j'ai des preuves. Et ils sont prêts à m'éliminer.

Le tram se mit soudain à ralentir. La station n'était plus loin. Le cœur battant à tout rompre, Sandrine Monney s'apprêta à se lever. Mais alors qu'elle allait s'appuyer sur la banquette pour se mettre debout, l'homme en face d'elle se dressa d'un geste brusque. Elle interrompit son mouvement et se cala contre le dossier, de plus en plus tendue. Elle sentit un nœud se former dans son ventre, cette contraction violente qu'on éprouve juste avant une lourde chute…

La rame s'immobilisa dans un grincement strident. Alors, l'homme aux cicatrices, au lieu de faire demi-tour pour se diriger vers la porte, s'avança tout droit vers elle.

Sandrine serra les poings, terrorisée. Les images défilèrent dans sa tête. Celles de son cadavre retrouvé au fond d'un tram. Elle n'avait rien pour se défendre et, de toute façon, elle était complètement paralysée par la peur.

L'individu s'arrêta à quelques centimètres d'elle à peine, puis il se pencha en avant.

Elle sentit le monde vaciller, voulut crier mais aucun son ne sortit de sa gorge. Alors il murmura à son oreille.

— Vos parents ne vous ont-ils jamais dit que ce n'était pas poli de dévisager les gens comme ça ?

Il secoua la tête d'un air réprobateur, fit volte-face et gagna la sortie sans rien ajouter.

Sandrine Monney resta bouche bée et mit plusieurs secondes à comprendre qu'elle ne venait pas de se faire égorger... Ses muscles ne se relâchèrent que lorsque l'homme fut sur le trottoir.

Alors elle poussa un long soupir, de soulagement et d'embarras. Jamais elle ne s'était sentie aussi sotte. C'était tellement grotesque ! Pendant tout le trajet, ce pauvre homme avait cru qu'elle le fixait à cause des cicatrices qui émaillaient son visage !

Il était temps qu'elle se ressaisisse ! Son angoisse la mettait dans des états absurdes. Les joues rougies par la honte, elle se renfonça dans la banquette et ne bougea plus jusqu'à son arrivée.

Deux stations plus loin, elle descendit du tram pour rentrer chez elle, calmée.

Trop, sans doute, pour remarquer l'homme à la canne qui sortit un instant après elle.

10.

Comme il le faisait souvent quand il prenait peur, Morrison s'était réfugié en haut de l'une des bibliothèques. Ari se hissa sur la pointe des pieds au milieu de l'appartement dévasté et prit le vieux chat dans ses bras. Il caressa délicatement la pauvre bête sous le menton pour la rassurer.

Son premier réflexe fut de penser à l'agent du SitCen. Mais il écarta rapidement l'hypothèse. Qu'un agent soit venu l'occuper pendant que d'autres fouillaient son appartement était tout de même un peu gros... À moins qu'il ne se fût agi d'un faux agent, mais cela lui semblait peu probable : le Belge lui avait paru plus vrai que nature.

Un simple cambriolage ? Ari, c'était l'un de ses atouts dans la profession qu'il exerçait, jouissait d'une capacité d'analyse visuelle exceptionnelle et d'une véritable mémoire photographique. Or rien ne semblait avoir disparu. Beaucoup d'objets avaient été déplacés, renversés, on avait fouillé sous les meubles des deux pièces, sous le lit, dans la salle de bains, partout, mais, a priori, rien ne manquait. Les deux guitares, ses biens les plus précieux, étaient toujours là, la télévision, le lecteur DVD, les films, les livres anciens, les photos...

Ari laissa sauter son chat sur le canapé et alla regarder dans le placard à chaussures de l'entrée. Son arme de service était bien à sa place. Dans le boîtier près de la porte, il trouva aussi la clef de sa vieille MG-B cabriolet et celle de sa maison dans l'Hérault... Il ne put réprimer un soupir de soulagement.

C'était donc une fouille, en bonne et due forme. Quelqu'un était venu chercher ici quelque chose de précis. Mais quoi ? S'il s'agissait d'une fouille *professionnelle*, on avait peut-être cherché quelque chose dans son placard, celui où il rangeait ses dossiers, sa documentation et les objets insolites qu'il avait accumulés au cours des ans, dans ses recherches sur l'ésotérisme et le mysticisme.

Il retourna dans le salon et farfouilla dans le placard. Tout avait été dérangé, mais aucune disparition notable. Les objets, gravures alchimiques, décors maçonniques et autres reliques étaient empilés les uns sur les autres. Une tasse en porcelaine représentant un compagnon en train de tailler une pierre s'était brisée. Ses livres étaient tous là, ainsi que ses encyclopédies. On avait ouvert, à la va-vite sans doute, ses innombrables chemises cartonnées. Il lui faudrait plus de temps pour s'assurer qu'aucun document n'avait disparu, mais quelque chose lui disait que le ou les intrus n'avaient rien trouvé là.

D'un geste lent, il attrapa une petite boîte en carton bleue posée tout en haut du placard. Évidemment, ce n'était pas ça que les fouineurs étaient venus chercher, et il ne manquait sûrement rien. Mais il ne put s'empêcher de l'ouvrir, les doigts tremblants.

Tout était là : soigneusement disposés dans du papier de soie, une ribambelle d'objets incongrus, un stylo bigarré, des bonbons à la menthe, des chocolats, un petit ouvrage régionaliste, des cartes postales griffonnées de mots d'amour, des photos... Il sentit aussitôt les effluves sucrés du parfum que Lola avait aspergé sur le fin papier rouge. Son parfum à elle, si chargé de souvenirs. Et ce fut comme si elle était là, devant lui, toute pleine de ses délicieux enfantillages, avec ses grands yeux bleus et son sourire d'ange. Ari frissonna, ferma les paupières comme pour chasser l'apparition et rangea cette boîte qu'il s'était mille fois promis de jeter. Il prit conscience à cet instant que, de tous les objets qui lui appartenaient, la petite *boîte à bêtises* que lui avait offerte Lola était probablement celui auquel il tenait le plus et dont il n'aurait supporté la disparition.

Il fit demi-tour et alla s'affaler sur son canapé. Il chercha dans sa poche son paquet de cigarettes. Il remarqua alors la diode de son répondeur qui clignotait sur la table du téléphone. Il hésita un instant, puis il se leva pour appuyer sur le bouton de lecture et écouter les deux messages qu'on lui avait laissés.

Le premier était d'Iris Michotte, la collègue des RG avec laquelle il avait eu une aventure par le passé et qui était restée une amie, peut-être même la meilleure qu'il eût ; et le second était de Krysztov Zalewski, le garde du corps du SPHP[1] qui l'avait escorté lors de l'affaire des carnets de Villard de Honnecourt et qui était devenu, lui aussi, un proche.

Que tous deux aient laissé un message à Ari le même jour était déjà intrigant, d'autant que, depuis sa dépression, la fréquence de leurs relations avaient fortement diminué. Mais le plus étonnant était qu'Iris et Krysztov avaient enregistré quasiment le même message : ils annonçaient à Mackenzie que leur appartement avait été fouillé et qu'il devait les joindre au plus vite.

11.

L'homme, grand et mince, portait un costume en toile légère, de fins gants de cuir noir et avait une démarche élégante, ponctuée un pas sur deux par le bruit de sa belle canne en bois surmontée d'un pommeau d'argent sculpté. Cet objet désuet lui donnait un air d'un autre temps. Avec ses cheveux blancs coiffés en brosse, il avait un physique sans âge : il

1. Service de protection des hautes personnalités, dépendant de la Police nationale.

pouvait paraître la quarantaine mais avait peut-être dix ans de plus.

Le regard droit, les gestes sûrs, il se mit en marche derrière Sandrine Monney, la suivant à une quinzaine de mètres tout au plus.

Les réverbères dessinaient des ronds de lumière blanche sur le trottoir brillant et la lune, derrière les nuages, donnait au ciel une pâle lueur bleutée. Il n'y avait déjà plus de bruit à cette heure-là, et l'on entendait seulement le claquement des pas de la grande et svelte femme qu'il suivait en silence.

De loin, il admirait son allure gracieuse. Dans le tram déjà, il avait eu tout le temps d'apprécier ce corps harmonieux, cette poitrine plus que généreuse, cette fine taille et ces longues jambes gainées de noir, croisées sous une jupe serrée. À présent, malgré l'obscurité, il devinait l'arrondi de ses fesses, la fermeté de ses cuisses. Et ici, dans les ombres d'une rue déserte, il aurait aimé saisir ses hanches, caresser son dos, ses épaules...

La silhouette de Sandrine Monney disparut soudain au coin d'un immeuble. L'homme continua calmement vers l'intersection et s'engagea à son tour dans le passage étroit qui s'enfonçait au cœur du quartier pavillonnaire. Il avança dans la pénombre sans changer le rythme de sa marche, comme s'il s'appliquait à conserver toujours la même distance entre sa proie et lui.

Il venait d'arriver au milieu de la ruelle quand la femme sembla remarquer sa présence. Il la vit jeter un coup d'œil discret par-dessus son épaule et augmenter légèrement sa cadence.

L'homme releva aussitôt sa canne, la prit par le milieu et accéléra le pas à son tour.

Elle ne pouvait pas lui échapper.

12.

— C'est quand même triste qu'il faille que je me fasse cambrioler pour que tu daignes enfin m'appeler, espèce de crevard !

Les rapports qu'Ari entretenait avec Iris Michotte avaient toujours été pour le moins compliqués. Cette femme, dont il avait été l'amant pendant quelques mois au début de sa carrière aux RG, était sans doute celle qui connaissait le mieux Ari, peut-être même mieux que Lola, avec qui il avait pourtant eu une histoire bien plus intense.

Bien que l'analyste ne l'eût jamais ouvertement admis, il trouvait en Iris cette bienveillance maternelle dont la mort prématurée d'Anahid Mackenzie l'avait privé l'année de ses neuf ans. Elle était tout à la fois douce et intransigeante, savait pointer ses faiblesses, dénoncer ses erreurs mais aussi le réconforter sans se montrer envahissante. Et si elle n'était pas, pour l'instant, parvenue à sortir Ari de sa dernière dépression, elle l'avait fait plusieurs fois par le passé.

Il avait fallu bien du dévouement à cette femme – qui au fond d'elle était peut-être encore *un peu* amoureuse d'Ari – pour se montrer présente et attentive lors des pires et des meilleurs moments que celui-ci avait passés avec Lola.

— Ils t'ont volé quelque chose ?

— Non, répliqua Iris de sa voix haut perchée. C'est ça qui m'intrigue. Mais mon appartement est tellement en bordel qu'on dirait le tien.

— Très drôle. Figure-toi que le mien aussi a été fouillé, tout comme celui de Krysztov.

— Tu plaisantes ?

— Non. Je viens de l'avoir au bout du fil. Même scénario : ils ont tout retourné, et rien pris.

— Qu'est-ce qu'ils cherchaient ?

Ari marqua une pause. Maintenant qu'il savait que les trois appartements avaient été fouillés en même temps, il devinait ce que les intrus étaient venus chercher. Il ne pouvait s'agir que d'une seule chose.

— À ton avis ?

— Bah, je pense sans doute à la même chose que toi, non ?

— Oui. Je préfère qu'on n'en parle pas au téléphone, Iris. J'ai donné rendez-vous à Krysztov à 23 heures dans mon rade. Tu peux nous y rejoindre ?

— Je vais essayer. Mais je ne te promets pas d'être à l'heure. J'ai demandé à mon frère de venir m'aider à réparer la porte...

— On t'attendra.

13.

Sandrine Monney se retourna et vit l'homme derrière elle accélérer le pas. Cette fois, elle ne rêvait pas : cet inconnu en avait après elle. Et elle était certaine de l'avoir aperçu dans le tramway : elle reconnaissait la canne qu'il tenait à présent des deux mains.

Son sang ne fit qu'un tour. Marcher vite ne suffisait plus. Elle se mit à courir.

Ses talons claquaient sur la surface luisante du trottoir. La maison n'était plus qu'à quelques minutes, mais au pas de course, c'était déjà beaucoup. Bien assez en tout cas pour que l'homme aux cheveux blancs la rattrape. D'ailleurs, il gagnait du terrain, elle l'entendait approcher. Elle tenta d'augmenter sa cadence, mais ses chaussures trop hautes l'en empêchèrent et elle se tordit la cheville gauche. Elle poussa un cri de douleur et jeta un nouveau coup d'œil derrière elle. L'homme était à quelques pas. Et il semblait sourire d'un air vicieux.

Tout en maintenant le rythme de sa course, Sandrine attrapa son téléphone portable dans la poche de sa veste. Il fallait qu'elle tente d'appeler Antoine au secours. Mais en essayant d'ouvrir le cellulaire, elle lâcha le dossier qu'elle ne tenait plus que d'une main. La chemise cartonnée rebondit sur son genou, fut projetée devant elle, glissa sur le sol et s'immobilisa au milieu de la rue. La femme poussa un juron. Elle ne pouvait pas l'abandonner là. Ce qu'elle contenait était bien trop important. L'homme était juste derrière elle. Pas le temps de réfléchir. Elle n'avait pas le choix. Elle sauta du trottoir et se pencha pour ramasser la pochette. Et ce qui devait arriver arriva.

L'homme aux cheveux blancs se jeta sur elle et la saisit aux épaules. Sous la violence du choc, Sandrine Monney perdit l'équilibre et s'écroula la tête la première au milieu de la chaussée. Son agresseur ne lui laissa pas le temps de se défendre ou de hurler : assis sur son dos, il lui maintenait les bras au sol à l'aide de ses deux genoux et avait passé sa main droite devant sa bouche pour la bâillonner.

Les lèvres plaquées sous le gant de cuir noir, la jeune femme ne parvint qu'à pousser un grognement étouffé. Tétanisée par la peur, écrasée sous le poids de son assaillant, elle ne put que sentir le souffle de l'homme sur sa nuque.

Elle vit alors une ombre grandir à côté de son visage, sur la surface rugueuse de l'asphalte. Puis elle entendit un murmure à son oreille, la voix grave et essoufflée de son tortionnaire.

« *Curiosity killed the cat*[1]. »

Elle sentit alors un baiser sur sa nuque. Tout son corps se tendit. Elle imagina le pire.

---

1. La curiosité est un vilain défaut, littéralement : « La curiosité a tué le chat. »

Pourtant, lentement, la main gantée de son agresseur se retira de sa bouche. Elle l'entendit se lever derrière elle.

Elle n'osa bouger. Ni hurler au secours. Seules ses épaules se soulevaient, au rythme de sa respiration. Les yeux écarquillés, elle fixait le sol devant elle, incapable du moindre geste.

Et puis, soudain, l'homme s'enfuit.

Elle resta un long moment allongée au beau milieu de la rue, face contre terre, incrédule. Elle peinait à comprendre ce qui venait de se passer. Persuadée que l'homme avait été sur le point de la tuer, ou au moins de la blesser, elle se demandait pourquoi il avait lâché prise. Avait-il eu peur ? Ou bien n'était-ce qu'un avertissement ?

Le corps tremblant, elle se retourna lentement sur le côté et comprit.

Son dossier avait disparu.

14.

Willy Vlaeminck, l'agent du SitCen, était rentré à Bruxelles par le Thalys aussitôt après avoir rencontré Mackenzie. Depuis le début de l'alerte, la cellule de crise se réunissait presque tous les soirs pour un débriefing complet en présence du SGA[1] et de plusieurs attachés aux ministères de la Défense et des Affaires étrangères d'États membres, triés sur le volet. Ces rencontres informelles conservaient encore un caractère confidentiel, aux marges du protocole, tant était grand le risque de fuites. Et puis il convenait de tenir la France à l'écart. Pour le moment.

La petite douzaine de personnes habilitées à participer à ces réunions était tenue au Secret Défense

1. Secrétaire général adjoint du Conseil de l'Union européenne.

de l'Union européenne et, en dehors du SGA lui-même, nul ne savait quels présidents des pays membres avaient été mis au courant. Chacun était conscient de l'aspect exceptionnel de l'affaire et les précautions étaient si grandes que la méfiance régnait même au sein de la cellule. Chacun savait ce qu'il avait à faire, mais nul ne connaissait les attributs exacts des autres acteurs de l'équipe.

— Le commandant Mackenzie ne va pas être facile à convaincre, lâcha Vlaeminck en prenant place à la longue table ovale, et très honnêtement, il est dans un tel état que cela ne sera probablement pas une grosse perte...

— Ne dites pas n'importe quoi, répliqua sèchement le SGA. Dépression ou pas, il est, en Europe, l'agent le mieux placé pour enquêter sur notre affaire.

— Peut-être pourrions-nous obtenir son détachement par l'intermédiaire de sa hiérarchie ?

— Non. Il est hors de question d'attirer l'attention des services de renseignements français pour le moment. N'oubliez pas que la moindre fuite pourrait nous être fort dommageable. Pour l'heure, ni les Américains ni les Chinois ne sont au courant, et c'est bien mieux ainsi.

— Je persiste à croire que nous pouvons nous passer de Mackenzie, insista Vlaeminck.

— Nul n'est irremplaçable, bien sûr, mais sa participation nous ferait gagner un temps précieux. Et de toute façon, maintenant que vous êtes allé à sa rencontre, il est trop tard pour faire marche arrière. Que lui avez-vous dit, au juste ?

— Que le SitCen pourrait être intéressé par son recrutement. Et, pour l'appâter, j'ai mentionné l'éventualité de prolonger l'enquête sur le tunnel parisien, comme convenu...

— Cela devrait réveiller son envie d'y replonger de lui-même. Je suis certain que ce n'est pas le genre d'homme à lâcher prise. Mackenzie est le seul à être descendu dans ce foutu tunnel, il doit vouloir savoir ce qu'il y a au bout.

— Je reviendrai à la charge dans quarante-huit heures, mais il faudra trouver de nouveaux arguments pour le convaincre.

— Nous allons y réfléchir. Messieurs, je suppose qu'il est inutile de vous répéter que nous livrons une course contre la montre. Les Russes, les Américains ou les Chinois finiront bien par entrer dans la partie. Nous devons résoudre l'affaire avant eux. Vous savez ce qu'il vous reste à faire.

15.

Quand Ari s'enfonça dans l'arrière-salle du *Sancerre*, après s'être faufilé à travers la foule bruyante qui s'amassait comme chaque soir sur la terrasse du café, il vit que Zalewski était déjà là qui l'attendait, un bâton de réglisse coincé entre les dents et un verre solidement arrimé à la main. À l'intérieur du bar bondé régnait une ambiance décalée. Des clients de tous âges se mélangeaient, leurs conversations noyées sous les accords étranges d'une chanson de Brigitte Fontaine que les haut-parleurs diffusaient jusque dans la rue, là où les fumeurs bannis tissaient, par leur exil forcé, des liens inattendus.

Depuis sa rupture avec Lola, Ari n'avait pas revu le Polonais. Et à vrai dire, il n'était pas mécontent que ces trois cambriolages simultanés l'aient contraint à reprendre contact avec Krysztov et Iris. Au fond, ses amis lui manquaient. Par fierté, il s'efforça de ne pas trop sourire.

— Bonsoir, commandant Mackenzie, l'accueillit Zalewski d'un air affable.

Ari serra vigoureusement la main du garde du corps avant de prendre place sur la banquette en cuir orange.

— Je vois que tu ne m'as pas attendu, salopard. Qu'est-ce que c'est ?

— Eh bien, une vodka ! répondit le Polonais sans ôter le bâton de réglisse de sa bouche. On ne se refait pas. Alors c'est ici que tu passes tes journées ?

— Une bonne partie, oui.

— Joli. Bizarrement, je trouve que ça ne te ressemble pas tellement...

— Ah bon ? Pourquoi ?

— Je ne sais pas, c'est branché, bruyant... Je t'aurais plutôt vu dans un vieux troquet un peu sale, moins bien fréquenté. Plus authentique, quoi.

— Les fauteuils sont confortables, la musique supportable... Et puis, il y a toujours du monde, c'est plus anonyme. Iris n'est pas arrivée ?

— Tu vois bien : pas encore.

Marion, la serveuse qui prenait son service le soir, s'approcha de leur table, un plateau dans la main. Quoique dans un style très différent de celui de sa collègue Bénédicte, elle avait tout autant de charme. Ses cheveux noirs, fins et lisses, lui tombaient juste en dessous des épaules et deux fossettes venaient parfaire un sourire qui semblait ne jamais s'éteindre. Il y avait quelque chose de slave dans la douceur de ses traits, une sorte de grâce naturelle qui lui donnait un air aimable et canaille à la fois.

— Bonsoir Ari... Alors il paraît que vous êtes parti fâché tout à l'heure ? C'est Béné qui vous a fait des misères ?

— Non, non... Pas du tout. Juste un type qui est venu me casser les pieds.

— Diantre ! Le gredin ! s'exclama-t-elle en caricaturant un accent chic et empesé, comme elle le faisait souvent, et avec un talent irrésistible. Nous veillerons à lui interdire l'accès à notre établissement, à l'avenir. Il est hors de question qu'on vienne importuner mon client préféré. Monsieur veut un whisky ?

— S'il vous plaît, oui. Mon ami ne m'a pas attendu...

— Vous connaissez la politique de la maison... On s'assied, on boit.

— Vile tentatrice !

Marion mima une moue espiègle à la Marilyn Monroe et s'en retourna vers le bar. Elle partageait avec Bénédicte un goût certain pour la dérision et le second degré, dont elle jouait à merveille pour le plus grand plaisir d'un Mackenzie spectateur et complice.

— Je comprends mieux pourquoi tu squattes ici toute la journée, maintenant ! chuchota Krysztov en la regardant partir, les yeux écarquillés. Elle est charmante.

— Ça va...

— Et cette « Béné », c'est qui ?

— L'autre serveuse, celle de l'après-midi.

— Elle est aussi jolie ?

— Laisse tomber, Zalewski, elles sont pas dans tes cordes.

— En tout cas, ça fait plaisir de voir que tu as retrouvé le goût du flirt. Mais tu chasses toujours au rayon junior...

Ari leva les yeux au plafond.

— Je flirte pas ! Ce sont des amies ! J'étais sur le point de dire que j'étais content de te revoir, mais je commence à avoir des doutes...

Le Polonais laissa éclater un rire sonore. Il avait une voix profonde qui jurait avec son physique gracile. Zalewski ne ressemblait pas du tout à l'image que l'on pouvait se faire d'un garde du corps. Grand, mince, les traits fins, l'allure un peu gauche, il avait des cheveux blonds coupés très courts, les yeux bleus, un nez long, étroit et pointu. Sa peau claire et ses joues rosées lui donnaient un air fragile d'enfant de chœur, en total décalage avec la carrière militaire – pour le moins mouvementée – qu'il avait eue avant de travailler au sein du SPHP. Ancien fumeur chronique, il mâchait à longueur de journée de vieux bâtons de réglisse déchiquetés.

— Quand est-ce que tu reprends le travail ? demanda Krysztov alors que Marion apportait le whisky de Mackenzie.

— J'ai fait prolonger mon arrêt. Plus ça va, plus je me demande si j'ai vraiment envie de reprendre.

— Allons bon !

— Je n'y crois plus, Krysztov. J'ai passé de nombreuses années aux RG, tu sais. Le moment est peut-être venu de faire autre chose. De changer radicalement.

— M'en veux pas, mais je n'y crois pas une seule seconde. T'as ça dans le sang, Ari.

— Crois ce que tu veux...

— Et tu ferais quoi ?

Ari haussa les épaules. Il se garda bien de dire qu'il mourait d'envie de faire de la musique. Zalewski se serait moqué de lui.

— J'en sais rien. On verra.

— Ouais. On verra, répéta le Polonais avec un sourire dubitatif au coin des lèvres.

Ils trinquèrent et burent chacun une gorgée.

— Et toi ? Le boulot ? demanda Ari pour changer de sujet.

— C'est calme. J'accompagne des anciens ministres dans des foires à bestiaux, ce genre de trucs. On sait jamais, une vache fondamentaliste...

— Palpitant.

— Tu l'as dit. Il y a longtemps qu'on ne m'a pas mis sur une mission sympa. Mais ça fait partie du boulot, on traverse de longues périodes de creux.

— Excuse-moi, mais c'est quoi, pour toi, une *mission sympa* ?

— Ben, je sais pas, moi, une petite extraction de personnalités dans une ambassade assiégée, une assistance discrète à un coup d'État... un truc qui bouge, quoi !

— C'est bien ce que je craignais. Espèce de malade !

Krysztov releva la tête.

— Tiens. Voilà ta collègue préférée.

Ari se retourna et vit Iris Michotte se faufiler à travers la foule agglutinée près du bar. Le visage rond, des cheveux roux coupés courts dans un style Années folles, elle avait au coin des yeux des rides prématurées qui lui faisaient un regard souriant. Pourtant, ce soir-là, Mackenzie crut déceler un air soucieux dans ce visage qu'il connaissait si bien.

— Tout va bien ? demanda-t-il en lui saisissant l'avant-bras.

— Oui, oui... Ça va... Désolée pour le retard. C'est mon frère...

Elle ne termina pas sa phrase et Ari n'insista pas. Iris avait des rapports compliqués avec son frère. Alain Michotte, de huit ans son cadet, n'était pas un exemple de stabilité et, comme ils avaient perdu leurs parents, elle était obligée d'assumer un rôle maternel souvent pesant. Elle avait tendance à prendre à son compte les échecs successifs de son frère et n'en finissait jamais de s'inquiéter pour son avenir. Il venait, sans doute, de lui jouer un nouveau tour.

Mackenzie se poussa sur la banquette pour laisser son amie s'asseoir à côté de lui. À peine Iris s'était-elle installée que Marion vint prendre la commande. Malgré la foule des clients, elle semblait vouloir privilégier la table d'Ari...

— Qu'est-ce qu'on vous sert ?

Iris hésita.

— Il me faut quelque chose de fort...

Elle jeta un coup d'œil au verre d'Ari puis annonça, en soupirant :

— La même chose que monsieur.

Ari fronça les sourcils. Ce n'était pas dans les habitudes d'Iris de boire du whisky. C'était même entre eux un sujet sensible : elle avait plusieurs fois reproché à Mackenzie son penchant pour le *single malt* écossais. Mais, visiblement, ce soir, les choses étaient différentes : son frère avait dû la pousser à bout.

— Elle est mignonne, hein, la nouvelle copine d'Ari ? plaisanta Zalewski en indiquant la serveuse.

Iris eut une moue interdite.

— C'est ta copine ?

— Mais non ! Pas du tout...

— Elle est pas assez jeune pour toi ?

— Très drôle... Bon, et si on parlait plutôt de la raison pour laquelle on est ici tous les trois ?

— Oui, répondit Iris. Alors, à ton avis ? C'est quoi cette histoire ? Ça ne peut pas être une coïncidence. Qui a bien pu organiser le cambriolage de nos trois appartements en même temps ?

— Je ne sais pas. Ce que je peux vous dire, c'est que cet après-midi, un agent du SitCen est venu me voir ici même pour tenter de me recruter.

— C'était lui le casse-pieds dont parlait ta serveuse ? intervint Krysztov.

— Oui. Il m'a tenu la jambe pendant un bon quart d'heure pour m'expliquer que je devais quitter les RG et rejoindre le SitCen, me vanter les mérites des services européens et me servir des remarques à la con sur ma dépression... Pendant ce temps-là, nos trois appartements étaient fouillés.

— Tu penses que cet agent t'a retenu ici exprès ? interrogea Iris, sceptique.

— Non. Ce ne serait pas très discret de sa part. Il n'avait pas l'air crétin à ce point.

— Sauf si ce n'était pas un vrai agent du SitCen...

— Non, c'était bien un collègue. Je reconnais ce genre de types les yeux fermés.

— Alors comment tu expliques tout ça ?

Ari hésita un instant avant de répondre.

— Si nos trois appartements ont été fouillés, ça ne peut vouloir dire qu'une chose : quelqu'un est à la recherche de la boîte que nous avons trouvée dans le puits qui menait à ce foutu tunnel... C'est la seule chose qui nous relie tous les trois.

— Quand j'ai vu qu'on ne m'avait rien volé, j'y ai tout de suite pensé, confirma Iris.

— Moi aussi, ajouta Krysztov en acquiesçant.

— C'est le lien le plus logique. Cette fameuse boîte planquée là, dans le sous-sol de Paris, depuis le XVe siècle. Or, vous savez comme moi que le puits, à peine vingt-quatre heures après que nous sommes descendus à l'intérieur, a été fermé et classé Secret Défense par la DRM. La liste des gens qui aimeraient savoir ce que nous avons trouvé dedans est certainement longue. Un élément nouveau a dû réveiller la curiosité des uns et des autres. Résultat : d'un côté le SitCen me fait du pied pour rouvrir l'enquête et de l'autre des gens fouillent nos trois appartements. Ça me semble une explication rationnelle.

— Et qu'y avait-il dans cette boîte qui pourrait intéresser les fouineurs ? demanda Iris. Et puis, qu'est-ce que vous en avez foutu, d'ailleurs ?

— C'est Krysztov qui l'a.

— La boîte n'a pas bougé. Elle est dans un coffre-fort, chez moi, expliqua le garde du corps. Soit les cambrioleurs ne l'ont pas trouvée, soit ils n'ont pas réussi à ouvrir la porte du coffre.

— Il faut la cacher ailleurs, Krysztov. Ce serait trop risqué de la garder chez toi, maintenant. S'ils ont vu le coffre, ils vont revenir.

— Oui. Je vais choisir un lieu plus sûr.

— Alors, à votre avis, qu'est-ce qui peut les intéresser, dans cette boîte ? Si je me souviens bien, il n'y avait que de la vieille paperasse et quelques pièces de monnaie anciennes, sans grande valeur, non ?

— Il faudrait qu'on y regarde de plus près, suggéra Zalewski. Quelque chose nous a peut-être échappé. Vous voulez qu'on aille voir ça chez moi ?

Le visage d'Ari s'assombrit.

— Non, ça ne servirait à rien. Je suis sûr qu'il n'y a rien de spécial. C'était seulement des titres de propriété cachés là au XVe siècle par Mancel. Ce type avait découvert le mystérieux puits grâce aux carnets de Villard et il y avait caché un peu d'argent et ses titres de propriété. Bref, ce que contient la boîte n'a aucun intérêt en soi. C'est un pétard mouillé.

Iris parut étonnée.

— Mais enfin, Ari ! Il y a sûrement une piste ! Tu n'as pas envie de savoir ?

— Non. Je m'en fous.

— Tu te moques de moi ? Toi, t'en foutre ? Arrête tes conneries, je suis certaine que tu meurs d'envie de reprendre l'enquête !

— À quoi bon ? Je te rappelle que notre hiérarchie nous l'a formellement interdit.

— Ce n'est pas le genre de détails qui te freinent, d'habitude...

— Je n'ai pas envie de reprendre l'enquête, Iris, un point c'est tout. Faites ce que vous voulez, vous. Mais moi, jouer les détectives, c'est fini.

— Pourquoi tu nous as fait venir ici alors ?

— Je sais pas... Tu n'es pas contente de me voir ? ironisa Mackenzie.

Iris secoua la tête, dépitée.

— Ta soi-disant dépression te rend vraiment con ! Qui sait ce qui va nous arriver maintenant ? Si ces types sont capables de fouiller nos appartements, Dieu sait ce qu'ils peuvent encore nous réserver. On ne va pas rester là les bras croisés, merde !

Ari la regarda fixement. L'emportement de son amie lui paraissait démesuré. Peut-être, tout simplement, avait-elle espéré que ces événements seraient l'occasion de sortir Ari de sa dépression et était-elle déçue de le voir sans réaction. Il ne pouvait pas lui en vouloir. Elle ignorait sans doute que c'est le propre du dépressif de ne faire preuve d'aucune volonté.

— Ça te va mal d'être grossière, répondit-il d'une voix calme. Iris, si tu veux partir en croisade contre des hommes invisibles, c'est ton droit. Moi, ça me gonfle.

Krysztov, qui n'était pas intervenu jusque-là, posa une main sur celle d'Iris, comme pour la rassurer.

— Écoutez, proposa-t-il, dans un premier temps, je vais cacher la boîte ailleurs, et on va laisser passer un peu de temps, d'accord ? Voir s'il y a du nouveau.

— Très bonne idée, répondit Mackenzie.

— On porte plainte ?

— Non. Pour le moment, ça reste entre nous.

Contre toute attente, Iris avala son verre cul sec et se leva d'un bond.

— OK, si vous ne voulez pas vous bouger le cul, c'est votre problème. Moi, je suis désolée, mais des types sont entrés par effraction dans mon appartement : je veux savoir de qui il s'agit. Je me débrouillerai seule, s'il le faut.

Elle jeta un billet de dix euros sur la table, fit volte-face et se dirigea vers la sortie.

— Iris ! lança le Polonais.

Mais elle avait déjà disparu au milieu de la foule.

— Laisse tomber. Ça lui passera, murmura Ari en avalant une nouvelle gorgée de whisky.

— Excuse-moi, Ari, mais elle n'a pas tort. Ça ne te ressemble pas de ne pas chercher à comprendre ce qu'il se passe...

— Vous commencez à me gonfler à vouloir me dire ce qui me ressemble et ce qui me ressemble pas... J'ai quand même le droit de ne plus avoir envie de jouer aux flics, non ?

— Et tes amis ont le droit de se faire du souci pour toi. Depuis ta rupture avec Lola, tu pars en vrille. Je ne te connais pas depuis longtemps, Ari, mais Iris et toi, ça remonte. C'est normal qu'elle soit inquiète. La question n'est pas de savoir si tu as envie de te remettre à bosser ou non… La question est de savoir si tu as envie de te remettre à vivre normalement plutôt que passer tes journées dans ce bar.

— Il est très bien, ce bar. Et on y croise bien moins de connards que dans les couloirs des RG, tu peux me croire.

— Écoute, je vais pas te faire la morale, hein. Ça ne me regarde pas plus que ça, après tout. Mais sache que si tu as besoin de moi, tu sais où me joindre. Je vais mettre la boîte en lieu sûr. Si tu la cherches, idem. Maintenant, je te laisse, je vais essayer de rattraper Iris.

Le Polonais se leva sans attendre de réponse, donna une tape amicale sur l'épaule d'Ari et quitta le bar.

Mackenzie, un peu piteux, resta quelques minutes le regard dans le vide. Il regrettait d'avoir parlé ainsi à Iris. Ses amis avaient sans doute raison. Mais il n'avait tout simplement pas la force de s'intéresser à cette histoire.

À trente-sept ans, il tirait de sa vie un bilan qui lui paraissait pathétique. Entré dans la police presque par hasard, ou au mieux pour faire plaisir à son père – veuf, ancien flic rendu invalide suite à une mission qui avait mal tourné –, il n'avait pas l'impression d'avoir réalisé quoi que ce fût d'un point de vue professionnel. Certes, il était un bon agent, un analyste brillant, même, selon certains, mais son caractère révolté et son insolence naturelle ne lui avaient jamais permis de trouver sa place dans le cadre rigide des RG, et il lui semblait n'avoir rien accompli. Sa carrière se résumait quasiment à une succession de notes de synthèse quotidiennes, et les deux plus grandes affaires de sa vie s'étaient soldées par un échec : sa tentative, quelques années plus tôt, de faire tomber l'Église de scientologie en France avait été avortée par un soudain revirement dans les directives gouvernementales concernant les « priorités » des services de renseignements. Il avait suffi d'une poignée de main fort médiatisée entre le ministre de l'Intérieur et un acteur hollywoodien scientologue pour que la Direction centrale demande gentiment à Ari de s'occuper d'autre chose. Quant à l'affaire des carnets de Villard de Honnecourt, elle s'était terminée prématurément.

Avec Lola, il avait eu pendant quelques mois le sentiment de pouvoir surmonter le vertige que provoquait ce vide. La jeune femme était si libre, si enjouée, si pleine de vie qu'elle était parvenue à transmettre son enthousiasme à Ari. *À remplir le vide*. Dans ses bras, il avait eu l'impression que tout était possible. Et puis, avec le temps, ils avaient été rattrapés par leur différence d'âge, l'envie inavouée de Lola d'avoir un enfant, le métier d'Ari, son caractère d'ours… Combien il regrettait, à présent, de n'avoir su faire les efforts suffisants pour la retenir ! Il se demandait si, à ce croisement-là de son histoire, il n'avait pas commis la plus grande erreur de son existence en choisissant le chemin qui l'avait éloigné d'elle. On regarde son passé et ces choix apparaissent comme les intersections d'une arborescence à sens unique. On ne peut revenir en arrière mais l'on devine, ou on imagine, ce que notre vie aurait été si…

Ari poussa un soupir et remarqua soudain que Marion le dévisageait, depuis un bon moment peut-être.

— Quelque chose qui ne va pas, Mackenzie ? demanda-t-elle en s'approchant de sa table.

Il s'efforça de sourire.

— Bah, il faut croire que ce n'est pas ma journée. Mais ça va…

La serveuse jeta un coup d'œil vers le bar. Le patron était déjà parti et les clients un peu moins nombreux. Elle haussa les épaules et prit place en face de lui.

— Vous allez vous faire engueuler par vos collègues, chuchota Mackenzie.

— Rien à foutre ! Alors, qu'est-ce qu'il se passe ?

— Ma pauvre Marion, ce serait trop long à vous raconter.

— Ah... Je vois. Il y a une histoire d'amour là-dessous.

L'analyste se garda bien de répondre, mais ne put réprimer un sourire.

— Ah ! L'amour ! murmura Marion d'un air faussement mélodramatique. *Il n'y a rien de pire que l'amour sauf de ne pas aimer*.

— Euh... Sacha Guitry ?

— Non, Jean-Jacques Goldman.

Ari éclata de rire.

— Vous êtes drôlement cultivée, dites-moi !

— Qu'est-ce que vous croyez ? J'ai fait des études de lettres, moi, monsieur ! D'accord, je suis serveuse dans un bar, et mon mémoire sur le langage de la douleur chez Margueritte Duras ne me sert pas à grand-chose.

— Ça, ils auraient dû vous prévenir dès la fac : on est en France, Marion, le pays du grand écart entre les études et la vie professionnelle... Ça fait partie du charme de notre université, on met des beaux costumes pour remuer beaucoup d'air. Cela dit, serveuse n'est pas un métier déshonorant... Bien au contraire ! C'est une œuvre de bienfaisance. D'ailleurs, Béné et vous devriez être béatifiées.

— Oh, une petite augmentation suffirait, vous savez... De toute façon, je ne compte pas faire ça toute ma vie.

— Qu'est-ce que vous voulez faire ?

— Ben, je sais pas… Flic, comme vous. Apparemment, ça laisse du temps pour picoler.

— Très drôle. Non, mais sérieusement ?

— Au départ, je voulais travailler dans le milieu du livre…

À ces mots, le visage d'Ari se tendit de façon trop flagrante pour que cela échappât à la jeune femme.

— Quoi ? J'ai dit une bêtise ? demanda Marion.

— Non, non. C'est rien…

— Ah ! C'est votre histoire d'amour, c'est ça ? Laissez-moi deviner : elle travaille dans les livres ?

— C'est une libraire…

— Je vois. Désolée. Je ne savais pas…

— Ce n'est rien.

— Mais moi, ce n'est pas vraiment la librairie qui m'attirait ; plutôt l'édition. L'année dernière on m'avait proposé un poste dans une maison d'édition en Bretagne qui me plaisait beaucoup…

— Et alors ? Vous n'y êtes pas allée ?

— Non. Mon mec avait un boulot à Paris… Je suis restée ici pour lui. Depuis, ce mufle m'a quittée, il est retourné avec son ex et le poste a été pris en Bretagne. Bref, je suis restée à cause d'un con et maintenant je suis serveuse et célibataire.

— Béni soit le con qui vous a fait rester à Paris, sans lui, je ne vous aurais pas eue comme serveuse…

— C'est gentil. Cela dit, m'en voulez pas, hein, mais moi, personnellement, j'aurais préféré travailler dans l'édition plutôt que servir des verres ici, même à des gens charmants.

— Bah… Je voulais être guitariste de rock et je suis devenu flic ; vous croyez que c'est mieux ?

Marion esquissa un sourire.

— À propos de rock, le groupe Kelks est en concert ce soir au *Set de la Butte*. J'ai des invitations. J'y vais après mon service. Ça vous tente ?

Ari ne répondit pas tout de suite. Il se demanda si la serveuse n'était pas en train de flirter avec lui…

Non, c'était peu probable. En outre, il n'avait pas la tête à ça. Du moins refusait-il de croire qu'il pouvait avoir la tête à ça.

En réalité, il se demandait si tout son problème ne se résumait pas à l'écart qui existait entre ce qu'il avait *envie* de ressentir et ce qu'il éprouvait réellement. Une partie de lui – il ne pouvait le nier – devait se complaire dans son malheur. Certes, il avait *envie* d'éprouver la tristesse du deuil amoureux... mais l'éprouvait-il aussi intensément qu'il se le faisait croire ? Il avait *envie* qu'on remarque sa dépression, mais déprimait-il tant que ça ? Son état était-il bien réel ou bien le whisky était-il devenu l'artifice pour le simuler ? Ne jouait-il pas le rôle d'un homme plus triste encore qu'il ne l'était vraiment, simplement pour donner un peu plus d'importance à son affliction ?

Pire... Peut-être avait-il eu *envie*, à l'époque, d'éprouver pour Lola le plus violent amour, sans en être tout à fait capable. L'avait-il aimée autant qu'il se l'était dit ? Il peinait, aujourd'hui, à distinguer ceux de ses sentiments qui étaient authentiques et ceux qui étaient procuration. Le plus dur, quand on se ment à soi-même, c'est d'en avoir une conscience aiguë et de ne pouvoir lutter.

— Non. C'est gentil, Marion, mais je dois aller voir mon père, ce soir. Je... Je vous abandonne. Bon concert !

16.

Malgré la peur qui l'habitait encore, Sandrine Monney finit par trouver la force de se relever. Elle était si tendue, si choquée que ce geste lui demanda un effort surhumain. Une fois debout, figée sur ses jambes raides, elle ne parvint pas à empêcher ses mains de trembler. C'était comme si elle ne pouvait reprendre possession de son propre corps. Dans son dos, l'endroit où s'étaient enfoncés les genoux de l'homme à la canne était encore très douloureux.

Des larmes coulaient sur ses joues qu'elle ne pouvait retenir. Elle tenta de se raisonner : elle était vivante. Vivante. Et c'était sans doute un miracle. Il fallait rentrer, maintenant, retrouver Antoine. Chercher dans ses bras le réconfort dont elle avait besoin. Elle avait eu si peur. Puis prévenir la police. Et ensuite ? Ensuite, elle verrait bien. Une chose était sûre, son enquête avait été découverte par les gens qu'elle s'apprêtait à dénoncer.

Elle jeta un coup d'œil autour d'elle, pour vérifier une dernière fois. Mais cela ne faisait aucun doute : son dossier avait disparu. Dans la lumière d'un réverbère, elle aperçut toutefois son téléphone portable, éclaté en mille morceaux. Elle se baissa péniblement pour ramasser ce qu'il en restait. Puis elle avala sa salive et entreprit de se mettre en route.

Ses jambes, néanmoins, refusèrent d'avancer. Le choc nerveux l'avait paralysée. Elle sentit alors la colère monter en elle. C'était ridicule ! Elle ne pouvait pas rester là, au milieu de la rue ! Il fallait qu'elle avance. La maison n'était plus qu'à quelques pas. Un dernier effort.

Elle inspira profondément, se concentra et tenta de remuer la jambe droite. Son pied, enfin, se décolla lentement du sol. Elle fit un premier pas. Puis un second. Il lui sembla alors que les sensations revenaient progressivement. Tout était dans sa tête. Au troisième pas pourtant, elle perdit l'équilibre et s'écroula, incapable de supporter son propre poids.

Elle grimaça, puis se tourna sur le dos. Sa vue, soudain, se troubla. Le halo du réverbère lui parut se dédoubler, puis ce fut au tour des maisons. Sa tête avait dû heurter le sol. Elle ferma les yeux et les ouvrit à nouveau. Mais rien n'y faisait, c'était pire encore.

Que se passait-il ? Elle était seulement tombée ! Pourquoi son corps la trahissait-il ainsi ?

Prise de panique, elle tenta de se redresser. Mais ses bras, à présent, refusaient d'obéir. Un fourmillement lui remonta du coude jusqu'aux épaules, puis gagna sa poitrine. Sa respiration s'accéléra. Ses poumons avaient de plus en plus de mal à se remplir et soudain elle ne parvint plus à respirer du tout. Elle sentit alors une immense douleur s'insinuer dans son crâne, puis des milliers de couleurs envahirent son champ de vision. La rue obscure devint le théâtre d'une hallucination fluorescente, un ballet de tentacules mouvants qui brillaient comme autant de néons bariolés.

À cet instant précis, Sandrine Monney aurait voulu crier. Mais il n'y avait plus, dans ce corps, un seul muscle qui pût encore bouger.

Pas même le plus important de tous.

Les oreillettes de son cœur avaient déjà cessé de se contracter depuis quelques instants. Bientôt, il n'y eut plus de sang pour remplir les ventricules. La mort vint, subite et silencieuse comme un battement de cils. Sans avoir pu comprendre ce qu'il lui arrivait, la jeune femme s'éteignit en quelques secondes, seule au milieu de cette rue déserte de la périphérie de Genève, dans la douce quiétude du soir.

17.

Ma légende, tu l'as vu, parle d'or et d'un mystérieux manuscrit. Si je ne suis en rien l'alchimiste qu'on prétend, cher lecteur, cela ne signifie pas, pour autant, que l'or n'eût joué toute ma vie aucune importance et que je ne fusse tombé, en effet, sur un mystérieux manuscrit. Au contraire. L'un et l'autre furent bien présents.

Laisse-moi donc, si tu le veux bien, te raconter de quelle manière...

Je suis né à Pontoise le dix-septième jour d'avril de l'an 1340, ce qui me donne aujourd'hui soixante-seize ans, et j'en aurai, dans moins d'un mois, soixante-dix-sept. Peu d'hommes, à Paris, ont atteint un aussi bel âge ; miracle qui, tu t'en doutes, fournit à ceux qui parlent de moi comme d'un sorcier la matière dont ils ont besoin pour leur mystification.

Certes, il m'aura fallu survivre à la peste de 1348 comme à l'interminable guerre qui nous oppose aux Anglais depuis la nuit des temps ; certes j'aurai connu la honte de la défaite de Poitiers en 1356, essuyé les désordres parisiens provoqués par l'opposition entre Armagnacs et Bourguignons pendant une bonne partie de mon existence... Mais, somme toute, si je suis encore vivant à cet âge, c'est que j'ai eu une vie saine, heureuse et relativement calme, voilà tout.

Ayant étudié à Paris sur les traces de mon frère aîné, j'ai commencé ma carrière en ouvrant une modeste échoppe dans la rue dite des Escrivains... Nous étions plusieurs copistes-libraires à nous partager la rue ; ainsi, les enseignes de Jean Harengier et d'Ansel Chardon, tous deux de chers amis, jouxtaient la mienne, mais il y avait alors à Paris assez de travail pour bien plus d'entre nous encore. Nous vivons une époque où les gens ne prennent ni la peine ni le temps d'apprendre à lire et écrire, ce qui me désole et m'enrichit à la fois...

Après deux ans de métier pendant lesquels je m'initiai auprès d'un maître à l'art subtil de la calligraphie, le nombre de mes clients s'accrut en même temps que ma réputation. Ma clientèle devint de plus en plus aisée, de nombreux nobles, tels le bon Jean, duc de Berry, s'offrirent mes services, me commandant des ouvrages de plus en plus complexes, de plus en plus luxueux. La qualité de mes travaux et mes relations avec la famille royale me valurent d'obtenir, en 1368, le poste de libraire-juré de l'Université de Paris. Ainsi, ne dépendant plus de la juridiction du prévôt mais de l'Université, je fus exonéré de taille et dispensé de gardes de nuit. Je pus rapidement acheter, à quelques pas de mon échoppe, la maison qui est à l'angle de la rue Marivaux et de la rue des Escrivains, et où il m'arrive encore de séjourner aujourd'hui. J'y fis construire un atelier spécialisé dans la création de manuscrits enluminés, recrutai assistants et apprentis à qui je livrai mon savoir sur la façon de préparer le vélin, l'encre et les couleurs, la manière de copier le texte, l'art des lettrines, de la peinture, de l'enluminure, de la reliure…

Tu commences à comprendre, cher lecteur, comment l'or en vint à jouer un rôle important dans ma vie. Car en effet il me fallut, pour mon métier, de grandes quantités de ce précieux métal. Je ne saurais compter le nombre de fermoirs d'or que je fabriquai au cours de ma carrière, le nombre de lettres d'or que je peignis de ma propre main…

Pourtant, cet or, jamais je ne le produisis par miracle ou par le truchement de je ne sais quelle opération alchimique. Non. Cet or, il me fallut l'acheter, tout simplement, dans la rue Quinnenpoit, dite des orfèvres.

Tu te demandes sans doute, ainsi que le font mes détracteurs, comment je fis pour acheter de telles quantités d'or et d'où me venait la fortune nécessaire ?

Sois patient, lecteur. Je vais te le dire, et tu verras que cela n'a rien à voir avec l'alchimie. Et je te parlerai ensuite de ce mystérieux manuscrit et de l'incroyable découverte que je fis grâce à lui… Et alors seulement tu pourras dire que tu connais, toi, la véritable histoire de Nicolas Flamel.

18.

Comme chaque fois, Ari sentit son ventre se nouer quand il sonna à la porte de l'appartement que son père occupait dans une résidence spécialisée de la porte de Bagnolet, payé par sa pension d'invalidité de la Police nationale. Il ne pouvait s'empêcher de penser que le jour était peut-être venu où le vieil homme ne viendrait pas ouvrir. Il s'imaginait déjà le regard désolé de l'aide-soignant chargé de lui annoncer la triste nouvelle, puis les lettres à la famille, l'enterrement dans un quasi-anonymat, les complications administratives, le tri des affaires, et enfin, la solitude, la vraie.

Toutefois, la porte finit par s'ouvrir et le visage ridé de Jack Mackenzie apparut dans la pénombre de l'entrée. Les traits creusés, les joues recouvertes d'une barbe blanche qu'il ne rasait plus depuis quelques semaines, il ressemblait à un vieux dissident soviétique.

— Bonsoir, papa, tu vas bien ?

L'ancien policier haussa les épaules, comme si la réponse était évidente, fit demi-tour sans refermer la porte et retourna dans le salon en traînant des pieds.

— Quand on comprend tout, grommela-t-il, on fait toujours une dépression nerveuse. C'est la lucidité qui veut ça.

Ari referma la porte derrière lui.

Depuis la balle qu'il avait reçue en mission, Jack Mackenzie souffrait de démence précoce et ses propos étaient, la plupart du temps, sans queue ni tête. En tout cas, leur sens profond était rarement explicite. Mais son fils avait fini par s'habituer et, malgré tout, ils parvenaient à entretenir une relation très forte, où l'essentiel passait par les regards, les non-dits, et une affection sans limite.

Après l'affaire des carnets de Villard de Honnecourt, les choses s'étaient un peu compliquées, toutefois. Ari avait découvert un pan entier du passé de son père qu'il ignorait jusqu'alors. Jack s'était révélé un personnage bien plus énigmatique et complexe qu'il ne l'imaginait. Par moments, Ari retrouvait même des souvenirs d'enfance, enfouis dans sa mémoire ; il voyait resurgir l'image floue d'hommes étranges venus voir ses parents, des bribes de conversations inaudibles, une avalanche de secrets qui avaient, à l'époque, échappé au petit garçon insouciant... Son père, devenu invalide beaucoup trop tôt, n'avait jamais pu lui dévoiler tous ces mystères. Et il était sans doute trop tard, à présent.

Une chose était sûre : Ari n'était pas tombé sur l'affaire des carnets de Villard de Honnecourt par hasard. Son père y avait été intimement lié. Certaines réponses se trouvaient peut-être dans les méandres nébuleux de son cerveau malade.

Ari se dirigea vers la fenêtre. Il avait rarement vu l'appartement dans un tel désordre. Son père traversait une mauvaise passe, comme cela lui arrivait malheureusement de plus en plus souvent. Il allait falloir prévenir le personnel de la résidence. Leur demander de venir plus régulièrement.

— Dis donc, papa, ça fait combien de temps que tu n'as pas ouvert la fenêtre ? Ça pue le renfermé !

— J'appelle ça légitime défense, expliqua le vieil homme en prenant place sur son fauteuil.

— Tu veux que je t'allume la télé ? Je vais aller faire un peu de vaisselle.

— Non merci. Je ne me fais plus à manger. Bouffer de la merde, ce n'est pas non plus l'avant-garde.

Ari caressa tendrement les cheveux de son père et se rendit dans la pièce voisine. Ces visites faisaient partie des rares moments où il oubliait un peu son propre état. À s'occuper ainsi du vieil homme, il ne pouvait que relativiser la gravité de ses problèmes.

Certes, cela ne durait qu'un temps, mais ces minutes étaient comme des piqûres de rappel lui évitant de focaliser uniquement sur ses propres angoisses.

Il passa un bon moment à laver les couverts empilés dans l'évier, donna quelques coups d'éponge sur les meubles en Formica, jeta les produits périmés qui s'entassaient dans le réfrigérateur puis revint au salon s'asseoir près de son père. C'était un rituel bien réglé, comme celui de la promenade. Mais ces derniers temps, malgré la chaleur de l'été, Jack ne manifestait plus son envie de sortir.

— Comment se passe le travail, Ari ?

L'analyste ne put masquer sa surprise. Les phases où son père était capable de poser des questions sensées et de suivre une véritable conversation étaient de plus en plus rares.

— Je suis toujours en arrêt maladie, papa.

— Ah bon ? Toi ? En arrêt maladie ? Toi ? Ah bon ?

— Oui. Je te l'ai déjà dit plusieurs fois, tu sais.

Le vieil homme fit une longue grimace, comme si l'information le dérangeait.

— Mais qu'est-ce que tu as ? Tu n'as pas l'air malade.

— Rien de grave.

Jack resta immobile un instant, le visage figé, dubitatif, puis il se tourna vers son fils en fronçant les sourcils. On aurait dit qu'il jouait la comédie.

— Tu crois que je suis sénile, hein, Ari ? Tu te trompes : je suis fou, mais pas sénile. Tu saisis la différence ?

— Tu n'es ni fou ni sénile, papa.

— C'est à cause de ta libraire, hein ? C'est à cause d'elle que tu ne vas plus travailler ? Comment elle s'appelle, déjà, ta jolie libraire ?

— Mais non, ça n'a rien à voir.

— Comment elle s'appelle ? insista le vieil homme.

— Lola.

— Tu vois bien que c'est à cause d'elle !

— Papa...

Jack se renfonça dans son fauteuil avec un sourire satisfait.

— Ah, mon pauvre Ari. Ce n'est pas facile, n'est-ce pas ? Le plus dur, c'est de ne pas se tromper quant aux choses auxquelles on doit renoncer. Comment s'appelle ce présentateur ?

Le vieil homme pointa du doigt l'écran grisâtre de la télévision.

— Il n'y a pas de présentateur, papa. C'est ton reflet. La télé est éteinte.

— Je trouve que tu as l'air inquiet, Ari.

— Ce n'est rien. On a fouillé mon appartement... Et j'ai l'impression que cela a un rapport avec l'enquête que je menais il y a quelques mois.

— Paul Cazo est mort.

Ari frissonna. Paul Cazo. Le nom résonna dans sa tête. Le meurtre abominable de cet homme avait été l'élément déclencheur de toute l'affaire des carnets de Villard de Honnecourt. Or... il se trouvait que Paul Cazo était le plus vieil ami de Jack Mackenzie et que tous deux avaient appartenu à une loge compagnonnique secrète dont l'objet était de protéger les fameux carnets.

Après avoir découvert avec consternation que son père, avant son accident, avait eu cette double vie pleine de mystère, Ari n'avait pu en apprendre davantage, car tous les membres de la loge étaient morts, et Jack était resté enfermé dans le mutisme – plus ou moins volontaire – de sa démence précoce. Depuis la clôture de l'enquête, c'était la première fois que le vieil homme évoquait un nom lié à cette affaire. Ari sentit les battements de son cœur s'accélérer.

— Pourquoi tu me parles de Paul, papa ?

— Si tu ne vas pas bien, tu devrais aller voir le docteur.

Ari poussa un soupir.

— J'y suis allé, papa, et il m'a donné un arrêt maladie. Mais pourquoi tu me parles de Paul Cazo ? Tu veux me dire quelque chose sur cette affaire, n'est-ce pas ? Pourquoi tu m'as caché que tu faisais partie de cette loge compagnonnique ?

— Paul Cazo est mort, Ari, et toi tu devrais aller voir le docteur.

— Pourquoi est-il mort, papa ? Quel secret a-t-il essayé de protéger ? Quel secret vouliez-vous protéger, avec votre loge, hein ? Pourquoi tu ne veux pas me le dire ?

Jack resta silencieux.

— Qu'est-ce qu'il y avait, au fond de ce maudit tunnel ? insista Ari, en attrapant son père par l'épaule. Je suis descendu dedans, papa. Je n'ai rien vu. Je... Je n'ai pas pu aller jusqu'au bout du tunnel. Pourquoi tu ne m'en dis pas plus ?

— Il y a plus de gens bien que de gens cons, mais les cons sont mieux organisés, murmura le vieil homme, le regard perdu dans le vide.

Ari relâcha l'épaule de son père et s'affaissa dans son fauteuil.

— Papa...

— Je suis certain que la télé était allumée. C'est toi qui l'as éteinte ?

L'analyste secoua la tête, dépité. Il savait qu'il ne servait plus à rien d'insister. La phase de lucidité de Jack était bien finie. Quand il avait décidé de se refermer, il n'y avait plus moyen d'obtenir quoi que ce fût de lui.

Ari se leva, résigné, et trouva quelques affaires à ranger dans l'appartement. Il resta encore près d'une heure auprès de son père avant de se décider enfin à rentrer chez lui. Jack Mackenzie l'accompagna jusqu'à la porte d'entrée. Père et fils s'embrassèrent longuement.

Puis, avant de refermer la porte, Jack passa sa tête par l'ouverture et répéta une dernière fois : « Tu devrais aller voir le docteur. »

Ari acquiesça, le salua, puis descendit les premières marches de l'escalier. Soudain, à mi-étage, il s'immobilisa.

Oui. Bien sûr ! C'était tellement évident !

Un sourire se dessina lentement sur son visage.

Il sut, à cet instant, que son enquête pouvait reprendre.

19.

Le visage blême, Stéphane Drouin reposa le combiné du téléphone sur son socle. Il se frotta les yeux. Le réveil sur sa table de nuit indiquait 23 : 50 en chiffres rouges.

Encore sous le choc, il ne parvenait pas à trouver la force de se redresser. L'air hagard, il essayait de donner du sens à ce qu'il venait d'entendre. Le directeur du centre d'études avait beau lui avoir expliqué que Sandrine Monney avait succombé en pleine rue à une attaque cérébrale, cela ne pouvait pas être une coïncidence. C'était trop gros.

Il resta un long moment immobile, allongé sur le lit, les mains crispées sur les cuisses. Les mots résonnaient dans sa tête, comme si son cerveau voulait les lui répéter encore et encore jusqu'à ce qu'il accepte l'inacceptable. *Sandrine est morte. Sandrine Monney est morte.*

Il se retrouvait maintenant dans une situation difficile : il allait devoir décider, seul, s'il devait dire ou non à la police ce qu'il savait. L'unique personne qui aurait pu lui indiquer quoi faire était morte. Et il n'était même pas certain que Sandrine Monney, vivante, lui aurait conseillé de parler. Les événements, malheureusement, prouvaient la gravité de leur découverte.

Elle avait été assassinée, il en était sûr. Et si c'était bien le cas, une chose était plus certaine encore : il était le prochain sur la liste.

Après de longues minutes d'hébétement, le jeune homme se leva enfin et s'habilla. Il hésitait encore à prévenir la police ; il y avait néanmoins une chose urgente qu'il devait absolument faire. Quelque chose qui ne pouvait pas attendre. C'était dangereux, mais il n'avait pas le choix. Il était peut-être même déjà trop tard.

Rassemblant tout son courage, Stéphane Drouin se précipita vers l'entrée de son appartement, enfila une veste et sortit dans la rue d'un pas rapide. Comme s'il répétait une scène de théâtre, il fixa son attention sur les gestes simples qu'il aurait à accomplir une fois sur place.

Il traversa le trottoir dans la nuit noire, détacha la chaîne de la roue de son scooter, enfila son casque et partit en trombe dans les rues de Genève.

Alors que les immeubles défilaient autour de lui, il se remémora les derniers instants qu'il avait passés avec sa collègue, quelques heures plus tôt. L'excitation qu'elle n'avait pu dissimuler en lui montrant le dossier bouclé, et la peur évidente qui l'habitait à l'idée d'avoir mis son nez dans une terrible histoire. « Je détiens toutes les preuves, Stéphane. Toutes. Demain, je balance le dossier à mes contacts de l'ONU. Ça va faire l'effet d'une bombe. » Il lui avait demandé pourquoi elle ne l'expédiait pas tout de suite par Internet, pour se débarrasser une bonne fois pour toutes de ce dossier trop brûlant. Sandrine avait répondu qu'elle voulait le rapporter chez elle, le lire une dernière fois et vérifier qu'il n'y manquait rien. Il n'avait pas osé lui dire qu'il trouvait cela imprudent ; elle le savait certainement mieux que lui. Tous deux avaient conscience des risques qu'ils encouraient depuis plusieurs semaines.

L'enquête qu'ils avaient menée les plaçait dans une situation particulièrement dangereuse. Mais jusqu'à maintenant, ce danger était resté abstrait. Une menace sans visage, sans consistance, à laquelle il avait plusieurs fois pensé sans trop y croire. À présent que Sandrine était morte, tout devenait beaucoup plus concret. D'une façon ou d'une autre, ils étaient remontés jusqu'à elle et ils l'avaient assassinée en pleine rue. Il ne faisait aucun doute, en outre, qu'ils avaient récupéré son dossier. Et maintenant, ils allaient venir pour lui.

Il n'y avait plus une minute à perdre.

Arrivé au pied du grand building de verre, Stéphane Drouin gara son scooter devant l'entrée et ne prit pas même la peine de l'attacher. Il ôta son casque et se précipita dans le hall. Il montra sa carte au gardien de nuit et monta dans les étages.

20.

Qu'on m'admire ou qu'on me honnisse, qu'on parle beaucoup de moi, cela n'a aucune valeur à mes yeux : je ne suis pas l'écrivain que j'aurais voulu être.

Toute ma vie, j'ai écrit pour les autres ; mais pour moi, jamais. Je voudrais le faire avant de n'être plus. Bientôt, peut-être. À force de ne faire que mon métier, à force de prêter fidèlement ma plume à mes clients, j'ai perdu de vue ce que je cherchais. Je ne suis même pas sûr d'avoir jamais su ce que je cherchais. Sans doute suis-je seulement maintenant – alors qu'il est trop tard – en train de comprendre ce qui m'anime vraiment. Ce qui m'a toujours animé.

Car même si je suis l'un des plus célèbres, je ne suis que copiste quand j'aurais voulu être auteur, quand j'aurais voulu dire le plus intime lien qui nous unit tous, quand j'aurais voulu dégager, par les mots, l'harmonie de nos différences, cette harmonie qui fait l'humaine condition ; quand j'aurais voulu être un Chrétien de Troyes, une Christine de Pisan. Lui, ce visionnaire qui, sous cette forme nouvelle et pleine de promesses, montra combien les légendes, même les plus merveilleuses, sont de justes miroirs de nos pauvres vies ; et elle, cette érudite qui sait montrer aux hommes combien ils se trompent en refusant de prêter aux femmes une âme au moins égale à la nôtre...

L'un et l'autre auront tant laissé.

Et moi ? Que vous aurai-je laissé ? Tout ce que les mots ne livrent pas est perdu. C'est l'angoisse de cette perte qui nous pousse à écrire, les uns après les autres, comme si nous devions nous transmettre une vérité originelle que seul le silence pourrait détruire.

Je remplirai, bientôt, mon devoir de parole.

21.

Les gardiens dans le hall d'accueil parurent étonnés en voyant arriver Ari à Levallois de bon matin. Cela faisait plusieurs semaines que Mackenzie n'avait pas mis les pieds au siège de ce qu'il convenait maintenant d'appeler la DCRI. Il y avait déjà eu quelques changements à l'intérieur des locaux, suite à la fusion entre les RG et la DST. L'immeuble était encore en pleine effervescence et on pouvait lire dans les yeux des agents tantôt de l'agacement, tantôt de l'excitation.

Ari salua les deux policiers qui gardaient l'entrée et passa le sas de sécurité. Dans l'ascenseur, il croisa deux ou trois collègues qui hochèrent poliment la tête mais aucun ne le dérangea avec des questions sur sa santé ou la raison de son retour précoce.

Il ne s'arrêta pas au cinquième étage pour aller voir Iris et s'excuser de la façon dont il s'était comporté la veille, mais se dirigea tout droit en direction de son bureau, situé au fin fond du septième étage. Pour le moment, il n'avait qu'une seule idée en tête, et elle ne pouvait pas attendre.

En traversant le couloir, il releva quelques regards surpris derrière les vitres, rien de plus. Quand il fut devant son bureau, il poussa un soupir de soulagement. Il avait craint, toute la nuit, qu'on l'ait déménagé, sans sommation, pendant sa longue convalescence. Mais non, tout était là, en place.

Ari poussa lentement la porte en verre et resta un moment sur le seuil, comme si retourner ici, dans ce lieu qui symbolisait un travail dont il ne voulait plus, lui demandait un véritable effort. Puis il s'installa à son bureau. Il lança un regard découragé aux enveloppes empilées à côté de cet ordinateur qu'il n'allumait presque jamais. Ari était quasiment aussi allergique à l'informatique qu'au courrier. Il haussa les épaules. Il n'était pas venu pour ça. D'ailleurs, il n'était même pas censé être là.

Il fit volte-face sur sa chaise à roulettes et glissa jusqu'au placard derrière lui. Il ouvrit la double porte à soufflets et, sans une seconde d'hésitation, attrapa une chemise cartonnée coincée au milieu des autres. Il n'avait pas besoin de regarder l'étiquette. Il savait qu'il s'agissait de la bonne. Celle de l'affaire des carnets de Villard.

Il se tourna à nouveau vers son bureau et consulta le dossier devant lui. Les photos, les croquis et les notes s'étalèrent sous son regard illuminé.

À cet instant, le téléphone se mit à sonner. Il leva les yeux et reconnut le numéro de Gilles Duboy, son supérieur hiérarchique direct, chef de feu la section Analyse et prospective. Il se demanda de quel poste celui-ci avait hérité, au sein de la nouvelle structure. Il grimaça et se refusa à répondre. Après tout, il était encore en arrêt maladie. Duboy n'avait qu'à aller se faire foutre.

Ari se replongea dans les documents. Quelque chose le taraudait depuis la veille. Les paroles qu'avait répétées son père résonnaient encore dans sa tête : *tu devrais aller voir le docteur*.

Une à une, il relut ses notes relatives à la chronologie de l'investigation. D'abord le meurtre de Paul Cazo. Puis celui des cinq autres membres de la loge Villard de Honnecourt. Le démantèlement de la confrérie du Vril, une société secrète de mystiques néonazis responsable des meurtres et, plus loin, la découverte de l'objet de leur convoitise : les six pages disparues des carnets de Villard de Honnecourt. Enfin, la résolution de l'énigme cryptée sur ces pages manuscrites...

Une à une les étapes de l'enquête lui revenaient en mémoire. Mais ce n'était pas ce qu'il était venu chercher. Non. Ce qui l'intéressait se situait plus loin. Car voilà : Ari avait été témoin d'une chose étrange juste après la fermeture de l'enquête et il était presque certain que son père, de façon à peine voilée, lui avait indiqué que c'était la meilleure piste pour lui, à l'heure actuelle.

Alors qu'il s'apprêtait à relire la dernière note du dossier, Ari sursauta en entendant s'ouvrir la porte de son bureau.

— Qu'est-ce que vous foutez là, Mackenzie ? Pourquoi vous ne répondez pas au téléphone ?

Le commissaire divisionnaire Gilles Duboy était un homme petit, qui venait de dépasser la cinquantaine. Il avait de courts cheveux noirs, coiffés à la romaine, et un visage dur et sombre. Il semblait porter sur sa figure les stigmates de son antipathie chronique.

— Vous êtes en arrêt maladie, bordel ! Vous n'avez pas à mettre les pieds ici ! S'il vous arrive quelque chose, vous n'êtes pas couvert par l'assurance.

— C'est toujours aussi agréable de vous retrouver, chef, répondit Mackenzie sur un ton ironique.

J'aurais bien aimé papoter avec vous, malheureusement je suis seulement venu récupérer quelques affaires. Je ne reste pas…

Duboy secoua la tête.

— Vous n'êtes pas croyable, même en congé vous arrivez à me faire chier, Mackenzie !

— Vous dites ça pour me faire plaisir…

Le visage du commissaire divisionnaire se transforma lentement. Un sourire cynique se dessina sur ses traits.

— Vous ne perdez rien pour attendre… J'attends votre retour avec impatience. Je vous ai concocté une mutation aux petits oignons.

L'ancien chef de section sortit du bureau avec un air satisfait. Il pensait peut-être pouvoir faire peur à Mackenzie, mais celui-ci était à mille lieues de se préoccuper de son avenir à la DCRI. Pour l'heure, il avait bien mieux à faire.

Ari regarda Duboy disparaître de l'autre côté du couloir et se replongea dans son dossier.

Il récupéra une note manuscrite dont le titre était un simple nom de famille : Weldon.

Il relut son propre résumé.

Quelques jours après la clôture de l'affaire, Mackenzie avait découvert, en regardant la télévision, qu'elle avait été indirectement récupérée par Weldon, un homme obscur, visiblement dans les petits papiers du ministère de l'Intérieur… Fait d'autant plus troublant que Weldon, dont Ari avait plusieurs fois croisé le nom par le passé, était une sorte d'illuminé, figure sulfureuse des milieux ésotéristes parisiens, flirtant avec divers mouvements occultistes sectaires et à la limite de la clandestinité. Quand il avait demandé à sa hiérarchie de lui expliquer à quel titre cet homme, a priori civil, avait été habilité à se saisir du dossier, on lui avait opposé une fin de non-recevoir et toutes les portes s'étaient refermées. Ari avait été sommé de retourner sagement à son « groupe sectes » et à ses notes de synthèse.

Or la veille, les propos de son père avaient réveillé sa curiosité à l'égard du personnage. *Tu devrais aller voir le docteur.* Dans les milieux ésotéristes, Weldon se faisait justement appeler *Le Docteur*.

S'il devait rouvrir en secret le dossier des carnets de Villard de Honnecourt, Ari devait commencer par là. Son père, il en était certain, l'avait mis sur la seule piste valable.

Il referma le dossier, le glissa sous son bras et sortit de son bureau d'un pas rapide. Il prit l'ascenseur et s'arrêta cette fois au cinquième étage. Apercevant le visage rond d'Iris Michotte à travers la baie vitrée, il frappa à la porte mais n'attendit pas la réponse de sa collègue pour entrer.

— Tiens ? T'es là, toi ? lança-t-elle, réellement étonnée, une touche de rancœur dans la voix.

— Ouais. Tu m'en veux encore pour hier soir ?

— Qu'est-ce que tu fais ici ?

— Je me suis dit que tu avais raison...

— C'est-à-dire ?

— On va la terminer, cette enquête.

Iris écarquilla les yeux. Ce n'était pas dans les habitudes de Mackenzie de reconnaître ses torts.

— C'est pour ça que tu viens me voir ? T'as besoin d'aide, c'est ça ?

Ari lui adressa un sourire embarrassé.

— Ne sois pas cruelle. Tu sais très bien que je ne pourrais pas me passer de toi. Tu es la meilleure pour dénicher des infos sur les gens.

— Alors on reprend vraiment l'enquête ?

— Oui.

— Vrai de vrai ?

— Vrai de vrai. Tu peux faire une recherche sur un nom ?

— Je t'écoute.

— Weldon. Mais attention, c'est probablement un pseudonyme. C'est un type que j'ai déjà croisé une ou deux fois dans les cercles ésotéristes parisiens. Une sorte d'éminence grise de ces milieux-là.

— C'est tout ce que tu peux me donner sur lui ? Un pseudo ?

— Désolé, je ne sais pas grand-chose. C'est un grand maigre, les cheveux ébouriffés, les traits creusés, on dirait un peu Raspoutine. Quelques jours après la fermeture de l'affaire des carnets de Villard de Honnecourt, je l'ai vu à la télé, comme par hasard, aux côtés du ministre de l'Intérieur et du procureur. Souviens-toi, le nom de Weldon était apparu à plusieurs endroits, lors de notre enquête. Je suis certain qu'il s'agit du même type. Un illuminé mystique qui se fait aussi appeler *Le Docteur*. Je n'ai jamais réussi à comprendre qui était ce mec. Tout ce que je sais, c'est qu'il a sans doute le bras long et qu'il utilise plusieurs pseudonymes, plus improbables les uns que les autres. Je me souviens de Bellamarre et Ragoczy... et, bien sûr, Weldon, ou Chevalier Weldon, même, il me semble. Le type doit se prendre pour une réincarnation du comte de Saint-Germain...

— Je vois le genre. Je vais voir ce que je peux faire.

— L'idéal, tu t'en doutes, serait que tu trouves sa véritable identité.

— Je vais voir ce que je peux faire, répéta Iris.

— Tu es la meilleure.

— Tu sais, si tu te décidais enfin un jour à te servir d'un ordinateur, tu pourrais très bien y arriver tout seul...

— Peut-être, mais alors je n'aurais plus besoin de toi, et avoue que ça te manquerait, hein ?

— Mouais...

— Et puis, tu le sais comme moi, je ne me servirai *jamais* de ces foutues machines. Je suis un homme de papier, de livres. Les livres ne font jamais d'erreur système, ne manquent jamais de mémoire et n'attrapent pas de virus.

— Ouais, t'es surtout un gros ringard.

— Je ne reste pas, j'ai Duboy sur le dos. Je rentre chez moi, tu m'appelles quand t'as du neuf ?

Iris hocha la tête. Ari l'embrassa sur le front et se dirigea vers la porte.

22.

Adossé à une colonne de pierre, une cigarette coincée entre deux doigts de sa main gantée, Willy Vlaeminck attendait dans le froid au pied du bâtiment Justus-Lipsius, centre névralgique de la Communauté européenne, à la périphérie de Bruxelles.

Il était près de 20 heures et la nuit était déjà tombée. Le SGA avait l'habitude de lui donner des rendez-vous à la dernière seconde et, comme il n'aimait pas officialiser leurs entretiens, il ne le faisait presque jamais dans un bureau de l'Union.

L'agent du SitCen écrasa sa cigarette par terre et se frotta les mains en frissonnant.

Soudain, la porte vitrée du grand immeuble s'ouvrit et la silhouette du SGA apparut dans la lumière blafarde du hall. En chapeau noir et long manteau de feutre, il s'avança vers Vlaeminck, les mains enfouies au fond des poches, la tête rentrée dans les épaules.

— Marchez avec moi, proposa-t-il à l'agent du SitCen, sans même s'arrêter.

Vlaeminck vint se placer à sa droite et ils empruntèrent d'un pas rapide le chemin goudronné qui serpentait entre les bâtiments de l'immense complexe.

— Mackenzie est allé au siège de la DCRI aujourd'hui, annonça le SGA en regardant droit devant lui.

La condensation faisait naître des nuages blanchâtres devant sa bouche.

— Oui, j'ai lu la note.

— Vous savez ce que cela signifie ?

— Probablement qu'il s'est décidé à enquêter sur l'affaire…

— C'est ce que je pense, en effet. En soi, ce n'est pas gênant, c'est simplement dommage qu'il n'ait pas accepté de le faire avec vous, au sein du SitCen.

— Nous pouvons encore essayer de le convaincre.

— Je crois que c'est peine perdue, Vlaeminck. Mais il y a peut-être d'autres façons de procéder. Ce qui nous importe, c'est de savoir ce qu'il sait. Il est le mieux placé pour enquêter, il maîtrise ce dossier mieux que quiconque et il a une excellente intuition.

— Nous ne nous débrouillons pas si mal au SitCen, rétorqua le Belge, légèrement offensé.

— Vous ne lui arrivez pas à la cheville. Nous devons trouver un moyen de tracer son avancée. Tout ce qu'il découvre, nous devons le découvrir nous aussi.

— Je vais trouver un moyen.

Le SGA s'immobilisa et se tourna vers l'agent, le regard grave.

— Je vous fais confiance, Vlaeminck. Nous ne pouvons pas perdre la main, sur ce dossier. Arrangez-vous pour mettre Mackenzie sur la voie sans qu'il sache que cela vient de nous, donnez-lui deux ou trois indices, puis foutez-lui un traqueur au cul. Qu'il le veuille ou non, ce con va bosser pour nous.

— Je m'en occupe.

— Faites vite.

23.

Lorsqu'il poussa délicatement la porte entrouverte du bureau qu'il partageait avec Sandrine Monney,

Stéphane Drouin sentit les battements de son cœur s'accélérer. Certes, il n'était pas impossible que sa collègue n'ait pas refermé en partant, mais c'était tout de même étonnant. Étant donné les circonstances, il ne pouvait s'empêcher d'imaginer que quelqu'un l'attendait peut-être à l'intérieur, tapi dans l'ombre, et pourquoi pas avec une arme…

Il retint son souffle et donna une dernière impulsion au battant. La faible lueur du couloir se diffusa à l'intérieur du bureau. À première vue, il n'y avait personne dans la pièce et rien n'avait été dérangé. La mâchoire serrée, il fit un pas et tendit la main vers l'interrupteur.

La lumière des néons inonda le bureau, révélant les dernières zones d'ombre. Toujours rien ni personne. Peut-être n'était-il pas trop tard. Le jeune homme jeta un coup d'œil dans le couloir derrière lui, rassembla son courage et se dirigea vers l'ordinateur de sa collègue.

Il alluma la machine en prenant place sur le fauteuil. Pendant le démarrage, il lança des regards inquiets autour de lui, comme s'il s'attendait à tout moment à voir quelqu'un faire irruption. Le ronronnement monotone de la climatisation alourdissait l'atmosphère.

— Allez ! Allez ! murmura-t-il en tapotant nerveusement sur le bord de la table.

L'écran afficha enfin la page d'accueil du système d'exploitation. Drouin s'approcha du clavier et commença sa recherche. Il n'était pas certain de savoir où regarder, mais une chose était sûre, ce dont il avait besoin était sur un dossier protégé, qui n'était pas en accès libre sur l'Intranet. Sandrine avait forcément isolé ses documents. Il parcourut toute l'arborescence du disque dur, inspecta les dossiers un par un, ouvrit tous ceux qui comprenaient des sous-dossiers. Rien. Il lança une recherche automatique en testant les mots clefs qui lui passaient par la tête. Toujours rien.

Il poussa un soupir de découragement, puis réfléchit un instant. Après tout, ce n'était pas si étonnant, Sandrine avait dû prendre des précautions.

Il entra dans le panneau de configuration de l'ordinateur, ouvrit la fenêtre des outils d'administration et démarra le logiciel de gestion des disques durs. Le programme détecta alors une partition cachée, qui n'était pas dans le format du système d'exploitation et que l'on ne pouvait donc explorer directement ici. Devant la partition, Stéphane reconnut aussitôt la petite icône en forme de pingouin. Le jeune homme sourit. Sandrine Monney avait sur son disque une partition Linux cachée.

Avec des gestes nerveux, il chercha dans les tiroirs un CD de boot. Il en trouva finalement un dans le sous-main qui recouvrait le bureau. Il fit redémarrer l'ordinateur sous Linux et vit enfin apparaître la partition cachée du disque dur. Il découvrit aussitôt un répertoire dont le nom ne laissait aucun doute. *Projet Rubedo*. C'était exactement ce qu'il cherchait. Il s'empressa de l'ouvrir.

Son enthousiasme fut de courte durée : le dossier était entièrement vide !

Stéphane frappa du poing sur la table, dépité. Il avait fait tout ça pour rien.

Deux solutions : soit Sandrine avait elle-même effacé ses documents en rentrant chez elle pour ne laisser aucune trace sur son ordinateur, soit quelqu'un était venu ici avant lui et les avait récupérés.

De toute façon, il ne servait plus à rien de rester là.

Le jeune homme se releva. Un peu trop vite, peut-être. Pendant un court instant, il sentit sa tête tourner, comme un léger étourdissement.

Stéphane s'agrippa à la table devant lui, prit le temps de recouvrer ses esprits puis se dirigea vers l'armoire de sa collègue. Il parcourut les différentes chemises empilées sur les étagères, lut une à une les tranches des CD-ROM. Nulle part il ne repéra la mention du fameux dossier. Inutile de s'entêter. Il n'y avait plus rien dans ce bureau. Le moment de partir était venu.

Mais alors qu'il s'apprêtait à refermer l'armoire, il fut pris d'un nouveau vertige. Plus violent cette fois. Sa vue se troubla pendant quelques secondes et il faillit perdre l'équilibre. Il se retint sur le montant de l'armoire en jurant. Que lui arrivait-il ?

Quand il estima qu'il pouvait marcher, il tenta d'avancer vers la porte. Très vite, il constata que son étourdissement ne faisait qu'empirer. C'était comme s'il avait absorbé un anesthésiant. Ses membres semblaient peser anormalement lourd et le sang battait plus fort dans ses tempes. Il avait peut-être besoin de prendre l'air, tout simplement.

Une fois sorti du bureau, il se dirigea en titubant en direction de l'ascenseur. Dans la cabine, il eut du mal à appuyer sur le bouton du rez-de-chaussée. Plus les secondes passaient, plus sa vue se brouillait et plus le moindre geste devenait difficile.

Quand l'ascenseur s'ouvrit enfin sur le grand hall de l'immeuble, Stéphane Drouin se dirigea vers la sortie, de plus en plus étourdi. Le monde vacillait autour de lui.

En le voyant chanceler ainsi, le gardien de nuit se leva de sa chaise.

— Monsieur Drouin ? Quelque chose ne va pas ?

Mais le jeune homme entendit à peine sa voix. Ses poumons, à présent, refusaient de se remplir et il avait l'impression que sa tête allait exploser. Sortir. Une voix hurlait dans sa tête et lui intimait de sortir. Malhabile comme un automate, il parcourut les derniers mètres qui le séparaient de la porte vitrée, puis ses jambes cédèrent sous son poids. Il tomba sur les genoux, incapable de lutter.

Il ne comprenait rien de ce qui lui arrivait. Ce n'était pas un simple vertige. Cela ne pouvait pas être le seul fruit d'une crise d'angoisse. Non. C'était plus grave que ça, bien plus sérieux. Mais quoi ?

Dans un dernier effort il releva la tête. De l'autre côté de la vitre, il lui sembla apercevoir la silhouette d'un homme qui s'appuyait sur une canne. Et il fut certain que l'homme l'observait. Puis son champ de vision se transforma en une palette de couleurs mouvantes et floues.

Stéphane Drouin pensa à sa collègue, à ce qu'ils avaient découvert ensemble. Il se demanda si la vérité pourrait être révélée au public. Car il allait mourir à son tour, c'était une évidence.

Son cœur, soudain, s'arrêta de battre, et il s'écroula lourdement contre la grande paroi de verre. Son visage heurta de plein fouet la surface transparente et l'os de son nez se brisa d'un coup sec. Le corps, inerte, glissa lentement avant de s'immobiliser contre le sol. Au-dessus de lui, une traînée de sang s'écoulait doucement qui dessinait les méandres sinueux d'une rivière.

24.

Homme prévoyant, j'ai toujours dépensé mon argent avec mesure et raison. À force de copier actes et titres pour mes clients, j'ai vite compris l'importance de l'immobilier, la valeur des pierres. Ainsi, dès que j'ai pu le faire, j'ai acheté plusieurs maisons, d'abord petites, puis de plus en plus grandes, afin de les restaurer et d'en tirer par la suite quelque profit. Au fil des ans, j'ai acquis de nombreuses demeures. Certaines m'ont en outre donné de belles vignes. C'est principa-

lement de ces placements que j'ai tiré cette richesse soi-disant inexpliquée que beaucoup m'envient.

En 1370, j'ai épousé dame Pernelle, qui avait été veuve par deux fois et possédait elle aussi une certaine fortune. À nous deux, nous fûmes donc à la tête d'un patrimoine que l'on continue, à tort, de regarder avec suspicion.

Ce que mes détracteurs oublient trop souvent, c'est que cette fortune m'a également permis de faire œuvre de bienfaisance. Pernelle, que j'ai aimée plus que tout au monde, partageait avec moi le sens de la charité et nous avons beaucoup donné aux églises et aux pauvres. À sa mort, il y a près de vingt ans, tous ses biens sont revenus à l'Église et jamais je n'ai voulu réclamer d'elle quoi que ce fût. Quand je mourrai à mon tour, et bientôt d'ailleurs, Margot la Quesnel, ma brave chambrière, héritera d'une grande partie de mes biens et pourra ainsi élever sa fille Colette, qui s'est montrée si bonne avec moi.

Si mes maisons m'ont apporté la fortune, elles m'ont aussi permis d'offrir le gîte aux plus démunis. À l'heure où je vous parle, d'ailleurs, je me suis réfugié à Paris dans la cave de ma belle demeure de la rue de Montmorency. Or j'ai logé dans cette maison quatre familles dans le besoin. Et il faut que je te dise, lecteur, leur bonheur me donne bien plus de satisfaction que tout l'or du monde.

25.

Mackenzie arriva en fin d'après-midi dans la rue de Montmorency.

Si Iris n'était pas parvenue, pour le moment, à trouver la véritable identité du mystérieux Weldon, elle avait toutefois découvert une première piste : une adresse à laquelle vivrait ou aurait vécu cet énigmatique personnage… Quand sa collègue avait prononcé le nom de la rue et le numéro, Mackenzie avait d'abord cru à une farce.

En effet, à en croire les sources d'Iris, le *Docteur* occupait le 51 de la rue de Montmorency. Or Ari, comme toute personne s'intéressant de près ou de loin à l'ésotérisme, connaissait bien cette adresse. En plus d'être l'une des deux plus anciennes maisons de Paris, la demeure située à ce numéro était célèbre pour avoir appartenu à Nicolas Flamel, ce copiste du XIVe siècle dont la légende racontait qu'il savait le secret de la transmutation alchimique.

Après tout, que cet illuminé de Weldon se fût choisi pareil domicile n'avait rien de surprenant. Au mieux, c'était risible. Alors, même si Iris n'était pas totalement sûre de cette information, elle demeurait crédible et Ari avait décidé de vérifier par lui-même.

L'analyste, le col de sa chemise relevé machinalement contre les joues, remonta la rue d'un pas vigoureux et parvint devant la vieille maison parisienne.

C'était une demeure médiévale étonnante, comme un défi à la modernité de la capitale : tout en pierre, assez étroite, elle comportait deux étages. Les sculptures d'époque avaient été conservées sur les deux montants latéraux et l'on voyait encore les médaillons et les inscriptions commandés par Flamel lui-même au tout début du XVe siècle. On devinait ici et là, dans les bas-reliefs, des anges et des petits personnages sculptés, dont l'un semblait être le propriétaire en personne. Les lettres gravées sur les jambages formaient une phrase qu'Ari déchiffra aisément : *DEO GRATIAS*. Enfin, on ne pouvait manquer, dans les cartouches, les deux initiales N et F, inscrites dans la pierre selon un dessin délicat.

Malheureusement, quelqu'un avait cru bon, des siècles après le passage de cet illustre parisien, de graver sur le fronton un « Taverne Nicolas Flamel » du plus mauvais effet. À travers la porte principale, ajourée, on devinait les tables et les chaises du restaurant qui avait pris possession des lieux, mais il était encore fermé à cette heure.

Il paraissait peu probable que le Docteur habitât dans une taverne et Ari pencha donc pour la plus petite des deux portes, sur le côté droit.

Un digicode anachronique protégeait l'entrée, mais la serrure n'était pas fermée. Ari poussa le battant de bois et pénétra à l'intérieur. Il découvrit un couloir obscur, étroit, qui s'engouffrait vers l'arrière de la maison dans un alignement approximatif. Le sol, en terre battue, semblait n'avoir pas été refait depuis le Moyen Âge, et l'air était saturé d'une odeur de bois humide, qui venait sans doute des poutres apparentes sur le mur de droite.

Ari fit quelques pas dans la pénombre puis, ne trouvant aucun interrupteur, il sortit son téléphone portable de sa poche et s'éclaira à l'aide du minuscule écran. Il aperçut alors la seule et unique sortie sur laquelle donnait le couloir, à quelques mètres de là. C'était une vieille porte en bois, bancale et mal ajustée. Ari déchiffra l'étiquette collée sous la sonnette. Les initiales, « J.L. », ne correspondaient à aucun des pseudonymes qu'il connaissait au Docteur, mais il les mémorisa.

Il hésita un instant devant la porte et passa la main sur son holster par-dessus son trench-coat, pour s'assurer que son arme était bien là. Puis il appuya sur le bouton de la sonnette et attendit. Il appuya une seconde fois. Toujours aucune réponse. Il jeta un coup d'œil derrière lui. Personne. Rien non plus sur les plafonds, pas de caméra de surveillance et pas la moindre trace d'un système d'alarme.

Entrer par effraction dans ces antiques locaux serait chose aisée. Mais ce n'était pas une décision à prendre à la légère. Pour l'heure, Ari n'avait pas grand-chose de concret sur Weldon et, surtout, il n'était pas sûr que cela fût son domicile. Et puis, officiellement, l'analyste était en arrêt de travail. Il n'obtiendrait donc pas la moindre indulgence de la part de ses supérieurs.

Il poussa un soupir. Cela faisait trop longtemps, maintenant, qu'il attendait. Il avait promis à Iris de reprendre cette enquête, coûte que coûte. À vrai dire, peut-être aurait-il déjà dû enfoncer cette porte des mois plus tôt.

Oh, et puis merde…

Il haussa les épaules, fit un pas en arrière et donna un violent coup de pied dans la porte. La serrure lâcha dans un craquement sec, projetant alentour de petites lamelles de bois pourri.

Les marches abîmées d'un vieil escalier qui descendait se dessinèrent au cœur de l'obscurité. Toujours à l'aide de la lumière qui émanait de son téléphone, Ari s'aventura dans le noir. L'air se fit plus frais et humide à mesure qu'il s'enfonçait dans le sous-sol. Quelques mètres plus bas, il se trouva devant une nouvelle porte en bois, laquelle semblait toutefois plus solide que la première.

À tout hasard, Ari frappa trois coups, mais prit immédiatement conscience du ridicule de son geste. Bonjour, c'est moi qui viens d'enfoncer votre porte à coups de pied, en haut… Je ne vous dérange pas ?

Ne percevant pas le moindre bruit, il tourna la poignée ; la serrure était fermée. Cette fois il n'hésita pas et donna un nouveau coup de talon, mais sans succès. Il grimaça. Inutile de réessayer : à en juger par la résistance que lui avait opposée la porte, c'était peine perdue. Elle ne céderait pas si facilement.

L'heure n'était plus aux scrupules et aux tergiversations. En enfonçant la première porte, Ari avait mis un pied en dehors de la légalité. Il sortit donc le magnum Manurhin de son holster et visa directement la serrure. Le coup de feu résonna dans le petit escalier. Il espéra seulement qu'à cette profondeur, le bruit avait été étouffé et qu'on ne l'avait pas entendu jusque dans le restaurant.

Il garda son arme dans la main droite. Le bois avait littéralement explosé et il lui suffit de pousser la porte du pied pour qu'elle s'ouvre en grand dans un grincement aigu. De l'autre côté, c'était le noir absolu.

Ari fit glisser sa main le long du mur à gauche et trouva un interrupteur. Quatre lampes murales discrètes s'illuminèrent et propagèrent une lumière tamisée sur ce qui s'avéra être une grande cave voûtée en pierres grises. La pièce, encombrée de meubles et de bibelots anciens, ressemblait tout à la fois à un bureau, une bibliothèque et une cachette clandestine. Sur les murs, des étagères mal alignées soutenaient des piles de livres reliés de cuir et des rangées poussiéreuses de revues anciennes. Ici et là, gravures et peintures symboliques avaient été suspendues sans le moindre souci apparent d'ordre ou de symétrie. Des sculptures orientales, des pièces insolites en bois ou en métal jonchaient le sol et les meubles et, à droite de l'entrée, un squelette humain accroché à un lampadaire paraissait surveiller les lieux. Mais ce qui étonna le plus Ari, dans ce désordre incohérent, ce fut, dans le coin opposé, cette large cuve en cuivre dont les trois parties étaient reliées de tubes sinueux. Il reconnut, perplexe, un authentique athanor d'alchimiste, sans doute fort ancien. Une machine à faire de l'or… À même le sol, un tas de charbon semblait indiquer qu'il servait encore.

Ari sentit que son intuition allait se confirmer. La probabilité pour que cette pièce fût bien une cache utilisée par le mystérieux Weldon grandissait à vue d'œil.

Il pénétra dans la pièce et se dirigea vers le bureau qui trônait au centre, tel le noyau d'un système qui lui était entièrement dédié. Le nombre d'objets disposés dessus dépassait l'entendement : une antique mappemonde aux teintes sépia, plusieurs coffrets de bois sculpté, une vieille cafetière italienne entourée de tasses sales, une machine à écrire vétuste, des presse-papiers reproduisant des bustes, des stylos, un plumier, toute une foule de bibelots incongrus et, bien sûr, des montagnes de papiers et de livres.

Mackenzie rangea son arme dans son holster, s'assit sur le fauteuil en cuir et entreprit d'inspecter le bureau de plus près.

Au milieu de la table, son regard s'arrêta sur un livre aux pages jaunies et cornées, à la couverture salie et abîmée. Il s'agissait d'un texte de George Sand, en édition de poche : *Laura ou Le voyage dans le Cristal*.

Il se souvenait avoir lu cet ouvrage dans son adolescence. De mémoire, George Sand avait publié cette longue nouvelle l'année où son ami Jules Verne avait produit son *Voyage au centre de la Terre* chez Hetzel. C'était l'un de ces textes de science-fiction qui foisonnaient pendant la seconde moitié du XIXe siècle. Inspiré par le fantastique et le romantisme allemand, il rapportait les aventures de la jeune Laura qui, après avoir découvert un vieux manuscrit, partait à la recherche de la géode polaire et effectuait un voyage fabuleux au cœur de la Terre, au centre même de la matière et du monde minéral... En dessous du titre apparaissait une note au crayon : « *Cela ne peut pas être une coïncidence. GS savait ?* » Plus loin, page après page, on avait griffonné d'autres remarques, souligné telle ou telle phrase...

Sous cet ouvrage, Ari trouva une épaisse chemise cartonnée sur laquelle on avait inscrit, au feutre, de la même écriture que sur le livre de poche : « *Summa Perfectionis – P. Rubedo* ». Plus bas, on avait dessiné ce qui ressemblait à un symbole alchimique. Ari n'eut aucune peine à reconnaître la monade hiéroglyphique de John Dee, mathématicien et occultiste du XVIe siècle, rédacteur d'un traité hermétique complet au sujet de ce mystérieux symbole. Il s'agissait d'une croix surmontée d'un cercle au centre duquel figurait un point, la monade. Au-dessus du cercle était tracé un arc de lune, et au pied de la croix deux demi-cercles plus petits, en réalité deux cornes, symbole astrologique du Bélier. De mémoire, ce glyphe était censé exprimer l'unité mystique de l'univers.

Ari ôta les élastiques qui fermaient le dossier. Le titre était pour le moins intrigant et prometteur.

À l'intérieur, il découvrit une foule de notes prises à la main sur de vieilles feuilles dépareillées. Malgré l'écriture nerveuse et peu soignée de leur auteur, il put rapidement survoler les sujets traités et remarqua avec enthousiasme que tous avaient un lien avec l'affaire des carnets. Le Docteur – si c'était bien lui – avait noirci des pages entières sur Villard de Honnecourt, sur le mythe de la Terre creuse, sur l'Agartha… À première vue, il s'agissait essentiellement de notes prises sur des ouvrages spécialisés parmi lesquels Ari reconnut certains titres qu'il avait lui-même consultés dans son enquête, comme *Le Roi du Monde* de René Guénon, *Le Monde perdu de l'Agartha* d'Alec MacLellan, *La Terre creuse* de Raymond Bernard, *The Coming Race* d'Edward Lytton ou encore *The Portfolio of Villard de Honnecourt* de Carl F. Barnes… Une autre partie des notes, non négligeable, concernait Nicolas Flamel, ce qui étonna davantage Ari car, à sa connaissance, ce personnage du XIVe siècle n'avait rien à voir avec l'affaire. Peut-être était-ce seulement le signe de l'intérêt qu'avait le Docteur pour le tout premier occupant de cette maison…

Enfin, l'essentiel de la documentation se rapportait à un document qu'Ari ne connaissait que trop bien, un classique du genre, un marronnier d'ésotéristes : la célèbre Table d'émeraude, ou *Tabula Sma-*

ragdina, texte alchimique supposé remonter à Hermès Trismégiste, et dont la traduction latine avait connu un vif succès à partir du XIIe siècle. Plusieurs reproductions de ce texte aussi court qu'hermétique étaient ici réunies, chacune largement commentée.

Mackenzie feuilleta une nouvelle fois l'ensemble des documents, pour s'assurer de n'avoir manqué aucun des sujets traités. En parcourant un passage sur les carnets de Villard de Honnecourt, il repéra quelque chose. Il fronça les sourcils et revint quelques pages en arrière. Ses doigts glissèrent le long du papier, puis son regard s'immobilisa enfin sur un court paragraphe inscrit dans la marge. Un sourire satisfait se dessina sur son visage. Dans le texte, l'expression « *puits miraculeux* » avait été entourée, et un trait la renvoyait vers une note griffonnée de travers au crayon à papier : « *Qq. chose sûrement trouvé dans tunnel à Paris. DRM dit n'avoir rien récupéré – fouiller app. Mackenzie, Michotte et Zalewski.* » Ari avait donc trouvé, beaucoup plus vite que prévu, la première réponse à leur question.

Il se prit la tête entre les mains, saisi d'un sentiment contradictoire. Certes, il était ravi, excité même, de s'être lancé sur une piste qui semblait prometteuse. Mais l'idée de se replonger dans les milieux ésotéristes, comme il l'avait fait pendant des années, le décourageait d'avance. Être obligé de suivre cet illuminé de Weldon dans les élucubrations successives qu'il avait dû élaborer autour des carnets de Villard de Honnecourt était une perspective plutôt démobilisatrice.

Ari connaissait trop bien ce genre d'individus. Ces farfelus dont Umberto Eco se jouait en les surnommant les *diaboliques* – car si *errare humanum est*, en revanche *perseverare diabolicum* –, ces exaltés pour qui tout avait un sens caché, ésotérique, et qui voyaient à chaque coin de rue les signes d'un Plan supérieur, d'un complot ancestral aux ramifications disproportionnées. Ces clowns avaient pour manie de multiplier à l'infini les explications fumeuses, de relier entre elles des causes pourtant inconciliables, de faire des démonstrations en s'appuyant sur d'absurdes analogies inconsistantes, avec pour seul résultat de perdre complètement quiconque essaierait de trouver à leur discours la moindre cohérence. Le genre de types capables d'affirmer, sans rire, qu'il existe un lien secret et capital entre Marie-Madeleine, les Mérovingiens, les Templiers, les francs-maçons, les rosicruciens, Poussin, Francis Bacon, Adolf Hitler et un curé du début du XXe siècle dans un petit village du Languedoc...

Ces *diaboliques* étaient, aux yeux d'Ari, les pires ennemis de la théorie du rasoir d'Ockham[1], dont il était, lui, le plus fidèle adepte. Il allait au plus simple ; ils allaient au plus alambiqué. Il doutait de tout ; ils ne doutaient de rien. Mais c'était peut-être justement son agnosticisme inébranlable et sa seule foi dans le principe de parcimonie qui lui avaient si souvent permis de résoudre les énigmes les plus tordues de ces énergumènes. Le Docteur serait peut-être un adversaire de taille, le plus coriace des *diaboliques*, mais Mackenzie – il en prit conscience à cet instant – était prêt à en découdre.

Soudain, Ari crut entendre des bruits de pas à l'étage. Il referma brusquement le dossier devant lui et tendit l'oreille. Aucun doute, quelqu'un approchait de la porte en haut des marches. Était-ce Weldon qui revenait dans son antre ? Quelqu'un qui l'avait prévenu en entendant le coup de feu ?

---

1. « *Les entités ne doivent pas être multipliées par-delà ce qui est nécessaire* », principe de parcimonie, édicté par Guillaume d'Ockham selon qui, pour résumer, la solution la plus simple est souvent la meilleure.

Pas le temps de réfléchir. Il se leva rapidement, glissa la pochette cartonnée sous sa veste et dégaina son magnum, puis il se précipita vers la porte d'entrée et éteignit la lumière. Le doigt sur la détente, il se plaqua contre le mur et attendit.

Il entendit d'abord le grincement de la première porte, puis des pas, légers, qui descendaient le petit escalier. À en juger par leur rythme et leur son étouffé, le nouvel arrivant marchait sur la pointe des pieds. Avait-il vu la lumière s'éteindre ? Le poing d'Ari se serra sur la crosse du Manurhin. Les pas, tout proches à présent, s'arrêtèrent. Il vit la porte s'ouvrir doucement. Il attendit encore, retenant sa respiration. Puis, quand l'intrus passa le seuil, Mackenzie n'hésita plus un instant. Avec des gestes sûrs et précis, il opéra à la vitesse de l'éclair. Il se glissa derrière sa victime, lui attrapa l'avant-bras, lui tordit derrière le dos, puis il la plaqua contre le mur tout en lui pressant le canon de son arme sous le menton.

La jeune femme – il avait soudain constaté que c'en était une – poussa un cri de terreur.

— Il y a quelqu'un d'autre avec vous ? murmura Ari à son oreille.

Elle fit non de la tête.

— Qui êtes-vous ?

La joue écrasée contre la paroi de pierre, elle tremblait.

— Qui êtes-vous ? répéta Ari d'une voix menaçante.

— Je… Je suis désolée… C'était ouvert, j'ai…

— Je vous demande qui vous êtes ! gronda-t-il en resserrant son emprise sur son avant-bras.

— Marie Lynch. Je… Je suis la fille de Charles Lynch.

Mackenzie eut beau réfléchir, ce nom ne lui évoquait rien.

— Qu'est-ce que vous faites ici ?

— Je pensais pouvoir trouver des informations ici… La porte était ouverte, je… Je ne voulais pas vous déranger.

— Qui cherchez-vous ?

— Je… Je cherche Weldon…

— Vous le connaissez ?

— Oui. Enfin… Non. Pas vraiment.

— C'est-à-dire ? la pressa Ari sans se départir de son ton agressif.

— J'ai vu son nom dans les papiers de mon père… Ce n'est pas vous ?

L'analyste hésita. Devait-il parler avec cette femme pour obtenir des informations, ou valait-il mieux partir maintenant sans lui montrer son visage ?

— Vous me faites mal, murmura Marie Lynch avec de légers sanglots dans la voix.

Ari poussa un soupir et retira délicatement son arme du menton de la jeune femme, puis il lui lâcha l'avant-bras. Il appuya sur l'interrupteur et fit un pas en arrière.

— Retournez-vous, ordonna-t-il d'une voix plus posée.

Elle offrit timidement sa figure à la lumière de la cave. Les traits tendus, les yeux embués, elle peinait à contenir, toute tremblante, la panique qui l'habitait. Elle avait un visage doux, coiffé de longs cheveux bruns soigneusement lissés qui lui tombaient jusqu'au milieu du dos. Ses grands yeux marron, apeurés, étaient soulignés d'un épais trait de crayon noir. Sur les coins, son mascara avait légèrement coulé, ce qui lui donnait l'allure gothique d'une héroïne de conte fantastique – Ari se fit la remarque qu'elle ressemblait à une créature sortie de l'imagination de Tim Burton. Peut-être d'ailleurs cultivait-elle ce look. Ses lèvres charnues, au dessin ciselé, lui faisaient un air gredin, accentué encore par sa petite taille et la nuée de taches de rousseur qui mouchetaient ses joues de jeune fille. Sa poitrine généreuse, toutefois, corrigeait cette impression enfantine.

— Qui... Qui êtes-vous ? demanda-t-elle sans oser le regarder dans les yeux.

L'analyste plongea la main dans la poche intérieure de son trench-coat.

— Commandant Mackenzie, dit-il en exhibant sa carte de police. Pourquoi cherchez-vous des informations sur votre père ici ?

La jeune femme ne cacha pas son soulagement. Sa figure se détendit et elle redressa le buste.

— Vous êtes flic ? Vous m'avez fait peur ! J'ai cru...

— Désolé. Mais vous ne m'avez pas répondu. Pourquoi cherchez-vous des infos sur votre père ici ?

— Parce qu'il a disparu. Depuis plus de deux mois. Et que la police... enfin, vos collègues n'ont pas l'air de réussir à le retrouver, ajouta-t-elle en laissant transparaître un soupçon de reproche dans sa voix.

Ari rangea son arme dans son holster.

— Bien. Ne restons pas là. Je vous offre un verre pour me faire pardonner de vous avoir effrayée, et vous allez me raconter tout ça calmement.

26.

— Ce qui reviendrait à dire que notre civilisation est de type 0 ou, en tout cas, pas tout à fait de type I, puisque nous n'utilisons pour l'instant qu'une fraction de l'énergie totale disponible sur Terre. Dans sa définition originelle, Kardashev n'avait pas prévu de niveaux intermédiaires à son échelle, et c'est donc Carl Sagan qui en a ajouté. Il aurait ainsi estimé que le niveau actuel de notre civilisation serait de 0,7 sur l'échelle de Kardashev, en évaluant la puissance consommée à environ 10 térawatts. Comme vous le savez, ce que nous faisons ici pourrait nous permettre d'atteindre, voire de dépasser le type I et...

Les paroles de l'intervenant se firent de plus en plus confuses dans la tête d'Erik Levin. Les mots se perdirent dans une sorte d'écho vaporeux. Lentement, son esprit se détacha de la conférence et se recentra sur ce qui le préoccupait vraiment depuis quelques jours.

En entrant ce soir-là dans la salle des symposiums, à l'extrémité sud du complexe souterrain, le jeune ingénieur avait eu une sorte d'illumination : il n'avait pu s'empêcher de penser aux pièces obscures et sinistres des blockhaus qu'il avait visités sur la côte normande avec son père, alors qu'il avait à peine douze ou treize ans. Les murs en béton rugueux, l'absence de fenêtres, les drapeaux derrière l'estrade du conférencier figurant – rouge sur fond noir – l'emblème de leur société, tout tendait à reproduire l'ambiance malsaine des souterrains où s'étaient réfugiés les nazis pendant la Seconde Guerre mondiale. Et malgré son admiration pour Weldon et son respect pour sa société savante, cette impression contribuait aux réticences qu'Erik Levin ressentait de façon de plus en plus vivace.

Pour l'instant, il n'en avait parlé à personne, pas même à Caroline, son épouse, mais il n'était plus tout à fait certain d'avoir sa place ici, dans le complexe.

En réalité, depuis le départ précipité de Charles Lynch – et le silence étonnant que tout le monde semblait vouloir respecter à ce sujet –, c'était comme si Erik voyait les choses sous un jour nouveau. Les questions posées par cette disparition soudaine lui avaient fait prendre un recul critique sur la raison de leur présence ici, comme sur la forme de leur organisation.

C'était dur à admettre, mais... il s'était laissé embrigader si facilement ! Au tout début, devenir membre de la Summa Perfectionis lui avait paru un honneur. Il avait été impressionné – il aurait dit aujourd'hui « aveuglé » – par les infrastructures de cette vieille société scientifique à travers le monde, par la qualité de ses travaux, la renommée de ses membres les plus éminents et les relais incroyables dont elle jouissait dans d'innombrables institutions, *think tanks*, lobbies, réseaux d'influence... La Summa Perfectionnis lui était apparue comme le plus noble des instituts privés de recherche scientifique. Appartenir à une organisation comme celle-là, c'était être à la pointe de la prospective, dépasser les clivages politiques, religieux et nationaux et se situer là où tout se sait, là où tout se décide vraiment. C'était un tel privilège que jamais il n'aurait osé formuler le moindre doute, le moindre étonnement devant certains détails pourtant insolites.

Le rituel des symposiums, par exemple. Aujourd'hui, tout le galimatias hermétique dans lequel les membres de la Summa Perfectionis s'acharnaient à faire baigner leurs exposés commençait à lui paraître tout à fait désuet. Ce soir-là, en écoutant les autres intervenir dans ce débat sur l'échelle de Kardashev, c'était comme s'il les avait entendus pour la première fois, comme si la poudre s'était estompée, comme si le maquillage avait coulé. Malgré la qualité de leurs propos, il les avait trouvés caricaturaux, voire inquiétants.

Mais il y avait pire encore : le secret. Évidemment, une société comme la leur ne pouvait s'ouvrir trop facilement, au risque d'être pillée, copiée. Les enjeux étaient bien trop grands, leurs recherches trop brûlantes, et ils n'en étaient qu'au stade de la prospective. En outre, de nombreuses autres organisations devaient leur envier les moyens dont ils profitaient pour mener à bien leur tâche. Certes. Mais comment avait-il pu accepter si facilement de ne jamais rien révéler sur le projet Rubedo et, surtout, de n'être mis que si partiellement au courant de l'ensemble auquel, pourtant, il participait ? Comment avait-il pu accepter de travailler à un plan dont il ne savait pas tout ? Et, enfin, comment avait-il pu accepter de venir s'enfermer, avec son épouse, dans ce complexe souterrain dont il ignorait même la localisation exacte ?

À l'époque, cela lui avait paru sensé. Le projet Rubedo était tellement important, tellement secret, tellement excitant ! Il semblait logique de se prémunir de la moindre fuite. Ses membres étaient prêts à tous les sacrifices pour y participer. Mais à présent, Erik Levin détestait cette impression de s'être fait flouer, de n'avoir pas eu assez de présence d'esprit pour prendre le recul nécessaire quand il en était encore temps. Bien que cela lui coûtât, il devait l'admettre aujourd'hui : on avait exercé sur lui des méthodes proches du conditionnement pratiqué par les sectes. Bien sûr, la Summa Perfectionis n'en était pas une. Mais elle avait au moins ceci de commun avec une secte : l'endoctrinement par l'émerveillement, qui altère votre sens critique, votre capacité de jugement.

Quand il y repensait à présent, il constatait que toutes les étapes caractéristiques avaient été organisées pour assurer son adhésion la plus totale.

D'abord on l'avait séduit en le survalorisant et en lui présentant les qualités exceptionnelles de cette ancienne et vénérable société scientifique, en insistant sur l'importance primordiale de l'objet que s'était fixé la Summa Perfectionis. Ensuite, on avait anesthésié son esprit critique, d'abord en l'abreuvant d'informations nombreuses, puis en le plongeant dans un état de fatigue perpétuelle : journées de travail interminables, conférences abrutissantes... Bref, en lui imposant des conditions de vie qui ne lui laissaient guère le temps de réfléchir à sa situation. L'étape suivante avait consisté à renforcer son adhésion au groupe – en motivant sa fierté d'appartenir à une élite et de suivre un homme d'exception – puis à favoriser une rupture avec son entourage direct, famille, amis, société en général. C'était évidemment l'un des principaux objectifs du complexe souterrain. Si on l'avait autorisé à y amener sa femme – à condition toutefois qu'elle adhérât totalement au projet – il n'avait en revanche plus le droit d'entrer en contact avec qui ce fût d'autre à l'extérieur. De toute façon, de là où il était, il n'aurait pas pu le faire.

La dernière étape, enfin, avait consisté à rendre le départ de la Summa Perfectionis inenvisageable. D'abord parce qu'on avait déjà trop donné pour avoir le courage de tout perdre, ensuite parce qu'il était trop pénible d'admettre que l'on s'était trompé… Qui plus est, sortir du complexe était physiquement impossible, et Erik se demandait même comment Charles Lynch y était parvenu. Si c'était le cas…

Alors aujourd'hui, il avait beau se dire qu'ils étaient là pour une cause noble et essentielle, il avait beau se dire qu'ils étaient peut-être même en train de changer le monde, d'écrire l'histoire, il commençait à avoir peur. Quelque chose clochait dans les méthodes.

En retournant dans ses appartements de l'autre côté du complexe, après avoir salué les autres comme si rien n'avait changé, il ne put s'empêcher de se confier à son épouse :

— Caroline, il faut qu'on sorte d'ici. Il y a quelque chose qui ne colle pas.

27.

— Vous préférez qu'on s'installe à l'intérieur ou en terrasse ? demanda Ari alors qu'ils s'étaient arrêtés devant une grande brasserie sur le boulevard.

— Plutôt dehors. Je fume...

Mackenzie accueillit la nouvelle avec soulagement.

— Parfait. Moi aussi, dit-il en lui tendant une chaise.

Marie Lynch s'était remise du choc qu'elle venait d'endurer. Se faire menacer avec un revolver et plaquer brutalement contre un mur n'était sans doute pas la meilleure façon de rencontrer quelqu'un, mais au moins était-elle prévenue : Mackenzie n'était pas un homme comme les autres.

Progressivement, en quittant la rue de Montmorency, l'expression sur le visage de la jeune femme s'était modifiée. L'effroi avait fait place à une rancœur grandissante. Elle semblait s'en vouloir d'avoir eu si peur et, surtout, en vouloir à Mackenzie de l'avoir agressée.

— Vous enquêtez sur Weldon ? interrogea-t-elle dès qu'elle fut assise.

— Plus ou moins.

— Vous êtes à la PJ ?

— Non.

— Vous travaillez dans quel service ? insista-t-elle.

— Un autre.

Elle leva les yeux au ciel.

— Je me doute... Mais lequel ?

Mackenzie sortit son paquet de Chesterfield, en offrit une à la jeune femme et en coinça une autre au coin de sa bouche.

— Racontez-moi ce qui s'est passé avec votre père, dit-il en guise de réponse.

Marie Lynch posa un coude sur la table, tira une longue bouffée sur sa cigarette et recracha la fumée en posant son menton sur son poing. Elle dévisagea son interlocuteur avec, dans le regard, une lueur qui ressemblait à du défi.

— Si vous n'êtes pas à la PJ, je ne vois pas pourquoi je devrais vous raconter quoi que ce soit. Vous avez un mandat ou quelque chose ?

Ari sourit.

— Un mandat ? Vous vous croyez dans un film américain ?

— Qu'est-ce qui me prouve que vous enquêtez bien sur la même affaire ?

— Rien. Mais qu'est-ce que ça peut vous faire ? rétorqua Ari d'un air amusé. Un flic s'intéresse à la disparition de votre père, vous devriez être contente.

La jeune femme ne sut que répondre.

— Vous êtes aimable comme une porte de prison, dit-elle finalement en se renfonçant dans son siège. Vous m'avez vraiment fait mal au bras.

— Estimez-vous heureuse, j'aurais pu être du genre nerveux et vous coller une balle entre les deux yeux. Vous n'aviez rien à faire là. Bon, vous me racontez l'histoire de votre père, oui ou non ?

— Et pourquoi le ferais-je ?

— Parce que vous n'avez pas envie que je vous embarque au poste pour violation de propriété privée.

— Vous ne feriez pas ça.

— Tentez le coup, pour voir…

Elle secoua la tête. Elle semblait se demander si Ari était sérieux ou non. Sans doute jugea-t-elle que cela ne valait pas la peine de chercher à savoir.

— Tout ce que je peux vous dire, c'est qu'il a disparu il y a un peu plus de deux mois. Nous avions des relations un peu tendues, ces derniers temps, alors je me suis d'abord dit qu'il avait pris des vacances sans me prévenir. Ce ne serait pas son genre, mais après tout… pourquoi pas ? Et puis au bout d'un moment, j'ai commencé à m'inquiéter.

— Bien sûr.

— Je suis allée chez lui, tout avait l'air normal. Visiblement, il avait juste fait sa valise et pris beaucoup d'affaires. Mais pour aller où ? Et pourquoi n'a-t-il prévenu personne ? J'ai fini par alerter vos collègues.

— Ça n'explique pas pourquoi vous êtes venue ici ce soir.

— Je vous l'ai dit : parce que la police n'a pas l'air d'avancer. Alors ce matin, j'ai décidé de chercher par moi-même. J'ai fouillé son ordinateur et j'ai vu sur son agenda qu'il avait noté un rendez-vous avec un certain Weldon, le jour de sa disparition. Or, dans son carnet d'adresses, le nom de Weldon apparaissait avec pour seule indication ce numéro de rue. Je suis venue dans l'espoir de le rencontrer, pour lui demander s'il savait où est mon père. Au lieu de ça, je suis tombée sur vous, et vous avez failli me péter le bras. Normal, quoi…

— Vous n'aviez jamais entendu parler de Weldon avant ?

— Non, jamais.

— Votre père est marié ?

— Ma mère est morte quand j'avais douze ans.

Ari ne put s'empêcher de faire le parallèle avec sa propre histoire. Il essaya de ne pas le laisser transparaître dans son regard.

— Et vous êtes fille unique ?

— Oui.

— Bref, vous êtes la seule famille qu'il lui reste ?

— Oui.

— Qu'est-ce qu'il fait, dans la vie, votre père ?

— Retraité.

— Retraité de quoi ?

— Il était géologue. Mais ne me demandez pas de détails, je n'ai jamais compris grand-chose à son métier.

— Et vous ? Qu'est-ce que vous faites ?

— Je suis actrice, dit-elle en tirant une nouvelle bouffée sur sa cigarette.

— Ah oui ? Pour le cinéma ? La télévision ?

La jeune femme parut légèrement contrariée par la question.

— Oui.

— Il y a des chances que je vous aie vue dans un film ?

— Non.

— Et pourquoi ?

— Pour le moment, je n'ai tourné que dans des courts-métrages.

Ari acquiesça avec un sourire quelque peu condescendant.

— Je suis certain que vous finirez par percer, dit-il.

Marie Lynch fit un geste d'agacement.

— Oui, oui, c'est ça... On se passera des banalités du genre, dit-elle.

Au même instant, le serveur vint prendre leur commande.

— Qu'est-ce que vous buvez ? demanda Mackenzie.

— C'est vous qui offrez ?

— Je vous l'ai promis toute à l'heure.

— Alors un whisky, demanda la jeune femme.

— Vous aimez le whisky ? s'étonna l'analyste.

— Pourquoi ? Ça vous choque qu'une femme aime le whisky ?

— Au contraire, ça m'enchante, répondit-il en souriant. Alors deux *single malt*, sans glace.

Le serveur hocha la tête et disparut à l'intérieur du bar.

— Votre père vous avait-il dit avoir des ennuis ces derniers temps ?

— Pas que je sache. Son seul drame, c'était d'avoir une fille actrice.

— Il y a pire.

— Oui. J'aurais pu être flic.

— Sans trop de difficultés.

— Je ne sais pas comment je dois le prendre.

— J'ai beaucoup d'estime pour mes collègues, affirma Mackenzie tout sourire.

— C'est ça...

— À votre avis, quels étaient les liens de votre père avec Weldon ? Privés ? Professionnels ? Amicaux ?

— J'en sais rien, vraiment. Pas la moindre idée.

Ari hocha lentement la tête. Le serveur apporta leurs verres de whisky.

— Votre père s'intéresse-t-il à l'hermétisme ?

— À l'hermétisme ? répéta-t-elle, perplexe.

— Oui. À l'alchimie, l'ésotérisme, le mysticisme, ce genre de trucs...

— Pas à ma connaissance, non. Pourquoi ?

— Et avant de prendre sa retraite de géologue, pour quelle société travaillait-il ?

— Il ne travaillait pas pour une société. Il avait un poste à l'école doctorale de l'université Pierre-et-Marie-Curie.

— Il enseignait ?

— Très peu. Je crois qu'il était surtout chercheur. Mais je vous l'ai dit, je ne sais pas grand-chose à ce sujet.

— Vous ne savez grand-chose au sujet de rien...

— Allez vous faire foutre, répliqua la jeune femme un peu rapidement.

Elle se mordit les lèvres en se rendant compte qu'elle venait d'insulter un agent des forces de l'ordre, mais elle conserva dans le regard une sorte de colère et de fierté.

Ari, lui, ne put d'abord masquer son étonnement, puis il éclata de rire. La jeune femme commençait à lui plaire.

— Jamais pendant le service.

Il leva son verre de whisky.

— À la vôtre !

Marie hésita un instant, puis trinqua avec lui.

— Vous ne voulez toujours pas me dire pour quel département vous travaillez, à la police ? demanda-t-elle après avoir bu une gorgée.

— Les renseignements.

Elle eut une mimique moqueuse.

— Ah d'accord... Je comprends mieux.

— Je suis désolé si je vous ai un peu brusquée.

— Si peu...

— Vous allez me laisser vos coordonnées au cas où j'aurais d'autres questions à vous poser.

— C'est pratique, flic, pour choper les numéros des filles, n'est-ce pas ?

— Il faut bien des compensations...

Elle finit par sourire et écrivit son numéro sur un coin de nappe.

— Vous m'appellerez aussi si vous avez du neuf sur mon père ?

— Bien sûr.

— Mouais.

Elle reposa son verre de whisky d'un air sceptique, puis elle éteignit nerveusement sa cigarette dans le cendrier.

— À l'avenir, évitez de jouer les justicières et de mener une enquête par vous-même... Vous ne savez pas sur qui vous pouvez tomber.

— Un flic par exemple.

— Croyez-moi, ça aurait pu être pire.

Elle acquiesça lentement.

— Vous ne m'avez pas dit votre nom.

— Si. Je vous l'ai dit tout à l'heure quand je vous ai montré ma carte.

— J'ai pas eu le temps de regarder.

— Ari Mackenzie.

— Enchantée.

Elle finit son verre et se redressa sur son siège.

— Je dois vous laisser. J'ai un casting dans une heure. Il faut que j'aille me préparer.

Ari se leva après elle et lui tendit la main.

— Entendu. Bon courage, dit-il en la saluant.

Elle le remercia et s'en alla d'un pas rapide. Mackenzie la regarda s'éloigner dans son jean taille basse, avec son T-shirt noir minuscule qui laissait apparaître le bas de son dos.

Si elle se retourne…

Mais elle ne se retourna pas.

28.

Je crois pouvoir dire que mon métier me donne quelque faveur dans la connaissance de la nature humaine. Après tout, je ne fais rien d'autre qu'écouter mes semblables, les regarder et reporter sur des pages ces petits bouts de vie qu'ils me dictent, qu'ils me confient aveuglément. À l'écrivain que je suis on livre sans pudeur ses peurs, ses espoirs, ses envies, et même ses mensonges, parfois.

Depuis le temps que j'observe les hommes, je crois pouvoir dire que je les connais fort bien. Je sais leurs défauts, leurs qualités, leurs forces et leurs faiblesses. Et s'il est indéniable que ce sont leurs différences qui les rendent intéressants, leurs ressemblances, avec le temps, me les ont rendus plus attachants.

Avec les horreurs que certains m'ont faites, avec toutes les calomnies que Pernelle et moi avons dû essuyer, j'aurais pu céder au mépris et poser sur mes contemporains un regard critique, nourri de rancœur et de haine. Et pourtant, je les aime bien plus que je ne saurais vous le dire.

J'aime les hommes, non pas pour ce qu'ils ont de meilleur, mais pour ce qu'ils ont de pire. Il n'y a d'ailleurs aucune autre façon de les aimer. J'aime le menteur et la menteuse, j'aime le lâche, j'aime l'égoïste et le manipulateur, j'aime la cruauté de l'adulte comme celle de l'enfant qui arrache ses pattes à la fourmi, j'aime le cynique, j'aime le fou, je les aime tous car tous sont un petit peu moi. Allons, ne te mens pas à toi-même, cher lecteur. Il y a en chacun de nous tout à la fois un menteur, un lâche, un égoïste, un manipulateur, un cruel, un cynique et un fou. Savoir le reconnaître chez soi autant que chez autrui est salvateur car cette communauté de faiblesses a ceci de formidable qu'elle efface nos solitudes.

Si la naissance comme la mort sont deux expériences qui ne se partagent pas, si notre entrée et notre sortie dans ce monde doivent être marquées du sceau d'un inévitable isolement, autant chérir ce qui, entre les deux, nous lie les uns aux autres, même si ce n'est pas ce qu'il y a de plus beau chez l'homme.

Je suis écrivain pour reconnaître et éclairer chez vous ces faiblesses qui, à mon grand soulagement, me confirment que je vous ressemble un peu.

29.

Vers 19 heures, après avoir salué les clients qu'il retrouvait là presque tous les soirs, Ari s'installa à sa table habituelle à l'intérieur du *Sancerre* avec les livres qu'il avait apportés.

Il composa le numéro de Krysztov sur son téléphone portable.

— Toujours rien ?

— Non. Personne n'est entré, personne n'est sorti.

Ari avait demandé à son ami de surveiller aussi longtemps que possible l'adresse supposée du Docteur, pour voir si celui-ci allait y revenir. Pourtant, quelque chose disait à Mackenzie que Weldon ne s'était pas rendu rue de Montmorency depuis un bon moment, et il y avait donc peu de chance qu'il fasse une apparition ce jour-là. Mais il fallait bien commencer à le chercher quelque part.

— OK. Merci, vieux. Tiens-moi au courant si ça bouge.

Ari raccrocha. Il avait l'impression de retourner quelques mois en arrière, à l'époque où le garde du corps l'avait aidé, tout comme Iris, dans l'affaire des carnets de Villard de Honnecourt. Le trio de choc se remettait en route et ce n'était pas désagréable.

Iris avait promis de le rappeler rapidement pour lui communiquer ce qu'elle aurait trouvé sur Charles Lynch. En attendant, il voulait faire quelques recherches sur le titre du dossier qu'il avait récupéré rue de Montmorency, « *Summa Perfectionis – P. Rubedo* », et sur le fameux glyphe de John Dee, le symbole dessiné en dessous.

Dans son souvenir, le premier terme, *Summa Perfectionis*, était la traduction latine d'un ouvrage arabe consacré à l'alchimie. Quant à *P. Rubedo*, c'était peut-être un patronyme. Paul Rubedo ? Pierre Rubedo ? À vrai dire, cela ressemblait davantage à un pseudonyme qu'à un véritable nom. Le mot Rubedo lui évoquait vaguement quelque chose. Peut-être était-ce l'un des nombreux noms d'emprunt du Docteur. Il allait falloir s'en assurer.

Il décida d'entamer ses recherches avec *Summa Perfectionis* et ouvrit devant lui le premier volume de l'Encyclopédie de l'alchimie.

Il venait à peine de commencer à feuilleter l'ouvrage qu'une ombre se dessina sur sa table.

— Bonsoir Mackenzie.

Ari releva la tête et fit un large sourire en découvrant le visage fin et la coiffure ébouriffée de la serveuse.

— Salut Béné.

— Mais ça va beaucoup mieux, vous, on dirait…

Il haussa les épaules.

— Ça peut aller.

— Laissez-moi deviner. Vous êtes amoureux ?

— De vous ? Oui, depuis toujours.

— Grand fou ! dit-elle en faisant mine d'être gênée. Mais, dites-moi : je rêve ou vous avez apporté du boulot ?

Mackenzie jeta un coup d'œil aux livres et au carnet Moleskine disposés devant lui.

— Je ne peux rien vous cacher, Bénédicte.

— Saperlotte ! Vous auriez donc retrouvé la motivation pour bosser ?

— On peut dire ça.

— Chouette ! J'ai envie de dire : chouette ! Mais ne me dites pas que vous voulez un Perrier ?

— Non, non, un whisky, comme d'habitude. Dites-moi, vous êtes encore en service, vous, à cette heure ?

— Eh oui... Vous connaissez la nouvelle devise de notre beau pays : travailler plus...

— ... pour gagner que dalle. Oui, je connais. On pratique ça plutôt bien dans la police.

— Vous rigolez ? C'est la première fois que je vous vois bosser depuis des semaines.

— C'est pas faux.

— En tout cas, rassurez-vous, Marion arrivera plus tard. Allez hop ! Un whisky sans glace ! Je vous apporte ça de suite, capitaine.

— Je ne suis pas capitaine, je suis commandant.

— Vous dites ça pour me convaincre de vous épouser...

Elle s'éloigna d'un pas joyeux et Mackenzie se replongea dans sa lecture. Il parcourut plusieurs articles dans les trois ouvrages qu'il avait apportés et prit quelques notes sur son carnet noir.

Summa Perfectionis, ou *Sommet de la perfection*, était bien le titre d'un livre ancien. L'un de ceux qui, au Moyen Âge, avaient été attribués, à tort, à Jâbir ibn Hayyân.

Cet homme, plus connu sous son nom latin, Geber, était un alchimiste arabe du VIIIe siècle, resté célèbre dans l'histoire pour avoir, le premier, envisagé l'hermétisme selon une approche scientifique et expérimentale. À en croire les différents exégètes, ce précurseur avait mis au point de nombreux équipements de laboratoire révolutionnaires, des procédés comme la distillation ou la cristallisation, et avait découvert plusieurs substances chimiques essentielles. Si ses livres avaient eu une grande influence sur les alchimistes occidentaux du Moyen Âge, la plupart de ceux qu'on lui attribuait n'étaient toutefois pas réellement de sa plume, mais largement apocryphes.

Ainsi, le véritable auteur de la *Summa Perfectionis* était en réalité Paul de Tarente, un écrivain du XIIIe siècle, surnommé depuis le Pseudo-Geber car il avait fait passer plusieurs de ses textes pour des traductions de Jâbir ibn Hayyân. Il n'en restait pas moins que cet ouvrage – qui n'était rien d'autre qu'une synthèse des connaissances hermétiques de son époque – constituait l'une des principales références pour les alchimistes d'hier et d'aujourd'hui. Il n'y avait donc rien d'étonnant à ce que Weldon le mentionnât.

Toutefois, les documents réunis à l'intérieur du dossier « *Summa Perfectionis – P. Rubedo* » ne traitaient pas de l'ouvrage du Pseudo-Geber. Alors pourquoi lui avoir donné ce titre ?

En effet, les notes de Weldon brassaient des thèmes aussi variés que Villard de Honnecourt, le mythe de la Terre creuse, l'Agartha, Nicolas Flamel ou la Table d'émeraude. C'était certes des sujets tous rattachés de près ou de loin à l'hermétisme en général, mais aucun directement à la *Summa Perfectionis* en particulier. Alors… le Docteur avait-il simplement utilisé une ancienne pochette avec un titre inapproprié, ou bien le terme *Summa Perfectionis* liait-il ces différents sujets entre eux pour une raison qui échappait encore à Ari ?

Quant à *P. Rubedo*... S'il s'agissait bien d'un patronyme, Ari allait sans doute avoir besoin de l'aide d'Iris. Mais ce n'était pas le moment de la déranger : elle était déjà en train de travailler pour lui. Il entreprit donc d'effectuer quelques recherches sur le symbole tracé sous le titre du dossier et relut rapidement une biographie de son inventeur supposé, le fameux John Dee.

Comme Ari s'en était souvenu, c'était un mathématicien et occultiste anglais de la seconde moitié du XVIe siècle. Passionné d'astronomie et de navigation, proche du cartographe Mercator, cet érudit avait allié l'étude des sciences à celle de la philosophie hermétique. Selon lui, seule cette combinaison des connaissances, paradoxale au premier abord, permettait d'avoir une vision cohérente de l'univers.

Après une scolarité brillante à Cambridge, il était parti étudier à Bruxelles et à Paris, où il avait donné, fort jeune, de nombreuses conférences sur les mathématiques. De retour à Londres, John Dee, qui attachait une grande importance à la conservation des livres et manuscrits anciens, avait présenté à la reine Marie un projet de création de bibliothèque nationale. Devant le refus de cette dernière, il avait décidé de constituer sa propre collection. Ainsi avait-il accumulé toute sa vie livres et manuscrits et ouvert les portes de sa bibliothèque aux étudiants comme aux savants. C'était l'aspect de sa biographie qui rendait le personnage le plus sympathique aux yeux de cet amoureux des livres qu'était Mackenzie. Le reste s'avérait beaucoup moins touchant.

Avec l'accession de la reine Elizabeth au trône, John Dee avait enfin pu connaître son heure de gloire. Réputé pour son érudition, Dee était devenu le conseiller scientifique personnel d'Elizabeth et, par la même occasion, son astrologue. Signe de la haute image qu'elle avait de lui, la reine l'avait même chargé de choisir la date de son couronnement !

Influencé par la pensée hermétique pythagoricienne, John Dee avait d'abord affirmé que les nombres étaient à la base de toute chose et qu'ils étaient la clef du savoir. Comme les cabalistes, il ne voyait dans les créations de Dieu que des actes chiffrés. Mais au fur et à mesure de sa carrière, Dee s'était de moins en moins satisfait de ce que la science d'alors était capable d'apporter à la connaissance de l'univers et il s'était tourné vers le surnaturel.

Persuadé qu'il pouvait entrer en communication avec les anges, Dee avait rapidement été perçu au mieux comme un illuminé, au pire comme un dangereux magicien, et avait finalement perdu la confiance de ses pairs. Il était mort en 1609 dans son village natal, seul et miséreux.

Ari tourna quelques pages et s'attarda plus longuement sur un article concernant le *Monas Hieroglyphica* (*La Monade hiéroglyphique*), l'ouvrage hermétique que John Dee avait écrit en 1564 et qui était consacré au glyphe dessiné sur le dossier.

Ce texte, relativement court, était une interprétation détaillée du symbole que l'auteur avait inventé – encore qu'il ressemblât fort au symbole alchimique du mercure – et qui était censé exprimer ni plus ni moins que l'unité mystique de l'univers.

Pourquoi figurait-il, lui aussi, sur la couverture du dossier ? Le Docteur avait peut-être estimé que ce dessin illustrait avec pertinence l'expression *Summa Perfectionis* ? Le *sommet de la perfection*, ce pourrait être cette quête d'unité du cosmos, cette recherche d'une vérité qui, à elle seule, expliquait le mystère tout entier de la création…

Ari parcourut l'ensemble des vingt-quatre théorèmes édictés par John Dee et recopia les passages qui lui semblaient les plus intéressants.

« C'est par la ligne droite et le cercle que fut faite la première et la plus simple démonstration et représentation des choses, aussi bien non existantes que cachées sous les voiles de la nature.

Et ni le cercle sans la droite, et ni la droite sans le point ne peuvent être artificiellement produits. C'est donc par la vertu du point et de la monade que les choses ont commencé d'être, en principe. Et toutes celles qui sont affectées à la périphérie, quelque grandes qu'elles soient, ne peuvent, en aucune manière, manquer du secours du point central. »

Ainsi John Dee qui, comme beaucoup de ses contemporains, s'était refusé à adopter les théories révolutionnaires de Copernic, avait encore une vision géocentriste de l'univers. L'unité du cosmos, c'était donc ce point central, cette monade : une vérité unique qui, à elle seule, était le miroir de l'univers dans son ensemble.

Si la monade, expression la plus simple de la complexité universelle, était ce point dessiné au milieu du cercle, il avait toutefois fallu à John Dee l'adjonction de plusieurs autres symboles pour compléter son glyphe. Plus loin donc, il justifiait l'apparition de la croix, du soleil et de la lune dans son dessin :

« Nous voyons ici le Soleil et la Lune s'appuyer sur la croix rectiligne. Celle-ci peut signifier fort à propos, par raison hiéroglyphique, soit le Ternaire, soit le Quaternaire. Le Ternaire, en effet, par les deux droites et le point commun à toutes les deux, comme copulatif. Le Quaternaire par les quatre droites renfermant quatre angles droits.

(...) Il ne sera pas absurde de représenter le mystère des quatre éléments (en lesquels peut être réduite chacune des choses élémentées) par quatre droites s'éloignant en quatre sens contraires d'un point unique et indivisible. »

Ari nota dans cette dernière partie du texte des accents alchimiques proches de ce que l'on trouvait dans la *Summa Perfectionis* du Pseudo-Jâbir ibn Hayyân. Une chose était indéniable : ce que cherchait le Docteur était lié à l'alchimie.

Ari termina sa lecture et ne put retenir un sourire blasé. Avec les hermétistes, John Dee partageait également un goût certain pour les idées alambiquées et un penchant pervers pour l'obscurantisme intellectuel. Un pur diabolique. L'une des dernières phrases en était l'aveu presque direct : « *Des précédents schémas, plusieurs choses peuvent être déduites, qu'il est préférable d'étudier et d'approfondir silencieusement plutôt que de divulguer ouvertement par des paroles* », puis, plus loin : « *Ici l'Œil vulgaire ne verra qu'obscurité et désespérera considérablement.* » C'était une technique classique utilisée par les hermétistes. En gros : *si vous ne comprenez rien à mon texte, c'est que vous êtes de stupides profanes, et ne comptez par sur moi pour vous l'expliquer...* Une méthode pratique pour ne pas avoir à se justifier d'un discours énigmatique et dont une bonne partie ne voulait probablement pas dire grand-chose.

L'affaire, d'ailleurs, était entendue depuis la toute première page. L'ouvrage commençait par une gravure dont la légende pouvait se traduire par : « *Que celui qui ne comprend pas ou se taise ou apprenne.* »

Ari n'était pas sûr de saisir tout l'amphigouri de John Dee mais, en revanche, il était certain de ne pas apprécier qu'on lui dise de se taire.

30.

Assis sur sa moto à l'angle de la rue de Montmorency et de la rue du Temple, Krysztov Zalewski était littéralement en train de se battre avec un sandwich turc. La harissa coulait le long de ses mains et glissait dangereusement vers ses poignets, si bien qu'il était obligé de se donner des coups de langue sur la peau pour stopper net l'épanchement graisseux... Avec cette chaleur estivale, il n'avait pas choisi le dîner le plus indiqué, mais il ne voulait pas quitter des yeux l'entrée du numéro 51 et tout ce qu'il avait pu trouver à proximité était un marchand de kebabs.

Il avait promis à Ari de surveiller cette adresse, et si cela permettait de retrouver les types qui avaient fouillé leurs appartements, il était même prêt à rester là toute la nuit. Mackenzie n'avait donné de détails ni sur son investigation ni sur ses pistes, mais savoir qu'il s'était remis à enquêter suffisait à satisfaire Krysztov.

Bien que Zalewski fût davantage un homme d'action et Ari un cérébral, ils partageaient tous les deux beaucoup de choses – une certaine indépendance face à la hiérarchie, un passé militaire dans les Balkans... – et l'affaire des carnets de Villard les avait fortement rapprochés. Ce qui n'aurait dû être au départ qu'une relation professionnelle – Krysztov avait été nommé comme garde du corps de Mackenzie par le SPHP – était devenu une histoire d'amitié. Certes, ils n'étaient ni l'un ni l'autre du genre à manifester clairement leur sympathie mutuelle, à se livrer à coups de grands sentiments, mais ils savaient pouvoir compter l'un sur l'autre à tout moment. Au fond, ce qu'il reste de l'amitié sincère quand on a enlevé les mondanités.

Soudain, Zalewski sentit son téléphone portable vibrer. Il pesta, essaya tant bien que mal de remettre l'énorme kebab dégoulinant à l'intérieur du papier maculé de graisse et sortit péniblement son téléphone de sa poche. Il grimaça en découvrant le message.

Ce n'était pas un appel. C'était l'alarme de son appartement qui s'était déclenchée.

Krysztov hésita. Il avait promis de rester ici, mais un nouveau cambriolage chez lui ne pouvait être pris à la légère. Comme Ari l'avait craint, les types devaient être revenus chercher ce qu'ils n'avaient pas trouvé la première fois.

Il jeta son sandwich dans une poubelle, enfila son casque et ses gants et fit démarrer sa moto. L'énorme bicylindre de la Buell se mit à vibrer et le grondement grave résonna dans la rue comme un hurlement de fauve. Krysztov tourna la poignée des gaz et lança le véhicule sur la chaussée comme une fusée.

Il s'engagea dans la rue Beaubourg et fonça vers Rivoli. Il n'y avait pas une seconde à perdre. Les fouineurs – s'il s'agissait bien des mêmes – connaissaient déjà les lieux et savaient sans doute où chercher. Ils ne resteraient pas longtemps. Quelques minutes à peine. S'il voulait les surprendre, il devait faire vite. Très vite.

Il n'y avait pas autant de monde qu'aux heures de pointe, mais ce quartier de Paris était toujours engorgé et il allait falloir être prudent. Le Polonais bascula d'un coup sa moto sur la droite pour se jeter dans la longue rue en sens unique et s'engagea directement dans la voie de bus. S'il se faisait arrêter, il pourrait toujours exhiber sa carte.

Il laissa passer sur sa gauche la haute silhouette esseulée de la tour Saint-Jacques, traversa le boulevard Sébastopol et donna un grand coup d'accélérateur en arrivant à hauteur des arcades. Par deux fois il fonça tout droit alors que le feu venait de se mettre au rouge, récoltant au passage coups de Klaxon et regards furibonds. Il longea le Louvre et le jardin des Tuileries sur les chapeaux de roue. Chaque fois qu'il donnait un nouveau coup d'accélérateur, l'avant de la Buell se soulevait légèrement du sol. Le buste couché, il se faufilait dans le vent comme une balle. Sur la place de la Concorde, il évita de justesse un scooter surgi de nulle part et manqua foncer dans le trottoir du grand terre-plein central... Ce n'était pas le genre de petite frayeur qui allait l'arrêter. Le SPHP entraînait ses hommes à conduire tout type de véhicules dans des conditions bien plus difficiles que celles-là. À vrai dire, il en retirait même une certaine excitation.

Arrivé sur les Champs-Élysées, Krysztov profita de la largeur de l'avenue pour se dégager du trafic et roula d'une seule traite jusqu'à la rue de Berri. Surpris par le vacarme de son moteur et la vitesse du bolide, les touristes amassés devant les galeries marchandes le regardèrent passer, hébétés, et il s'en fallut de peu qu'un policier le prenne en chasse. Mais avant que celui-ci ait eu le temps de réagir, Zalewski avait disparu dans la rue perpendiculaire.

Il donna un dernier coup d'accélérateur pour descendre l'allée bondée puis freina si fort que sa roue arrière dessina une virgule sur le sol brûlant. Il monta sur le trottoir à l'angle de la rue d'Artois, coupa le contact, enleva son casque et courut vers le porche de son immeuble.

31.

L'heure du dîner était arrivée et toutes les tables du *Sancerre* étaient à présent occupées. Ari avait terminé ses recherches sur le glyphe de John Dee depuis plusieurs minutes, et Iris n'appelait toujours pas.

Il décida donc, pour faire passer le temps, de se rafraîchir la mémoire sur la Table d'émeraude et de prendre de nouvelles notes en consultant ses ouvrages. Il avait l'habitude de procéder de la sorte : rassembler un maximum d'informations sur les sujets liés à son enquête pour créer, dans son esprit, un contexte, une matière. S'il n'en tirait pas toujours des réponses, il y trouvait au moins des pistes de réflexion.

Ainsi chercha-t-il plusieurs articles traitant plus ou moins directement de la Table d'émeraude. Comme souvent lorsqu'il s'agit d'hermétisme, histoire réelle et légende se mêlaient de façon confuse. Il fallait croire que la tendance des hermétistes à jouer les *diaboliques* remontait à la nuit des temps, et la chronologie de ce domaine regorgeait de mystifications historiques qui polluaient la recherche. Selon eux, c'était un moyen de brouiller les pistes pour les profanes et de ne révéler leurs secrets qu'aux véritables initiés. Selon Ari, c'était surtout la preuve d'une absence totale de rigueur scientifique et un moyen d'enrober leurs foutaises dans un corpus pseudo-historique. Il essaya toutefois d'y voir un peu plus clair.

D'après la légende, la Table d'émeraude était une pierre sur laquelle on avait gravé l'enseignement d'Hermès Trismégiste, connu pour être le fondateur de l'alchimie (d'où le mot *hermétique*). Cette tablette aurait été retrouvée dans son tombeau. Or Hermès Trismégiste – littéralement *trois fois très grand* – étant l'équivalent grec du dieu égyptien Thot, et donc un personnage mythique, il était aisé pour un observateur cartésien comme Ari d'en déduire que la table, comme le dieu en question, n'avait jamais existé.

L'origine de cette tablette était donc une mystification de plus dans l'histoire de l'hermétisme. Mais peu importait. Mackenzie ne cherchait pas, pour l'instant, à infirmer son authenticité mais à comprendre en quoi elle intéressait le Docteur. Quel lien elle pouvait avoir avec Villard de Honnecourt, par exemple.

Il poussa un soupir et continua de prendre des notes.

La Table d'émeraude était un texte court, allégorique, dont le sens paraissait pour le moins obscur... Sa version la plus célèbre était sa traduction latine, qui avait soudain paru dans multiples ouvrages, se reprenant les uns les autres, à partir du XIIe siècle. Elle faisait depuis lors l'objet de nombreux commentaires et son contenu était suffisamment inintelligible pour inspirer des interprétations des plus diverses.

Ari entreprit d'en relire une traduction française, même s'il la connaissait déjà dans les grandes lignes, pour avoir eu de multiples fois l'occasion de la parcourir.

« Il est vrai, sans mensonge, certain, et très véritable. Ce qui est en bas est comme ce qui est en haut : et ce qui est en haut est comme ce qui est en bas, pour faire les miracles d'une seule chose. Et comme toutes les choses ont été, et sont venues d'un, par la méditation d'un : ainsi toutes les choses sont nées de cette chose unique, par adaptation. Le soleil en est le père, la lune est sa mère, le vent l'a portée dans son ventre ; la Terre est sa nourrice. Le père de tout le Telesme de tout le monde est ici. Sa force ou puissance est entière, si elle est convertie en terre. Tu sépareras la terre du feu, le subtil de l'épais doucement, avec grande industrie. Il monte de la terre au ciel, et derechef il descend en terre, et il reçoit la force des choses supérieures et inférieures. Tu auras par ce moyen la gloire de tout le monde ; et pour cela toute obscurité s'enfuira de toi. C'est la force forte de toute force : car elle vaincra toute chose subtile, et pénétrera toute chose solide. Ainsi le monde a été créé. De ceci seront et sortiront d'admirables adaptations, desquelles le moyen en est ici.

C'est pourquoi j'ai été appelé Hermès Trismégiste, ayant les trois parties de la philosophie de tout le monde. Ce que j'ai dit de l'opération du Soleil est complet ».

Ari ne put s'empêcher de glousser et relut le texte en secouant la tête. Il imaginait le sourire hilare du farceur qui, au XIIe siècle, avait inventé ce charabia empesé, encore interprété près de mille ans plus tard. Sans doute n'avait-il pas rêvé d'un tel succès… Car, en effet, les commentateurs de ce gloubi-boulga mystique avaient été nombreux, et non des moindres.

Ainsi Roger Bacon, au XIIIe siècle, qui en fit un résumé allégorique du Grand Œuvre. Ainsi André Breton, en 1930, qui s'appuya sur la Table d'émeraude pour rédiger le *Second Manifeste du surréalisme*.

Ari survola quelques-unes des principales interprétations qu'il put trouver de la Table d'émeraude. La plupart des spécialistes y voyaient une sorte de mode d'emploi pour fabriquer la Pierre philosophale. Certains, plus fins, affirmaient que le texte portait plutôt sur « la substance la plus profonde de chaque chose », ce que les alchimistes appelaient la « quintessence »… *Le sommet de la perfection* ? se demanda Mackenzie. Mais nulle part il ne trouva quoi que ce fût qui lui rappelât Villard de Honnecourt.

En jetant un coup d'œil aux différentes représentations graphiques de la Table d'émeraude, il en trouva plusieurs où la tablette était surmontée du célèbre acronyme latin « *Visita Interiora Terrae Rectificando Invenies Occultum Lapidem*[1] », dont les sept initiales formaient le mot VITRIOL. Ce mot avait jadis désigné l'acide sulfurique, lequel faisait

1. *Visite l'intérieur de la terre et en rectifiant tu trouveras la pierre cachée.*

partie des substances découvertes par... Jâbir ibn Hayyân.

On se mord la queue, pensa Ari en refermant les livres devant lui.

Comme il l'avait craint, le tissu des analogies fantaisistes se remettait en place. Néanmoins, il y avait bien un lien, même infime, entre la Table d'émeraude et Honnecourt. Car cette *Interiora Terrae* était bien le lieu secret – en l'occurrence le tunnel caché au fond d'un puits au cœur de Paris – que Villard avait permis de découvrir. Le bâtisseur du XIIIe siècle avait précisément utilisé cette expression sur la toute première des six clefs de son énigme. Ari retrouva, au début de son carnet, le texte de Villard, en picard médiéval.

« Se es destines, si come iou, a le haute ouraigne, si lordenance de coses enteras. Lors greignor sauoir te liuerra Vilars de Honecort car il i a un point de le tiere u une entree obliie est muchie lequele solement conoisent li grant anchien del siecle grieu et par la puet on viseter Interiora Terrae. »

Puis il relut la traduction. « Si tu es, comme moi, destiné à la création, tu comprendras l'ordre des choses. Villard de Honnecourt, alors, te livrera son plus grand savoir, car il est un point de la terre où se cache une entrée oubliée, connue seule des grands anciens du monde grec, et qui permet de visiter l'intérieur de la terre. »

Le lien entre la Table d'émeraude et Villard était bien l'acrostiche VITRIOL. Mais que pouvait-on en déduire ?

Mackenzie se frotta les yeux, se leva, fit signe à Bénédicte de surveiller ses affaires et sortit fumer une cigarette.

Il en était à la troisième d'affilée quand son téléphone sonna enfin.

— Tu as trouvé quelque chose d'intéressant ?

— Figure-toi que oui, répondit Iris d'une voix enthousiaste.

— J'aime quand tu commences comme ça...

— Sur Charles Lynch, rien de pertinent. C'est un type sans histoire. Son père était un officier anglais qui avait mis une Française enceinte en 1945... Il est resté en France et a épousé la future maman. Charles Lynch est donc né dans les Landes en 1946. Après une enfance visiblement tranquille, il a étudié la géologie à l'université de Bordeaux. Son doctorat en poche, il a rejoint l'université Pierre-et-Marie-Curie à Paris où il a fait toute sa carrière, jusqu'à sa retraite l'an dernier. Son épouse, qui était enseignante également, est morte de la maladie de Huntington en 1992, alors que leur fille unique, Marie, avait douze ans. C'est un homme qui n'a jamais eu affaire à nos services, casier judiciaire vierge, aucune activité politique connue, jamais triché sur ses impôts, rien...

— Ah... Je croyais que tu avais déniché quelque chose d'intéressant.

— Oui. Mais ce n'est pas directement lié à lui.

— Je t'écoute.

— En fait, c'est un pur hasard. En effectuant quelques recherches sur sa profession, devine ce que j'ai découvert ?

— Dis-moi.

— Au cours des deux derniers mois, deux hommes qui exerçaient *exactement* le même métier – chercheur en géologie dans le milieu universitaire – ont disparu. L'un est mort dans des conditions un peu étranges et l'autre s'est tout bonnement volatilisé, comme Lynch.

— *My God !* Qu'est-ce que tu entends par *des conditions un peu étranges* ?

— Un arrêt cardiaque brutal sans le moindre antécédent médical.

— Ça arrive tous les jours.

— Je sais, mais je n'ai pu m'empêcher d'y voir un lien étrange, vu que deux autres géologues avaient disparu.

— Un *lien étrange* ? Méfie-toi, tu deviens une *diabolique*, Iris. Bon... Et en dehors de leur profession, ces trois personnes ont-elles d'autres points communs ?

— Rien de flagrant. Tous les trois avaient entre cinquante et soixante-deux ans. Mais je n'ai pas approfondi les recherches. Je m'en occupe et je t'envoie les trois dossiers.

— Entendu. Tu peux me dire le nom des deux autres ?

— Celui qui est mort s'appelait Franck Alamercery et l'autre Louis Nebati.

Ari nota les patronymes sur son carnet Moleskine.

— Parfait. Pendant que tu y es, regarde si tu trouves quelque chose sur un certain P. Rubedo.

Il lui épela le nom et la remercia avant de raccrocher. Sans attendre, il sortit de sa poche le bout de papier sur lequel Marie Lynch avait noté son numéro et il appela la jeune femme.

32.

Le coup de poing fut si violent que Krysztov se retrouva projeté jusque dans le salon, où il s'écroula sur le dos, abasourdi.

Il n'en revenait pas de s'être fait avoir de façon aussi stupide. Porte grande ouverte, appartement vide, il avait cru que l'intrus était déjà parti... Mais celui-ci s'était caché sur le palier, sans doute l'attendait-il depuis plusieurs minutes.

Zalewski secoua la tête et eut à peine le temps de se redresser que déjà il recevait un coup de pied dans les côtes. Il poussa un cri qui tenait plus de la rage que de la douleur, roula sur le côté et se cogna la tête contre sa table basse. Fou furieux, il donna un coup de reins pour se relever avant que son assaillant ne se jette à nouveau sur lui.

L'homme, petit et trapu, les cheveux ras, avait un physique de boxeur anglais. Nerveux, teigneux, il fonçait droit sur sa victime, la tête rentrée dans les épaules et les poings levés.

Krysztov, cette fois, eut le temps de se préparer. Solidement ancré sur ses deux jambes, il para un premier coup de poing, un second, et riposta à son tour. Plus rapide, plus fin, il réussit à passer au travers de la garde de son adversaire et lui décocha un direct en plein visage. Il entendit l'os nasal se briser d'un coup net sous l'impact. L'instant d'après, le sang se mit à couler abondamment sur la bouche de l'intrus qui relâcha son attention pour s'essuyer du revers de la main. Zalewski en profita pour enchaîner avec un crochet du gauche, mais il manqua sa cible. L'inconnu avait fait un pas en arrière et esquivé.

Les deux hommes se toisèrent pendant quelques secondes. Au même instant, Krysztov crut entendre un bruit dans sa chambre. Là où se trouvait son coffre-fort.

Il fronça les sourcils et jeta un coup d'œil, mais son adversaire choisit ce moment pour l'attaquer. Les deux hommes s'engagèrent à nouveau dans le combat, échangeant les coups à un rythme de plus en plus rapide. Après avoir essuyé un uppercut, Zalewski décida de profiter de sa grande taille, prit un peu de distance et envoya un coup de pied. Son talon atterrit en plein dans la tempe de son adversaire. Mais ce dernier se montrait inébranlable. Lourd et massif, il encaissait les coups les uns après les autres sans broncher et continuait d'avancer comme un pit-bull enragé.

Tout en esquivant, Zalewski essayait de l'entraîner vers la chambre, pour identifier le bruit qu'il avait entendu. L'autre sembla remarquer son manège et fondit sur lui tête baissée, comme un sanglier. Krysztov n'eut pas le temps d'éviter et reçut toute la masse de son agresseur en plein torse. Il fut projeté en arrière et s'écrasa le dos contre une bibliothèque dans un immense vacarme. Livres et bibelots s'écroulèrent sur lui en même temps qu'il glissait vers le sol.

Son adversaire ne lui laissa pas une seconde de répit et lui asséna une avalanche de coups de poing. Krysztov croisa les bras devant le visage pour tenter de freiner les assauts répétés du molosse, mais la plupart des attaques faisaient mouche.

Il tenta tant bien que mal de se dégager. Cependant, l'autre le maintenait cloué au sol de tout son poids. Plutôt que de parer, Krysztov tendit le bras gauche vers la bibliothèque et ses doigts trouvèrent une petite statuette de bouddha. Il l'agrippa fermement et l'envoya de toutes ses forces vers le visage de l'homme. Celui-ci poussa un grognement et roula sur le côté en se tenant le front.

Zalewski se releva, mais il avait reçu tant de coups au visage que la tête lui tournait, et à peine fut-il sur ses jambes qu'il perdit l'équilibre. Il partit en arrière et s'écroula à nouveau.

L'intrus, quant à lui, venait de se remettre debout. Le sang coulait de son nez et de son front. Il fixait le garde du corps avec une colère noire, comme s'il ne s'était pas attendu à une telle résistance. Il fit un premier pas en avant, mais l'irruption soudaine d'un autre homme dans le salon l'interrompit dans son élan.

Krysztov, groggy, eut du mal à distinguer les traits de l'individu qui venait de sortir de sa chambre. Grand et mince, il avait les cheveux blancs coupés courts, et paraissait la cinquantaine. Le Polonais remarqua qu'il portait des gants en cuir noir et qu'il tenait dans la main droite une belle canne en bois, surmontée d'un pommeau argenté.

— Il n'y a rien dans le coffre. On y va, dit-il d'une voix grave et posée.

— Et lui ? J'en fais quoi ? demanda le dogue enragé debout au milieu du salon.

— On le laisse ici.

— On pourrait l'interroger…

— Pas dans le contrat. On n'a pas le temps. On y va. Je sais où chercher.

L'homme sembla regretter vivement la décision de son complice, poussa un soupir, et ils sortirent tous deux sans attendre.

33.

Erik Levin s'était installé, tendu, dans la salle d'attente.

Après avoir eu une longue conversation avec sa femme la veille, il avait accepté d'aller parler directement avec Weldon. Caroline Levin, qui avait peur que son mari abandonne en cours de route le contrat le plus lucratif de sa carrière, l'avait convaincu d'exprimer ouvertement ses craintes et ses doutes auprès du Docteur. De demander, par exemple, de plus amples explications sur la disparition de Charles Lynch. Après tout, Erik se faisait peut-être des idées. Weldon était un homme d'une grande classe, il s'était montré plus que généreux depuis le début, et même si le projet qu'ils avaient accepté de rejoindre sortait franchement de l'ordinaire, ils ne pouvaient pas l'abandonner comme ça, du jour au lendemain. Et, par-dessus tout, ils avaient besoin de cet argent.

Le jeune ingénieur n'était pas à son aise. Rencontrer le Docteur en tête à tête pour lui faire part de ses incertitudes n'était pas une expérience des plus réjouissantes. En outre, on ne demandait pas un entretien avec Weldon à la légère. C'était un homme occupé, qui dirigeait un projet vaste et complexe et qui n'avait pas de temps à perdre avec les états d'âme des uns et des autres. Erik avait même été surpris qu'il lui accorde une audience si rapidement. Et maintenant qu'il était devant la haute porte blindée, il sentait son courage l'abandonner. Aurait-il l'audace de lui confier ce qu'il ressentait aussi sincèrement qu'il l'avait fait devant son épouse ? Serait-il assez fort ? Saurait-il formuler ses angoisses, ses suspicions ?

Soudain la porte s'ouvrit. Erik sursauta. Dans l'encadrement, il vit apparaître la secrétaire personnelle de Weldon, une femme d'une quarantaine d'années, coiffée d'un chignon, le regard froid, le visage inexpressif. Il l'avait déjà croisée une ou deux fois, et elle n'avait jamais fait preuve de la moindre amabilité. Elle semblait toujours pressée et préoccupée.

— Veuillez me suivre, monsieur Levin.

Il se leva et entra derrière elle dans une nouvelle pièce, qui n'était pas encore le bureau de Weldon. Comme une étape de plus avant d'arriver à destination, une épreuve peut-être...

— Prenez place. Le docteur Weldon est encore en rendez-vous, il devrait vous recevoir dans quelques instants.

— Merci.

L'ingénieur s'installa dans l'un des grands fauteuils rouges alignés en face du bureau où venait de s'asseoir la grande femme.

Sans surprise, ce fut le début d'une longue, très longue attente.

Silencieux et immobile, les mains moites, Erik eut tout le loisir de détailler la pièce entière, d'autant qu'elle était presque vide. Un bureau, des fauteuils, une bibliothèque, un placard et une photocopieuse, rien de plus. Aucun tableau accroché sur les murs de béton, aucun bibelot, aucun objet posé à même le sol, rien qui dépassât. Il inspecta chaque recoin du bureau comme si cela avait pu faire passer le temps plus rapidement.

En revanche il s'efforça, autant que possible, de ne pas regarder directement les deux caméras de surveillance fixées à deux extrémités opposées du plafond. Plus les minutes passaient, plus l'impression d'être observé devenait insupportable et Erik fut bientôt quasiment certain qu'il s'agissait d'un jeu auquel le Docteur se livrait pour éprouver sa patience, ou pour le désarmer. Pourtant, il entendait bien plusieurs voix de l'autre côté de la porte... La secrétaire n'avait pas menti : Weldon n'était pas seul dans son bureau.

De temps en temps, elle levait la tête et lui adressait un sourire artificiel, comme si tout était absolument normal. Cela allait bientôt faire une heure qu'il était assis là, sans rien d'autre à faire que laisser monter en lui l'angoisse, et même de la colère.

Il était sur le point d'abandonner, de se lever et de partir quand un interphone posé sur le bureau de la secrétaire cracha un léger grésillement.

— Monsieur Levin est-il toujours là ?

Erik fut certain de reconnaître la voix du Docteur.

— Oui. Il est en face de moi.

— Bien. Ma réunion n'est pas tout à fait finie, mais faites-le entrer, je ne peux pas le faire attendre davantage, ce n'est pas correct.

— Entendu.

La secrétaire relâcha le bouton de l'interphone et se leva aussitôt.

— Si vous voulez bien vous donner la peine, dit-elle avec un soudain excès de courtoisie.

Elle alla ouvrir la porte du bureau et fit signe à Erik d'entrer. Celui-ci frotta ses mains humides sur son pantalon, se composa tant bien que mal un air détendu et pénétra dans la pièce.

La porte se referma derrière lui et il découvrit un décor étonnant. C'était comme s'il venait subitement de changer d'univers. Alors que l'ensemble du complexe ressemblait à une caserne militaire, austère, grise et froide, ici, on avait l'impression d'entrer dans le luxueux bureau meublé d'une antique demeure parisienne. Les murs de béton avaient disparu derrière d'élégants panneaux de bois sombre et, au lieu des meubles métalliques spartiates qu'on trouvait dans tout le reste du souterrain, on pouvait admirer ici de splendides pièces de collection en bois sculpté, ornées de dorures ou de marqueterie. Une épaisse moquette renforçait l'impression de calme feutré et de nombreux bibelots complétaient le fastueux tableau.

La différence de confort entre ce bureau et les appartements du complexe choqua Erik Levin. Mais, après tout, le Docteur avait lui-même monté tout ce projet, c'était peut-être justifié...

L'ingénieur s'immobilisa sur le seuil de la porte, surpris par le nombre de personnes réunies devant le large bureau ministre du Docteur. En effet, quatre hommes en costume sombre, qu'il n'avait jamais vus auparavant, étaient installés confortablement dans des fauteuils Louis XVI.

— Je vous en prie, asseyez-vous.

Erik leva les yeux vers Weldon.

C'était la troisième fois qu'il le voyait en personne, et il devait bien admettre qu'il le trouvait toujours aussi impressionnant. L'homme avait un physique singulier – qu'il cultivait sans doute –, anachronique et décalé, presque dérangeant. Très maigre, les joues creusées, il avait de longs cheveux bruns ébouriffés et un regard noir intense qui semblait voir à travers vous. Il portait un gilet marron usé, trop grand pour lui, qui lui donnait un air de vieil aristocrate ruiné.

Quelque chose de messianique se dégageait de l'allure générale du personnage et ce quelque chose s'accordait tout à fait avec le rôle qu'il voulait se donner.

— Nous n'avons pas fini, mais je ne voudrais pas vous faire attendre plus longtemps. Et ces messieurs m'ont fait savoir que votre présence ne les dérangeait pas. À vrai dire, elle nous enchante.

Le Docteur fit un large sourire, révélant une dentition très abîmée, et tendit les mains vers Erik.

— Messieurs, je vous présente Erik Levin, qui est l'un de nos ingénieurs experts en énergie et dont je vous ai déjà parlé, évidemment. Il figure, je dois dire, parmi les plus brillants cerveaux de notre département de recherche. Mais cela ne vous étonne pas, la Summa Perfectionis s'est toujours enorgueillie d'accueillir en son sein les meilleurs chercheurs de son temps.

— Merci, murmura l'intéressé d'une voix gênée en s'asseyant au milieu des quatre hommes silencieux. Mais je suis seulement un membre de l'équipe…

— Ne vous avais-je pas dit qu'il était d'une incroyable modestie ? Allons, Erik ! Vous accomplissez un travail remarquable. Nos partenaires ici présents sont justement ravis des nombreuses avancées de votre équipe.

L'ingénieur hocha la tête. Ainsi ces hommes, que le Docteur n'avait pas formellement présentés, étaient leurs « partenaires » ? Il n'était pas certain de savoir ce que cela voulait dire exactement.

— J'espère que cela ne vous ennuiera pas, Erik, mais nous étions en train d'évoquer un texte fort ancien dont certaines coïncidences nous laissent penser que nos ancêtres avaient peut-être eu des intuitions quant à ce que nous sommes en train de découvrir ici. Il me restait deux ou trois points à évoquer avec nos amis. Vous ne voyez pas d'inconvénient à ce que je finisse, j'ai peur de perdre le fil ? Après tout, votre regard de scientifique pourrait nous apporter une intéressante perspective.

— Je vous en prie, répondit Erik.

Bien sûr, il aurait préféré aller droit au but et se débarrasser de ce qu'il avait sur le cœur... Écouter les élucubrations du Docteur ne le réjouissait guère, mais ce serait toujours moins ennuyeux que d'attendre dans le bureau de sa secrétaire.

— Il est étonnant de voir comment la science moderne peut parfois confirmer ou éclairer des thèses que les anciens évoquaient déjà depuis longtemps et que nous considérons à tort comme de pures fantaisies... Cela doit arriver tous les jours pour des chercheurs comme vous, n'est-ce pas ?

Les quatre hommes en costume avaient les yeux tournés vers Erik, comme s'ils attendaient qu'il fît une remarque pertinente mais, en réalité, il n'avait rien à ajouter sur le sujet. Ce que venait de dire le Docteur était d'une confondante banalité et n'appelait pas la moindre réaction à ses yeux. Il se contenta d'acquiescer poliment.

— C'est toute la beauté d'une société savante comme la nôtre, voyez-vous. Permettre aux hommes de lettres et d'histoire, dont je suis, de confronter leurs intuitions à la rigueur des hommes de science, dont vous êtes. C'est le secret de la véritable connaissance. Science et Imagination ne peuvent se passer l'une de l'autre. Celui qui ne voit pas la poésie cachée dans les mathématiques ne connaît rien des beautés de l'univers. Bien... Reprenons, dit finalement Weldon. Où en étais-je ? Ah, voilà !

En suivant les mots de la pointe d'un stylo-plume, il lut une phrase sur une feuille de papier posée devant lui.

— Donc... « Tu auras par ce moyen la gloire de tout le monde ; et pour cela toute obscurité s'enfuira de toi. » Intéressant, n'est-ce pas ?

Il releva un instant la tête vers les quatre hommes en costume noir, d'un air satisfait. On pouvait lire l'excitation dans ses yeux. Mais Erik était certain qu'il en rajoutait pour les besoins de son numéro.

— Si vous le voulez bien, attardons-nous sur le mot « gloire », car s'il est synonyme de renommée, c'est d'une renommée brillante, éclatante. En effet, le sens originel du terme « gloire » est « éclat » ou « splendeur ». Ainsi, en peinture, la gloire désigne le cercle de lumière qui se met autour de la tête des saints ou des hommes vertueux. Ne dit-on pas d'ailleurs « auréolé de gloire » ?

— En effet, intervint l'un des hommes à côté d'Erik Levin. Le terme est également utilisé en sculpture pour désigner les rayons flamboyants, entourés de nuages, au centre desquels la Trinité est représentée par un triangle. Vous savez... Le fameux delta lumineux des francs-maçons, que l'on retrouve en haut de la Déclaration des droits de l'homme, par exemple.

— Ou en haut de la pyramide sur le billet de un dollar, ajouta un autre des voisins d'Erik.

L'ingénieur comprit aussitôt que les quatre hommes étaient du même acabit que le Docteur : des passionnés d'histoire, et plus probablement d'histoire secrète... Il se sentait encore moins à sa place qu'il ne l'avait craint en venant ici.

— Absolument, reprit le Docteur, enchanté de voir que son auditoire abondait dans son sens. Cela ne fait donc aucun doute, il est bien question de lumière. D'ailleurs, la phrase « *toute obscurité s'enfuira de toi* » ne laisse pas d'ambiguïté. En somme, « *Tu auras par ce moyen la gloire de tout le monde ; et pour cela toute obscurité s'enfuira de toi* » signifie que quiconque comprendra l'enseignement de ce texte connaîtra le secret de la lumière, et que celle-ci gouverne le monde entier. Vous voyez où je veux en venir, n'est-ce pas ?

Erik vit les quatre hommes hocher la tête. Ils avaient l'air captivés. Il était, pour sa part, plutôt consterné. Décidément, le commentaire de texte n'était vraiment pas sa tasse de thé.

— L'illustre auteur de cette monographie sous-entend que le secret de la lumière est le plus grand secret de l'univers, son principe créateur. On peinerait à le contredire : que serions-nous, sans lumière ? Que serait la Terre, sans soleil ? Vous le voyez comme moi, nous sommes au cœur de notre sujet. C'est comme si ce texte avait prévu, il y a plusieurs siècles, ce qui se passe aujourd'hui.

Erik estima que les conclusions du Docteur étaient hâtives et pleines de raccourcis. Il se garda bien de le dire.

— Souvenez-vous de ce que nous lisions tout à l'heure, avant que ce cher Erik nous rejoigne. « *Il monte de la terre au ciel, et derechef il descend en terre, et il reçoit la force des choses supérieures et inférieures.* » Le mystère que nous tentons de percer est bien cette chose enfouie sous terre et qui reçoit sa force, son secret – c'est-à-dire celui de la lumière – non seulement de la terre, mais surtout du ciel... Reconnaissez que cela ne peut pas être une coïncidence.

Le Docteur se tourna vers Erik avec un air interrogateur. Mais, une fois de plus, celui-ci se contenta d'hocher discrètement la tête.

— Comme le dit le maître, ce qui est en bas est comme ce qui est en haut... C'est passionnant, assura Weldon d'un air complaisant. Quant à la toute dernière phrase, « *Ce que j'ai dit de l'opération du Soleil est complet* », elle nous apporte la confirmation finale, s'il en fallait. L'auteur affirme que le secret du Mercure des Sages est tout entier inscrit dans son texte. N'oublions pas que, pour les alchimistes, la fabrication de la Pierre philosophale est une sorte de re-création d'un Soleil miniature...

Quod erat demonstrandum, mes bons amis, *quod erat demonstrandum* !

Le Docteur prit la feuille devant lui et la glissa dans un dossier posé sur son bureau.

— Bien sûr, cela ne change pas grand-chose... Mais, en somme, ce que j'essaie de vous dire, mes amis, c'est que nous ne sommes pas ici pour de mauvaises raisons. Les indices qui nous ont permis de trouver ce que nous avons découvert sont là depuis des siècles, et l'existence de ce que nous cherchons était peut-être déjà connue des grands anciens... Cela ne fait que confirmer l'importance de notre travail, tout comme la nécessaire discrétion que nous devons garder. Si tout cela est resté secret aussi longtemps, ce n'est pas un hasard. Les enjeux de nos travaux sont trop importants pour être pris à la légère.

Weldon rangea le dossier dans un tiroir, puis il croisa les mains sur le bureau et regarda ses interlocuteurs d'un air grave.

— Vous, mieux que quiconque, connaissez l'importance du projet Rubedo. Si je ne peux encore vous en révéler à chacun tous les détails, pour les raisons que vous savez, vous connaissez le principal et comprenez donc que nous ne pouvons faire preuve de la moindre faiblesse. Pardonnez-moi si je vous semble à ce point intransigeant, mais je n'autoriserai à personne le moindre faux pas.

Le Docteur marqua une pause, comme pour donner de la solennité à ce qui venait d'être dit, puis il se tourna vers Erik Levin.

— Bien. Cela étant entendu, dites-moi Erik, à présent, ce qui nous vaut l'honneur de votre visite ?

L'ingénieur ne put masquer sa surprise. Il ne s'était pas attendu à cette question à cet instant précis. Il se demanda si Weldon n'avait pas fait exprès de la poser juste après avoir affirmé qu'il « n'autoriserait à personne le moindre faux pas »...

Était-ce une menace ? Une façon de faire comprendre au jeune homme qu'il avait deviné le motif de sa venue et qu'il n'était pas disposé à lui témoigner la moindre compassion ?

— Erik ? insista le Docteur.

— Eh bien… Il s'agit de questions plutôt… internes. Je ne voudrais pas ennuyer vos amis.

Weldon fit un geste du bras.

— Allons, allons ! Nous sommes entre nous. Il n'y a rien que vous puissiez me dire que nos partenaires ne sauraient entendre. Les gens que vous voyez ici font partie de nos mécènes, Erik, ils contribuent largement au financement de notre projet. Je suis certain qu'ils seront intéressés par ce que vous avez à me dire. Parlez sans crainte.

Levin poussa un soupir. Il était pris au piège. Mais, après tout, si le Docteur n'avait pas peur que ses invités soient gênés par ce qu'il avait à dire, c'était son problème. De toute façon, il était trop tard pour renoncer, et il avait promis à Caroline.

— Soit, dit-il en se raclant la gorge. Ma première question concerne Charles Lynch.

— Oui ? répondit Weldon sans que le moindre trouble ne transparût sur son visage.

— Je… eh bien… Pourquoi n'est-il plus parmi nous ? Personne ne nous a dit où il était passé…

— Monsieur Lynch a préféré se retirer du projet Rubedo.

— Pourquoi ?

— Pour des raisons familiales, Erik.

— Des raisons familiales ? Vraiment ?

— Malheureusement, oui.

— Mais le contrat que vous nous avez fait signer à tous stipule pourtant que nous nous engageons à ne pas quitter le complexe, même pour des raisons personnelles… C'est d'ailleurs pour ça que vous m'avez incité à faire venir mon épouse avec moi.

Le Docteur se pencha par-dessus son bureau pour regarder Erik Levin plus fixement.

— Allons, mon cher… Pour quel horrible monstre me prenez-vous ? Je ne vais tout de même pas empêcher un père de rejoindre sa fille quand celle-ci semble avoir plus que jamais besoin de lui ! Certes, *officiellement*, c'est contraire à notre règlement, mais je suis capable d'accepter certaines entorses à celui-ci, dans des situations extrêmes.

Erik fit une moue dubitative. Si c'était bien le cas, pourquoi Charles Lynch ne lui avait-il jamais parlé des problèmes de sa fille ? Ce qui intriguait surtout Erik, c'était que Lynch, en revanche, avait plusieurs fois exprimé des réserves quant au projet Rubedo, peut-être même plus larges que les siennes. À tel point qu'Erik s'était demandé si le géologue n'avait pas tout simplement tenté de s'enfuir… Et les explications du Docteur ne l'avaient pas convaincu du contraire.

— Comment pouvez-vous être certain qu'il ne révélera rien sur le projet Rubedo ?

— Nous avons pris nos dispositions.

Erik ne masqua pas son scepticisme.

— Comprenez mon étonnement : vous le laissez partir comme ça, du jour au lendemain, alors que nous autres, à l'intérieur, n'avons pas le droit de passer le moindre coup de téléphone, même pour prendre des nouvelles de nos proches…

Cette fois le visage du Docteur exprima un soupçon d'ennui.

— Je n'ai pas envie d'avoir à surveiller les communications de la centaine de personnes qui sont réunies ici, Erik. Mais je peux me permettre, dans une situation extraordinaire, de faire confiance à un seul homme. Si c'est ce qui vous inquiète, croyez-moi, Charles Lynch ne parlera pas.

— Non. Ce qui m'inquiète, c'est sa disparition, docteur Weldon.

— Eh bien vous voilà rassuré, alors : Charles n'a pas disparu, il est tout simplement retourné en France pour rejoindre sa fille, laquelle a de graves soucis. Je lui ai demandé de ne pas ébruiter les raisons de son départ, car je ne voudrais pas que chacun vienne me voir en m'expliquant que sa famille ou ses amis lui manquent... J'espère d'ailleurs que ce n'est pas votre intention, Erik ?

— Non.

— Tant mieux. Vous aviez d'autres questions ?

L'ingénieur se mordit les lèvres. Oui, bien sûr, il y avait encore mille choses dont il aurait aimé parler. Mais à présent qu'il était là, devant Weldon et ces quatre inconnus, il ne savait plus comment formuler tout cela. C'était bien plus compliqué que devant son épouse.

— Eh bien, oui...

— Nous vous écoutons.

— Comment dire ? Ce ne sont pas vraiment des questions mais plutôt... des questionnements.

— Allons bon ! Lesquels ?

Le jeune ingénieur croisa ses deux poings sur ses genoux, l'air embarrassé.

— C'est un peu difficile à expliquer... L'objet des recherches de la Summa Perfectionis est tout à fait passionnant, mais, voyez-vous, par moments, je suis un peu étonné par les formes...

— Que voulez-vous dire ?

— Je ne sais pas... Quand je vous entends parler, comme vous venez de le faire à l'instant, de tous ces textes hermétiques... Disons que ce n'est pas trop mon domaine. Je suis un homme de science.

Le Docteur laissa échapper un rire aux accents paternalistes. Il se cala au fond de son fauteuil d'un air détendu, comme si la chose était bien moins grave qu'il ne l'avait craint.

— C'est donc ça qui vous chagrine ? Vous n'êtes guère sensible à l'herméneutique ? Mais, enfin, c'est votre droit le plus légitime ! Chacun sa spécialité, Erik. Vous étudiez la matière, moi j'étudie les textes anciens. Mais au fond, vous et moi recherchons la même chose : la vérité.

— Certes... Mais... Comment dire ? Parfois, j'ai l'impression que la Summa Perfectionis n'est pas tout à fait la société scientifique que l'on m'avait présentée.

— Allons, allons, Erik... D'abord, je préfère l'expression « société savante », si cela ne vous dérange pas. Je veux nous considérer comme des savants plutôt que comme de simples scientifiques. Cela me semble plus complet, plus juste. Quoi qu'il en soit, vous êtes presque tous, ici, des hommes de science, vous le savez bien ! Il n'y a pas une seule personne dans le complexe qui ait à rougir de son pedigree, si je puis dire. Mais être un homme de science accompli ne signifie pas pour autant que l'on doive ignorer d'autres aspects de la connaissance que ceux pour lesquels on a été formé. Nous avons beaucoup à apprendre de l'étude des textes anciens. Il ne s'agit pas de les accepter comme tels, mais de les appréhender avec autant de rigueur que nous en avons dans notre laboratoire.

— Peut-être. Mais ce n'est pas tout. Il y a aussi ce décorum un peu particulier que nous utilisons lors de nos symposiums... Tout ceci n'était pas apparu lors de nos premières réunions, et plus ça va, plus je me demande où j'ai mis les pieds. Par moments, j'ai un peu l'impression d'être... Ne le prenez pas mal, n'est-ce pas ? Mais j'ai un peu l'impression d'avoir intégré une sorte de secte.

Erik sentit la nervosité gagner ses voisins de droite et de gauche. Le Docteur, lui, restait parfaitement calme.

— Comme vous y allez ! dit-il en souriant. Comprenez que la Summa Perfectionis est une institution fort ancienne et que nous voulons respecter certaines de ses coutumes. Personne ne vous a jamais caché l'héritage de notre groupe, il me semble. C'est une société savante, certes, mais elle n'en reste pas moins une société traditionnelle. Alors bien sûr, ce « décorum » dont vous parlez peut sembler désuet aux observateurs modernes que nous sommes, mais c'est une façon de rendre hommage à ceux qui ont créé notre institution il y a plusieurs siècles et grâce à qui nous pouvons mener nos recherches aujourd'hui.

— Est-ce bien nécessaire ? Ne peut-on se soucier du fond sans se prêter à la forme ?

— Le respect de la tradition n'est peut-être pas, selon vous, une chose importante, mais il l'est pour certains d'entre nous. Si vous y réfléchissez bien, il en va ainsi pour beaucoup de sociétés qui existent encore de nos jours. Pensez-vous que nos coutumes soient plus étranges, par exemple, que celles de l'Académie française ? Si vous assistiez à l'une des réunions de ces vieux sages, avec leurs épées, leur costume vert et leurs nombreux décors, croyez-moi, vous constateriez que nos traditions à nous ne sont pas si farfelues que ça...

— Peut-être, concéda Erik. Simplement, je ne suis pas habitué à ce genre de mises en scène.

— Alors prenez-le comme une expérience scientifique, mon ami ! La découverte d'un univers qui jusqu'ici vous était inconnu... Refuseriez-vous d'entrer à l'Académie des sciences sous prétexte que vous en trouveriez les coutumes étranges ?

— Sans doute pas.

— Eh bien il en va de même pour la Summa Perfectionis. Si cette société d'étude est longtemps restée confidentielle, elle a toutefois conservé une grande partie de ses rites et de ses usages au cours des siècles. Pensez qu'elle a été créée à une époque où chimie et alchimie se confondaient. Jusqu'au XVIIIe siècle – à vrai dire jusqu'à ce que le dictionnaire

Lavoisier ne la condamne – l'alchimie était la première des sciences, celle dont se réclamaient Albert le Grand, Thomas d'Aquin, John Dee, Roger Bacon ou Isaac Newton lui-même. Pendant longtemps, les plus grands scientifiques ont émergé des milieux hermétiques... J'avoue que cela confère à notre institution certains côtés un peu singuliers. Mais nous ne pouvons renier cet héritage. En outre, je dois vous confier que cela n'est pas pour me déplaire. Je suis, pour ma part, assez traditionaliste.

L'ingénieur hocha la tête, sans grande conviction.

— Mon bon ami, je comprends parfaitement que vous vous sentiez un peu perdu, mais je peux vous rassurer. Nous sommes tous réunis ici autour d'une même cause : la recherche scientifique. Et croyez-moi, si la Summa Perfectionis vous étonne par ses coutumes héritées d'un autre temps, elle est néanmoins l'endroit idéal pour mener à bien les recherches que vous entreprenez. Vous avez à votre disposition plus de moyens que ne vous en donnerait n'importe quel laboratoire, public ou privé.

— Certes.

— Alors cessez de vous tracasser, mon cher. Considérez qu'en acceptant ces coutumes, vous vous inscrivez dans la lignée de scientifiques qui, depuis des siècles, ont eu l'honneur de travailler au sein de notre institution. Nous sommes heureux, nous, de vous compter parmi nous.

— Merci.

— Allons ! Je ne vous retiens pas plus longtemps. Votre épouse doit vous attendre. Je vous remercie d'être venu vous ouvrir à moi de la sorte. Revenez me voir dans une semaine. Vous me direz si vous vous sentez mieux parmi nous, entendu ?

Le Docteur se leva et s'avança vers l'ingénieur en lui tendant les bras. Erik Levin quitta son siège avec un sourire embarrassé.

— Je vous remercie. Je suis désolé de vous avoir dérangés...

— Au contraire. Vous avez bien fait, dit Weldon en lui donnant des tapes amicales sur l'épaule, vous avez bien fait, mon ami. Je veux que tout le monde ici se sente à son aise.

Erik salua un à un les invités du Docteur et sortit du bureau. La secrétaire le raccompagna jusqu'au long couloir qui traversait tout le complexe souterrain.

Sur le chemin qui menait à ses quartiers, il serra les poings au fond de ses poches, les yeux rivés sur le sol gris. Malgré ses belles paroles, le Docteur ne l'avait pas vraiment rassuré. Mais il était trop tard, aujourd'hui, et Caroline, elle, n'éprouvait pas les mêmes inquiétudes. Il allait devoir apprendre à vivre avec le sentiment pénible d'avoir fait un mauvais choix.

34.

— Je vous remercie de me recevoir si vite, dit Ari en entrant dans l'appartement du père de Marie Lynch.

La jeune femme lui adressa un sourire et referma la porte derrière lui.

Il sembla à Mackenzie qu'elle était encore plus séduisante que la veille. Peut-être avait-elle pris plus de temps pour s'apprêter. Ainsi, avait-elle délibérément choisi ce petit haut qui mettait sa volumineuse poitrine en valeur ? Ou bien avait-elle un autre casting dans la journée ? Quoi qu'il en fût, on ne voyait qu'une chose en entrant dans cet appartement : les seins de Marie Lynch, puis, quelques secondes plus tard, le sourire de Marie Lynch.

Ari ne pouvait s'empêcher de lui trouver un air de pin-up des années 1950. C'était une de ces femmes qui, dans vos souvenirs, vous apparaissent toujours en noir et blanc, comme le cliché d'une actrice hollywoodienne, une Audrey Hepburn cristallisée…

— Vous avez vraiment du nouveau sur mon père ?

— Indirectement, oui.

— Comment ça, indirectement ?

Ari s'efforça de détacher ses yeux de la jeune femme, entra dans le salon et posa un regard circulaire sur cette partie de l'appartement.

C'était un modeste trois pièces de la rue Monge, dans le cinquième arrondissement, que Charles Lynch avait sans doute choisi pour sa proximité avec l'université. Sobrement meublé, peu décoré, il ne révélait pas grand-chose de son propriétaire sinon sa discrétion.

— J'ai découvert que deux autres hommes qui exerçaient le même métier que votre père avaient disparu au cours des trois derniers mois.

Il ne jugea pas utile, pour l'instant, de préciser que l'un des deux était mort.

— La disparition de mon père aurait-elle un rapport avec son métier ?

— Peut-être. À condition qu'il existe bien un lien entre sa disparition et celle des deux autres. Ce pourrait être un hasard.

La jeune femme eut une moue peu convaincue.

— Ce serait une sacrée coïncidence, quand même !

— Vous savez, la loi des très grands nombres provoque parfois des hasards tellement étonnants que les gens sont persuadés que ce sont des signes.

— Pardon ?

— Je dis simplement qu'il est tout à fait possible que cela soit une simple coïncidence. Néanmoins, c'est une piste sérieuse, que je vais explorer. C'est d'ailleurs pour cela que j'ai besoin d'inspecter les affaires de votre père.

— Voulez-vous boire quelque chose ?

— Pas pour le moment, non. Vous pouvez me montrer son bureau ?

Elle acquiesça, visiblement déçue qu'il ait décliné l'offre, et le conduisit dans la pièce voisine.

— C'était ma chambre quand j'étais gamine. Il en a fait son bureau. C'était presque mieux rangé à mon époque.

La pièce avait tout d'un bureau de chercheur. Beaucoup de livres, une classification stricte à première vue, des tas de paperasses, peu de décors... Ari grimaça en apercevant l'ordinateur.

— Vous savez vous servir de ces trucs-là ? demanda-t-il à Marie en désignant la machine du bout du doigt.

— Euh... Oui. Comme tout le monde.

— Bien sûr. Ça vous dérange de me donner un coup de main ? Moi, je cherche dans les livres et les dossiers, et vous sur l'ordinateur ?

— Pas de problème. On cherche quoi ?

Mackenzie s'approcha du bureau, sortit son carnet Moleskine de sa poche, le parcourut rapidement, puis il prit une feuille de papier et y nota une liste de mots : « *Franck Alamercery, Louis Nebati, Summa Perfectionis, Jâbir ibn Hayyân, Rubedo, Weldon, Agartha, Villard de Honnecourt, Table d'émeraude, Nicolas Flamel* ».

— Tenez. Si vous voyez l'un de ces mots apparaître dans un fichier, vous l'imprimez ?

— Pas de problème.

Elle jeta un coup d'œil à la feuille que venait de lui tendre Mackenzie et releva la tête en fronçant les sourcils.

— Nicolas Flamel ? C'est une blague ?

— Pourquoi ?

— C'est un personnage d'*Harry Potter* !

L'analyste ne put s'empêcher de rire.

— Euh... Si vous le dites. Mais c'est d'abord et surtout un personnage bien réel du XIIIe siècle.

— Ah bon. Et quel est le rapport de tous ces noms avec mon père ?

— Eh bien, justement, c'est ce qu'on cherche, là, Marie : le rapport.

— J'adore quand vous me parlez comme à une débile mentale !

— Vraiment ? J'essaierai de le faire plus souvent, alors. Allez, au boulot !

Il se mit aussitôt à parcourir les dossiers empilés sur l'une des étagères. Marie Lynch le regarda un instant sans bouger, puis elle poussa un soupir et s'installa devant l'ordinateur.

L'analyste consulta méticuleusement les cahiers de notes, les ouvrages, les dossiers, les lettres qui étaient dispersés à travers toute la pièce. La plupart traitaient de géologie, de minéralogie, de géochimie, de cristallographie... Après plusieurs minutes, il se lassa de lire des paragraphes entiers sur les propriétés physico-chimiques de tel ou tel minéral et décida d'accélérer le rythme de ses recherches.

— Vous trouvez quelque chose ? demanda Marie.

— Rien de probant. Et vous ?

— Non. J'ai effectué une recherche sur les deux disques durs, aucun de ces mots-clefs n'apparaît dans les titres des fichiers. Du coup, je lance une analyse dans les contenus des documents... Ça va prendre quelques minutes.

— OK.

Ari continua son inspection des lieux, mais il commençait à douter de trouver ici ce qu'il avait espéré : un indice flagrant de l'intérêt qu'aurait pu entretenir Charles Lynch avec l'hermétisme.

Il y avait peut-être dans sa bibliothèque un rayon consacré à l'ésotérisme... Il entreprit de lire le titre de tous les livres alignés là en effleurant leur dos du bout de l'index. Son doigt glissait le long des rangées disparates, passant rapidement de l'une à l'autre.

Soudain, sa main s'arrêta sur un ouvrage ancien. Il sourit. C'était un traité d'alchimie. Ari le tira vers lui et le feuilleta. Il n'y avait aucune note manuscrite à l'intérieur. Il le remit en place. À côté, il vit un deuxième livre sur le sujet, puis un troisième sur les liens entre l'alchimie et la chimie moderne... Mais c'était tout.

Il éprouva une légère déception. Qu'y avait-il d'étonnant à ce qu'un géologue, sur un nombre aussi vaste de livres, eût un ou deux ouvrages comme ceux-ci ? Il reprit ses recherches.

— Rien, lança Marie Lynch quelques instants plus tard. Je n'ai rien trouvé.

— Vous êtes sûre ?

— Certaine.

— Mince...

— Je peux encore regarder dans son explorateur Internet. S'il ne les a pas effacés, on devrait pouvoir retrouver les mots-clefs qu'il a tapés dans son moteur de recherche. Ça nous permettra de vérifier quels sont les sujets sur lesquels mon père a fait ses dernières recherches en ligne.

— Pas bête. Allez-y !

Ari estima qu'il ne servait plus à rien de scruter la bibliothèque et vint se placer derrière la jeune femme.

— Vous vous débrouillez bien, dit-il en la voyant naviguer avec aisance dans l'interface.

Marie haussa les épaules.

— Quand on est actrice et qu'on cherche du boulot, on passe pas mal de temps sur Internet, expliqua-t-elle comme pour se justifier. Pour tout vous dire, je suis complètement accro aux forums et aux sites communautaires. Je passe des heures sur ces conneries. Pas vous ?

— Je n'ai pas d'ordinateur. J'ai horreur de ça.

Elle se retourna, les yeux écarquillés.

— Vous déconnez ?

— Non. Il y en a un dans mon bureau mais je ne l'allume jamais. Je m'en sers pour accrocher mes Post-it.

— Mais... comment vous faites ?

— Je m'en passe très bien.

— Oui... Enfin... Résultat : vous demandez aux autres de chercher pour vous !

— Ce n'est pas faux. Bon... Alors ?

Marie se remit face à l'écran et lança l'explorateur Internet. Elle entra l'adresse d'un moteur de recherche et plaça le curseur de la souris dans la fenêtre de dialogue.

— Voilà, si je presse sur « entrée », je devrais avoir la liste de tous les derniers mots-clefs tapés par mon père.

— Eh bien, allez-y.

Elle s'exécuta. Une colonne de mots apparut au milieu de l'écran. Elle n'eut même pas besoin de faire défiler la liste. Ce qu'Ari espérait était là, sous leurs yeux.

Les dernières recherches de Charles Lynch, sous différentes orthographes et dans toutes les combinaisons imaginables, ne laissaient aucun doute :

« *summa perfectionis*
summa
perfectionis
société scientifique summa perfectionis
société secrète scientifique
société savante
weldon
docteur weldon
weldon société savante
weldon société scientifique »

Et cela continuait ainsi sur toute la hauteur de l'écran. Mackenzie attrapa un tabouret et vint s'asseoir à côté de Marie.

— Weldon ! C'est le nom du type chez qui nous nous sommes rencontrés, murmura la jeune femme. Et ces autres mots font partie de votre liste… Comment saviez-vous qu'ils intéressaient mon père ?

— J'ai trouvé un dossier intitulé « *Summa Perfectionis – P. Rubedo* » chez Weldon hier…

— Et qu'est-ce que c'est que cette histoire de société scientifique secrète ?

— Je n'en ai pas la moindre idée. Mais on a déjà une certitude : il y a bien un lien entre votre père, Weldon, et cette expression : *Summa Perfectionis*.

— Mais elle représente quoi, cette expression ?

— À ma connaissance il s'agit d'un livre sur l'alchimie qui date du Moyen Âge. Mais votre père avait l'air de chercher autre chose. Vous pouvez faire défiler pour voir si le mot « *Rubedo* » n'apparaît pas plus bas ?

Marie acquiesça. Elle tourna la molette de la souris et parvint rapidement au bout de la liste des mots-clefs. Le nom en question n'y figurait pas.

— Dites-moi, il y aurait moyen d'imprimer le résultat de toutes les recherches effectuées par votre père ?

— Vous plaisantez ou quoi ? Chacun de ces mots-clefs doit renvoyer vers des milliers et des milliers de pages !

— Ah bon ?

— Regardez : si je tape *summa perfectionis*, par exemple.

La jeune femme entra les deux mots dans la fenêtre de dialogue.

— Vous voyez ? Le moteur de recherche nous indique que 67 200 sites sont répertoriés ! Chacun des sites comprenant nécessairement plusieurs pages, vous imaginez un peu combien ça ferait de feuilles à imprimer ? Et même si je restreins davantage la recherche en ajoutant des guillemets, pour que le moteur ne sélectionne que les sites où les deux mots apparaissent dans cet ordre-là : « *summa perfectionis* », on obtient tout de même… 8 810 sites !

— D'accord, dit Ari en poussant un soupir. En gros, il n'y a pas moyen de voir ce que votre père a trouvé ?

— On peut regarder les pages qu'il a consultées dans l'historique de navigation… Mais ça risque de faire un paquet aussi. Tenez.

Elle opéra deux manipulations et une liste apparut sur la gauche de l'écran.

— Voici les titres de toutes les pages qu'il a consultées ces derniers jours. Vous imaginez si je devais vous imprimer tout ça ?

Ari jeta un coup d'œil rapide. La plupart des pages semblaient faire référence au livre de Jâbir ibn Hayyân, d'autres contenaient des articles généralistes sur les différents mots-clefs entrés par Charles Lynch, et en particulier sur les sociétés secrètes.

— Bon, d'accord, laissez tomber, de toute façon, ce qui est intéressant n'est pas ce qu'il a trouvé mais le fait qu'il ait cherché… Dites-moi, par simple curiosité, vous pourriez lancer une recherche sur le mot « Rubedo » ?

— Bien sûr.

Marie revint à la page d'accueil du moteur de recherche et lança sa requête. Le résultat indiqua plus de 200 000 références. Ari regarda les titres des premiers sites.

1 – Rubedo – Congresso Amado-Jung

2 – Rubedo – Ruby Radio

3 – Rubedo – Estudos Interdisciplinares em Psicologia Analítica…

Aucun ne lui évoquait quoi que ce fût de familier… jusqu'à ce qu'il repère le titre figurant au sixième rang : « *6 – Alchemy 2, Nigredo, Albedo and Rubedo* ».

Il tapa du poing sur la table, ce qui eut pour effet de faire sursauter sa voisine.

— Mais évidemment ! Je suis trop con ! Ce n'était pas un nom de famille ! Pourquoi n'y ai-je pas pensé plus tôt ?

— Quoi ?

— Rubedo ! Ça me revient maintenant. Je savais bien que j'avais déjà vu ce mot quelque part ! C'est le nom de la troisième et dernière étape de la transmutation alchimique !

— Hein ?

— Pour fabriquer la Pierre philosophale ! D'abord il y a l'œuvre au noir, *nigredo*, puis l'œuvre au blanc, *albedo*, et enfin, l'œuvre au rouge : *rubedo*. Il ne me reste plus qu'à savoir ce que signifie le « P » dans « *P. Rubedo* ».

— Vous m'avez un peu paumée, là !

— Excusez-moi, je réfléchis tout haut… Bon, en tout cas, on est sûrs d'une chose : votre père cherchait à savoir ce que signifiait *Summa Perfectionis*, expression liée au *Rubedo* des alchimistes, et il essayait de voir s'il y avait un lien entre cette expression et Weldon, ou bien avec une société scientifique éventuellement secrète.

— Ça existe, ça, une société scientifique secrète ?

Ari haussa les épaules.

— Pourquoi pas ? La Royal Society en Angleterre est issue de l'Invisible College, qui n'était rien d'autre qu'une société savante secrète.

Marie attrapa Mackenzie par l'avant-bras.

— Excusez-moi, Ari, je vais encore vous paraître complètement stupide, mais je n'ai pas la moindre idée de ce que sont les deux trucs dont vous venez de parler…

— La Royal Society, c'est l'équivalent anglais de notre Académie des sciences. C'est la plus haute instance scientifique en Grande-Bretagne, si vous voulez. Isaac Newton en a fait partie. Or, elle a été créée au milieu du XVIIe siècle par un groupe d'éminents scientifiques, dont Robert Boyle, qui se réunissaient jusqu'alors au sein d'une société secrète, The Invisible College. L'objectif de ces deux sociétés était le même : atteindre la connaissance à travers la recherche expérimentale. En somme, une résistance masquée face à l'obscurantisme religieux ou aux méthodes de la scolastique.

— La quoi ?

— La scolastique… C'était le principal système de pensée au Moyen Âge. Il consistait à concilier les sciences avec le dogme chrétien. Pour résumer, disons qu'à l'époque il était préférable que la recherche scientifique ne vienne pas contredire la religion.

— OK. Bon… Bref, les sociétés secrètes scientifiques, ça existe.

— Ça a existé, oui, donc ça peut toujours exister… Cela dit, à part dans certains pays où la religion exerce encore un pouvoir dictatorial, je ne vois pas vraiment l'intérêt pour une société scientifique de se cacher. En tout cas, je n'en connais pas en France. Du moins aucune qui soit authentiquement scientifique.

— D'accord… qu'est-ce qu'on fait, maintenant ?

Ari parut étonné par la question de la jeune femme.

— Vous ? Rien. Moi, je vais approfondir mes recherches.

— Je peux vous aider ?

— Écoutez… Vous êtes actrice, moi je suis flic. Chacun son boulot, OK ?

— Je vais pas rester là les bras croisés, tout de même ! Mon père a disparu et…

— Est-ce que je vais faire vos castings, moi ?

Elle secoua la tête.

— Je voulais juste aider…

— C'est très aimable de votre part, Marie, mais ce ne sera pas nécessaire.

Ari se leva et remit le tabouret à sa place.

— Si vous voulez, je peux continuer à chercher sur l'ordinateur ou dans le bureau, proposa la jeune femme, décidément pleine de zèle.

— Pourquoi pas…

— Si je trouve quelque chose, je vous appelle.

— Avec plaisir, dit-il en se dirigeant vers la porte.

Elle le raccompagna dans l'entrée.

— Vous me tenez au courant, n'est-ce pas ?

— Bien sûr !

— Merci, dit-elle.

Puis elle attrapa Ari par l'épaule et se hissa sur la pointe des pieds pour lui faire la bise.

L'analyste eut un instant d'hésitation. Il ne s'était pas attendu à un geste aussi familier. Puis il s'y prêta non sans un certain plaisir. Il embrassa la jeune femme sur les deux joues, lui adressa un sourire et sortit de l'appartement.

35.

— Nous vous avions prévenu que la disparition de Lynch risquait de faire tache d'huile…

Après le départ de l'ingénieur, une ambiance presque dramatique s'était installée dans le bureau calfeutré de Weldon. Les quatre hommes le regardaient avec inquiétude.

— La situation est sous contrôle, répliqua le Docteur d'une voix qui se voulait rassurante. Cela n'ira pas plus loin. La méfiance d'Erik Levin est naturelle, elle est la preuve de son esprit critique. Au fond, je m'en réjouis.

— Il ne faudrait pas qu'il propage une atmosphère suspicieuse au sein de l'équipe scientifique.

— Cela n'arrivera pas. Je vais faire en sorte de limiter ses contacts avec le reste de la communauté.

— Ce serait préférable.

Le Docteur sortit un carnet sur lequel il griffonna quelques notes.

— Pour en revenir au sujet qui nous a réunis ici, reprit-il après un court silence, je suis curieux de savoir ce que certains auront à dire de nos dernières découvertes… Je suis tenu à un inviolable isolement, mais je compte sur vous pour venir me rapporter ce qu'il se dit dans le milieu, n'est-ce pas ? Comment va réagir le professeur Walberg à Bern, par exemple ? Nos amis de Bavière ? Nul doute que certains tenteront de jeter le discrédit sur notre projet.

— Incontestablement.

— J'aimerais savoir qui. Non pas que cela ait une réelle importance. La plupart d'entre eux sont des charlatans sans influence. Mais tout de même, j'aimerais savoir.

— Nous vous tiendrons au courant, c'est promis.

— Il est important pour nous de connaître nos ennemis. Nous allons bientôt avoir besoin de relais. J'ai le sentiment que les politiques sont en train de nous lâcher. Face à l'adversité, ils n'ont pas le courage de nous suivre. Nous devons commencer à tâter le terrain pour voir sur qui nous pouvons compter. Sondez un peu vos contacts à droite et à gauche, en restant les plus discrets possible, évidemment. Voyez d'abord parmi nos correspondants scientifiques à l'Académie des sciences, la Deutsche Akademie, l'Accademia del Cimento et l'Académie Royale de Belgique.

— Nous avons aussi un contact au sein de l'International Society for Philosophical Enquiry.

— Parfait. Faites ensuite le tour des sociétés d'affaires qui nous sont les plus favorables : le CFR, le Bilderberg, la Trilatérale, le Bohemian, le Club de Rome et bien sûr la Blue Anthill. Puis, plus proches de nous, il faudra compter sur la Stella Matutina, la Société Théosophique et, évidemment, nos amis du College...

— Tout cela est prévu et nous avons déjà commencé. La parole circule, si je puis dire. Vous ne voulez pas que nous nous adressions à nos contacts francs-maçons des ateliers supérieurs ?

Weldon haussa les épaules.

— Cela fait longtemps que les maçons sont hors du coup, mon ami. À force de vouloir jouer sur les deux tableaux, ils ont tout perdu : ils n'ont plus la moindre crédibilité tant dans les milieux politiques que dans les milieux ésotériques. Ça n'aura pas été faute de les avoir prévenus... Non, laissons les maçons à leurs rêveries humanistes.

Aucun n'osa le contredire.

— Pour ce qui est des autres groupes, plus spécialisés, je me charge naturellement de l'INF et de Mensa.

Ils approuvèrent d'un hochement de tête.

— Bien. J'ai entendu dire que plusieurs cadres du Vril sont en train de constituer un nouveau groupe après son fâcheux démantèlement. De quel côté vont-ils se situer ? Avons-nous une chance de les décider à entrer dans une réelle démarche scientifique ? Maintenant que nous sommes débarrassés de Khron, il pourrait être intéressant de récupérer les ressources colossales dont jouissait son groupe ?

— Je suis en train d'y veiller, affirma l'un de ses partenaires.

— Parfait. Je ne vais pas vous retenir plus longtemps. Vous avez un long trajet à effectuer pour retourner en Europe. Vous savez ce qui vous reste à faire. Je veux que le milieu tout entier sache que la Summa Perfectionis est entrée dans sa phase finale et qu'elle est sur le point de découvrir le *Secre-*

tum Secretorum. Étant donné vos diverses positions, à tous les niveaux de ce maillage compliqué, je sais que vous serez écoutés et entendus. Mes amis, que la monade nous protège !

36.

Mackenzie arriva vers midi sur la place qui terminait la rue des Tournelles, en face du *Passe-Muraille*. Il s'appuya contre une porte cochère en retrait et poussa un soupir en regardant, de l'autre côté de la petite esplanade, la façade verte de la librairie.

Il n'était pas venu ici depuis plusieurs semaines. À vrai dire il se l'interdisait, parce qu'il savait qu'il n'en tirait jamais rien de bon. Et il savait que cette fois-ci ne serait pas une exception. Mais il avait ressenti, plus intensément que les autres jours peut-être, le besoin de la voir.

Le soleil d'août envahissait tout l'espace, éclatant, écrasant, et faisait froncer les sourcils, baisser la tête aux passants sans lunettes. La Bastille, resplendissante, accueillait à bras ouverts les touristes estivaux. Les fenêtres des immeubles renvoyaient les scintillements éblouissants de l'astre au zénith. Il faisait chaud et lourd. Tout était ouvert, animé, bruyant et coloré. Mais l'attention d'Ari ne se consacrait qu'à un seul lieu. Une porte.

Il ne fallut pas longtemps pour que Lola apparaisse sur le seuil de la librairie. Ari, instantanément, sentit sa gorge se nouer et un frisson parcourir son échine. Il serra les poings et la regarda disposer quelques cartes postales sur un présentoir.

Dans un jean clair et un haut turquoise qui laissait apparaître son petit ventre musclé, elle était aussi belle qu'elle l'avait toujours été. Évidemment. *Évidemment*.

De là où il était, il ne pouvait voir les détails de son visage, mais il les connaissait par cœur et son imagination les répertoria un à un. Ses mains avaient si souvent effleuré les contours de son corps nu, allongé près du sien, qu'il aurait pu la peindre, la sculpter les yeux fermés. Son nez mutin, ses fossettes de gamine qui lui offraient de si beaux sourires, sa bouche fine dont il sentait encore le goût sur ses lèvres, ses grands yeux bleus qui dévoraient le monde, le piercing sur sa langue avec lequel elle jouait sans cesse, les douces vagues de sa chevelure brune où ses doigts s'étaient si souvent égarés, ses petits seins fermes et doux, ses hanches fines... Il lui sembla sentir le parfum capturé dans la boîte que Lola lui avait offerte. Il lui sembla même entendre sa belle voix cassée.

— Quel con, se murmura-t-il à lui-même.

Il serra la mâchoire. Venir ici était l'idée la plus stupide, la plus absurde qui fût. Et la plus destructrice, aussi. À quoi bon agiter devant ses yeux l'objet d'un désir que plus rien ne pourrait jamais satisfaire ?

Il était sur le point de repartir quand son regard s'arrêta à nouveau sur le visage de Lola.

Quelque chose clochait. Un détail. Il plissa les yeux comme pour mieux voir à cette distance. Puis il comprit soudain : elle ne portait pas ses lunettes. Ces longues lunettes rectangulaires qui lui donnaient un petit air coquin.

Elle ne peut pas les avoir oubliées.

Au même instant, il lui sembla que la jeune femme le regardait à son tour. Il eut le réflexe de faire un pas en arrière et de se plaquer contre la lourde porte cochère derrière lui. Il laissa passer quelques secondes, puis partit en sens inverse sans pouvoir s'empêcher de se trouver complètement ridicule.

Il détestait ce sentiment de pitié qu'il éprouvait pour lui-même, dans ces moments-là. Il détestait reconnaître en lui cette faiblesse, cette vulnérabilité qu'il trouvait grotesque chez autrui. Il se demandait surtout si cette blessure, un jour, accepterait enfin de se refermer. Et il savait qu'en réalité ce ne serait jamais le cas. Certes, il apprendrait à mieux vivre avec cette douleur, à l'apprivoiser. Mais elle n'aurait pas disparu pour autant. Tout le monde ne cicatrise pas à la même vitesse. Il est même des hommes qui ne cicatrisent jamais, qui accumulent les plaies au cours de leur existence, les unes après les autres, et finissent leurs jours l'âme à vif. Mackenzie était de ceux-là. De ceux qui vivent dans un éternel et grandissant regret.

Il cacha ses yeux derrière une paire de lunettes noires et monta, deux rues plus loin, dans son cabriolet anglais. Il engagea la vieille décapotable verte dans la rue Saint-Antoine et alluma son poste de radio. Les haut-parleurs un peu trop aigus crachèrent un solo endiablé de Jimmy Page, porté par les battements déchaînés de John Bonham. Ari serra les mains sur le volant et profita de ce que la rue était déserte pour taquiner son accélérateur. Comme si le vent qui s'engouffrait dans l'habitacle de tous les côtés avait pu emporter avec lui les pensées sombres qui le taraudaient.

Il avait promis à Krysztov de le rejoindre au plus vite chez lui. La veille, le Polonais avait visiblement passé un mauvais quart d'heure avec de nouveaux cambrioleurs. Les choses s'accéléraient, et il était temps de penser à un plan.

Ari entreprit de faire le point dans sa tête. C'était le meilleur moyen de ne pas penser à Lola. Ou de se faire croire à lui-même qu'il n'y pensait pas.

Il retraça l'historique des faits. Les faits et rien d'autre.

D'abord, l'agent du SitCen était venu le voir au *Sancerre* et avait évoqué l'affaire des carnets de Villard. Ensuite, quelqu'un avait fouillé les trois appartements, a priori sur ordre du Docteur, à en juger par la note retrouvée chez celui-ci. En remontant la piste de ce mystérieux personnage, Ari avait découvert un dossier qui réunissait plusieurs documents en rapport avec cette affaire. Ce dossier avait été intitulé « *Summa Perfectionis, P. Rubedo* » et un dessin du glyphe de John Dee ornait la couverture. C'est alors qu'était apparue Marie Lynch, dont la venue chez Weldon, exactement au même moment que Mackenzie, restait une coïncidence troublante qu'il ne devait pas négliger. Elle lui avait appris que son père, Charles Lynch, chercheur en géologie, avait disparu le jour où il avait rendez-vous avec Weldon. Iris avait alors découvert que deux hommes qui exerçaient le même métier que Lynch avaient eux aussi disparu : Franck Alamercery et Louis Nebati. Puis, deux cambrioleurs avaient à nouveau fait irruption chez Krysztov, sans doute parce qu'ils avaient repéré le coffre-fort la première fois sans avoir pu l'ouvrir. Heureusement, Krysztov avait préalablement changé les documents de place.

Tels étaient les faits. Que pouvait-il en déduire, pour le moment ? Selon le principe du rasoir d'Ockham, il tenta d'élaborer un premier scénario, le plus prudent possible : le Docteur recherchait activement ce qu'Ari et ses amis avaient trouvé dans le puits, parce qu'il pensait que cela lui révélerait quelque chose d'important. Cette chose était probablement liée aux mystères de l'alchimie (Table d'émeraude, glyphe, *Summa Perfectionis*...) et de la Terre creuse, mais avait aussi un rapport avec la géologie. Enfin, les services secrets européens étaient au courant de cette affaire et enquêtaient dessus, sans en avoir informé la France, vraisemblablement parce que le

Docteur entretenait des liens étroits avec le ministère de l'Intérieur.

Deux questions se posaient donc à présent : quelle était cette chose que le Docteur espérait obtenir grâce aux documents du puits, et où se trouvait ce sinistre personnage aujourd'hui ?

Ari se gara en bas de l'immeuble de Zalewski et s'arrêta sur le trottoir pour fumer une cigarette : le tabac était proscrit chez le Polonais, fumeur repenti.

Adossé à la grille d'un immeuble, Ari alluma une Chesterfield puis, en jetant un coup d'œil à son téléphone portable, il remarqua qu'il avait reçu un SMS. Il ouvrit sa boîte de réception et vit s'afficher le nom de Lola : Dolorès Azillanet. Irrésistiblement, les battements de son cœur s'accélérèrent.

Il lut le message. « Je t'ai vu, imbécile. Tu aurais pu venir dire bonjour au lieu de te planquer comme un gosse. J'espère que tu vas bien. Biz. »

L'analyste ne put s'empêcher de sourire. *Comme un gosse*. C'était bien ce qu'il devenait dès qu'il était question de Lola. D'une main, il pianota : « Qu'est-ce que tu as fait de tes lunettes ? »

Il tira plusieurs bouffées sur sa cigarette en vérifiant régulièrement l'écran de son téléphone. Après une minute à peine, la réponse arriva. « Je porte des lentilles maintenant. Tu le saurais, si tu venais prendre des nouvelles de temps en temps. »

Il hésita à envoyer un nouveau message. Quelque chose comme : « Ça te va bien. » Mais en le faisant, il acceptait d'entrer dans une conversation. Et il savait que ce n'était pas une bonne idée, car il se connaissait : Ari n'était pas capable de se contenter d'*un peu* de Lola. Il lui fallait *beaucoup* de Lola, ou rien.

Il rangea son téléphone et monta chez Krysztov.

37.

En entrant dans l'appartement du secteur résidentiel, à l'extrémité nord du complexe souterrain, Erik Levin était bien décidé à faire amende honorable et rassurer son épouse. Caroline avait raison : maintenant qu'il avait accepté de venir ici, il devait aller jusqu'au bout, remplir son contrat, et ne pas se poser d'autres questions. Mieux valait se résigner et travailler dur en espérant que le projet serait bientôt terminé.

Après avoir refermé la porte derrière lui, il lui suffit d'une seule seconde pour voir sur le visage de sa femme que quelque chose ne collait pas. Debout dans l'ombre au milieu de la pièce, elle avait l'air hagard, tétanisé.

38.

Quand Ari découvrit le visage tuméfié de Krysztov dans l'ouverture de la porte, il ne put retenir une grimace amusée.

— Eh bien ! Ils t'en ont mis plein la gueule !

— Très drôle ! Et puis, d'abord, celui qui m'a attaqué était seul…

— Encore mieux !

Le Polonais s'écarta en soupirant pour laisser entrer Mackenzie.

— Tu es enfin tombé sur plus fort que toi ?

— Non. Il m'a attaqué par-derrière.

— Un bon garde du corps doit être capable de se défendre même quand on l'attaque par-derrière, non ?

— Ça va !

Ari s'amusa de la mimique humiliée de Zalewski.

— J'ai toujours dit qu'ils recrutaient rien que des lopettes, à la SFOR[1].

— Eh ! C'est pas parce que j'ai un œil au beurre noir que je peux pas te coller une beigne, Mackenzie. On va voir qui c'est, la lopette !

L'analyste pénétra dans le salon et avisa la bibliothèque défoncée sur le mur droit, avec un tas de livres et de babioles éparpillés sur le sol.

— C'est bien rangé chez toi.

— Tu es hilarant, aujourd'hui. Franchement. Tu veux qu'on parle de Lola pour voir si tu gardes ton sens de l'humour ? Elle va bien ? T'as des nouvelles ?

— Pauvre con, répliqua Ari en souriant. C'est quand même dingue qu'ils soient revenus chez toi. Ils devaient pourtant se douter que tu n'allais pas laisser quoi que ce soit dans ce coffre quelques jours à peine après leur première visite, non ?

— Il faut croire qu'ils tiennent absolument à retrouver les documents.

— Oui, il faut croire. Tu n'avais pas changé les serrures ?

— Si. Mais ce sont des pros, Ari. En tout cas, ils peuvent toujours chercher. Je les ai bien planqués, les documents, et pas ici.

— OK. Bon, tu es allé faire des radios ?

— Non, non, pas la peine.

Ari finit d'inspecter la pièce du regard, jeta un coup d'œil dans la chambre puis alla s'asseoir dans le canapé.

— Tu peux me les décrire ?

— Le type qui m'a sauté dessus, je l'ai bien vu. Pas grand mais trapu, les cheveux bruns, courts, la quarantaine tout au plus, une gueule de malfrat anglais, comme dans les films de Guy Ritchie, tu vois le genre ?

1. Force de stabilisation de l'OTAN.

— Oui.
— Je lui ai pété le nez, ça n'a pas dû l'arranger.
— C'était la moindre des choses. Et l'autre ?
— Plus âgé. Cheveux blancs, costume chic, des gants en cuir et une belle canne avec un pommeau en argent.
— Ah ! Ben au moins, lui, il sera facile à reconnaître ! Un vrai personnage de bande dessinée !
— Un peu oui...
— Ils n'ont rien laissé qui pourrait permettre de les identifier ?
— Non...
— Je suis étonné qu'un pervers comme toi n'ait pas de caméras planquées dans son appartement.
Le Polonais se dérida enfin.
— Il y a beaucoup de choses, ici, mais pas de caméras.
— Et tu ne me sers pas un whisky ?
— Il n'y a que de la vodka, chez un Polonais.
— Sauvage !
Au même instant, le téléphone de Mackenzie se mit à vibrer. Il espéra que ce n'était pas Lola. Le nom d'Iris Michotte s'afficha sur l'écran.
— Yep ?
— Ari, j'ai du nouveau.
— Je t'écoute.
— Deux personnes, Sandrine Monney et Stéphane Drouin, qui travaillaient dans un bureau d'étude à Genève, sont mortes en l'espace de vingt-quatre heures.
— Et ?
— La police enquête sur les conditions étranges de leur décès... Les deux ont succombé à un arrêt cardiaque alors qu'ils n'avaient même pas la quarantaine. J'ai appelé nos collègues en Suisse : le légiste conclut à un neurotoxique. Tu vois ce que je veux dire ?
— Tu crois que le géologue qui est mort...

— Oui. Franck Alamercery. Mêmes conclusions sur son dossier médical : neurotoxique non identifié.

— Tu penses qu'il y a un lien ?

— Les deux victimes suisses travaillaient sur un dossier confidentiel pour l'ONU.

— Et ?

— Tout ce que j'ai pu savoir, c'est que leur enquête concernait en partie la géologie. Ça fait un peu beaucoup, non ?

— C'est mince.

— Trois personnes qui meurent dans les mêmes conditions, visiblement à cause d'un agent neurotoxique, toutes les trois travaillant sur la géologie… J'ai du mal à croire que cela ne soit pas lié à la disparition de Charles Lynch, Ari.

— Conclusions hâtives.

— Tu as d'autres pistes à suivre ?

— Non.

— Alors qu'est-ce que tu attends pour aller à Genève ?

DEUXIÈME PARTIE

Albedo

39.

L'homme à la canne argentée, qui se faisait appeler Borja pas ses employeurs, arriva devant l'immeuble de la rue Lacépède en fin d'après-midi.

Les ordres qu'il avait reçus le matin même étaient clairs : éliminer au plus vite la fille de Charles Lynch. *Au plus vite.*

Les choses commençaient à se compliquer et ce voyage en Europe, qui, au départ, ne devait durer que deux ou trois jours, s'éternisait. Il n'appréciait pas les changements de programme, parce que cela ne lui laissait pas le temps de planifier correctement les choses, de prendre toutes les précautions nécessaires, et c'était comme ça qu'on finissait par commettre des erreurs. Borja n'aimait pas l'à-peu-près. Borja n'aimait pas les imprévus.

Il plongea la main dans sa poche et attrapa la petite boîte transparente qu'il gardait toujours sur lui. Il souleva le bouchon, sortit un comprimé de chlorpromazine de 100 mg et l'avala d'un coup. Les jours où il « travaillait », Borja était capable d'en absorber cinq ou six, le double de la dose maximale prescrite. Avec les années, il avait appris à maîtriser les effets secondaires. Pour lutter contre les déséquilibres de l'hypotension, il avait sa canne, et contre la prise de poids, il suivait un régime strict. Restait la sécheresse buccale. Celle-ci ne l'avait jamais dérangé. De toute façon, il n'avait pas le choix. Borja ne pouvait pas faire ce qu'il faisait sans chlorpromazine. Toute sa force, toute son efficacité reposait sur l'état dans lequel le mettait ce neuroleptique.

Il rangea la petite boîte au fond de sa poche et inspecta minutieusement l'immeuble de Marie Lynch. Il n'y avait pas grand monde dans la rue, mais il allait devoir être prudent, n'ayant pu opérer le moindre repérage.

Pour les deux contrats en Suisse, tout s'était déroulé comme prévu, parce qu'il avait eu le loisir de préparer son travail. Mais la seconde visite dans l'appartement de Zalewski avait été une erreur. Il n'aurait pas dû accepter. Le Polonais avait vu son visage. Il aurait peut-être dû l'éliminer. Borja avait toutefois pour principe de ne jamais effacer un client pour lequel il n'avait pas reçu d'honoraires. Il tenait à sa réputation : avec lui, il n'y avait jamais de dommage collatéral. On le payait cher pour ça. Jamais de bavure.

Après quelques longues minutes d'attente, il vit une femme d'une cinquantaine d'années ouvrir la porte cochère de l'immeuble. Il profita de l'opportunité et s'approcha du seuil. Juste avant que la porte ne se referme, il glissa sa canne dans l'ouverture pour la bloquer, attendit que les bruits de pas de la femme disparaissent, puis il se faufila dans le hall d'entrée.

Il demeura là quelques instants de plus, pour être tout à fait certain d'être seul, puis il se dirigea vers l'escalier. Il jeta un coup d'œil vers les étages. Personne. Il monta les marches sans faire de bruit.

Marie Lynch occupait un deux pièces au deuxième étage. Il espérait qu'elle y serait et qu'elle n'avait pas élu domicile juste à côté, dans l'appartement de son père, rue Monge, où la présence d'une surveillance policière était plus probable.

Il avait tout de même eu le temps de mener quelques recherches sur la jeune femme. Âgée de vingt-huit ans, elle essayait de suivre une carrière d'actrice mais n'avait décroché des rôles que dans quelques courts-métrages ou pièces de théâtre avec des troupes amateurs. Elle tenait un blog sur Internet où elle donnait moult détails sur ses difficultés financières, ses CDD de serveuse, ses déboires, ses soirées arrosées entre copines, ses déceptions amoureuses, ses conquêtes, fières ou honteuses, et sur lequel il avait pu l'inspecter en photo sous toutes les coutures, avec un certain plaisir, d'ailleurs, car la jeune femme ne manquait pas d'atouts... Avec la profusion des blogs et des sites communautaires, obtenir des informations sur la vie privée des clients devenait de plus en plus facile, et on pouvait parfois en apprendre bien plus par ce biais qu'en passant par les canaux traditionnels.

Borja arriva au deuxième étage et repéra le nom de Marie Lynch sur la sonnette de l'un des trois appartements. Il enfila calmement ses gants de cuir et dévissa le pommeau de sa canne. En pressant sur la poire dissimulée dans la boule en argent, il répandit quelques gouttes du liquide poisseux à l'intérieur de sa main gauche et referma le tout précautionneusement. Puis il sonna à la porte.

Aucune réponse. Il sonna une deuxième fois. Toujours rien. Il grimaça. Il aurait préféré en terminer tout de suite. Liquider la jeune femme et quitter l'Europe pour se mettre au vert. Mais il n'avait pas le choix. Il allait devoir entrer et attendre le retour de Marie Lynch.

Il serait patient. Elle finirait bien par revenir.

40.

Le jour commençait à décliner quand Ari frappa contre la haute porte en fer du grand hangar, à l'est de Genève. Iris avait tout organisé pour lui : elle lui avait réservé un billet sur le premier train disponible et lui avait même commandé un taxi à la gare. L'empressement qu'elle mettait à l'aider était irréprochable. Peut-être était-ce une façon de se faire pardonner de l'avoir un peu bousculé l'autre soir. Ou bien Ari avait-il sous-estimé l'importance qu'Iris attachait à la résolution de cette enquête.

Quand Mackenzie l'avait appelé, Antoine Monney s'était d'abord montré assez désagréable : il avait affirmé qu'il avait déjà tout dit à la police, et lui avait raccroché au nez. Une demi-heure plus tard, contre toute attente, l'homme, qui avait relevé son numéro, avait rappelé Mackenzie d'une cabine téléphonique. « N'essayez plus de me joindre chez moi. Je suis certain d'être sur écoute. Je pense savoir pourquoi ma femme a été tuée. » Le peintre, exaspéré par l'inactivité de la police suisse et se sentant menacé, avait proposé à Ari de le rencontrer dans ce hangar sinistre, à l'est de Genève.

Il se demandait ce qu'il allait bien pouvoir découvrir à présent. Il n'arrivait pas encore à envisager un lien entre ces meurtres et les carnets de Villard, et encore moins à comprendre l'implication du Docteur dans tout cela.

Les carnets de Villard étaient certes liés au monde souterrain, aux mythes de la Terre creuse... Cela pouvait-il expliquer que des géologues fussent mêlés à cet imbroglio ? Il était beaucoup trop tôt pour le dire, mais il espérait que Monney allait le mettre sur une piste plus concrète.

— Vous êtes Mackenzie ? demanda l'homme après avoir fait légèrement coulisser la lourde porte.

Le visage du peintre apparut à la lumière du lampadaire accroché sur la façade métallique. Il devait approcher la soixantaine. Grand, costaud, il avait un charisme évident : une sorte d'assurance paternelle émanait de sa personne. Le regard bleu intense, les cheveux blancs frisés mi-longs, il portait une longue veste en lin froissée, un pantalon ample et des sandales. Ses cernes et sa barbe mal rasée laissaient deviner qu'il était à bout de nerfs, fatigué et surtout accablé par la mort de son épouse.

— Oui. Je suis désolé d'arriver si tard...

— Cela n'a pas d'importance. Je vous suis reconnaissant d'être venu jusqu'ici. Entrez vite.

Ari pénétra dans le hangar plongé dans la pénombre. Antoine Monney referma aussitôt la porte dans un vacarme assourdissant.

— C'est le dépôt d'un ami galeriste, expliqua le peintre en le guidant vers le côté opposé. Je préférais éviter qu'on se parle chez moi. Je suis surveillé. Je ne sais pas si ce sont les flics ou bien les salauds qui ont tué ma femme, mais je suis surveillé, c'est certain.

Il ouvrit une porte en verre qui donnait sur une petite pièce, attenante à la salle principale.

— Asseyez-vous. Ce n'est pas très confortable, mais on sera en sécurité, ici.

Mackenzie prit place sur l'un des vieux fauteuils abandonnés au milieu d'un désordre indicible. Ce réduit devait servir à la fois de salle d'archives et de bureau. Il y avait des placards remplis de dossiers, un téléphone, quelques tableaux emballés...

— Je suis désolé pour votre épouse.

Le peintre s'installa en face d'Ari.

— Je vous remercie. J'espère simplement que nous pourrons retrouver ceux qui ont fait ça, dit-il en sortant un paquet de cigarettes de sa veste. Vous fumez ?

— Avec plaisir. Vous me disiez au téléphone que vous aviez des soupçons...

— Oui. Pas directement sur les criminels, malheureusement, mais au moins sur leurs motifs.

— Je vous écoute.

— Pouvez-vous d'abord me dire dans quel cadre vous enquêtez ?

Ari dut se creuser la tête. Il ne pouvait pas évoquer les carnets de Villard de Honnecourt. D'abord parce que c'eût été beaucoup trop long, ensuite parce que le peintre n'y verrait certainement pas le lien avec la disparition de sa femme. Il risquait de trouver ses propos farfelus et de ne pas le prendre au sérieux.

— J'enquête sur la disparition de trois géologues en France, dont l'un est mort exactement dans les mêmes conditions que votre épouse et son collègue.

— Oui, oui, ça vous me l'avez dit au téléphone. Mais dans quel cadre ? insista Antoine Monney. Il y a une instruction de la police française ?

Ari poussa un soupir. Impossible de cacher la vérité, c'était trop risqué.

— Non. Je... Je vais être honnête avec vous, monsieur Monney. Je travaille pour les services de renseignements. Mon enquête n'est donc pas tout à fait officielle.

Elle ne l'était même pas du tout, et ce n'était pas en tant qu'agent de la DCRI qu'il enquêtait, mais il ne voyait pas l'intérêt de se montrer aussi précis.

Toutefois, en entendant « service de renseignements », le peintre sembla encore plus rassuré que si l'enquête avait émané de la police judiciaire. Sans doute parce que cela confirmait l'importance du meurtre de son épouse. L'intérêt que manifestaient les renseignements prouvait bien qu'il ne s'agissait pas d'un homicide anodin.

— Entendu.

— Alors dites-moi ce qui, selon vous, aurait pu motiver l'assassinat de votre épouse...

Le peintre tira une longue bouffée sur sa cigarette, puis il resta un moment sans parler, comme s'il hésitait à confier ce qu'il avait sur le cœur.

— Ma femme travaillait sur une enquête que lui avait commandée l'ONU. À l'origine, cela devait être un simple rapport sur les tensions politiques actuelles dans la région du Kivu, en République démocratique du Congo. Au final, elle a mis au jour quelque chose... d'assez énorme et inattendu. Et je crois que c'est à cause de ses découvertes qu'elle a été assassinée. On a voulu l'empêcher de transmettre son rapport.

— Qu'est-ce qui vous fait dire ça ?

— Le jour où ils l'ont tuée, elle venait tout juste de terminer de rédiger son document. Elle voulait le relire une dernière fois avant de l'envoyer. Ça ne peut pas être une coïncidence. Et puis surtout, son collègue Stéphane Drouin était la seule et unique personne au courant de ses trouvailles. Ils l'ont assassiné lui aussi, c'est évident.

— Je vois. Et vous ? Vous savez ce qu'elle avait découvert ? Elle vous l'avait dit ?

— Non. Je serais sans doute mort aujourd'hui, si c'était le cas.

— Et son rapport ? Elle l'avait tapé sur ordinateur, je suppose... Il doit bien y en avoir des traces quelque part ?

— Non. Je pense qu'elle en avait une copie sur elle et que son meurtrier a dû la lui voler. Quand je suis allé récupérer ses affaires à son bureau, j'ai fouillé dans l'ordinateur. Je n'ai rien trouvé. Stéphane est mort en sortant du bureau, justement. Quelque chose me dit qu'il était venu récupérer le dossier... Ce qui explique peut-être qu'il n'y soit plus.

— Vous dites que son meurtrier lui aurait pris le rapport... Mais elle n'a pas été directement agressée, elle a succombé à une crise cardiaque.

— Provoquée par un agent neurotoxique, oui. Il devait bien y avoir quelqu'un pour l'exposer à cet agent neurotoxique, non ?

— La police vous a dit comment elle avait été exposée ?

— Non. Ils ne me disent presque rien. J'espère qu'ils prennent l'enquête au sérieux. Peut-être l'affaire est-elle ralentie à cause des liens avec l'ONU...

Ari hocha lentement la tête.

Comme ils enchaînaient les cigarettes, la petite pièce commençait à être enfumée, ce qui lui donnait un air de salle de rédaction d'un quotidien des années 1950.

— Vous n'avez pas la moindre idée de ce sur quoi portait sa découverte ? demanda Ari en prenant des notes sur son carnet Moleskine.

— Pas directement, non. Mais j'ai deux pistes. Je ne sais pas ce qu'elles valent...

— Je vous écoute.

— D'abord, je sais qu'elle effectuait des recherches sur le Coltan.

— Le quoi ?

— Le Coltan. C'est une matière première précieuse qui se trouve en République démocratique du Congo. Ne m'en demandez pas plus, c'est tout ce que je sais.

— D'accord, dit Ari en entourant le mot plusieurs fois sur la page qu'il venait de remplir.

— Ensuite, je sais aussi qu'elle s'intéressait à l'International Nature Fund. Ou l'INF, si vous préférez.

— L'ONG de protection de la nature ? demanda Ari en fronçant les sourcils.

— Oui. Ça peut paraître bizarre... Mais c'est tout ce que je sais, et je ne pourrais pas vous dire en quoi les deux sont liés. Simplement, un soir elle est rentrée avec de la documentation à la maison et j'ai jeté un coup d'œil par-dessus son épaule. Elle s'est énervée, m'a dit qu'il ne fallait pas que je regarde ce qu'elle faisait, que c'était ultraconfidentiel, pour son travail... Je lui en ai voulu de ne pas me faire confiance. En réalité, elle voulait probablement me protéger.

— Sans doute. Vous croyez que son collègue, Stéphane Drouin, aurait pu, lui, parler de leur découverte à quelqu'un d'autre ?

Le peintre secoua la tête d'un air catégorique.

— Si Sandrine lui faisait confiance, c'est qu'il en était digne. Je pense qu'ils ont gardé cela pour eux. Ils avaient une grande complicité. Sandrine le considérait presque comme son petit frère.

Ari poussa un soupir.

— Je vois. Il doit bien y avoir quelque part une copie de ce dossier.

— J'en doute fort. Sandrine prenait des précautions immenses. Elle n'aurait pas multiplié les copies.

Mackenzie éteignit sa cigarette dans le cendrier posé à côté d'eux et inspecta ses notes, l'air pensif.

— Bien, conclut-il après un long silence. Je... Je vous remercie. Même si je ne peux pas retrouver son rapport, ce que vous venez de me dire me donne en tout cas quelques pistes. Je ne veux pas vous ennuyer plus longtemps. Si j'ai d'autres questions, comment puis-je vous joindre ?

Le peintre lui nota un numéro sur son carnet.

— Laissez-moi un message ici. Je viendrai consulter le répondeur tous les jours. Vous me tiendrez au courant si vous trouvez quelque chose, n'est-ce pas ?

— Bien sûr.

— Vous voulez que je vous dépose quelque part ?

— Non, j'ai demandé au taxi de m'attendre, je vous remercie.

Ari se leva et adressa un regard compatissant au peintre. Les deux hommes se saluèrent et Mackenzie se hâta de sortir. Il se dirigea hors de la zone industrielle et entra dans le taxi. Il donna l'adresse de son hôtel au chauffeur et composa un numéro sur son téléphone.

— Allô, Iris ? C'est Ari.

— Du neuf ?

— Je ne sais pas encore. J'ai besoin de ton aide. Tu es toujours à Levallois ?

— Oui.

— Bien. Je rentre à mon hôtel, je pense que je vais devoir rester ici un jour de plus. Est-ce que tu as le temps de faire deux notes de synthèse pour moi, que je puisse les lire ce soir à mon hôtel ?

— Tu veux dire que tu vas te débrouiller pour consulter tes mails tout seul dans le *business center* ? répliqua sa collègue d'un ton moqueur.

— Eh oui… On aura tout vu hein ?

— De quoi as-tu besoin ?

— Deux topos. L'un sur l'INF…

— L'organisation de défense de la nature ?

— Oui. Et l'autre sur le Coltan. C'est une matière première qu'on trouve en République démocratique du Congo.

— C'est noté. J'essaie de t'envoyer ça d'ici une heure. Sois prudent.

Ari raccrocha et colla sa tête contre la vitre du taxi pour regarder, au-dehors, défiler les façades immaculées de la ville helvète. Il se demandait où ces dernières révélations allaient le mener.

41.

Erik sut aussitôt que le sourire de son épouse était artificiel. Trop tendu, trop intense. Debout au milieu du salon, la grande et svelte femme blonde le regardait avec dans les yeux une pesanteur dérangeante.

— Pourquoi n'allumes-tu pas la lumière ? demanda-t-il d'un air inquiet.

Caroline s'approcha de son mari et passa délicatement les mains autour de son cou. Il fronça les sourcils, convaincu que quelque chose ne tournait pas rond. La jeune femme se serra contre lui et l'embrassa longuement, puis elle approcha sa bouche de son oreille en continuant de l'enlacer tendrement.

— Nous sommes surveillés et écoutés, murmura-t-elle d'une voix presque imperceptible. J'ai trouvé une lettre de Charles Lynch dans une de tes vestes. Elle est posée derrière moi, sur la commode. Prends-la discrètement et essaie de la lire.

Erik sentit les battements de son cœur s'accélérer. Tout son corps se tendit, comme s'il avait voulu se protéger face à la dramaturgie de l'instant. C'était un de ces moments où l'on ressent physiquement l'urgence et la gravité comme un poids qui comprime les poumons. Les choses étaient peut-être bien plus inquiétantes qu'il ne les avait imaginées. Il releva la tête, sans cesser de serrer le corps de sa femme. Par-dessus son épaule, il aperçut en effet une lettre dans la pénombre. Le plus discrètement possible, il attrapa la feuille de papier et, dans l'ombre, l'amena contre le flanc de Caroline.

Plissant les yeux, il déchiffra les quelques lignes que leur avait adressées Charles Lynch.

« Chers amis,

Avant toute chose, essayez de ne pas montrer la moindre émotion en lisant ce qui va suivre. Toutes les pièces du complexe sont sous surveillance vidéo, et probablement audio. Soyez prudents.

Quand vous trouverez cette lettre – que je suis obligé de faire courte car le temps presse – je serai déjà parti et, je l'espère, loin d'ici. Détruisez-la dès que vous l'aurez lue, je ne voudrais pas que vous vous retrouviez impliqués à cause de moi.

Sachez d'abord que j'ai pour vous deux la plus grande estime et que j'ai été enchanté de vous rencontrer, bien que j'eusse aimé que cela se fît dans d'autres circonstances. J'espère que nous pourrons, un jour, nous retrouver en des lieux plus sereins.

Mon départ, quand vous le découvrirez, vous étonnera sans doute, j'espère que vous me pardonnerez et je vous supplie de ne pas croire qu'il s'agisse d'un abandon de ma part. Au contraire. Si j'ai choisi de partir, sans vous tenir informés, c'est que j'ai préféré vous protéger et que j'espère pouvoir nous sauver tous.

J'ai découvert au sujet de la Summa Perfectionis des choses qui ont achevé de me convaincre de la malignité de ses dirigeants. Je sais à présent qu'on nous a menti sur les raisons profondes de notre présence ici, et je sais également que nous avons peu de chance de sortir du complexe un jour…

J'ai donc fait le choix de fuir, tout en mesurant les risques. Une fois dehors, si j'y parviens, ma première préoccupation sera de contacter les autorités afin que vous puissiez, vous et les autres, être libérés. Car ne vous y trompez pas : nous sommes ici des prisonniers.

Si rien ne s'est passé une semaine après mon départ, si personne n'est venu vous sortir d'ici, c'est que j'aurai échoué, et que, probablement, les gardes du complexe m'auront abattu.

Alors il vous faudra trouver vous-mêmes le moyen de vous échapper. Je n'ai pas le temps de vous expliquer tout ce que j'ai découvert, mais si vous me faites un tant soit peu confiance, et si personne ne vous délivre d'ici une semaine, fuyez. Fuyez vite.

Je vous donne ici le plan complet du complexe avec la localisation des deux postes de sécurité, en espérant toutefois que vous n'aurez pas besoin de vous en servir.

Bon courage, soyez prudents.
Votre dévoué
Charles Lynch. »

Erik laissa sa main retomber le long de son corps, abasourdi. Il ne put formuler la moindre phrase. Tout ce que le docteur Weldon venait de lui dire résonnait encore dans sa tête, et il ne savait plus où était la vérité.

Caroline le serra plus fermement contre lui, comme pour l'obliger à se maintenir droit.

— Je… Je n'arrive pas à y croire, murmura l'ingénieur. Tu penses… Tu penses qu'il aurait pu imaginer tout ça ?

— Non.

— Qu'est-ce qu'on va faire ?

Son épouse approcha à nouveau sa bouche de son oreille et répondit dans un souffle.

— Nous devons fuir dès que possible.

42.

Ari s'était installé dans un espace fumeur du *business center* de son hôtel et enchaînait cigarette sur cigarette en se débattant avec l'ordinateur que l'hôtesse d'accueil avait démarré pour lui. Il avait beau détester ces machines, il était tout de même capable de consulter ses e-mails, ce qu'il faisait toutes les dix minutes depuis qu'il était rentré, pour voir si Iris lui avait enfin envoyé ses deux notes de synthèse.

En attendant, il était parvenu – assez miraculeusement – à trouver le profil de Marie Lynch sur un site communautaire et parcourait, perplexe, les multiples pages où la jeune actrice publiait pêle-mêle des sortes de phrases du jour, des notes détaillées et des photos assez privées.

Deux raisons l'avaient amené à taper le nom de la jeune femme sur un moteur de recherche. D'abord, il continuait de trouver étonnante sa présence à l'adresse du Docteur exactement au même moment que lui, et il voulait vérifier qu'elle ne cachait pas quelque chose. Quoi, exactement ? Il n'en avait pas la moindre idée et, pour tout dire, il doutait que le Net pût lui apporter une réponse à ce sujet. Ensuite – et il devait bien admettre que c'était la raison essentielle de son initiative inattendue – il y avait un petit quelque chose de mystérieux dans le physique et les attitudes de Marie Lynch qu'il ne pouvait s'empêcher de trouver de plus en plus séduisant.

Depuis sa rupture avec Lola, c'était la première fois qu'une femme parvenait à provoquer en lui ce « petit agacement du côté du cœur ». Même Bénédicte et Marion, les serveuses du *Sancerre*, y avaient échoué. Il entretenait avec elles un jeu de flirt complice, qui était davantage de la courtoisie, de l'amitié… Mais Marie Lynch ? Peut-être était-il temps de regarder à nouveau une femme sous un angle différent.

Rapidement, Ari fut stupéfait par le contenu de ces pages, ouvertes au public, et tout au long desquelles la jeune femme s'étendait sans vergogne sur de nombreux aspects – réels ou imaginaires ? – de sa vie privée. Les clichés professionnels où on la voyait presque nue, en tout cas, étaient bien réels, classés par séries, selon les photographes. La plastique de l'actrice tenait haut la main les promesses de ce que ses tenues vestimentaires avaient laissé deviner lors de leurs deux premières rencontres. Marie Lynch avait un corps parfait et semblait le savoir. Elle en jouait avec malice, au moins devant les objectifs…

Après avoir épluché les multiples photos, il tomba sur une note où la jeune femme racontait, non sans humour, une tranche de vie toute personnelle.

« De mon métier – actrice au chômage – ou de ma maladie, je ne sais lequel des deux fait le plus peur aux hommes, ces grands sots désespérément désirables, malgré ladite sottise. Mais une chose est sûre, depuis quelque temps, ceux-là, après m'avoir sautée, mettent le même empressement à sortir de chez moi qu'ils en ont mis, la veille, à m'enlever mon soutien-gorge, avec plus ou moins de dextérité (notez, les filles : un type qui s'y reprend à deux fois pour vous dégrafer un Princesse Tam Tam à armatures a toutes les chances d'échouer lamentablement dans la quête du saint graal, *if you see what I mean*). En d'autres termes, le mâle moderne, dans son splendide individualisme, a-t-il davantage peur de se maquer avec une fille qui va crever ou une fille qui enchaîne les castings sans trouver le moindre putain de petit rôle ? Après tout, je ne suis pas sûre que répondre à cette question puisse m'apporter quoi que ce soit de constructif, vu que, de toute façon, je cumule les deux... Simplement, il semble que me trouver du boulot soit, à terme, moins compliqué que trouver un remède à la maladie de Huntington, alors ce serait chouette, s'il y a un dieu, que ce soit juste mon chômage le problème... Et si il y a un réalisateur, un producteur ou un scénariste qui lit ces quelques lignes, je tiens à dire que je peux aussi enlever mes Princesse Tam Tam toute seule. »

Mackenzie ne put s'empêcher de lire le texte jusqu'au bout. C'était à la fois consternant et drôle, totalement impudique. Comme l'avait prouvé l'épisode Lola, Ari n'était pas insensible aux côtés femme-enfant que trahissait ce texte. Il savait ce qu'ils cachaient de fragilité, d'angoisse et de déréliction. Et, au fond, rien ne l'émouvait autant.

Il essaya de ne pas trop penser aux charmes de l'actrice et se demanda si la référence à la maladie de Huntington était bien réelle. Il se souvenait simplement qu'Iris avait mentionné que la mère de Marie Lynch était décédée des suites de cette maladie.

Avec la délectation coupable d'un voyeur, il scruta le reste du site et ne put réprimer quelques sourires en parcourant ici et là les courtes phrases où Marie Lynch partageait son humeur du jour avec ses lecteurs potentiels. Des choses comme « *Marie est fatiguée et a une gueule de bois de la taille de l'Empire State Building* », ou « *Marie a envie de faire de la motooooo. Et de baiser. Et de jouer au billard. Et de se mettre une race* ». Les commentaires que laissaient les visiteurs réguliers ne manquaient pas de sel, pour la plupart. Certains étaient simplement salaces. Ari eut l'impression d'être le témoin imprévu d'un monde qui lui était totalement étranger et dont il ne possédait pas les codes. Mais il y avait quelque chose d'excitant à cela.

En remontant enfin vers le haut de la page, il s'arrêta sur le plus récent commentaire. Il dut le lire deux fois pour s'assurer qu'il ne rêvait pas. « *Marie fantasme sur un flic. C'est grave docteur ? La question, c'est : est-ce qu'il garde son flingue quand il baise ?* »

Mackenzie, hésitant entre la perplexité et l'hilarité, regarda la date à laquelle l'actrice avait écrit ces mots. Cela correspondait bien au jour où il était venu la voir chez son père.

Sans vraiment réfléchir, il ne put s'empêcher de poster un commentaire à son tour.

« Il m'arrive occasionnellement de l'enlever. »

Il appuya sur la touche « entrée » et regretta aussitôt son geste. Il poussa un soupir amusé, puis continua d'explorer le site, convaincu que la jeune femme n'imaginerait pas que cela pût vraiment être lui. Mais quelques minutes plus tard, alors qu'il était en train de lire une nouvelle note, une fenêtre de dialogue s'ouvrit dans le coin droit de la page.

> Mackenzie ???? C'est vous ?

Ari écarquilla les yeux et leva les mains au-dessus du bureau comme s'il avait peur d'avoir fait une bêtise. Il lui fallut un peu de temps pour prendre conscience de ce qui était en train de se passer. Il n'avait pas la moindre habitude de ce genre de sites et ne s'était pas imaginé qu'on pouvait y entamer des dialogues en direct. La jeune femme était-elle donc en ligne en même temps que lui ? Finalement, il trouva la chose amusante. Après tout, il l'avait un peu cherché ! Il décida de répondre.

> Oui.

> Naaaaaaaaaan !

> Eh bien, si...

> Prouvez-le !

Ari réfléchit un instant.

> Rubedo.

Il y eut un long moment sans le moindre message. Le temps, sans doute, que la jeune femme se fasse à l'idée que c'était bien avec Ari qu'elle était en train de communiquer. L'analyste prit plaisir à imaginer le visage stupéfait de la belle brune.

> Qu'est-ce que vous faites là ?

> Je lis votre prose. Magnifique. Vraiment. Vous frôlez le Goncourt.

> Euh... Cela s'adresse plutôt à mes amis proches...

> Vous avez l'air d'en avoir beaucoup.

Ari approcha son fauteuil de la table. La situation commençait à devenir vraiment savoureuse. Il devait reconnaître que, pour une fois, cet horrible outil moderne lui procurait quelque satisfaction...

> Vous êtes où ?

> À Genève.

> Et qu'est-ce que vous faites sur Internet ? Je croyais que vous aviez horreur des ordinateurs ?

> Je vous rassure, c'est une entorse très passagère.

À nouveau, quelques longues secondes de silence. Ari s'imagina avoir marqué un point. Marie devait à la fois être déstabilisée à l'idée qu'il eût, d'un seul coup, découvert tant de choses sur sa vie privée, mais aussi flattée qu'il s'y intéressât.

La fenêtre de dialogue se remit à clignoter. Mais au lieu d'une nouvelle phrase de son interlocutrice, c'était un message du logiciel : « *Marie vous invite à démarrer une conversation vidéo. Cliquez ici pour accepter.* »

Mackenzie fronça les sourcils. Une conversation vidéo, à présent ? Il inspecta l'ordinateur et remarqua une petite caméra au-dessus de l'écran. C'était bien la première fois qu'on lui proposait ce genre de choses et il n'était pas très à l'aise avec l'idée. Pourtant, il décida d'accepter. Pour voir... Ou pour ne pas perdre le dessus, peut-être.

Il cliqua sur le lien.

Une fenêtre s'ouvrit et, après quelques secondes de chargement, le visage de Marie Lynch apparut au milieu de son écran. L'image, saccadée, n'était pas très bonne mais il reconnut derrière elle le bureau où ils s'étaient retrouvés tous les deux. Ignorant si elle pouvait l'entendre, il préféra continuer à s'adresser à elle par écrit...

> Vous êtes chez votre père ?

> Oui. Et vous ?

> Moi ? Non, je ne suis pas chez votre père.

> Très drôle. Vous êtes où, à Genève ? Des amis ?

> Dans un hôtel.

> Qu'est-ce que vous faites là-bas ?

> Je suis une piste.

> Du neuf sur mon père ?

> Pas pour le moment. Et vous, vous avez trouvé quelque chose ?

> Non. Vous voyez, je suis encore sur son ordinateur, mais je crois que je vais laisser tomber. Je ne trouve rien.

Ari, encore étonné, inspecta le visage de la jeune femme au beau milieu de son écran. La webcam lui donnait un air rétro, légèrement anachronique.

> Je ne peux pas rester longtemps, je sors ce soir. Attendez, je reviens dans 2 mn.

Elle se leva et disparut du champ de la caméra.

Mackenzie se renfonça dans son fauteuil, un peu désemparé. Il y avait quelque chose d'irréel dans cette conversation, de factice presque… Il lançait régulièrement des regards autour de lui, inquiet à l'idée qu'on le surprenne en train de dialoguer avec une jeune femme par caméras interposées. Cela pouvait prêter à confusion…

Marie réapparut soudain dans le cadre. Elle tenait dans sa main quelque chose qu'Ari ne parvint pas à identifier tout de suite.

> M'en voulez pas, je suis à la bourre. Mais on peut continuer de parler…

Il la vit alors ouvrir une petite trousse de maquillage et sortir un à un tous les ustensiles dont elle avait besoin. Ce fut une vision complètement surréaliste.

Tenant d'une main un petit miroir – si proche de la caméra qu'Ari avait l'impression d'être lui-même le miroir –, elle se mit à étaler du fond de teint sur son visage, à dessiner le contour de ses yeux au crayon noir et à couvrir ses lèvres d'un rouge discret… le tout interrompu ici et là par les questions qu'elle venait taper sur le clavier avec une indifférence simulée, comme si elle ne se savait pas observée. Invité privilégié d'un rituel intime, spectateur d'une étrange poésie moderne faite de cosmétique et de vidéo, Mackenzie tomba entièrement sous le charme de ce tableau insolite. Marie Lynch, dont le portrait saturé et plein de grain semblait sortir d'un vieux projecteur 16 mm, était soudain lumineuse, resplendissante et diaboliquement angélique. L'image qu'elle renvoyait à présent était fort différente de celle qu'on se faisait d'elle en lisant ses textes sur Internet. Et pourtant… Autodidacte de la séduction, elle n'ignorait probablement pas l'effet qu'elle produisait sur l'analyste, lequel ne pouvait, quant à lui, résister au piège dont il connaissait pourtant chaque rouage.

> C'est quoi, cette piste en Suisse ?

> Rien de précis pour le moment.

> Vous rentrez quand ?

> Demain, ou après-demain.

> Nous irons boire un verre ?

> Si nous avons des informations à échanger.

> Et sinon ?

Ari ne répondit pas. La jeune femme adressa un sourire entendu à l'analyste puis rangea son matériel de maquillage.

> Je vous laisse. Je file à ma soirée. Après, je rentre chez moi. Vous pouvez me joindre sur mon portable.

> Soyez prudente.

Elle fit un geste de la main et posa sa paume sur ses lèvres en signe de baiser. L'image se bloqua d'un coup, puis plus rien.

Ari resta quelques secondes immobile devant l'écran. Il sentait le poison pénétrer lentement ses veines. Les signes précurseurs d'une très mauvaise idée. Puis il finit par se décider à consulter ses e-mails.

Il ouvrit le logiciel de courrier électronique. Les notes d'Iris étaient enfin arrivées.

43.

Erik et Caroline Levin mirent deux jours à préparer leur évasion.

Pendant ces quarante-huit heures pleines d'angoisse, l'ingénieur espéra que quelque chose, n'importe quoi, allait arriver qui leur éviterait de passer à l'acte. Que la fuite de Charles Lynch avait abouti et qu'il aurait prévenu les autorités, par exemple... Mais il n'en fut rien. Et, au soir du deuxième jour, ils se retrouvèrent comme prévu devant le local technique de l'aile ouest, à une heure où, d'ordinaire, ils dormaient depuis longtemps.

Ils avaient soigneusement élaboré un plan, s'étant chacun réparti les tâches. Le plus difficile, finalement, avait été de ne rien laisser paraître, de n'éveiller aucun soupçon, pas même auprès des autres scientifiques ; d'autant que, depuis sont entretien avec Erik, le Docteur devait les surveiller de près. Ils avaient donc agi dans la plus grande discrétion et s'étaient parlé peu.

Caroline s'était chargée de réunir le matériel qui leur avait paru nécessaire, à savoir quelques outils, des vivres et une lampe de poche. Le strict minimum. Prenant son temps, elle avait fait en sorte qu'on ne puisse pas la voir rassembler toutes ces choses et les avait cachées dans leurs vêtements. Il avait fallu faire cela en plusieurs étapes, l'air de rien, en veillant à ne pas donner l'impression qu'elle préparait un départ.

Erik, quant à lui, avait étudié de près le système de sécurité du complexe pour en repérer les éventuelles failles. Il connaissait la loi : il y a *toujours* des failles.

Les plans laissés par Charles Lynch étaient précis et détaillés, mais il avait fallu trouver de plus amples explications en fouillant le réseau Intranet du complexe. Heureusement, de par sa formation d'ingénieur, les connaissances d'Erik en informatique étaient poussées, et il avait su contourner plusieurs barrages pour obtenir les informations qu'il cherchait et trouver des solutions. Il espérait seulement que celle qu'il avait choisie serait la bonne.

L'endroit précis où il avait demandé à son épouse de le rejoindre faisait partie des douze minuscules zones dont il savait maintenant qu'elles n'étaient quadrillées par aucune caméra de sécurité. Trop circonscrites pour leur permettre de fuir sans jamais être vus, ces zones représentaient néanmoins le meilleur point de départ. Ici, ils pouvaient parler sans crainte.

Erik regarda sa montre.

— Dans deux minutes exactement, il va falloir y aller, expliqua-t-il à Caroline. Ensuite, nous aurons très précisément trois minutes et vingt-cinq secondes pour atteindre la porte de sortie... Si Charles ne s'est pas trompé et que c'est bien la sortie.

— Trois minutes et vingt-cinq secondes ?

— Oui. C'est le temps de boot du serveur. Je l'ai programmé pour redémarrer dans... une minute et trente secondes maintenant. Pendant ce temps-là, les caméras n'enregistreront aucune image. Tu m'as apporté un chewing-gum ?

— Oui... Je ne comprends pas pourquoi, mais oui.

— Donne. Tu verras.

La grande blonde sortit un chewing-gum de sa poche et le tendit à son époux.

— Parfait, dit celui-ci en engouffrant la tablette dans sa bouche.

Il fixa la trotteuse de sa montre. Tous ses muscles se tendaient à mesure que les secondes s'égrenaient. Il imagina que Charles Lynch avait vécu exactement la même chose à l'heure de son départ. Cette angoisse avant l'instant crucial, l'impression de tout jouer sur une seule décision. Quelles chances avaient-ils de réussir là où leur ami, selon toute vraisemblance, avait échoué ? Caroline mesurait-elle le risque qu'ils prenaient ? Au fond de lui, Erik espéra que non.

Puis, enfin, ce fut le moment de fuir.

— On y va !

Erik serra l'épaule de son épouse pour lui donner du courage et passa le premier. Il avait mémorisé le trajet idéal, pas forcément le plus court, mais celui par lequel ils avaient le moins de chance de croiser qui que ce fût. S'il ne s'était pas trompé, il leur faudrait un peu moins de deux minutes pour arriver à la dernière porte. Ils auraient alors un peu plus d'une minute pour ouvrir celle-ci.

Ils longèrent le couloir dans la pénombre en marchant le plus rapidement possible, sans faire de bruit, et entrèrent à droite dans les cuisines.

— Il y a une sortie de l'autre côté, expliqua Erik tout bas. À cette heure-ci, il ne devrait y avoir personne.

Il regardait régulièrement sa montre pour vérifier s'ils étaient dans les temps. Pour l'instant, ils respectaient ce qu'il avait prévu. Arrivé au milieu de la grande pièce encombrée de fours, réchauds, éviers et autres espaces de travail en aluminium, il fit toutefois signe à son épouse de forcer le pas.

Quand ils parvinrent au bout des cuisines, Erik colla son oreille contre la porte.

— La voie est libre, murmura-t-il.

Il ouvrit et se faufila devant Caroline.

— Viens !

Ils se précipitèrent dans le dernier corridor, celui qui devait, logiquement, mener à la sortie. Erik jeta un coup d'œil au cadran de sa montre. Une minute trente. Il ne leur restait qu'une minute trente avant que les caméras ne se remettent en route. Il accéléra le pas et se jeta sur la porte au bout du couloir. Selon les plans, le sas de sécurité qui les coupait du monde extérieur était juste de l'autre côté. Il percevait le souffle de Caroline derrière lui. Terrifiée, elle respirait bien plus fort qu'en temps normal. Erik, le cœur battant, tendit la main vers la porte. Si celle-ci était fermée à clef, ils auraient sans doute échoué… Pour abréger l'insupportable suspense, il tourna la poignée d'un seul coup.

La porte s'ouvrit. Poussant un bref soupir de soulagement, Erik entraîna sa femme à l'intérieur. Le sas prenait la forme d'un couloir, entièrement dépouillé celui-là. Les murs de béton rugueux étaient parcourus de câbles électriques et de tuyaux de plomberie. À quelques mètres à peine, une lourde porte en fer isolait le complexe du reste du monde.

— Bon. Maintenant, prie pour que mon plan marche.

— Je ne crois toujours pas en Dieu, chéri.

— Prie quand même.

Erik traversa l'espace qui le séparait de la large porte. Celle-ci – il l'avait appris grâce au plan de Charles Lynch – était maintenue fermée par une solide gâchette électrique, elle-même contrôlée par un digicode. Évidemment, ils ne connaissaient pas le code. Mais ce n'était pas la seule difficulté : un détecteur surveillait l'ouverture de la porte.

L'ingénieur repéra, contre le mur, le boîtier en plastique. Pour s'assurer qu'il s'agissait bien du type de détecteur mentionné sur le plan de sécurité du complexe, il lui fallait ouvrir le coffret.

Une minute. Il restait moins d'une minute.

— Donne-moi un petit tournevis !

Caroline fouilla frénétiquement dans sa veste et lui tendit l'outil. Erik glissa la pointe dans la fente, fit délicatement pression et souleva partiellement le couvercle.

— Éclaire-moi !

À la lumière de la torche, il aperçut un filament métallique fin et un contacteur. C'était bien ce qu'il avait espéré trouver. La partie fixée sur la serrure, elle, devait contenir un aimant. Tant que la porte était fermée, l'aimant attirait le filament, lequel ne faisait pas contact. S'ils ouvraient la porte, l'aimant, en s'éloignant, laisserait le filament retomber sur le contacteur et activer l'alarme.

Erik consulta à nouveau sa montre. Quarante secondes. Il glissa le tournevis dans sa bouche et fit deux pas en arrière. Levant les yeux vers le plafond, il attrapa le câble d'alimentation de l'ampoule la plus proche. D'un geste vif, il arracha les deux fils et retourna vers la porte.

Il croisa le regard inquiet de Caroline.

— En théorie, ça devrait marcher, marmonna-t-il, le tournevis coincé entre les dents.

Son épouse l'attrapa soudain par l'épaule, les yeux écarquillés.

— Regarde ! dit-elle en désignant la porte par laquelle ils étaient entrés.

Un rai de lumière éclairait le sol. On avait allumé une lampe de l'autre côté. Leur fuite avait peut-être été découverte.

La mâchoire serrée, Erik se retourna vers la serrure de la sortie. Pas le temps de réfléchir. Les secondes continuaient de tourner. Repérés ou non, cela ne changeait plus rien : ils devaient agir vite. Il appliqua les deux câbles dénudés sur la gâchette. La différence de potentiel activa le système électrique et les pênes cylindriques se dégagèrent dans un grésillement. Il glissa le tournevis dans l'ouverture mais n'ouvrit pas la porte.

— Maintiens-la comme ça ! Elle ne doit ni s'ouvrir, ni se refermer, OK ?

Le visage blême, Caroline s'exécuta.

Erik regarda son poignet. Vingt secondes.

De l'autre côté de la porte, la lumière s'éteignit. Impossible de savoir si c'était bon ou mauvais signe. Il se précipita vers le mur sur sa gauche. Encore une fois, les indications de Charles Lynch se révélaient exactes. Il y avait bien, fixé sur la paroi à cinquante centimètres du plafond, un détecteur à incendie. L'ingénieur se servit à nouveau du tournevis pour ouvrir le petit boîtier. D'un geste assuré, il récupéra l'aimant à l'intérieur, puis fit volte-face vers la porte.

Il cracha alors son chewing-gum au creux de sa main droite, l'écrasa contre le boîtier en plastique à côté de la porte et colla l'aimant par-dessus.

— Vas-y ! Ouvre ! s'exclama-t-il.

Caroline tira sur la poignée. Sans attendre de vérifier si une alarme se déclenchait ou non, son mari la poussa de l'autre côté, se précipita à sa suite et referma la porte d'un seul coup.

Le claquement résonna pendant plusieurs secondes. Ils restèrent immobiles dans l'obscurité, tétanisés, collés l'un à l'autre. Puis Caroline, le corps tremblant, brisa le silence.

— Ça a marché ?

— J'en sais rien. En tout cas, j'entends pas de sirène, et on est de l'autre côté.

— Mais... on est où ?

— Je n'en ai pas la moindre idée.

Caroline dirigea la lampe de poche devant eux. Les marches poussiéreuses d'un vieil escalier en pierre apparurent dans la lumière.

44.

« Ari,

J'espère que tout se passe bien à Genève.

Voici donc les notes de synthèse que tu m'as demandées. Ce n'est pas très soigné, j'ai fait vite. J'espère que cela pourra te servir malgré tout. »

Ari attrapa le reste des feuilles dans l'imprimante, remercia l'hôtesse du *business center* et monta dans sa chambre pour aller lire tout ça au calme. La façon qu'avait Iris de prendre cette affaire à cœur l'intriguait. Elle devait espérer que l'enquête le pousserait à reprendre le travail. Sans doute avait-elle peur qu'il quitte un jour la DCRI pour de bon et qu'ils finissent par se perdre de vue.

Il entra dans sa chambre, se servit dans le minibar une mignonnette d'un médiocre whisky *blended* et s'installa sur le lit pour étudier les notes de sa collègue.

« 1 – Le Coltan :

Le mot Coltan est l'abréviation de "Colombite-tantalite". Il s'agit d'un minerai de couleur noire, tirant parfois sur le rouge, et composé de ces deux minéraux : la colombite et la tantalite.

On en trouve en Australie, au Brésil, au Canada et en Chine, mais les plus grands gisements sont situés en République démocratique du Congo (probablement le seul endroit où le Coltan existe en quantité suffisante pour rentabiliser son extraction).

Ce qui rend ce minerai particulièrement précieux (et donc très cher), c'est le pentoxyde de tantale que l'on peut en tirer. Exceptionnellement dure, cette matière résiste à des chaleurs extrêmes et permet donc la mise au point de condensateurs de très petite taille, nécessaires à la construction des ordinateurs et des téléphones portables, par exemple... En somme, sans le savoir, nous portons quasiment tous du Coltan sur nous (exceptés ceux qui n'ont pas de téléphone portable, mais même un vieux ringard comme toi en a un, de nos jours...). Tu imagines donc bien que depuis l'explosion de la téléphonie mobile, cette matière première est devenue un véritable enjeu économique.

Plusieurs rapports d'observateurs internationaux (dont des ONG) affirment que de grandes quantités de Coltan sont illégalement extraites du sol de la RDC, plus précisément dans la région du Kivu, puis exportées en contrebande par les armées de l'Ouganda, du Rwanda et du Burundi. L'armée rwandaise aurait ainsi récolté 250 millions de dollars en dix-huit mois grâce au trafic illégal de ce minerai, alors qu'elle n'en possède pas dans son propre pays !

Le gros problème, c'est que ces exploitations minières illégales encouragent les guerres civiles au Kivu. Depuis les massacres du Rwanda, cette région de la RDC est à feu et à sang et tous les pays voisins se disputent sa dépouille.

Beaucoup de journalistes accusent certaines multinationales occidentales de financer indirectement les guerres civiles qui durent dans cette région depuis fort longtemps. En achetant du Coltan en contrebande, ces sociétés permettent aux combattants de se procurer des armes, et alimentent un cercle vicieux...

Ainsi, le véritable enjeu de la guerre au Kivu, qui continue depuis 1998 et qui oppose l'armée congolaise à la rébellion (soutenue par le Rwanda), serait en réalité l'exploitation du Coltan, motivée par l'appétit des sociétés occidentales. Il faut dire qu'il est aujourd'hui deux à trois fois plus rentable que l'or... Depuis le début de cette guerre, trois millions de personnes ont perdu la vie.

En conclusion, la fabrication des téléphones portables que nous avons tous dans nos poches est, indirectement, responsable de trois millions de morts.

Tu as bien lu : trois millions de morts.

La chose ayant fait scandale quand des journalistes s'y sont enfin intéressés, les plus grands raffineurs de Coltan (qui, étrangement, ont été rachetés par des consortiums formés de plusieurs fonds de pension américains) refusent maintenant, officiellement, d'acheter du Coltan en provenances de la RDC. Le problème, c'est que les intermédiaires se multiplient afin de brouiller les pistes. Du coup, il est devenu très difficile de savoir où ces adorables industriels se procurent le Coltan...

Pour ce qui est de l'exploitation légale de ce minerai, comme par hasard, la grande majorité des concessions appartient non pas à des locaux mais à des firmes occidentales, belges pour la plupart, ou à des cartels de multinationales.

Bref, comme toujours, l'Afrique est le terrain d'un pillage international éhonté. Diamants, or, Coltan... on vient soutirer à ce continent ses matières premières, au prix de millions de vies humaines.

Rien de bien neuf, Ari. Tu connais mes opinions. Le néocolonialisme économique est au moins aussi meurtrier que le colonialisme de nos ancêtres. »

Mackenzie eut un léger sourire. Il reconnaissait bien là l'écœurement politique d'Iris. Et, sur ce sujet au moins, ils étaient toujours d'accord...

Il se demanda toutefois en quoi ces éléments auraient pu entraîner le meurtre de Sandrine Monney. Visiblement, ce monstrueux scandale était connu et dénoncé par de nombreux journalistes et plusieurs ONG. Qu'avait-elle donc découvert de plus qui pût justifier son meurtre ?

Ari continua sa lecture.

« 2 – L'International Nature Fund :

Je te fais un topo rapide : je suppose que tu sais ce qu'est l'INF ! Je prendrai le temps plus tard de voir s'il y a des scandales liés à cette organisation (ça ne m'étonnerait que moyennement, il y en a malheureusement souvent dans les ONG de cette envergure : la quantité d'argent brassée par l'INF est tout simplement phénoménale).

Il s'agit donc d'une organisation non-gouvernementale internationale de protection de la nature et de l'environnement. Elle a été fondée en 1971 par deux hommes d'affaires sensibles à la cause écologiste, un Sud-Africain et un Français.

Le but de l'INF est la protection de la faune et de ses habitats, bref, de la nature en général. Il est présent dans 98 pays et bénéficie tout de même du soutien de 4 millions d'adhérents ! L'INF disposait l'an dernier d'un budget de 350 millions de dollars (mais il est difficile d'estimer son actif, constitué notamment de nombreuses propriétés terriennes à travers le globe). Ses ressources financières proviennent pour moitié de ses sympathisants et, pour le reste, de ses activités commerciales, de subventions gouvernementales et de partenariats avec de grandes entreprises.

Ses activités consistent à contrôler l'application de la réglementation internationale et nationale concernant la nature, à mener des études scientifiques, à participer à la restauration d'espaces dégradés et, surtout, à assurer la préservation de grands espaces naturels. En gros, à appliquer ce qu'on appelle une politique "conservationniste".

La cause est noble, à première vue, mais la liste des industriels partenaires de l'INF fait un peu grincer des dents : la plupart ne sont pas de grands amis de la nature... Bref, à suivre ! »

Mackenzie posa les feuilles sur le lit et termina la minuscule bouteille de whisky.

Pour le moment, il ne pouvait pas déduire grand-chose des deux pistes fournies par Antoine Monney. A priori, il ne voyait pas de lien avec le Docteur ou les carnets de Villard de Honnecourt. Le seul élément qui pouvait relier tout cela, ce n'était guère que la géologie.

En effet, le Docteur semblait impliqué dans la disparition de trois géologues et le Coltan était un minerai... Théorie encore plus hardie : les carnets de Villard de Honnecourt avaient révélé l'existence d'un lieu souterrain (or le Coltan se trouvait en sous-sol...) et l'INF, dans ses programmes de défense d'espaces naturels, avait certainement affaire à des questions géologiques, peut-être même dans la région du Kivu, en RDC... Ari poussa un soupir. Tout cela était approximatif, hypothétique, et ne donnait pas grand-chose. Il allait falloir aller plus loin, beaucoup plus loin.

Il réfléchit quelques instants. Ce qui lui manquait, c'était le rapport exact entre les deux sujets sur lesquels Sandrine Monney avait fait ses recherches. Il n'avait pas le choix : il fallait qu'il en découvre davantage sur les travaux de cette femme.

Peut-être y avait-il quelque chose à tenter. Il avait peu de chances de réussir, certes, mais ça valait le coup. Il sortit son téléphone portable et chercha le numéro de Jérôme Malençon.

45.

La seule chose qui soit vraie dans la fabuleuse légende que l'on raconte à mon sujet est la suivante : j'ai effectivement découvert un mystérieux manuscrit un jour du printemps de l'année 1358. Mais ce n'est pas celui qu'on croit.

J'avais, cette année-là, un valet du nom de Gautier qui travaillait à mon service et qui était la bonté même. Jeune et sans argent, il faisait preuve d'une dévotion pleine de zèle, et je dois dire que j'en étais presque gêné.

Un soir je le surpris dans le garde-manger qui se cachait pour pleurer. Croyant que l'un de mes clercs l'avait traité mal, je lui demandai ce qui l'attristait ainsi. Le pauvre garçon me confia alors qu'il venait de perdre sa mère. Je le consolai comme je pus, partageant sa peine, et il m'expliqua qu'il ne savait comment les choses se passeraient à présent, qui allait hériter de la maison de la vieille femme et du terrain qu'elle possédait dans le Cambrésis. Je tranquillisai Gautier et promis de m'occuper de tout, ce que je fis dans les plus brefs délais, m'assurant que ce fils unique ne fût spolié d'aucun de ses biens.

Il s'avéra que la mère du jeune homme était beaucoup moins pauvre que je ne l'aurais imaginé et qu'elle lui laissait non seulement de quoi vivre mieux qu'il ne l'avait fait jusqu'alors, mais aussi de quoi monter un petit commerce. Je l'encourageai en ce sens, l'accompagnai dans sa démarche et rédigeai les actes nécessaires, certes attristé de perdre un si bon valet, mais heureux de voir le brave garçon voler enfin de ses propres ailes.

Gautier n'eut alors de cesse de m'exprimer sa reconnaissance. Il proposa cent fois de me payer, ce que je refusai, évidemment. Un matin, toutefois, alors qu'il s'était déjà installé à Charenton et que, sans doute, son affaire devait l'accaparer, je le vis arriver devant mon échoppe, un colis dans les mains. Comprenant que le geste comptait à ses yeux, j'acceptai ce cadeau qui, pour lui, ne représentait sans doute pas grand-chose…

Il s'agissait d'un manuscrit, vieux d'une centaine d'années, relié de cuir, et écrit en langue picarde. Il m'expliqua qu'il l'avait trouvé dans la maison de sa mère, à Vaucelles, et que j'étais sans doute plus à même de l'apprécier, comme il ne savait pas lire.

Je pris le livre et remerciai Gautier.

Le soir même, je commençai la lecture de cet étonnant ouvrage. Son défunt auteur, un homme de lettres et de pierres, se nommait Villard de Honnecourt.

46.

Ari retrouva Jérôme Malençon vers une heure du matin au pied des bureaux de Sandrine Monney. Le Suisse n'avait pas changé. Cheveux poivre et sel, bouc soigneusement taillé, regard pétillant, il portait immanquablement les mêmes vêtements : jean Levi's bleu foncé, pull à col roulé noir et baskets New Balance 992M grises. C'était la tenue officielle de Steve Jobs[1], son dieu vivant.

— J'espère que tu te rends compte que je risque ma place en venant ici, Ari ? Si mes supérieurs

1. Créateur d'Apple.

apprennent ça, je saute. Tu mesures, je l'espère, l'étendue de mon amitié pour ton auguste personne.

Mackenzie avait dû user de nombreux arguments pour convaincre l'agent du SAP[1] de l'aider. Il avait fallu jouer habilement du sentiment de culpabilité. Malençon, le cœur sur la main, n'avait pas pu résister. Surtout quand Ari avait mentionné la livraison d'une bouteille de *single malt* japonais. Nikka, cuvée 1996.

— Allons, pas de paranoïa, Jérôme, tout va bien se passer, affirma Mackenzie, pourtant bien conscient qu'ils prenaient de gros risques.

Si la police suisse apprenait qu'un agent du SAP avait donné un coup de main à un agent de la DCRI, lequel n'était même pas en mission officielle pour la France, la mise à pied serait inévitable pour l'un comme pour l'autre.

L'amitié de Mackenzie et Malençon remontait à 1995, alors qu'Ari venait tout juste d'entrer à la section Analyse et prospective des Renseignements généraux. Ils avaient eu l'occasion de travailler ensemble sur l'Ordre du Temple solaire, secte tristement célèbre pour avoir entraîné la mort d'une soixantaine de ses adeptes en Suisse et en France.

L'OTS, inspiré des ordres néotempliers et rosicruciens qui avaient proliféré au XXe siècle, prônait une doctrine où se mêlaient allégrement millénarisme, écologie, philosophie new age, ésotérisme et ufologie. Le 5 octobre 1994, quarante-huit membres avaient trouvé la mort en Suisse, dont une moitié dans le Valais et l'autre dans le canton de Fribourg. Après avoir retrouvé les victimes avec une balle dans la tête et le corps calciné, la police n'était jamais parvenue à faire la part de l'assassinat et du suicide collectif. Un an plus tard, le 23 décembre 1995, seize

1. Service d'analyse et de prévention, agence de renseignements suisse.

nouveaux adeptes (dont trois enfants) avaient été retrouvés morts brûlés, en France, dans le massif du Vercors.

Mackenzie et Malençon, chargés du dossier dans leurs pays respectifs, s'étaient communiqué de nombreuses informations – démarche inhabituelle pour leurs services. Travaillant de concert, ils avaient évoqué la possibilité que les services secrets italiens, et plus précisément le Gladio[1], fussent indirectement impliqués dans cette sombre affaire. Quelques jours plus tard, leur enquête avait été classée sans suite.

Sans doute étaient-ils encore un peu trop jeunes à l'époque pour espérer mettre en cause des cellules clandestines pilotées par l'OTAN... Quoi qu'il en fût, les deux analystes avaient gardé d'excellents rapports, une certaine complicité face à l'adversité administrative, et se rendaient souvent service. Ils partageaient en outre un amour d'érudits pour le bon whisky et échangeaient régulièrement leurs découvertes dans le domaine.

Mais cette fois, Ari devait reconnaître qu'il en demandait beaucoup.

— Bon. Tu ne dis pas un mot et tu me laisses faire, compris ? demanda Jérôme avant d'ouvrir la grande porte en verre du bâtiment.

— Tu me prends pour un imbécile, ou quoi ?

— Non, mais tu as un épouvantable accent français.

— Un Suisse qui m'accuse d'avoir un accent épouvantable... C'est un comble !

---

1. Réseau italien de « stay-behind », structure clandestine de l'OTAN, créée après la Seconde Guerre mondiale par la CIA et le MI5 pour parer à une menace d'invasion soviétique. Plusieurs armées secrètes auraient ainsi été créées en Europe, comme l'a révélé publiquement le Premier ministre italien Giulio Andreotti le 24 octobre 1990. La cellule italienne est notamment soupçonnée d'implication dans les différentes actions violentes des années de plomb italiennes.

Les deux hommes entrèrent dans le hall et se dirigèrent vers l'accueil où un gardien de nuit regardait la télévision, les mains croisées derrière la tête.

— Bonsoir…

Malençon sortit sa carte de la police fédérale.

— Bonsoir. Commandant Malençon. Nous enquêtons sur la mort de Sandrine Monney et nous aurions besoin de voir le bureau où elle travaillait.

Le gardien de nuit se redressa, embarrassé.

— Ah… Mais… Je n'ai pas été prévenu, et…

— Vous n'avez aucune raison d'être prévenu, coupa sèchement l'agent, espérant impressionner son interlocuteur. Conduisez-nous là-bas immédiatement, s'il vous plaît.

L'homme hésita un instant.

— Je… Entendu…

Il se leva, chercha des clefs dans un tiroir et guida les deux visiteurs vers l'ascenseur. Ari réprima un sourire : le bluff de son ami était lamentable, ils avaient une chance inouïe d'être tombé sur un type aussi impressionnable. Mais après tout, les cartes de police faisaient peut-être davantage d'effet dans ce pays.

Ils montèrent dans les étages, traversèrent deux couloirs successifs, puis le gardien leur ouvrit un bureau.

— Vos collègues sont déjà venus ici plusieurs fois, vous savez…

— Oui, nous savons, répliqua Malençon d'un ton sec. Vous pouvez nous laisser, maintenant. Nous vous appellerons quand nous aurons fini.

L'homme en uniforme s'éclipsa sans demander son reste. Trop heureux, sans doute, de s'éloigner de ces deux flics peu amènes.

— On peut dire que tu fais dans le subtil, murmura Mackenzie en se penchant vers son ami.

— L'essentiel, c'est que ça marche. C'est le genre de type qui a peur pour son poste. Facile à intimider.

— Mouais…

Ils inspectèrent le bureau de la chercheuse. Ses affaires personnelles avaient été emportées – sans doute par son époux – mais son ordinateur et sa documentation étaient toujours là.

— C'est toi le pro de l'informatique, déclara Mackenzie en désignant le PC. Démerde-toi pour mettre la main sur ce que je cherche.

— Ce serait plus simple si tu me disais exactement ce que je dois trouver…

— Un dossier écrit par Sandrine Monney. C'est un rapport destiné à l'ONU, qui traite des tensions dans la région du Kivu en République démocratique du Congo, ou bien du Coltan, ou encore de l'INF. La dernière version devrait dater du jour où elle est morte. Il doit bien y avoir des traces informatiques de ses recherches, de ses notes, j'en sais rien, moi…

— OK, OK… Je vais voir ce que je peux faire. J'espère qu'il est bon, ton *single malt* !

— Japonais. Dix-sept ans d'âge. Peut-être un peu fort pour toi.

Malençon secoua la tête, s'installa devant le bureau et alluma l'ordinateur.

Pendant que son homologue suisse plongeait dans les méandres de la machine, Ari entreprit de fouiller la pièce. Il éprouva une impression de déjà-vu : il se revit en train de passer le bureau de Charles Lynch au peigne fin tandis que la fille de celui-ci explorait l'ordinateur. À nouveau, il dut soulever les chemises cartonnées une à une, feuilleter les livres, examiner les monceaux de papiers en parcourant rapidement les textes imprimés dessus…

— Tiens… Elle avait une partition cachée sous Linux, murmura soudain Malençon.

— Une quoi ?

Le Suisse sourit.

— Un truc qu'un ignare de ton genre ne peut pas comprendre, mais que je vais m'empresser d'examiner.

Malençon inséra un CD-ROM dans l'ordinateur et le fit redémarrer. Après quelques manipulations, il se retourna vers Mackenzie.

— J'ai trouvé un répertoire caché intitulé *Projet Rubedo*, ça te dit quelque chose ?

Accroupi devant la bibliothèque, Ari se redressa d'un bond.

— Oui ! s'exclama-t-il, extatique. C'est ça !

« Projet Rubedo ». Il n'y avait pas le moindre doute. Et il découvrait par la même occasion la signification de la lettre « P » écrite par le Docteur sur son dossier. « P » comme « Projet ».

— Ah... Eh bien tu vas être déçu : il est entièrement vide.

Ari se précipita devant l'écran.

— Tu rigoles ?

— Non. Tous les fichiers ont été effacés.

— Il n'y a pas moyen de les récupérer ? Je sais que les gars du service informatique font ça, à Levallois, parfois. Ils récupèrent des fichiers effacés sur les disques durs...

— Quand des maladroits comme toi les effacent par erreur, par exemple ?

— Oui. Par exemple.

— Oui... Eh bien, il y a sûrement moyen de le faire... Mais pas ici. Et pas moi.

— Merde. C'est trop con ! On est si proches ! Il y a forcément une solution !

— Je vais voir ce que je peux faire, Ari. Mais je te garantis rien. Avec les PC, tout est très aléatoire. Le jour où l'administration acceptera de passer sur Apple, la vie sera bien plus simple, tu peux me croire...

L'agent effectua diverses manœuvres auxquelles Ari ne comprit rien. Le disque dur se mit à émettre des bruits aigus et de longues listes de caractères défilèrent sur l'écran à une vitesse qui dépassait l'entendement.

— Regarde, dit Malençon en désignant une série de fichiers. Voilà ce qui a été effacé dans le répertoire en question. Et cela date du jour où Stéphane Drouin a été assassiné.

— C'est donc postérieur à la mort de Sandrine Monney. Peut-être que Drouin était venu ici pour faire disparaître le dossier de sa collègue...

— Je vais essayer de restaurer quelques fichiers, mais ne t'emballe pas. Il suffit que les clusters sur lesquels ils étaient stockés soient à présent utilisés par de nouvelles données et ce sera fichu.

— Ah oui, les « clusters », oui, bien sûr, répéta ironiquement Mackenzie. Bon, fais ce que tu peux.

Le Suisse lança le logiciel de récupération de données intégré au système. Celui-ci analysa les fichiers un par un. Ari, les doigts crispés sur le dossier du fauteuil, garda les yeux fixés sur ce qu'affichait l'écran. Des barres colorées se remplissaient à côté des noms des fichiers, et un pourcentage s'inscrivait au fur et à mesure à l'intérieur. Pour le moment, aucun des processus de récupération n'était monté jusqu'à 100 %.

— Ça n'a pas l'air de marcher, expliqua Malençon d'un air désolé.

— Et merde...

Ari, tendu, se mit à marcher en rond dans le bureau, comme un lion dans une cage.

— Ça avance ?

— Attends ! répliqua le Suisse, agacé.

Soudain, Ari s'immobilisa devant la fenêtre.

— Et merde !

— Quoi ?

— Il y a une voiture de flics qui s'est arrêtée en bas de l'immeuble.

Malençon blêmit. Il se mit à exécuter frénétiquement plusieurs commandes sur l'ordinateur jusqu'à ce qu'une fenêtre vidéo s'ouvre au milieu de l'écran. C'était la caméra de sécurité de l'accueil. On y voyait le gardien s'entretenir avec deux policiers, se lever et leur indiquer la direction des ascenseurs.

— Oh putain ! Il faut qu'on se tire d'ici tout de suite, Ari !

— Non ! J'ai besoin de ces foutus fichiers !

— S'ils nous voient, on est vraiment dans la merde, Mackenzie ! Vraiment ! C'est pas la France, ici...

— M'en fous ! Il me faut ces fichiers !

Le Suisse se leva et tapa nerveusement du poing sur la table.

— Grouille-toi ! ordonna-t-il à la machine, tout en suivant du regard, sur les caméras de surveillance, la progression des deux policiers dans l'immeuble.

Ils venaient d'entrer dans l'ascenseur. Ils n'allaient pas tarder à arriver à leur étage.

Soudain, le logiciel émit un bip aigu.

— Il n'a récupéré qu'un seul fichier, expliqua le Suisse. C'est pas grand-chose, mais c'est déjà ça.

— C'est quoi ?

— Pas le temps de regarder, là. Je le copie et on met les bouts, ok ?

— OK !

Malençon sortit un Macintosh ultrafin de sa sacoche et le brancha sur le terminal de Sandrine Monney.

— Qu'est-ce que tu fous ? demanda Ari, perplexe. Tu peux pas l'enregistrer sur une clef USB ?

— Je récupère pas seulement ton fichier, mais aussi de quoi nous sortir d'ici.

Il exécuta quelques manipulations puis il débrancha l'appareil, ferma les applications sur l'ordinateur de Monney et fit signe au Français de le suivre. Ari s'exécuta, perplexe.

Jérôme avançait les yeux rivés sur son petit ordinateur, qu'il tenait devant lui comme une boussole.

Dans un coin de l'écran, quatre fenêtres permutaient entre les multiples caméras de surveillance de l'édifice. Dans la partie inférieure s'affichaient les plans du bâtiment.

— Ils viennent de sortir de l'ascenseur ! expliqua Malençon en s'arrêtant. On fait demi-tour. S'ils se dirigent directement ici tous les deux, on a une chance de pouvoir sortir par l'issue de secours.

— Des flics poursuivis par des flics, ironisa Mackenzie. C'est ridicule...

— C'est pas drôle, Ari. Si je me fais virer à cause de toi, je te tue.

Ils revinrent sur leurs pas et obliquèrent dans un long couloir sans quitter le petit écran des yeux. Ils passèrent plusieurs portes coupe-feu puis le Suisse s'immobilisa, l'air grave.

— J'en vois plus qu'un, expliqua-t-il en montrant l'une des fenêtres de l'ordinateur.

Au même moment, Ari attrapa son ami par les épaules et le poussa brusquement vers l'intérieur d'un cagibi sur leur droite.

— Qu'est-ce que tu fous ? s'exclama Malençon, halluciné.

Ari lui posa la main sur la bouche et lui fit signe de se taire, les yeux écarquillés.

Quelques secondes après, des bruits de pas montèrent dans le couloir, à quelques mètres à peine. Brefs et déterminés, ils approchaient rapidement de leur cachette. Ari se crispa. Il croisa le regard paniqué de Jérôme.

Le bruit des pas ne cessait de croître. Bientôt, le flic allait arriver à leur hauteur. Ari, du bout des doigts, effleura la crosse de son arme. Malençon lui adressa un regard hébété et se frappa la tempe du bout de l'index, l'air de dire : *ça va pas, non ?*

Ari haussa les épaules et rangea son arme.

Les bruits de pas passèrent devant leur porte... et continuèrent sans s'arrêter.

Mackenzie poussa un soupir de soulagement. Lentement, ils entendirent le policier s'éloigner. Ils attendirent quelques secondes encore, puis Malençon brisa le silence :

— C'est bon ! Il est passé de l'autre côté. C'est le moment ou jamais !

Ils sortirent l'un derrière l'autre et partirent vers le côté opposé du long corridor. Jérôme jeta un dernier coup d'œil sur son ordinateur, le replia et le rangea dans sa poche intérieure.

— Il y a un escalier de secours derrière cette porte, expliqua-t-il.

Ils dévalèrent les marches quatre à quatre.

Une fois en bas, ils vérifièrent que la voie était libre et se précipitèrent dans la voiture de Malençon, lequel démarra sur les chapeaux de roue.

— Je te préviens, c'est la dernière fois, mec ! s'exclama le Suisse comme ils s'enfonçaient vers le cœur de Genève.

— Merci, Jérôme.

Ils roulèrent encore quelques minutes, puis l'agent du SAP gara sa voiture dans une petite allée. Il observa son ami en secouant la tête, puis après un instant, il éclata de rire.

— Eh bien ! C'est toujours aussi rock'n roll avec toi, Mackenzie !

Ari haussa les épaules.

— Alors, c'est quoi, ce fichier ?

Le Suisse récupéra l'ordinateur ultraportable dans sa sacoche.

— J'en sais rien. Je ne connais pas cette terminaison. Mais c'est un fichier volumineux, ça ne peut pas être du texte. C'est de l'image, de la vidéo, ou du son.

— Tu ne peux pas l'ouvrir ?

— Non. Mais je peux essayer de le convertir.

Malençon alluma l'ordinateur et effectua quelques manipulations. Il essaya différentes méthodes, puis finalement, il releva la tête vers Ari avec un sourire satisfait.

— Voilà…

— Ça a marché ?

— Oui.

— C'est quoi alors ?

— C'est l'enregistrement d'une conversation qui s'est tenue il y a un mois sur un logiciel de communication.

— Comment ça ?

— Certains logiciels permettent d'archiver les conversations sous forme de fichier. Sandrine Monney a visiblement estimé nécessaire de conserver cet échange dans le répertoire *Projet Rubedo*.

— OK. Mais c'est une conversation entre qui et qui ?

— Comment veux-tu que je le sache ?

— On peut l'écouter ?

— Donne-moi ton téléphone.

Ari fronça les sourcils.

— Pour quoi faire ?

— Tu veux l'écouter, cette conversation, oui ou merde ?

— Oui.

— Alors donne-moi ton téléphone ! répéta le Suisse.

Ari sortit son GSM de sa poche sous le regard moqueur de Jérôme.

— Pfff. Qu'est-ce que tu fais avec un vieux coucou comme ça ?

Mackenzie haussa les épaules.

— Il me permet de téléphoner. Je lui en demande pas plus.

Le Suisse récupéra la carte mémoire du téléphone et l'inséra dans son ordinateur. Il copia le fichier et rendit le tout à Ari.

— Voilà. Le fichier est dans ton téléphone, à présent. Avec un casque, tu pourras l'écouter tranquillement. Et maintenant, dégage.

— Tu me vires ?

— Oui, Ari. On a déjà enfreint assez de lois comme ça ce soir, j'ai pas particulièrement envie qu'on nous voie ensemble. Estime-toi heureux que je te laisse repartir avec ça. Allez, dégage.

Mackenzie lui donna une tape amicale sur l'épaule et sortit rapidement du véhicule.

47.

Il était 3 heures du matin quand Borja décida d'aller se servir un verre dans la cuisine de Marie Lynch. Cela faisait longtemps qu'il attendait dans le salon, immobile, et il commençait à ressentir les prémices d'un léger agacement. S'agacer n'était pas bon. Dans ce genre de situation, l'alcool était le meilleur remède possible. Avec le nombre de comprimés de chlorpromazine qu'il avait avalés aujourd'hui, un seul verre suffirait à calmer ses nerfs.

Il s'appuya sur sa canne, se leva du canapé et se dirigea vers la kitchenette. Comme il passait devant la fenêtre, la lumière de l'extérieur révéla une tache de sang sur son bras. Il avait dû se blesser sans s'en rendre compte. Cela lui arrivait souvent.

Il pesta. Laisser des traces de sang partout chez sa victime n'était vraiment pas une bonne idée.

Il alluma une lampe et inspecta la blessure. C'était juste une égratignure. Rien de grave. Il trouva une feuille de papier essuie-tout sur le plan de travail de la cuisine, se frotta le coude, et vérifia qu'il n'avait pas laissé de sang sur le canapé. Il repéra une légère tache sur l'un des coussins. Il enleva aussitôt la housse et la glissa dans sa poche.

Son analgésie congénitale était à la fois son principal atout et son pire ennemi. Il savait qu'un jour elle le perdrait. Il tomberait à cause d'elle. Quelle ironie. Toutes les victimes de cette maladie mouraient de mort précoce. Lui, au moins, il se serait servi d'elle avant de la laisser l'emporter, pour faire aux autres ce qu'elle lui ferait à lui.

Personne ne connaît si bien la mort que les morts en sursis.

Il éteignit à nouveau la lumière et, dans la pénombre, prit un verre dans le placard de la cuisine. Il avait remarqué, près du Frigidaire, une bouteille de vin rouge ouverte. Il enleva le bouchon, respira l'odeur boisée de ce vin du Languedoc sans prétention, et se servit jusqu'à ras bord.

La canne dans une main, le verre dans l'autre, il retourna s'installer sur le canapé. De là où il était, il pourrait attendre Marie Lynch et l'entendre rentrer sans être vu. La jeune femme ne découvrirait sa présence qu'en pénétrant dans le salon, et alors il serait trop tard pour faire demi-tour.

Cette fois-ci, il n'avait pas de message à délivrer, pas de dossier à voler, pas de fichier à effacer. Cette fois-ci, il n'avait qu'une chose à faire. Tuer.

Et tuer, c'était ce que Borja faisait de mieux.

Il venait de terminer son verre de vin quand il entendit du bruit sur le palier.

48.

— Erik Levin et son épouse ont quitté le complexe.

Weldon, assis à son bureau, le nez plongé dans un livre ancien tout de cuir relié, ne manifesta pas la moindre réaction. Il garda la tête baissée, impassible, comme s'il n'avait pas entendu.

— Weldon ? Vous m'écoutez ?

— Bien sûr, Roberts. Mais je suis déjà au courant. *Tell me something I don't know*[1], ajouta-t-il avec un terrible accent français.

— Et vous n'envoyez personne à leur poursuite ?

— Pas pour le moment. Il n'y a pas d'urgence.

Mark Roberts, la quarantaine, était un homme grand, mince et élégant. Les cheveux coiffés en arrière, le costume strict et taillé sur mesure, l'élégance travaillée, il avait tout de l'homme d'affaires britannique. Contraint de collaborer avec le Docteur, il était tout l'opposé du vieil original et ne partageait presque rien avec lui, si ce n'est une inextinguible soif d'argent et de pouvoir.

— Et c'est tout l'effet que cela vous fait ?

Weldon releva enfin la tête. Il avait l'air d'un directeur de collège qui s'apprête à sermonner un élève depuis son bureau.

— Mark. Je savais depuis deux jours qu'Erik et son épouse allaient s'enfuir. Pour tout vous dire, j'ai même fait en sorte qu'ils y parviennent sans qu'ils se rendent compte que nous leur facilitions la tâche. Donc, oui, c'est tout l'effet que cela me fait.

— Mais pourquoi avez-vous fait ça ? s'exclama Roberts, incrédule.

— Parce que c'était la meilleure politique. Auriez-vous préféré une fusillade à l'intérieur du complexe ? Un scandale ? De quoi inquiéter tout le monde et laisser se propager un vent de panique ? Non. Nous avons fait ce que nous avions à faire. Rassurez-vous, ils n'iront pas loin. Borja rentre demain.

— Borja ! Borja ! Vous croyez que votre clown est la solution à tous vos problèmes ?

Le Docteur baissa à nouveau les yeux sur son ouvrage.

---

1. Dites-moi quelque chose que je ne sache pas déjà.

— Votre père aurait compris tout de suite, dit-il d'un air détaché, légèrement méprisant.

— Oui, je sais, mon père ceci, mon père cela... Mais mon père est mort, Weldon, et c'est moi qu'il a couché sur son testament, pas vous ; alors il va bien falloir vous habituer à travailler en ma compagnie. Mon père vous faisait une confiance aveugle, il vous a offert bien plus qu'il n'aurait dû. Ne comptez pas sur moi pour être aussi généreux.

— Votre père me faisait confiance parce qu'il me savait le seul capable de réaliser la tâche que nous nous sommes fixée. Il avait besoin de moi, et c'est aussi votre cas.

— L'intérêt est partagé. Vous dépendez autant de moi que moi de vous.

— Allons, soyez réaliste ! Je n'ai pas besoin de vous, Mark, mais de l'argent que votre père vous a légué.

— Malheureusement pour vous, l'un ne va pas sans l'autre. *So you'd better play by my rules, now*[1].

— Nous ne jouons pas, Mark.

— Parfois, en ce qui vous concerne, je me le demande. La fuite d'Erik et Caroline Levin ne m'amuse pas du tout, mais vous, vous semblez prendre tout cela à la légère...

— Je vous l'ai dit : ils n'iront pas bien loin. Et Borja rentre demain. Il s'occupera d'eux. Vous pouvez retourner vous coucher. J'ai des problèmes plus importants à régler.

— Vous croyez vraiment que votre Borja pourra faire quelque chose ? Comment voulez-vous qu'il les rattrape ?

— Borja n'échoue jamais.

Le Britannique partit d'un rire moqueur. Puis il s'assit en face de son interlocuteur.

---

1. Alors vous feriez mieux de jouer en suivant mes règles du jeu, maintenant.

— Bon. Expliquez-moi une bonne fois pour toutes ce que vous lui trouvez, à ce type. Pour moi, c'est simplement un malade mental, comme beaucoup de vos amis, d'ailleurs.

— Vous dites cela parce que vous rêvez de gagner mon amitié ?

Roberts ne releva pas l'ironie.

— Borja est précieux, assura le Docteur. Les gens comme lui sont rares. C'est un véritable cadeau. La nature en a fait un être d'exception, et il s'est plié à ce qu'elle attendait de lui.

— Qu'est-ce que vous racontez ?

Weldon releva la tête et ses yeux s'assombrirent. Il ne souriait plus.

— Borja souffre d'analgésie congénitale. Savez-vous ce que c'est ?

— Non.

— Indifférence à la douleur. C'est une maladie génétique extrêmement rare.

— Ce doit être pratique, en effet...

— Pas tant que ça. La douleur, mon cher Mark, est essentielle à la survie de l'individu. Les victimes d'analgésie congénitale passent leur temps à se brûler sans s'en rendre compte, à se mordre la langue en mangeant, à se blesser... Elles ont des problèmes d'articulations car elles se tiennent debout trop longtemps ou n'ont pas le réflexe de se tourner pendant leur sommeil. Quand elles sont malades, elles ne ressentent pas les premiers symptômes de leur mal... Résultat, elles meurent toutes à un âge précoce.

— Pourtant, votre Borja est quinquagénaire...

— Judicieuse observation, Roberts. Au lieu de prendre sa maladie comme une malédiction, il en a fait sa force. Plier avec le vent, mon ami.

Le Docteur se leva et rejoignit un coin de la pièce. Un nécessaire à thé traditionnel était disposé là, sur un guéridon. Il commença par verser de l'eau chaude dans une petite théière en grès, plusieurs fois de suite. Puis il ouvrit une boîte en bois sculpté et découpa un morceau de thé, fort ancien à en juger par la consistance.

— La légende raconte que Jigoro Kano découvrit la voie de la souplesse lors d'un hiver terrible, en observant les branches d'un cerisier. Les plus grosses branches cassaient sous le poids de la neige alors que les plus souples pliaient et se débarrassaient de leur ennemie avec aisance.

Mark Roberts, perplexe, regarda le Docteur terminer sa cérémonie du thé. Décidément, le vieil homme ne cesserait jamais de le surprendre. Il se servait son breuvage en respectant les gestes d'un rituel ancestral, d'une prodigieuse élégance, comme s'il s'était trouvé devant un large public attentif.

— Les hommes comme Borja et moi n'ont pas de meilleure façon de se débarrasser de leurs ennemis : la voie de la souplesse. Je vous sers un peu de thé ?

— Non merci. Et ces drogues qu'il avale ? insista Roberts pour revenir à leur sujet. Un type qui se bourre de médicaments, moi, ça ne me rassure pas.

Weldon se rassit à son bureau, une tasse fumante dans la main.

— Au contraire. Cela prouve son génie, expliqua-t-il avec un sourire sarcastique. Plutôt que de chercher à soigner son affection, il la rend plus forte, plus redoutable, plus efficace. La chlorpromazine est un antipsychotique. C'est un calmant utilisé dans le traitement des psychoses, comme la schizophrénie par exemple…

— Et alors ? Où voulez-vous en venir ? Que Borja soit un schizophrène notoire, ça, personne n'en doutait !

— Pas le moins du monde. Borja est sain d'esprit. Simplement, ce neuroleptique rend le sujet insensible aux émotions. En somme, entre son analgésie congénitale et les neuroleptiques qu'il avale, Borja ne ressent rien, strictement rien, ni douleur physique, ni émotions.

— C'est un monstre.

— Non, c'est une œuvre d'art.

49.

Ari avait choisi une place solo dans le TGV pour ne pas être dérangé pendant le trajet. Il voulait réécouter le fichier au calme sur son téléphone portable. Il avait pris un train à l'aube qui mettait à peine plus de trois heures pour rejoindre Paris. Cela lui laisserait juste le temps de mettre de l'ordre dans ses notes.

Confortablement assis dans son fauteuil, le casque sur les oreilles, il lança une nouvelle fois le lecteur. Il restait certains passages qu'il n'était pas sûr d'avoir bien compris.

« — Tu es sûre que c'est prudent de m'en parler ici ?

— C'est toujours plus prudent que par téléphone, Stéphane. »

Il s'agissait bien d'une conversation entre Sandrine Monney et son collègue Stéphane Drouin. Elle s'était sans doute déroulée au moment précis où la jeune femme avait découvert le fameux scandale dont avait parlé son mari. Peut-être avait-elle donc estimé important de conserver le fichier en archive... Une preuve, une trace, s'il devait lui arriver quelque chose. Malheureusement, l'histoire lui avait donné raison. Ari écouta avec attention cette voix revenue du pays des morts comme pour demander justice.

« — OK. Alors je t'écoute.

— Je crois que je suis tombée sur quelque chose d'énorme.

— Oui... C'est ce que tu m'as dit. Mais raconte, bon sang !

— En gros, j'ai l'impression que tout ce que nous savons sur le pillage du Coltan en RDC n'est que la partie émergée de l'iceberg. En faisant des recherches sur les concessions d'exploitation minière dans la région du Kivu, j'ai découvert que la plupart d'entre elles appartenaient à un cartel de multinationales.

— Oui, ça, on le savait, Sandrine… Rien de neuf.

— D'accord, mais ce qu'on ne savait pas, c'est que ce cartel n'a pas obtenu ces concessions directement de l'État congolais.

— Mais de qui, alors ?

— Tu ne me croiras jamais.

— Dis toujours…

— L'INF.

— L'INF ? Les écolos ?

— Absolument. Les gentils écolos… Ça m'a semblé bizarre, à moi aussi, et j'ai donc commencé à me documenter sur cette organisation. Et là, mon pauvre ami, je suis tombée des nues.

— Allons bon…

— D'abord, j'ai été surprise que les dirigeants de l'INF soient tous des grandes personnalités du monde des affaires. Sur les cinquante membres du comité exécutif, douze figurent dans les cent premières places du classement Forbes des plus grosses fortunes internationales. Et deux sont dans le top 10.

— Ah oui… Quand même ! Cela dit, les milliardaires aiment bien se la jouer humanitaire, maintenant, tu sais. On appelle ça le *charity business*.

— Je ne dis pas le contraire, mais enfin, à ce point-là ! Que des milliardaires veuillent donner du fric à des ONG pour se faire mousser ou payer moins d'impôts, c'est une chose, mais qu'ils soient si nombreux parmi les membres actifs de la direction, c'est déjà plus étonnant…

— Certes.

— Quoi qu'il en soit, l'INF entretient des liens de partenariat très étroits avec de grosses entreprises dont on est en droit de s'étonner qu'elles s'intéressent de si près à la protection des animaux... Que l'une des deux plus grosses chaînes de fast-food du monde investisse tant d'argent pour préserver la nature, ça me laisse un peu perplexe...

— C'est qu'il en faut, des vaches, pour faire tous ces hamburgers !

— En tout cas, l'objet de l'INF, sauver les animaux sauvages et préserver leur habitat, le rend plutôt sympathique aux yeux du grand public. Et on est à fond dans le politiquement correct depuis que s'y est greffé, en plus, son combat contre le réchauffement climatique.

— Je vois... Bon, bref, tu es en train de me dire qu'une ONG de protection de la nature est infiltrée par de grands acteurs du monde des affaires. Mais tu penses vraiment que ces businessmen se servent de la couverture de l'INF pour récupérer indirectement des concessions d'exploitation de Coltan ?

— Je ne le pense pas. J'en suis sûre. Ça va même plus loin, Stéphane... Apparemment il existe une structure particulière, assez confidentielle, à l'intérieur de l'INF, et dont les actions sont troublantes.

— Une secte dans la secte ?

— C'est presque ça... En fait, l'INF abrite une sorte de département de recherche scientifique secret.

— Un département secret dans une ONG ? Tu plaisantes ?

— Non. C'est un genre de section Recherche & Développement, tu vois ? Une communauté de scientifiques, très très bien payés, et dont les travaux restent confidentiels.

— C'est bizarre. En quoi l'INF aurait besoin d'un département R & D, et surtout, pourquoi secret ?

— Ce n'est pas son existence qui est secrète, mais la nature exacte de ses travaux. Officiellement, cette structure est là pour faire des recherches sur la faune et la flore, la biogénétique, ce genre de choses…

— Et officieusement ?

— Justement, c'est difficile de savoir. Mais attends, tu vas comprendre. Ce département a été créé par les deux fondateurs de l'INF. Le premier, Allan Roberts, était un richissime homme d'affaires sud-africain. Tu vois qui c'est ?

— Le patron de Roberts Ltd…

— Exactement. Tu connais son histoire ?

— Non… Je sais juste que c'est un milliardaire de l'industrie du tabac. Et qu'il est mort.

— Il y a trois ans, oui. C'était un Anglais qui avait débuté sa carrière en Afrique du Sud dans les années 1950, en tant que fabricant de cigarettes. Rapidement, sa société a pris le contrôle de près de 30 % du marché africain. Ce succès colossal lui a permis d'acquérir de grandes marques de luxe occidentales et d'investir dans des compagnies financières, minières et industrielles. Aujourd'hui, Roberts Ltd. est le troisième plus grand cigarettier du monde. Cet industriel qui vendait du tabac dans le monde entier et dont on raconte souvent qu'il était un grand nostalgique de l'Apartheid, si tu vois ce que je veux dire…

— "Le tabac sud-africain, ça salit aussi les mains…"

— … Cet industriel, donc, a fondé une ONG à laquelle des millions de personnes envoient de l'argent tous les mois pour protéger la nature.

— Belle ironie. Et le deuxième ?

— Il est moins connu. Il s'agit d'un Français. Un certain Jean Laloup. Je ne trouve pas grand-chose sur lui, il m'a l'air d'être l'héritier d'une grande famille bourgeoise… Tout ce que je peux te dire, c'est que ces deux types ont rapidement quitté le poste de directeurs de l'INF pour se consacrer à cette structure interne, que le fameux Jean Laloup dirige encore aujourd'hui.

— Et comment s'appelle-t-elle, cette structure interne ?

— La Summa Perfectionis. »

Chaque fois qu'il écoutait ce passage, Ari arborait un sourire satisfait. *Summa Perfectionis*. L'expression trouvée sur le dossier du Docteur ne faisait donc pas référence à ce manuscrit alchimique auquel Ari avait songé, mais à une structure secrète au sein de l'INF.

Les recherches que Charles Lynch avait menées sur son ordinateur, concernant une mystérieuse « société savante », y trouvaient peut-être leur explication. Le père de Marie, en prenant des renseignements sur la Summa Perfectionis, avait naturellement regardé du côté des sociétés secrètes en rapport avec la science. La disparition de plusieurs scientifiques pouvait à présent être observée selon une nouvelle perspective.

« — Summa Perfectionis ? Jamais entendu parler.

— Normal. Officiellement, les dirigeants de l'INF ne contestent pas l'existence de la Summa Perfectionis – ils auraient du mal, de toute façon – mais le moins qu'on puisse dire c'est qu'ils laissent planer le mystère… Impossible de connaître précisément la liste de ses membres, par exemple. Tout ce que l'on sait, c'est que la Summa Perfectionis mène des recherches scientifiques dans les nombreuses zones que l'INF a achetées pour "préserver" la nature.

— Bizarre, en effet. Comment se fait-il qu'aucun journaliste d'investigation ne se soit jeté sur le sujet ?

— C'est souvent comme ça. Regarde le Bilderberg ou la Trilatérale, par exemple. La presse n'en parle presque jamais. Les rares journalistes d'investigation qui s'y frottent sont rapidement muselés.

— Ça fait peur.

— Oui. Et tu ne trouves pas, en plus, que toute cette histoire sent le néocolonialisme ?

— Si tu le dis...

— Ce prétendu souci de préservation de la nature chez autrui... Ça remonte à l'époque du colonialisme, Stéphane. En même temps qu'ils conquéraient de vastes espaces, la plupart du temps à des fins minières, les Occidentaux cultivaient le mythe de la nature sauvage. Chapeau de cow-boy, grosse chemise à carreaux et cigarette au bec. Si tu réfléchis bien, l'INF est l'héritier direct des chasses coloniales. Tu y retrouves les mêmes acteurs : une élite économique et politique partageant un intérêt commun pour la chasse ou pour la nature – laisse-moi rire –, le tout servi par la conviction d'une supériorité des pratiques occidentales dans la gestion des milieux naturels. Au bout du compte, comme toujours, on nie l'existence et les droits des autochtones.

— Tu parles d'une idéologie, là, mais concrètement, je ne vois pas le lien avec le colonialisme...

— C'est pourtant très concret, Stéphane. La colonisation britannique, par exemple, a utilisé le prétexte de la conservation de la nature pour mettre en place une ségrégation à peine voilée. Cette ségrégation a été poursuivie par les politiques d'apartheid à partir de 1948.

— Comment ? Quel intérêt ?

— En gros, on utilisait cette excuse pour protéger de vastes espaces de chasse pour les Blancs, interdits aux Noirs. Ensuite, on se moquait de l'avis des locaux pour aller se servir dans leurs mines et leurs forêts. Aujourd'hui, des ONG comme l'INF imposent la création de zones protégées au détriment des populations locales dans de nombreux pays d'Afrique. Cela se fait aussi en Amazonie. En ce moment même, des milliardaires achètent des centaines de milliers de mètres carrés de la forêt amazonienne sous couvert de protection de la nature et de lutte contre le réchauffement climatique. Au départ, une noble intention. Mais quand on voit que ces milliardaires se fichent complètement de l'aspect humain, bouleversent l'économie de régions entières... on est en droit de se demander si leurs intentions sont aussi nobles qu'il y paraît.

— Tu crois pas que tu es un peu parano, là ?

— Non. Je suis convaincue que les actions de l'INF pour la sauvegarde des espèces menacées d'extinction se conjuguent avec des objectifs moins louables. Ça expliquerait la consanguinité qui existe entre cette association écolo et les milieux politico-financiers.

— Il faudrait apporter des preuves concrètes, Sandrine.

— Oui. C'est pour ça que j'ai besoin de ton aide. Je suis certaine que la Summa Perfectionis a quelque chose à cacher.

— Qu'est-ce que tu voudrais prouver, exactement ?

— D'abord, je pense que l'INF a permis à de nombreuses sociétés occidentales de maintenir jusqu'à aujourd'hui la maîtrise qu'avait l'empire britannique sur les réserves naturelles des pays du Commonwealth. Un demi-siècle après sa création, l'INF contrôle plus de 10 % de la surface de la Terre, je ne sais pas si tu te rends compte. Je pense également que l'INF, par le biais de la Summa Perfectionis, permet à des géants industriels de pratiquer de la bioprospection dans les zones qu'il est censé protéger.

— De la bioprospection ?

— Oui. Le sous-sol africain regorge de matières premières très prisées, mais il faut aussi inclure toutes les plantes potentiellement utiles à l'industrie pharmaceutique de demain... »

Ari enleva son casque. La fin de l'enregistrement n'apportait rien de plus. Sandrine Monney expliquait à son collègue comment elle avait obtenu ses informations, les documents qu'elle avait trouvés, les contacts qu'elle avait eus avec certains représentants des pays africains…

Dehors, les vastes plaines de la campagne française défilaient à 280 km/h. Ari sortit son carnet Moleskine de sa poche et relut ses notes. Il remplit quelques blancs qu'il avait laissés. Puis il revint en arrière, jeta un coup d'œil à ce qu'il avait écrit au cours des derniers jours. Il parcourut l'ensemble une première fois, puis une seconde.

C'est alors qu'un détail lui sauta aux yeux.

Un sourire se dessina sur ses lèvres. Il passa d'une page à l'autre et compara deux notes. La première : « *Initiales JL sur sonnette – cache du Docteur. Nouveau pseudo ?* » La seconde : « *Jean Laloup, fondateur INF, chercher infos bio* ».

J.-L. Jean Laloup.

Ça ne pouvait pas être une coïncidence ! C'était tellement gros que cela aurait même dû lui sauter aux yeux bien plus tôt.

Sans attendre, Ari prit son téléphone portable. Il s'isola entre deux wagons et attendit que le TGV traverse une zone où son GSM recevait un signal.

— Iris ? C'est moi.

— Tu es encore en Suisse ?

— Je suis dans le train, je rentre. J'ai besoin que tu me cherches un truc.

— Je suis pas encore au bureau, t'as vu l'heure ?

— Eh bien dépêche-toi d'y aller, feignasse, et trouve-moi des infos sur un certain Jean Laloup.

— T'es gonflé !

— C'est l'un des deux types qui ont fondé l'INF. Quelque chose me dit qu'il s'agit du Docteur… Si ça se trouve, c'est même son vrai nom.

— OK… Je t'appelle dès que j'en sais plus.

— Merci ma belle.

Ari raccrocha et composa aussitôt le numéro de Marie Lynch. Peut-être pourrait-elle regarder dans les affaires de son père pour voir si le nom de Jean Laloup apparaissait quelque part.

Après plusieurs sonneries, le répondeur se déclencha. Ari coupa sans laisser de message. La jeune femme dormait sûrement encore, à cette heure. Elle lui avait dit qu'elle allait sortir la veille... Elle verrait bien à son réveil qu'il avait appelé.

L'agent retourna s'asseoir dans le wagon. Il éprouvait une excitation familière. Les pièces du puzzle commençaient à se mettre en place. Lentement, l'ennemi prenait un visage, un nom.

50.

La légende raconte qu'il me fallut près de trente ans pour saisir le sens hermétique de ce manuscrit que j'obtins en 1358. C'est évidemment faux. Néanmoins, je dois admettre que je dus l'étudier pendant plusieurs mois afin d'en retirer quelque intelligence...

L'ouvrage que le jeune Gautier m'avait offert était composé de quarante-quatre feuilles de parchemins, soit quatre-vingt-huit pages, cousues dans une reliure de cuir marron de piètre facture, même pour cette époque. Les feuilles étaient elles aussi de qualité médiocre et elles n'étaient pas toutes coupées aux mêmes dimensions. L'auteur, très certainement, ne les avait pas acquises en même temps et le manuscrit regroupait probablement des textes écrits à plusieurs années d'écart.

Je comptai plus de deux cent cinquante dessins et schémas ainsi que de nombreux textes pour les accompagner. Ces écrits, à la calligraphie ordinaire, étaient en langue picarde. Ainsi, n'ayant trouvé aucune information à son sujet, je déduisis du nom et de la langue de l'auteur qu'il était originaire du village de Honnecourt-sur-Escaut, en Picardie.

Les dessins avaient été tracés, semblait-il, lors des voyages de Villard à travers l'Europe. Édifices architecturaux, figures géométriques, personnages mythiques, scènes religieuses ou schémas d'ingénierie le disputaient aux croquis symboliques et ésotériques.

Le manuscrit dont j'avais hérité était donc, à première vue, un carnet de voyage tenu par un bâtisseur itinérant. Mais, à y regarder de plus près, on constatait rapidement que s'y cachait bien plus que cela. Je vis bientôt que les carnets de Villard de Honnecourt étaient en réalité le gardien muet d'un trésor incroyable…

51.

Ari descendit sur le quai et se dirigea vers le parking de la gare en essayant à nouveau d'appeler Marie Lynch. Mais il tomba encore sur son répondeur. Ce silence l'inquiétait de plus en plus.

Son intuition lui disait que l'histoire de cette jeune femme ne tenait pas vraiment debout. Depuis le début, il se demandait si elle n'avait rien à cacher. Il refusait de croire que sa présence rue de Montmorency au même moment que lui fût une coïncidence. Pourtant, quand il était venu chez son père, l'actrice n'avait pas eu l'air de dissimuler quoi que ce fût. Il éprouvait une envie fulgurante de se confronter à elle dès maintenant. Ou peut-être avait-il tout simplement envie de la voir. Et le fait qu'elle ne répondît pas au téléphone, sans doute, devait exacerber ses sentiments.

Il entra dans l'un des ascenseurs qui conduisaient au parking. Arrivé au troisième sous-sol, il sourit au son des violons langoureux et mielleux que les haut-parleurs diffusaient dans les allées. Un type avait un jour fait une étude qui démontrait que le nombre de viols diminuait dans les parkings quand on y passait ce genre de mièvreries. Mackenzie dut reconnaître qu'il fallait une libido sacrément perverse pour être excité par le jeu d'André Rieu. Il s'engouffra dans sa MG, démarra et augmenta instantanément le volume de son autoradio.

La cassette de compilation – laquelle était coincée depuis au moins deux ans dans l'appareil, si bien qu'Ari n'écoutait jamais autre chose dans sa voiture – se mit en route. La voix de John Fogerty s'éleva des haut-parleurs nasillards, comme une mise en garde adressée au conducteur.

I see a bad moon rising
I see trouble on the way
I see earthquakes and lightnin'
I see bad times today[1]...

Mackenzie ouvrit la capote, la laissa retomber derrière lui, passa la marche arrière et extirpa la vieille anglaise de la longue rangée de voitures. Le morceau de Creedence Clearwater Revival se mit à résonner entre les parois de béton et rivalisa avec le bruit du moteur pour tenter de faire couvrir, dans un capharnaüm réjouissant, les violons de la valse empesée.

Une fois dehors, Ari remonta tout droit vers la place de la Nation dans les vapeurs vacillantes d'un Paris de canicule. À mi-chemin, il sentit son téléphone vibrer dans sa poche. Il brancha son kit mains-libres et répondit à l'appel d'Iris Michotte.

— J'ai une bonne et une mauvaise nouvelle, annonça-t-elle.

1. Je vois se lever une lune mauvaise/Je vois des difficultés sur la route/Je vois des tremblements de terre et des éclairs/Je vois de mauvaises heures pour aujourd'hui.

— La bonne d'abord.

— C'est bien lui. Jean Laloup est bien le Docteur.

— Tu en es sûre ?

— Eh bien, autant qu'on peut l'être quand un homme utilise tant de pseudos différents. Mais a priori, c'est bien lui. Je suis en train de consolider sa bio, si ça t'intéresse.

— Tu me donneras ça quand on se verra. Et la mauvaise nouvelle ?

— Ton ami Malençon vient d'être hospitalisé à Genève.

— Qu'est-ce qu'il s'est passé ?

— Il a été légèrement exposé à un neurotoxique.

Ari blêmit.

— Comment va-t-il ?

— Heureusement pour lui, c'était une dose très réduite. Sa vie n'est pas en danger.

— On était hier soir dans les bureaux de Sandrine Monney et Stéphane Drouin. Ils sont morts après avoir été exposés eux aussi à un neurotoxique. Il a dû être empoisonné là-bas.

— Dans ce cas, tu l'aurais été aussi. Or, ce n'est pas le cas.

— Sauf si c'est un neurotoxique qui passe par voie transcutanée, répliqua Ari.

— Il a touché quelque chose que tu n'as pas touché ?

— Le clavier de l'ordinateur.

— Tu penses que Monney et Drouin auraient été tués de cette façon ?

— Peut-être. Ça colle. Un neurotoxique transcutané sur le clavier de l'ordinateur. Étonnant toutefois qu'il n'y ait pas eu d'autres victimes. Il y a quand même pas mal d'écart entre la mort de Monney et celle de son collègue. Le poison n'aurait pas dû être efficace aussi longtemps. À moins qu'on en ait mis sur leurs claviers respectifs à deux moments différents.

— Oui. Ou bien Sandrine Monney a été empoisonnée ailleurs. Drouin est mort quelques secondes après être descendu du bureau. Pour lui, ça tient. Ton ami Malençon est peut-être une victime collatérale.

— Possible.

— Tu viens à Levallois ? Je pourrais te donner ce que j'ai sur Jean Laloup.

— Non. Je vais faire un saut chez Marie Lynch. Elle ne répond pas depuis ce matin. Je suis un peu inquiet. Tu n'as rien trouvé sur elle ?

— Rien.

— Tu peux te renseigner sur la maladie de Huntington ? Tu m'as dit que sa mère en était morte. Il se pourrait qu'elle en soit atteinte elle aussi...

— OK. Je vais voir ce que je trouve.

— On se tient au courant.

Il raccrocha et appela aussitôt Malençon.

— Ari ? C'est toi ?

— Oui... J'ai appris. Ça va ?

— Bien joué, le coup du whisky nippon empoisonné, espèce d'ordure !

Ari ressentit un vrai soulagement. Si Jérôme avait encore le sens de l'humour, cela ne devait pas être trop grave.

— Je t'avais bien dit que c'était trop fort pour toi. La prochaine fois, je t'apporte de la Suze.

— Petit con.

— Ils vont te garder combien de temps ?

— Je sors ce soir. L'intoxication est légère. Mais maintenant, il va falloir que j'explique à mon boss comment j'ai pu être exposé au même neurotoxique que Monney et Drouin.

— Le principal, c'est que tu sois en vie.

— Et évidemment, toi, tu n'as rien !

— Non. Je pense que le poison était sur le clavier de l'ordinateur. Tu vois que j'ai raison de me méfier de ces trucs-là. L'informatique tue.

— J'ai un doute, soudain : je t'ai dit, déjà, que tu étais un petit con ?

— Je t'aime aussi très fort, Malençon. Bon, je te laisse, je suis au volant. Tu me raconteras comment tu t'en es sorti avec ta direction ?

— Ouais, ouais…

Ari, rassuré sur l'état de santé de son ami, coupa son téléphone et obliqua dans une petite rue. Il commencerait par l'appartement de Marie Lynch. Et si elle n'y était pas, il irait voir dans celui de son père.

52.

Quand Marie fut réveillée par un rayon de lumière qui traversait les rideaux, il lui fallut quelques longues secondes pour se souvenir de l'endroit où elle s'était endormie. Elle trouva la réponse en se retournant sur le lit.

Merde. Comment s'appelle-t-il ? S'il se réveille, il faut que je me rappelle au moins son prénom.

Elle ne reconnaissait même pas la chambre. Ils étaient arrivés au milieu de la nuit, elle se souvenait vaguement qu'il avait allumé quelques bougies. L'esprit embrouillé par l'alcool, à la lumière vacillante des petites flammes, elle avait eu des lieux un aperçu partiel. Ils avaient fait l'amour une fois, peut-être deux. Elle n'en avait qu'un souvenir flou, mais il lui sembla qu'il ne s'en était pas trop mal sorti. Elle se sentait encore attirée par lui, ce qui, normalement, était plutôt bon signe. Phéromones compatibles. Joli dos, belles épaules… Elle se souleva sur le coude et inspecta le visage endormi de l'homme avec qui elle avait partagé sa nuit.

Ça va. Beau gosse. Ça y est : je me souviens. C'est ce type qui a participé à une émission de téléréalité que je n'ai pas vue. Un ego grand comme la tour Eiffel. Sa queue aussi, d'ailleurs. Mais comment s'appelle-t-il, bon sang ? Oh, mon Dieu, je suis vraiment, vraiment une pute.

Sans faire de bruit, elle quitta le lit – un matelas posé à même le sol – et ramassa ses vêtements éparpillés sur le chemin de la porte.

Mon sac ? J'espère que je ne l'ai pas oublié dans la boîte.

Après avoir cherché partout du regard, elle sortit de la chambre, referma doucement la porte derrière elle et entra dans le salon. À la lumière du jour, l'appartement avait perdu son charme de la veille. Plus petit qu'elle ne l'avait cru, mal rangé, il sentait le renfermé. Les cendriers débordaient de mégots et de restes de joints, tasses et verres sales s'empilaient sur les meubles, des vêtements traînaient çà et là, certains oubliés depuis longtemps sans doute... Sur le canapé, au milieu d'un fatras indicible, elle fut soulagée de trouver son sac.

Elle jeta un coup d'œil à son téléphone. Quatre appels d'Ari Mackenzie. Elle fronça les sourcils. Qu'est-ce que le flic pouvait bien lui vouloir ? Avait-il deviné ce qu'elle lui dissimulait ? Avait-il une information à lui communiquer ? Avec une grimace, elle jeta son cellulaire dans son sac et partit faire une rapide toilette dans la salle de bains. Elle dut farfouiller au milieu des produits de beauté masculins pour trouver de quoi se laver puis, quand elle eut fini, elle enfila à la hâte ses vêtements de la veille. Elle prit enfin son maquillage dans son sac, espérant masquer tant bien que mal ses traits tirés. Rester belle en toutes circonstances.

Elle glissa les écouteurs de son iPod dans ses oreilles et commença à appliquer la crème colorée sur ses joues. Les premières notes de piano d'un morceau de Bryan Ferry, graves et tristes, se propagèrent vers ses tympans. La voix du chanteur anglais tira un soupir de sa poitrine. Non qu'elle n'appréciât pas la chanson. Bien au contraire. C'était une reprise noble et douce d'un titre de Bob Dylan que son père écoutait, lui, dans sa version originale. Mais c'était aussi l'une de ces madeleines de Proust qui la plongeaient dans une inévitable neurasthénie.

Look out your window and I'll be gone
You're the reason I'm travelling on
Don't think twice, it's all right[1]...

Marie hésita à passer directement au morceau suivant. Les paroles faisaient si douloureusement écho à sa vie... Mais elle avait les mains pleines de poudre et préféra se concentrer sur son visage en écoutant la ballade jusqu'au bout.

Difficile de se regarder droit dans les yeux quand on avait passé la nuit avec un type dont on ne se rappelait pas le prénom, le tout en écoutant une chanson qui parlait des regrets, des départs, des amours de passage... En posant délicatement le maquillage sur ses yeux, ce qu'elle lisait dans son propre regard dépassait la simple mélancolie d'un lendemain de cuite. Il y avait là les traces limpides et cruelles d'un échec dans lequel elle s'enfonçait, casting après casting, et la menace grandissante de cette satanée maladie.

Marie Lynch, seule dans la salle de bains d'un inconnu aux abdos parfaits, avait simplement peur de n'être plus qu'une caricature d'elle-même, qui attendait la mort sans pouvoir trouver de sens au temps qui lui restait à vivre. Un cliché. Une photo à moitié nue sur Internet. L'image de cette femme facile, légère, qu'elle renvoyait aux autres, car la seule profondeur qu'elle aurait pu offrir était celle de sa dépression, aussi silencieuse que progressive.

---

1. *Regarde par la fenêtre et tu verras que je suis parti/Tu es la raison pour laquelle je reprends la route,/Mais n'aie pas de remords, tout va bien...*

Sa vraie pudeur – quelle farce – consistait peut-être à montrer ses seins à qui voulait les voir, pour qu'on ne regarde pas trop ailleurs. Le pire, c'était que cela fonctionnait plutôt bien. Les garçons se succédaient, couchaient avec elle sans jamais lui poser la moindre question. Et tout le monde, ou presque, était content.

En dessinant un fin trait noir sur le bord de sa paupière, Marie essaya de se convaincre que la perle d'eau salée au coin de son œil n'était que le signe d'une légère irritation. Elle l'essuya de la paume, termina la ligne de crayon et quitta la salle de bains.

Elle se dirigea vers l'entrée, inspecta sa silhouette dans un haut miroir, se trouva hideuse et belle à la fois. Elle ouvrit les deux loquets de la porte et entendit au même instant la voix de l'homme dans sa chambre.

— Marie ? C'est toi ?

Anthony. Cela lui revenait maintenant. Il s'appelait Anthony.

Elle hésita une seconde, puis elle sortit sur le palier et claqua la porte derrière elle.

Don't think twice, it's all right...

53.

Cela faisait au moins une heure que Borja se demandait s'il était bien utile de rester dans l'appartement quand il entendit enfin le bruit des clefs de l'autre côté de la porte. Il avait attendu toute la nuit et toute la matinée, s'efforçant de bouger régulièrement pour ne pas risquer de paralyser ses muscles. Dans son état, il ne ressentait même pas la fatigue.

Deux fois, il s'était fait avoir par de fausses alertes : les voisins de palier. Mais à présent, pas de doute, c'était bien la serrure de cet appartement-ci qu'il entendait cliqueter.

L'homme dévissa le pommeau argenté et versa précautionneusement le liquide au creux de sa main gantée. Il arrivait au bout de sa réserve. Heureusement, quelques gouttes suffisaient. Il referma la canne, serra le poing pour étaler le poison dans sa paume, puis il attendit que la porte s'ouvre.

Marie Lynch alluma la lumière de l'entrée.

Borja vit dans le miroir la silhouette de la jeune femme qui se découpait dans la lumière. Il resta immobile. Pour ne prendre aucun risque, il devait attendre qu'elle referme la porte et qu'elle pénètre dans le salon.

Elle posa ses clefs sur la table où s'entassait déjà son courrier. Elle portait sur les oreilles des petits écouteurs blancs. À en juger par ses mouvements de tête, elle devait écouter de la musique, assez fort. Un atout pour Borja.

Marie Lynch enleva sa veste blanche et légère et l'accrocha sur le portemanteau de l'entrée. Puis, du bout du pied, elle claqua la porte derrière elle.

54.

Erik et Caroline montèrent prudemment les vieilles marches en pierre qui s'élevaient devant eux, s'éclairant à l'aide de leur lampe torche. À mesure qu'ils progressaient, l'air devenait plus chaud et humide, le silence et l'obscurité plus oppressants.

— On est où, Erik ?

— Je n'en ai pas la moindre idée. Quelque part en Amérique du Sud…

Dès leur recrutement, le Docteur les avait prévenus que la localisation exacte du complexe devait rester secrète et ne leur serait jamais révélée. En dehors de Weldon, personne, dans tout le centre, n'était en mesure de dire où il se trouvait. Les scientifiques de la Summa Perfectionis étaient venus jusqu'à Bogotá, en Colombie, sur un long-courrier. Puis ils avaient pris un avion privé dont ils ignoraient la destination. Après un vol de trois heures, hublots fermés, ils avaient atterri dans un aérodrome sans nom. De là, ils étaient montés à l'arrière de camionnettes aux vitres obstruées et avaient roulé pendant quatre heures sans jamais voir audehors. Le trajet ne leur avait offert qu'un seul indice : les deux dernières heures de route s'étaient faites sur des chemins de terre cahoteux. Puis on leur avait bandé les yeux et ils avaient marché encore une dizaine de minutes, en tournant de nombreuses fois et en descendant plusieurs escaliers.

Quand enfin on leur avait retiré les foulards noirs, ils étaient à l'intérieur du complexe qui allait devenir leur cadre de vie pour les prochains mois.

Erik avait compté les heures cumulées de voiture et d'avion et en avait déduit qu'ils pouvaient se trouver à plusieurs centaines de kilomètres de Bogotá, peut-être plus de mille. Cela laissait envisager beaucoup de pays. Colombie, Venezuela, Brésil, Équateur, Pérou...

— Dépêche-toi, Caroline. Ils peuvent arriver d'un moment à l'autre.

Erik tira sa femme par la main. Ce faisant il essayait en réalité de la rassurer ; et de se rassurer lui-même. Ils continuèrent de monter en faisant attention de ne pas glisser sur la surface usée et humide des vieilles pierres. La présence d'un escalier aussi ancien à la sortie d'un complexe aussi moderne avait quelque chose d'intrigant, mais ce n'était pas le moment d'émettre des suppositions. Ils auraient bientôt une réponse : une porte en bois était apparue en haut de l'escalier, à la lueur de leur lampe torche.

— Regarde. Ça doit être la sortie.

Ils accélérèrent le pas et franchirent les dernières marches. Erik fit coulisser le verrou rouillé et poussa le vieux montant délabré.

— Qu'est-ce que c'est que ça ? marmonna-t-il, les yeux écarquillés, en découvrant le spectacle qui s'offrait à eux dans un jeu d'ombre et de lumière.

Caroline se colla contre lui.

— C'est... C'est une église ?

Erik marcha encore quelques pas, hébété. Puis il se tourna vers son épouse.

— C'est une cathédrale.

Au-dessus d'eux, balayé par les discrets rayons d'une lune dorée, s'élevait un majestueux transept gothique, partiellement en ruine et envahi de plantes tropicales. Une vision à la fois féerique et angoissante.

— C'est... C'est incroyable ! murmura Caroline, perplexe. Tout ce temps... tout ce temps nous vivions dans les sous-sols d'une cathédrale ?

Erik ne répondit pas. Il n'y avait pas de réponse à donner, d'ailleurs. Comment aurait-il pu expliquer cela ? C'était tellement inattendu.

Mais ils ne devaient pas laisser la surprise les retarder. S'ils étaient poursuivis – et c'était plus que probable – chaque seconde comptait. Il attrapa sa femme par le bras et l'entraîna vers la nef.

La lumière de l'astre nocturne se glissait à travers les restes brisés de grands vitraux bigarrés et donnait aux pierres une douce couleur bleutée. Le sol était jonché de blocs de pierre brisés, de statues et de meubles renversés sur lesquels couraient les tentacules sinueux de mille plantes grimpantes. Toute la verticale de la longue allée était traversée par des lianes entortillées dont le sommet se perdait dans l'obscurité de la voûte.

— Sortons d'ici, chuchota Caroline d'une voix qui trahissait son angoisse.

Ils descendirent la nef d'un pas rapide, contournèrent les multiples débris et parvinrent enfin devant la gigantesque double porte qui fermait la cathédrale. Un christ d'acier, mains et pieds cloués sur une immense croix suspendue au-dessus d'eux, semblait les dévisager d'un regard accusateur. Erik attrapa l'un des deux battants de bois et tira dessus de toutes ses forces pour l'entrouvrir. Il jeta un coup d'œil et se glissa vers l'extérieur, suivi de près par Caroline.

Sous leurs yeux écarquillés, les contours imprécis d'une immense forêt se dessinèrent dans l'obscurité. Bien sûr, au vu de la végétation qui avait gagné l'intérieur de la cathédrale, ils s'étaient attendus à découvrir au dehors un spectacle naturel. Mais pas une jungle si vaste et luxuriante. Au-delà du parvis de pierre qui, lui, était encore vaguement épargné par la dense végétation, se dressaient par milliers arbres et plantes sauvages.

— Erik, tu peux m'expliquer ce qu'une cathédrale gothique fait au milieu de la jungle ? Dis-moi que je rêve...

— Si c'est le cas, je fais exactement le même rêve que toi, mon amour.

— Je ne comprends pas... C'est tellement surréaliste.

— Oui. Mais ce qui m'inquiète, moi, c'est que si nous sommes bien au milieu de la jungle, je ne suis pas sûr que nous soyons en mesure d'en sortir.

55.

Marie posa son *iPod* sur la table. Elle se frotta le front et les yeux comme si cela avait pu chasser le mal de crâne qui n'avait cessé d'amplifier depuis qu'elle s'était réveillée et qui lui écrasait les tempes.

Il lui fallait une aspirine. Ou deux. Ou cent, même. Peut-être y en avait-il dans la cuisine. Elle s'apprêtait à traverser le salon quand elle s'immobilisa brusquement sur le seuil. À bien y réfléchir, il y en avait peut-être dans le tiroir de l'entrée.

Elle fit volte-face et retourna fouiller dans la petite table. Des cartes à jouer, des stylos, des clefs dont elle avait oublié la provenance, quelques bijoux fantaisies, des agrafes, des trombones, d'anciens carnets d'adresses, des bâtons d'encens... Elle secoua tout ce bazar obsolète, ramena vers l'avant ce qui était dissimulé au fond et ses doigts tombèrent enfin sur un vieux sachet d'aspirine.

C'est le dernier. Il faudra que j'aille dévaliser l'armoire à pharmacie de papa.

Elle se pencha pour récupérer la bouteille d'eau au fond de son sac. Elle la déboucha lentement, vida la poudre à l'intérieur, secoua délicatement le tout et, dans une grimace, avala cul sec. Elle n'avait jamais supporté le goût de l'aspirine.

Ça m'apprendra à boire.

Comme elle allait s'affaler sur le canapé du salon, trois grands coups frappés à sa porte la firent sursauter. Elle resta immobile quelques secondes, indécise. Avait-elle vraiment envie de voir quelqu'un, là, maintenant ? Et puis, qui pouvait bien venir la déranger comme ça à l'heure du déjeuner ?

Une voix derrière la porte lui apporta aussitôt la réponse.

— Marie ? Vous êtes là ? C'est Mackenzie !

Il frappa encore, plus fort cette fois.

La jeune femme se regarda instinctivement dans le miroir, puis elle réagit enfin.

— Je suis là, je suis là, j'arrive !

Elle jeta un coup d'œil dans le judas et reconnut le visage du flic. Son air de baroudeur, ses yeux bleus brillants, sa chevelure poivre et sel, sa barbe de trois jours, sa chemise blanche ouverte sous une fine veste noire... Elle sourit et ouvrit.

— Votre téléphone est en panne ? demanda-t-il en fronçant les sourcils avant même de lui dire bonjour.

— Non. J'ai fait une grasse matinée. Je... Je viens à peine de voir que vous m'aviez appelée. Bonjour, Mackenzie, dit-elle avec une note de reproche dans la voix.

— Je peux entrer ?

— Mais bien sûr.

Ari franchit le pas de la porte et parut encore une fois surpris que la jeune femme l'attrape par l'épaule pour lui faire deux bises.

Il la dévisagea un instant.

— Vous faites la bise à tous les flics qui enquêtent sur la disparition de votre père ?

— Et vous, vous débarquez toujours sans prévenir chez les filles dont le père a disparu ? Après les avoir harcelées toute la matinée au téléphone ?

Ari lui accorda enfin un sourire.

— Seulement celles qui posent à moitié nues sur le Net. Vous savez, je suis le flic vicieux qu'on voit tout le temps dans les films américains, celui qui abuse de son pouvoir pour sauter sur de jeunes victimes sans défense.

— Je l'ai senti tout de suite, répliqua-t-elle d'un air amusé. C'est ce qui m'a plu chez vous.

Elle referma la porte et lui fit signe d'entrer dans le salon. Ari chercha l'interrupteur et alluma la lumière.

— Maintenant que vous m'avez vue à poil sur Internet, on pourrait peut-être se tutoyer, non ?

L'analyste se retourna. Il avisa l'actrice d'un air complice. C'était leur troisième rencontre et chaque fois elle lui semblait plus belle. Il devinait tant de choses dans ses grands yeux noirs : une mélancolie familière, une lassitude désabusée, comme s'ils partageaient déjà tous les deux une fraternelle désillusion. Il avait l'étrange sentiment de la comprendre sans la connaître encore. Et ce sentiment n'était pas fait pour le rassurer.

— On pourrait, oui, concéda-t-il.

— Tu veux boire quelque chose ?

Ari hésita. Boire un verre chez Marie Lynch. L'idée était tentante... Terrain glissant.

— Je dois avoir du vin dans la cuisine, ajouta-t-elle.

— OK, répondit-il finalement, à son propre étonnement.

Il s'assit dans le canapé et regarda la jeune femme traverser le salon devant lui. Ses longs cheveux noirs tombaient sur sa poitrine, que dissimulait mal un T-shirt blanc trop étroit. Soudain, elle s'immobilisa.

— Merde alors !

— Qu'est-ce qu'il y a ?

— C'est bizarre. Je suis sûre qu'il me restait du vin dans cette bouteille...

— Ah, répliqua Ari en ricanant. Je connais cette impression désagréable. Mes bouteilles de whisky, elles aussi, se vident toutes seules.

— Non. Je suis sérieuse. J'ai débouché cette bouteille hier. Et quand je suis partie, il en restait un bon tiers.

Le regard de Mackenzie s'assombrit et il se leva d'un bon.

— Ne touche à rien ! s'exclama-t-il en s'approchant d'elle.

La jeune femme blêmit et le fixa d'un air interrogateur.

— Tu plaisantes ?

Elle comprit, à son visage, qu'il ne plaisantait pas du tout.

Par réflexe Ari plongea la main sous sa veste. Il pesta. Il n'avait pas pu prendre son arme pour aller à Genève. Il attrapa Marie Lynch par l'épaule.

— Surtout, ne touche à rien, répéta-t-il.

Pétrifiée, elle hocha lentement la tête.

Il sortit un mouchoir de sa poche, l'enroula autour de sa main droite, ouvrit un tiroir de la cuisine et prit un long couteau.

— Il y a combien de pièces en dehors du salon et l'entrée ? demanda-t-il à voix basse.

— La salle de bains et ma chambre, au fond du couloir.

— Tu restes ici, tu ne bouges pas d'un millimètre. Tu m'attends.

Ses paroles claquèrent comme l'ordre d'un officier. Ari tenta toutefois de rassurer Marie en lui adressant un regard soutenu, puis il retourna dans le salon. Sur ses gardes, il traversa la pièce le couteau dans la main.

Après le meurtre de Monney et Drouin, et après la disparition de tous ces scientifiques, la possibilité qu'on en veuille à la vie de Marie Lynch était parfaitement envisageable. Le seul indice d'une bouteille vide était mince, mais mieux valait être trop prudent que pas assez.

Une fois devant la porte du couloir, il se plaqua contre le mur, poussa le battant d'un coup franc de la main gauche, puis pivota vers l'intérieur, le couteau prêt à frapper. Pas à pas, il inspecta l'intérieur des placards sur sa gauche, puis s'assura, sur la droite, que la salle de bains était vide. Aucun indice. Aucune présence.

Les doigts serrés sur le manche du couteau, il continua prudemment vers la chambre, dernier refuge pour un éventuel intrus. La porte était fermée. Il passa de l'autre côté, longea le mur, vint se placer devant l'encadrement et donna un grand coup de pied au niveau de la serrure. Le battant s'ouvrit d'un coup, révélant la pièce en désordre.

À première vue, personne à l'intérieur.

Les sens en alerte, retrouvant les gestes qu'il avait appris une quinzaine d'années plus tôt lors de sa formation militaire, Ari pénétra dans la chambre en deux temps, prenant garde à s'exposer le moins possible.

Alors qu'il atteignait le milieu de la pièce, il eut tout juste le temps d'entendre un grand fracas derrière lui et il reçut un coup violent sur la nuque.

Ari fut propulsé en avant et s'écroula, sonné, au pied du lit. Tout en poussant un grognement rageur, il se retourna d'un coup de reins, secoua la tête pour reprendre ses esprits et aperçut l'homme qui venait de sortir du placard se précipiter dans le couloir. Les cheveux blancs, les mains gantées, il tenait une canne en bois, avec laquelle il l'avait frappé. Il n'en douta pas une seule seconde : c'était l'homme qui, selon ses descriptions, avait agressé Krysztov. Ari se souvint de ses propres paroles : *Au moins, lui, il sera facile à reconnaître ! Un vrai personnage de bande dessinée !*

Il se releva et se lança à la poursuite du fuyard. Mais il avait pris trop de retard. L'homme venait de sortir de l'appartement en claquant la porte derrière lui.

Ari s'arrêta et jeta un coup d'œil dans le salon. Il vit Marie, recroquevillée derrière le canapé, le regard terrorisé.

— Ça va ? demanda-t-il d'un ton pressant.

La jeune femme acquiesça.

— Ne bouge pas, et ferme derrière moi.

Sans attendre de réponse, Ari sortit sur le palier et dévala les marches quatre à quatre. Il entendit la lourde porte cochère se refermer en bas de l'immeuble.

Mackenzie sautait de plus en plus de marches à chaque étage, mais il savait qu'il avait peu de chances de le rattraper.

Le souffle court, le couteau toujours dans la main, il arriva dans la rue et chercha l'homme du regard. Il y avait du monde sur les trottoirs et les voitures défilaient sur la chaussée. Il se hissa sur la pointe des pieds, regarda en face, à droite, à gauche. À une vingtaine de mètres, il vit démarrer un bus. Et à travers la vitre arrière, il reconnut l'homme à la canne. Les deux se regardèrent. L'échange ne dura qu'une seconde, le temps d'un éclair. Mais Ari, malgré la distance, fut certain qu'il lui souriait.

Ce n'est que partie remise, se promit-il en essayant de contenir sa frustration.

Inutile de partir à sa poursuite. Sans véhicule, il était improbable de rattraper un bus. Et il ne pouvait pas laisser Marie Lynch toute seule dans son appartement. La jeune femme devait être traumatisée. Ari fit demi-tour, rentra dans l'immeuble et monta dans l'appartement de la jeune actrice.

Il frappa à la porte. Marie tarda à venir.

— Ari ? C'est toi ? murmura-t-elle à travers la cloison.

— Oui. Ouvre.

Elle s'exécuta, encore toute tremblante et le regard terrifié.

— Tu l'as rattrapé ?

— Tu vois bien que non… Bon. On ne peut pas rester ici, Marie. S'il s'agit bien de ce que je pense, l'homme qui était chez toi peut avoir mis du poison n'importe où. C'est un neurotoxique très puissant, qu'il suffit de toucher des doigts pour être contaminé…

— Tu… Tu plaisantes ?

— Non. Quand je plaisante, les gens rient, en général. Marie, il faut qu'on aille tout de suite à l'hôpital. Toi et moi. Il y avait peut-être du poison sur ta porte d'entrée, ou sur n'importe lequel des objets que nous avons dû toucher. Allons-y.

Les lèvres de Marie se mirent à trembler.

— Il… Il manque une housse sur l'un des coussins du canapé. Et il y a une toute petite tache de sang dessus.

— Tu l'as touché ?

— Non.

— Parfait. Tu as des sacs en plastique, genre sacs de congélation, dans ta cuisine ?

— Oui.

— Très bien. Je vais faire analyser ça. Si ce type est fiché chez nous, on aura au moins son identité.

Ari, en prenant garde à se protéger les mains, récupéra le coussin maculé de sang puis ils se mirent en route pour l'hôpital.

56.

Après les quelques semaines qu'il me fallut pour traduire et comprendre les textes picards de Villard de Honnecourt, je me penchai avec passion sur six pages du manuscrit qui différaient de l'ensemble, non seulement par leur construction, mais aussi par leur contenu.

Je crois que Villard rédigea ces six pages en dernier et qu'il les dissémina à l'intérieur de son carnet afin qu'elles ne puissent êtres comprises que par un initié. Je n'ai pas la prétention d'être de ceux-là, mais ma patience et mon amour des livres m'ont permis de saisir ce qui, selon toute vraisemblance, ne m'était pas destiné.

Observateur discret, j'ai d'ailleurs décidé moi-même de ne consigner ma découverte que dans ces mémoires. Cachées dans ma maison de la rue de Montmorency, elles ne seront sans doute pas retrouvées avant longtemps.

En découvrant à ton tour ce que j'ai découvert, cher lecteur, tu sauras enfin la vérité sur le seul véritable secret qui traversa mon existence. Celui de Villard de Honnecourt.

Alors écoute bien.

Les six mystérieuses pages de Villard, donc, étaient chacune divisée en quatre parties.

D'abord, dans la partie la plus haute des feuilles se trouvait ce qui ressemblait à un titre, mais sous une forme codée. Il s'agissait d'une succession de lettres, groupées par deux, et dont la calligraphie reprenait celle d'une gravure sur métal. Je découvris plus tard qu'il s'agissait de noms de villes.

Le second élément, présent sur toutes les pages, était un dessin. Villard, pour son époque, montrait quelque habileté en la matière. Je compris rapidement que chacun représentait un objet qui permettait d'identifier la ville de la page correspondante, mais aussi de classer les feuilles dans un certain ordre. Car ces dessins symbolisaient aussi les jours de la Divine Création. En reprenant l'ordre tel qu'il est donné dans la Genèse, on pouvait agencer correctement les six feuillets.

Le troisième élément était un court texte, qui venait en légende du dessin, et qui permettait de confirmer la ville concordante.

Enfin, le quatrième et dernier élément – le plus important – était un texte énigmatique que l'on ne pouvait élucider qu'après avoir remis, grâce aux dessins, les six pages dans l'ordre.

Ce texte offrait le secret de Villard qui, bientôt, fut le mien. Je t'en soumets ici ma propre traduction.

« Si tu es, comme moi, prédisposé à la création, tu comprendras l'ordre des choses. Villard de Honnecourt, alors, te livrera son plus grand savoir. Il est un point du globe où se cache une entrée oubliée, connue seuls des grands anciens du monde grec, et qui permet de visiter l'intérieur de la terre.

Pour bien débuter, il te faudra suivre la marche de la lune à travers les villes de France et d'ailleurs. Alors tu prendras la mesure pour prendre le bon chemin.

Tu feras 56 vers l'occident.

Tu feras 112 vers le méridien.

Tu feras 25 vers l'orient.

Si tu as bien pris la mesure du grand châtelet, aux pieds du saint tu trouveras ce passage oublié, mais prends garde ! Il est des portes qu'il vaut mieux n'ouvrir jamais. »

Tu en conviendras, le texte de Villard de Honnecourt était étonnant. Mais la découverte que je fis en suivant ces énigmatiques indications le fut bien plus encore.

57.

Mackenzie et Marie Lynch sortirent de l'hôpital en début d'après-midi. Après s'être assurés que ni l'un ni l'autre n'avait été exposé au moindre neurotoxique, ils firent une courte halte dans un bureau de la police scientifique où Ari confia à une connaissance le coussin avec la tache de sang, puis ils se rendirent chez le père de la jeune femme.

Pour ne prendre aucun risque, ils enfilèrent des gants et fouillèrent une deuxième fois les affaires de Charles Lynch, avec cette fois un nouveau nom à rechercher : Jean Laloup. Mais ils ne le trouvèrent nulle part.

En fin d'après-midi, ils décidèrent qu'il ne servait à rien de s'obstiner. Il n'y avait rien ici. Ils sortirent de l'appartement et retournèrent dans le cabriolet vert d'Ari.

— Qu'est-ce qu'on fait, maintenant ? demanda Marie, qui n'était pas encore remise de ses émotions.

— Tu as quelque part où aller pendant les prochains jours ? Avec ce qu'il vient de se passer, il est hors de question que tu restes chez ton père ou chez toi. Tu dois trouver un endroit où te cacher, Marie.

— Chez toi ?

Mackenzie eut un petit rire nerveux. C'était presque attendrissant.

— Non. Ce ne serait pas très prudent non plus. Je pense que c'est bien le premier endroit où iront chercher les gens qui sont après toi.

— Alors tu n'es pas en sécurité toi non plus, riposta la jeune femme.

Ari pencha humblement la tête sur le côté.

— Je peux me défendre.

— Si tu peux te défendre, tu peux me défendre aussi. Je me sentirai plus en sécurité avec toi que sans toi.

— Ça ne te va pas très bien de faire la gosse, Marie.

— Je suis sérieuse, protesta-t-elle. Je ne me sentirai tranquille nulle part. Je préfère rester avec toi.

Ari eut une moue sceptique.

— Bon, dit-il finalement. Je vais trouver une solution. Tu veux bien m'attendre dans un café des Abbesses pour le moment ?

— Pourquoi ? Tu vas où ?

— À la DCRI. Tu ne peux pas m'accompagner, c'est interdit. Je te dépose au *Sancerre*. J'en ai pour une heure ou deux, pas plus. Et je te rejoins après. Je vais essayer de nous trouver un endroit où aller ce soir. Ça te va ?

Marie acquiesça.

Ari démarra la MG et ils filèrent vers le dix-huitième. Quand ils furent à hauteur du café, la jeune femme déposa un baiser sur la joue de Mackenzie et descendit de voiture, l'air inquiet.

— Je me dépêche, promit-il.

La décapotable tourna dans l'étroite rue Germain-Pilon et descendit en trombe vers le boulevard de Clichy. Moins d'une demi-heure plus tard, Ari entrait dans le bureau d'Iris Michotte, à Levallois.

— Si Duboy te voit ici…

— Qu'il aille se faire foutre. Tu as du neuf ?

— Oui. Je t'ai fait des notes de synthèse. Tout ce que j'ai pu trouver sur la Summa Perfectionis et sur Jean Laloup. C'est-à-dire pas grand-chose. Tiens.

Elle lui tendit une fine chemise cartonnée.

— Merci.

— Pour Laloup, figure-toi que nous avions une fiche.

— En tant que fondateur de l'INF, ça me paraît normal.

— Je me suis donc contentée de recouper les informations que j'avais sur Weldon – qui n'était pour nous jusqu'à maintenant qu'un pseudo non identifié – et la fiche sur Laloup. Les choses concordent. Ça te fait une synthèse plus complète.

— Bravo. Et sur Marie Lynch ?

Iris eut une moue navrée.

— Cette jeune femme est effectivement atteinte de la maladie de Huntington, Ari.

— Tu as obtenu son dossier médical ?

— Quand même pas. Tu sais combien c'est difficile... Mais elle est régulièrement admise à l'Hôtel-Dieu. J'ai pu obtenir l'information d'un interne.

— Et c'est quoi, exactement, cette maladie ?

— Une maladie héréditaire incurable... et fatale.

Le visage d'Ari s'assombrit.

— Elle se développe en général aux environs de quarante ans, mais il existe une forme juvénile, dont Marie Lynch est atteinte.

— Et les symptômes ?

Iris attrapa sur son bureau une feuille sur laquelle elle avait pris quelques notes.

— C'est une dégénérescence neuronale qui affecte les fonctions motrices et cognitives du sujet. Au début, la maladie se manifeste par de légers problèmes de coordination des mouvements et une tendance dépressive.

— Je n'ai pas remarqué qu'elle avait des mouvements étranges...

— Les troubles moteurs sont souvent absents chez les sujets jeunes, ce qui rend le diagnostic plus difficile. Plus tard, les mouvements anormaux deviennent plus évidents, ce qui oblige souvent les personnes à abandonner leur travail. Ensuite, les troubles cognitifs apparaissent, et le syndrome dépressif conduit fréquemment au suicide. Tardivement, les individus deviennent incontinents, muets et totalement dépendants pour la vie quotidienne. La mort survient 15 à 25 ans après l'apparition des premiers signes. L'âge moyen du décès est de 55 ans.

— Quelle horreur ! Alors elle se sait condamnée ?

— Oui. Comme sa mère. Et surtout, elle sait qu'elle va mourir dans des conditions atroces.

Ari poussa un soupir.

— OK. Bon. Je te remercie. Je vais avoir besoin d'un appartement du programme de protection de témoins. En *off*. Tu peux me dégotter ça ?

— Pour qui ?

— Pour Marie Lynch. Le type à la canne l'attendait chez elle aujourd'hui. Si je n'étais pas arrivé au même moment, je pense qu'elle serait morte à cette heure.

Iris fronça les sourcils.

— T'es sûr que c'est une bonne idée ? Elle devrait plutôt aller voir les flics, non ?

— J'ai promis de la protéger. Et je n'ai pas envie de lancer les collègues sur l'affaire tout de suite. Ils vont nous mettre des bâtons dans les roues. Et puis... Je pense qu'elle peut nous aider.

— Mouais... Avec ce que tu sais à son sujet, maintenant, je pense que tu devrais te méfier. Je te connais par cœur, Ari. C'est typiquement le genre de nana dont tu vas tomber amoureux. Vulnérable, dépressive, enfantine... Je vais encore te ramasser à la petite cuiller.

Mackenzie leva les yeux au plafond d'un air las.

— Iris...

— De toute façon, Ari, je n'ai pas ça sous la main. Comment veux-tu que je te trouve un appartement du programme de protection de témoins comme ça, sans rien ? Je suis pas procureur...

— OK. Laisse tomber. Tu en as déjà fait beaucoup, t'inquiète pas. Merci pour toutes les notes.

Il sortit du bureau sous le regard consterné de sa collègue.

58.

Il était tard et, à quelques pas de la cathédrale, la forêt était si dense que la lumière de la lune ne parvenait plus à traverser le plafond d'arbres et de plantes, enchevêtrés à plus de trente mètres de hauteur. Mais Erik et Caroline continuèrent de marcher, décidés à mettre le plus de distance possible entre eux et leurs éventuels poursuivants.

Il leur avait fallu un peu de temps pour décider dans quelle direction partir. Après des hésitations, ils avaient tranché : vers l'océan, et donc, le plus certainement, vers l'ouest. En cherchant la Grande Ourse, là où les arbres laissaient voir le ciel, Erik avait déterminé où devait se situer le point cardinal. Puis ils s'étaient mis en route en espérant avoir fait le bon choix.

Progressant à la seule lumière de leur lampe torche, ils enjambaient souches et plantes couchées, se faufilaient entre les troncs, se cognaient ici, s'accrochaient là… Erik, en tête, faisait de son mieux pour ouvrir la voie avec un bâton, mais il ne pouvait accomplir de miracle. La difficulté tenait au compromis entre la volonté de maintenir un cap – alors qu'ils ne voyaient plus les étoiles – et l'obligation physique de contourner certains obstacles.

— Nous sommes idiots ! Il nous aurait fallu quelque chose pour tailler la route, pour faire office de machette, marmonna Caroline d'un air exaspéré.

Elle était épuisée et la peur n'arrangeait rien à son humeur.

— On ne pouvait pas savoir qu'on se retrouverait au milieu de la jungle…

— J'en peux plus… Comment est-ce qu'on va faire pour dormir ici, au beau milieu de la forêt ?

— Je ne sais pas, Caroline, répondit-il en essayant de masquer son agacement. Dès qu'on trouve un endroit un peu surélevé ou dégagé, on avise.

Ils marchèrent ainsi pendant une heure encore quand, soudain, Erik s'immobilisa.

— Qu'est-ce qu'il y a ? demanda Caroline d'une voix tendue.

Mais l'ingénieur ne répondit pas. Pétrifié, il ne bougeait pas d'un seul centimètre. Comme une statue, il tenait la lampe droit devant lui, les yeux écarquillés. Son épouse se glissa à côté de lui, de plus en plus inquiète, et suivit le rayon de lumière que projetait la torche.

Elle poussa brusquement un cri aigu.

À quelques mètres à peine, au pied d'un arbre, le cadavre de Charles Lynch semblait les regarder fixement.

Encore entier, quoi que légèrement gonflé, le corps violacé en était au tout premier stade de la putréfaction. Des taches vertes apparaissaient çà et là derrière les morceaux de vêtements déchirés. Les mouches tournoyaient déjà autour de la tête et une odeur de viande avariée se répandait dans l'air.

Caroline, horrifiée, fit volte-face et plongea son visage dans ses mains.

Ils restèrent un moment sans bouger, puis Erik s'approcha lentement du cadavre. La gorge nouée, il s'accroupit à côté.

— Qu'est-ce… Qu'est-ce que tu fais ? demanda Caroline, qui refusait toujours de se retourner. Partons d'ici !

Une main sur la bouche, l'ingénieur promena le faisceau de sa lampe sur le corps de Charles. Il ne releva pas la moindre trace de blessure. Était-il mort de faim ? De fatigue ? Si près du complexe ? Non, ce n'était pas possible.

— On ne peut pas le laisser comme ça. Je... Je vais l'enterrer.

— Non !

L'exclamation de Caroline déchira l'air et fit sursauter son mari.

— Non, répéta-t-elle en se retournant. Cela ne sert à rien. Et si nous ne voulons pas finir comme lui, nous devons sortir de cette putain de forêt le plus vite possible !

Erik, perplexe, releva la tête vers son épouse. Elle avait dans le regard une rage qu'il ne lui avait jamais vue. Il sut aussitôt qu'il ne servait à rien de discuter. Il ne pourrait pas l'obliger à rester une minute de plus près du cadavre.

Résigné, il commença à se relever mais s'arrêta brusquement dans son geste. Il venait de voir quelque chose dans la main de Charles.

Erik regarda de plus près. C'était une photo. Il hésita un instant puis, en tremblant légèrement, il attrapa le cliché et tira dessus pour l'extraire des doigts rigidifiés du mort. Le papier glacé se libéra dans un froissement.

Erik amena la photo dans la lumière de la lampe. C'était un tirage noir et blanc, probablement sorti d'un book d'actrice, le portrait d'une jeune femme brune, magnifique, au regard perçant. L'ingénieur retourna la photo et lut la petite étiquette collée derrière. « Marie Lynch ». Suivait un numéro de téléphone portable.

Charles avait plusieurs fois parlé de sa fille. Il avait même laissé entendre que c'était pour elle qu'il était venu ici. Une histoire d'argent. Erik plia la photo en deux et la glissa dans sa poche. Puis il se releva et fit signe à son épouse de le suivre.

Ils se mirent en route sans dire un mot. En passant à côté de son cadavre, Caroline adressa un dernier regard à l'homme qui leur avait permis de s'enfuir. Elle frissonna et accéléra le pas.

Ils restèrent silencieux pendant les longues minutes qui suivirent, chacun perdu dans de sombres pensées. À mesure qu'ils avançaient dans la jungle, la chaleur se dissipait. Erik sentit bientôt que sa femme n'en pouvait plus. Elle n'arrivait pas à suivre son rythme et, chaque fois qu'il se retournait, il voyait son visage se tordre de fatigue et de douleur. Bien qu'ils n'eussent pas encore trouvé d'environnement propice à un campement, il décida qu'il était temps de s'arrêter. Ils avaient vécu assez de traumatismes pour la journée.

Il chercha alentour l'endroit le plus dégagé possible et finit par repérer un arbre, brisé à mi-hauteur, dont les branches, tombant vers le sol, faisaient un abri convenable.

— On va s'installer ici, sous les branches. Dégage le terrain au maximum, je vais aller chercher de quoi nous faire un lit. On ne peut pas dormir à même le sol.

Il se dirigea vers une futaie de bambous à quelques pas de là et entreprit d'en couper le plus possible pour faire un matelas. La chose s'avéra bien plus compliquée qu'il ne l'avait estimé. Les plantes ne se brisaient pas facilement et il s'entailla plusieurs fois les mains. Quand il estima en avoir suffisamment, il les disposa sur la zone que Caroline venait de déblayer. Puis il compléta le tout avec des branchages et de grandes feuilles.

Quand ce lit de fortune fut terminé, il rejoignit son épouse. Adossée contre le tronc d'arbre brisé, elle promenait son regard dans le vide.

— Il faut que tu dormes, mon amour. Nous allons avoir besoin de forces demain.

— J'ai peur, Erik.

— Je sais. Moi aussi. C'est normal. Mais nous allons nous en tirer. Nous sommes libres, Caroline. Et c'est ça le plus important.

— Ni toi ni moi ne sommes faits pour survivre dans un environnement pareil. Regarde ce qui est arrivé à...

— On va se débrouiller. Nous avons fait le plus dur, tu sais. Allons dormir, maintenant.

Elle acquiesça sans conviction, et ils s'installèrent sur le lit de bambous. Erik se colla derrière son épouse et lui passa un bras par-dessus l'épaule dans un geste protecteur. Au fond de lui, il n'était pas beaucoup plus rassuré qu'elle. Mais il savait que, dans ce genre de situation, le moral comptait pour beaucoup, et il se fit la promesse de ne pas montrer la moindre faiblesse.

59.

Au lieu de remonter vers la place de Clichy, comme il aurait dû le faire pour rejoindre Marie au *Sancerre*, Ari se dirigea vers le centre de Paris.

Comme chaque fois, il savait qu'il était sur le point de faire une énorme erreur. Que c'était ridicule. Mais, maintenant plus que jamais, il avait envie de revoir Lola.

Il refusait de l'admettre, bien sûr, mais il y avait dans cette pulsion soudaine quelque chose qui ressemblait à une culpabilité grandissante. C'était comme s'il s'en voulait d'éprouver pour Marie Lynch les premières brûlures de l'attirance. Lola n'était plus à lui, mais il avait besoin de se prouver que lui était toujours à elle...

Comme la fois précédente, il arriva devant le *Passe-Muraille* à l'heure de la fermeture. Mais ce coup-ci, c'était décidé, il irait la voir. Il irait lui parler, tel l'adulte qu'il était. Il irait même lui dire qu'elle lui manquait terriblement, qu'il ne supportait pas de ne plus l'avoir dans sa vie, qu'il voulait que l'un et l'autre se donnent une nouvelle chance... Ou bien il ne dirait rien et il se contenterait de l'embrasser. Après tout, peut-être était-elle dans de nouvelles dispositions à son égard. Peut-être attendait-elle seulement qu'il vienne faire le premier pas. *Mais bien sûr ! Et demain je deviens champion du monde de curling.*

Il gara sa vieille anglaise dans la rue des Tournelles et rassembla tout son courage. Il avait l'impression d'avoir quinze ans et de marcher vers son premier rendez-vous. La mâchoire serrée, il se dirigea vers la librairie.

La façade verte de la boutique fit remonter à son souvenir les images d'une époque où tout était simple. Il se revit entrer, presque chaque soir, au milieu des livres, parler littérature avec Lola pendant des heures, faire la fermeture à ses côtés, puis l'emmener boire des verres dans les bars de Bastille. Flirter avec elle, découvrir ses qualités, chérir ses défauts. Puis il entendit, comme si elle parlait à son oreille de sa petite voix cassée, les mots qui n'appartenaient qu'à eux, les phrases qu'ils s'inventaient pour se dire *je t'aime* de mille belles manières. Il sentit la douceur de ses baisers, il se revit allongé auprès d'elle, la tête posée sur son ventre tellement parfait.

Malgré la chaleur estivale, Ari frissonna. Il essaya de chasser ces souvenirs et accéléra le pas. Mais alors qu'il était sur le point de traverser, il s'immobilisa, comme pétrifié par le regard de Méduse.

À quelques pas de lui, de l'autre côté de la rue, Lola venait de sortir de la librairie et s'était jetée au cou d'un jeune homme. Un grand type, à peine la trentaine, d'une beauté insolente, avec cette insupportable maîtrise d'un look prétendument négligé. Ari le dévisagea, fébrile. Autant d'apparente désinvolture devait demander une extraordinaire attention. Longs cheveux faussement ébouriffés, jean trop large faussement mal ajusté, chemise artificiellement froissée, barbe faussement mal taillée, tout chez cet homme était aussi faux que dans *L'Histoire de faussaire* de Brassens. Mackenzie le détesta d'emblée. Naturellement.

Lola embrassait l'individu avec une passion exaltée, et Ari ne put s'empêcher de penser que jamais elle ne l'avait embrassé, lui, de la sorte. Repensant à l'enthousiasme naïf qui l'avait animé l'instant d'avant, il ne put retenir un rire nerveux.

Quel con je suis !

Il voulut remonter sur le trottoir, mais ne parvint pas à détacher son regard de la scène qui se déroulait devant lui. Elle avait l'air si heureux ! C'était forcément exagéré. Elle en rajoutait. Pour se convaincre elle-même, sûrement.

Quel con.

Partir. Il n'y avait que ça à faire. Partir, et pour de bon cette fois. Il allait faire demi-tour quand il se rendit compte que Lola l'avait vu. Qu'elle le regardait.

Ari ravala sa salive. De là où il était, il crut lire mille choses dans ses yeux. De la gêne, de l'étonnement, de la colère, mais aussi, peut-être, un peu de joie. Elle chuchota quelque chose à l'oreille de son petit ami, lui fit signe d'attendre et traversa la rue.

L'analyste serra les poings au fond de ses poches. Trop tard pour s'enfuir.

— Tu allais encore partir sans dire bonjour ?

Cette voix cassée. Cette putain de belle voix cassée ! Comme elle me manque !

— Je veux pas déranger, Lola, dit-il en pointant du menton vers le jeune homme devant la librairie.

— Tu ne déranges pas. Pas en disant bonjour, en tout cas. Tu déranges seulement quand tu m'envoies des SMS à 4 heures du matin pour me dire que je te manque.

Ari se mordit les lèvres.

— Je... Je suis désolé. Je ne l'ai pas fait depuis longtemps.

— Six jours.

Si peu ? Et merde.

— Tu aurais dû m'appeler. J'aurais aimé te présenter Tom dans d'autres circonstances. Convenablement. Autour d'un verre par exemple.

— Il s'appelle Tom ?

— Oui. Enfin, Thomas. Il est caméraman.

— Génial. Tu es... resplendissante. On dirait que tu es heureuse.

— Oui. Très. Je vais emménager chez lui dans quinze jours. D'ailleurs... Si tu connais quelqu'un qui cherche un appartement à Bastille, ajouta-t-elle d'un air détaché. Ça m'évitera de laisser ma caution pour payer les deux mois de préavis.

— Je... Je vais y réfléchir.

— Et toi ?

— Moi ? Moi non, je ne vais pas emménager avec un caméraman. Pas tout de suite en tout cas.

Elle sourit. Et ce sourire était divin.

— T'es con. Toujours le même humour. Comment tu vas ?

Il hésita à répondre sincèrement. D'ailleurs, il n'était pas sûr de connaître la réponse.

— Ça peut aller. Je... Je suis content que tu aies trouvé quelqu'un qui a l'air de te rendre heureuse.

— Merci. Je n'en crois pas un mot, mais merci.

— Mais si ! se défendit-il d'un air offusqué. Si, je suis sincère, Lola. Je suis content. Je suis, euh... dévasté, mais content.

— Je suis sûre que tu penses que ça ne va pas durer.

— Pas du tout.

Si. Il le pensait. Il le rêvait même déjà. Mais au fond, non, il ne l'espérait pas. Car il se savait incapable, lui, de rendre heureuse cette femme comme elle le méritait. Et il l'aimait trop pour ne pas lui souhaiter de rencontrer un homme, un Tom, qui remplisse au moins ce vide-là. Ou peut-être se disait-il ça pour se consoler. Faire semblant d'accepter.

— Non, répéta Ari en se composant un sourire chaleureux, ça me tue de l'admettre, mais il a vraiment l'air bien. Je t'ai jamais vue comme ça. En tout cas, toi, tu as l'air... libre. Vraiment. Épanouie. Et ça te va bien, d'avoir enlevé tes lunettes. Tu es... Tu es très belle, Lola.

— Merci.

Ari sentit sa gorge se nouer et sut qu'il devait partir tout de suite s'il ne voulait pas sombrer dans une scène soit mélodramatique, soit catastrophique. Ou les deux.

— Bon. Il faut que j'y aille. On se rappelle dans quelques jours. Tu me raconteras tout ça, d'accord ?

— Tu es sûr ?

— Oui, oui. Je te laisse.

Il l'embrassa sur les deux joues. Le parfum de Lola, ce parfum qu'il connaissait bien, lui fit comme un électrochoc, et il tenta de masquer son émoi le mieux possible.

— Bye.

Il fit volte-face et se dirigea d'un pas rapide vers sa voiture. Une sorte d'orgueil stupide, de fierté, ou de désillusion empêcha ses yeux de verser la moindre larme. Mais son cœur se serra si fort qu'il en ressentit une douleur dans toute la poitrine.

Il démarra le cabriolet et partit sur les chapeaux de roue, les mains crispées sur le volant de bois.

60.

Pour leur première nuit passée au milieu de la jungle, Erik et Caroline Levin, sans surprise, avaient très mal dormi, réveillés sans cesse par les piqûres d'insectes et par le bruit. Il y avait beaucoup d'animaux sauvages dans la forêt qui émettaient toute une panoplie de sons variés, et même les arbres craquaient, grinçaient. Sans compter la peur qu'ils ressentaient encore à l'idée d'être rattrapés par les gardes du complexe.

Leur petit déjeuner s'était avéré frugal : quelques biscuits et le peu d'eau qu'il leur restait. Ils n'avaient emporté que deux bouteilles et il allait falloir au plus vite qu'ils trouvent une source.

Masquant l'un et l'autre leur inquiétude grandissante, ils s'étaient mis en route dans la même direction que la veille. Le soleil transperçait par endroits la voûte des arbres et faisait de grandes lames dorées qui tailladaient l'air, comme des piquets de lumière entre lesquels il fallait se faufiler.

Ils marchèrent ainsi toute la matinée, faisant de courtes pauses toutes les heures, puis ils s'arrêtèrent pour manger sur une souche d'arbre, n'échangeant que de brèves paroles qui trahirent leur angoisse partagée. Ils n'avaient plus rien à boire, et plus le temps passait plus leur espoir de trouver de l'eau potable en pleine jungle s'amenuisait. Ils reprirent alors leur pénible progression dans la végétation dense. La chaleur et les obstacles ralentissaient leur avancée et ils n'avaient pas la moindre idée de la distance à laquelle se trouvait la première habitation. Des jours de marche peut-être.

Alors qu'il tentait d'ouvrir le mieux possible la voie pour son épouse, comme elle commençait à se plaindre d'avoir les pieds en feu, Erik se demanda si Charles Lynch n'avait pas tout simplement péri d'inanition dans la jungle. Il repensa à son cadavre, étendu au pied d'un cèdre immense, la peau sur les os, le regard horrifié. Puis il se vit aux côtés de son épouse, mort de faim et de soif... Il chassa ces images et tenta de penser à la France. À leurs familles. Leur maison.

En fin d'après-midi, il décida qu'il n'était pas raisonnable de marcher davantage. Caroline, derrière lui, était à bout de forces. Comme la veille, mais avant la tombée de la nuit cette fois, ils établirent un campement provisoire et construisirent une couche sommaire.

— Nous sommes partis trop précipitamment, Erik. Nous ne tiendrons pas longtemps avec ce que nous avons emporté. Nous n'avons plus rien à manger, plus rien à boire.

— Il va falloir qu'on se débrouille. Chercher de quoi manger. Nous ne devons pas nous décourager, Caroline. Il y a des fruits un peu partout…

— Chercher de quoi manger ? Mais tu te crois dans un jeu télé, là ? s'emporta-t-elle, les nerfs à vif. Comment veux-tu qu'on trouve quoi que ce soit dans cette foutue jungle ? Tu sais reconnaître ce qui est comestible, toi ?

— Non. Je ne sais pas. Mais c'est pas en pétant les plombs qu'on va trouver des solutions.

Caroline regarda le visage désemparé de son mari, puis elle murmura :

— Excuse-moi. Je… Je suis épuisée, je m'emporte pour un rien.

— Repose-toi. Je vais faire un tour pour voir si je peux rapporter quelque chose.

— Erik… J'ai peur que tu te perdes… Tout se ressemble. Cette jungle est un véritable labyrinthe.

— Je ne vais pas aller loin, et je vais repérer ma route. D'accord ?

Elle hocha lentement la tête. À vrai dire, elle était trop fatiguée pour le contredire.

Erik prit le canif qu'ils avaient emporté, embrassa son épouse sur le front et se mit en route.

Tous les dix mètres à peine il dessinait à l'aide de sa lame une grande croix sur l'écorce d'un arbre. De toute manière, il s'était promis de ne pas trop s'éloigner. Il avait beau tout faire pour paraître sûr de lui devant sa femme, il était lui-même mort d'inquiétude.

Il avança prudemment, inspectant minutieusement la nature autour de lui. Les plantes comestibles poussaient plus abondamment dans les clairières ou le long des rivages ; en pleine forêt, les chances d'en trouver étaient minces.

Comme l'avait fait justement remarquer Caroline, il n'avait pas une grande connaissance de ce qui était ou non comestible. Pour ne prendre aucun risque, il décida de ne pas chercher de graines, de racines ou de tubercules, même s'il savait que certains étaient d'excellents féculents. Il espérait trouver des noix de coco, des bananes ou n'importe quel agrume qu'il saurait reconnaître.

Il tourna ainsi pendant plus d'une demi-heure dans les environs de leur campement, mais il ne vit que des fruits qu'il n'était pas en mesure d'identifier. L'idée que, par ignorance, il passait peut-être à côté de mets parfaitement adaptés était désespérante. Mieux valait avoir faim que mourir intoxiqué.

Soudain, alors qu'il était en train de revenir sur ses pas, il entendit du bruit dans un arbre. Une sorte de cri aigu. Il leva les yeux et aperçut un petit animal perché sur une haute branche. C'était un jeune singe au poil roux, nerveux, et dont la grande queue dessinait un arc de cercle en dessous de lui. Sa tête noire et fripée faisait des mouvements brusques, comme s'il était en permanence sur ses gardes.

Erik s'arrêta pour le regarder. La bête l'avait vu mais, de là où elle se trouvait, elle ne devait pas se sentir menacée. Le singe resta sur la même branche pendant quelques instants puis se jeta en avant vers un arbre mitoyen. Il grimpa le long du tronc mince et dénudé à une vitesse remarquable, puis s'arrêta tout en haut, près d'une grappe de fruits abritée par les feuillages.

L'ingénieur regarda le petit singe arracher un fruit vert en forme de poire et croquer dedans. Un sourire se dessina sur les lèvres d'Erik.

Merci, mon petit… A priori, ce qui est bon pour toi est bon pour moi.

Mais son enthousiasme retomba quand il se rendit vraiment compte de la hauteur à laquelle était perchée la nourriture…

Il n'était pas certain de pouvoir grimper aussi haut. Cela faisait des années qu'il n'avait pas escaladé un arbre, et il doutait de sa capacité à le refaire aujourd'hui, à son âge. N'aurait-il pas le vertige bien avant d'arriver au sommet ? Erik n'avait jamais été un fanatique de l'altitude.

Le seul moyen de savoir, c'était d'essayer.

Il s'approcha de l'arbre, s'essuya les mains sur son pantalon, estima la hauteur avec angoisse, puis, rassemblant force et courage, s'agrippa au tronc pour tenter une ascension.

Il dut s'y reprendre à plusieurs fois, jusqu'à ce que les gestes qu'il n'avait pas pratiqués depuis l'enfance lui reviennent. À la troisième tentative, il parvint à déterminer la position la plus efficace. Retrouvant ses réflexes d'antan, il commença à grimper, mètre après mètre. L'écorce rugueuse lui éraflait les mollets, mais il n'y prêtait guère attention. Il n'avait qu'une chose en tête, arriver au sommet, et son envie de faire une bonne surprise à Caroline était plus forte que la douleur. Alors il continua, tirant chaque fois plus fort sur ses bras pour se hisser vers les fruits. Comme il arrivait à mi-hauteur, le petit singe, apeuré, s'échappa et disparut dans les feuillages. Erik s'immobilisa un instant, essayant de porter l'essentiel de sa masse sur ses pieds pour soulager un peu ses bras. Mais ses muscles étaient de plus en plus tendus, et la peur de tomber n'arrangeait pas les choses. Pressé d'en finir, il reprit son escalade.

Les derniers mètres furent particulièrement pénibles. Il lui fallut passer outre la souffrance et produire des efforts surhumains pour parvenir enfin à portée de la grappe.

L'ingénieur, à bout de souffle, tendit la main aussi loin que possible. Ses doigts tremblants s'agrippèrent aux fruits, mais ses pieds se mirent à glisser et il se retrouva quelques centimètres plus bas sans avoir rien pu prendre. Il se hissa à nouveau, étira le bras et parvint cette fois à arracher la grappe entière. Manquant de perdre l'équilibre, il lâcha aussitôt sa prise et se rattrapa au tronc. Les fruits tombèrent au pied de l'arbre avec un bruit sourd. Il tenta de repérer le point de chute et fut soudain pris de vertige. Il éprouva un violent haut-le-cœur, comme si son estomac se vidait d'un seul coup. Il ferma les yeux et ses doigts se crispèrent sur l'écorce.

Descendre. Descendre le plus vite possible. Effacer le vide. Erik relâcha lentement son emprise sur le tronc, par à-coups. L'arbre glissait entre ses doigts. Ses pieds frottaient, s'accrochaient aux excroissances puis laissaient filer un peu de distance.

Soudain, il perdit le contrôle de sa descente. Un reste de branche coupée lui fit une entaille dans la main droite et il eut si mal qu'il lâcha complètement l'arbre.

Tout se passa tellement vite qu'il n'eut pas le temps de réagir. Son corps bascula d'un coup dans le vide. La forêt tournoya autour de lui. Il s'entendit pousser un cri de surprise et de peur. Puis il heurta violemment le sol, trois ou quatre mètres plus bas, et tout s'éteignit autour de lui.

61.

— C'est amusant que tu lises ça…

Marie releva brusquement la tête, un peu surprise. Accaparée par sa lecture, elle n'avait pas vu Mackenzie arriver sur la terrasse bondée du *Sancerre*. Elle reposa l'édition de poche de *La Conjuration des imbéciles* sur la haute table, à côté d'un verre d'*irish-coffee* à moitié vide.

— Pourquoi ?

— Je l'ai lu il y a quelques jours sur les conseils de Béné. La serveuse d'ici.

Un sourire se dessina sur le visage de l'actrice.

— Très jolie. C'est une de tes conquêtes ?

— Non. C'est la serveuse. Pourquoi tout le monde est persuadé que je me tape des serveuses ?

— Parce que tu passes ta vie dans les bars ?

— Pas faux. Mais non, c'est juste une amie.

— Je vois. Elle a l'air très drôle.

— Elle l'est.

— Alors, on dort où ce soir ?

— À l'hôtel.

L'actrice pouffa.

— Tout ça pour ça ? Dis donc, Ari, si tu voulais m'emmener à l'hôtel, il suffisait de le dire depuis le début, pas besoin de t'absenter deux heures pour ça…

— J'espérais trouver une autre solution. Mais ne vous emballez pas, mademoiselle, nous prendrons deux chambres séparées.

— M'emballer ? C'est l'Hôpital qui se fout de la Charité, là… Es-tu bien sûr que, de nous deux, celui qui a envie de coucher, c'est moi ?

— Ça saute aux yeux.

— Oh ! Rien que ça ? demanda-t-elle, feignant d'être choquée.

— Tu veux que je te cite ? De mémoire : « Marie fantasme sur un flic. C'est grave docteur ? »

— Ouais... Eh bien je fantasme tout de suite beaucoup moins, là, d'un coup. Un type trop sûr de lui, ça me coupe toutes mes envies.

— Ça tombe bien, répliqua Ari tout sourire, puisqu'on ne va pas coucher ensemble.

— Parfaitement.

— Bon. On peut y aller maintenant ?

— Tu permets que je finisse mon *irish-coffee* ?

L'analyste haussa les sourcils, puis il fit signe à Bénédicte, à l'intérieur du bar, et prit place à côté de l'actrice.

La serveuse s'approcha, un plateau vide à la main.

— En voyant votre livre, j'aurais pu me douter que vous étiez une amie de Mackenzie ! dit-elle en adressant un sourire à Marie. Vous auriez dû me le dire.

— Pourquoi ? Vous trouvez vraiment qu'il y a de quoi être fière ? demanda la jeune femme d'un ton moqueur.

— Non. Mais, par compassion, j'aurais mis plus de whisky dans votre café.

— Vous êtes aussi drôle l'une que l'autre, intervint Ari. Vraiment. Vous écouter pendant des heures serait un plaisir, mais je pourrais avoir un whisky, plutôt ?

Bénédicte lui caressa la joue d'un air maternel.

— Mais bien sûr, Ari. Vous savez bien que je ne peux rien vous refuser.

Elle lui fit un clin d'œil charmeur et disparut vers le bar.

— Juste une amie, hein ? glissa Marie.

— Tu te rends compte que ce type s'est suicidé en pensant que son livre n'intéressait personne ?

— Pardon ?

— John Kennedy Toole. L'auteur de *La Conjuration des imbéciles*. Le livre que tu es en train de lire...

— Ah, oui. Oui, je crois que j'ai vu ça quelque part.

— C'est une histoire fabuleuse, non ?

— Que cet écrivain se soit suicidé ? C'est horrible, tu veux dire !

— Pour l'auteur, certes... Mais pour la littérature ! Le type envoie son roman à un éditeur, celui-ci le lui retourne en lui disant que son livre est « indigent », hop, le type met fin à ses jours ; onze ans après, sa mère parvient finalement à faire publier son roman à titre posthume, et il reçoit le Pulitzer. Belle histoire, non ?

— N'importe quoi ! Un suicide, c'est un suicide. C'est *jamais* une belle histoire.

— Tu n'as pas l'âme romantique...

— Et toi t'es con comme un manche.

Ari se rendit compte à cet instant de sa maladresse et sentit le sang monter à son front. Quel imbécile il faisait ! Parler si légèrement de suicide à une personne atteinte de la maladie de Huntington n'était probablement pas l'idée la plus lumineuse qui fût. Il se rassura en se disant qu'il ne devait pas changer soudain d'attitude avec elle sous prétexte qu'il la savait malade.

Heureusement, Bénédicte apporta à cet instant le verre de whisky et ils purent passer à autre chose.

Ils trinquèrent et burent une gorgée ensemble.

— Je te préviens, on baise *vraiment* pas, ce soir ! dit Ari très sérieusement en reposant son verre.

L'actrice repartit d'un rire bruyant.

— Oh là là ! Mackenzie ! C'est super ringard, ça, comme technique de drague, le coup du *je-suis-pas-intéressé-on-baise-pas-bla-bla-blah* ! T'es pas crédible !

— C'est pourtant la vérité. Je ne suis pas intéressé. Non mais tu t'es vue ?

Elle sourit et ils continuèrent ainsi à se chamailler pendant un bon moment, ponctuant leurs reparties d'éclats de rires partagés, jusqu'à ce que leurs verres soient vides. Puis Ari expliqua qu'il voulait aller travailler à l'hôtel sur les notes d'Iris, ce qui ne manqua pas de faire sourire la jeune femme.

— Ouais, ouais… C'est ça ! Travailler, ouais !

Ils réglèrent l'addition et marchèrent jusqu'au grand hôtel qui surplombait la place de Clichy. À la surprise de la jeune femme, l'analyste y avait effectivement réservé deux chambres séparées. Toutefois, un quart d'heure plus tard, ils étaient ensemble dans celle de Mackenzie. Assis devant le bureau, Ari ouvrit la chemise cartonnée d'Iris.

— Je peux regarder avec toi ? demanda Marie en s'approchant de lui.

— Non. Ce sont des documents de la DCRI, et je te dis déjà bien assez de choses que tu n'es pas censée savoir.

Elle soupira, prit la télécommande de la télévision et s'allongea sur le lit.

— OK, OK… Ça te dérange si je regarde la télé ?

— Non.

Il étala devant lui les deux fiches établies par sa collègue. Celle qui concernait Jean Laloup était brève ; il la lut rapidement.

« Nom : Laloup

Prénom : Jean

Né le : 21 avril 1942 à Courbevoie.

Pseudonymes : Chevalier Weldon, le Docteur, Marquis de Montferrat, Comte Bellamarre, Prince Ragoczy (tous ces pseudonymes font référence au légendaire comte de Saint-Germain, et il n'est pas le seul à les avoir utilisés, ce qui rend les choses compliquées).

Adresses connues : Chancery Mews, SW17 7TD, Londres, Angleterre. Une seule adresse connue en France, domiciliation de l'EURL Weldon : 51, rue de Montmorency, 75003 Paris.

Activités professionnelles : cofondateur et membre du conseil d'administration de l'INF, ancien vice-président de l'INF, président de la Summa Perfectionis et gérant de l'EURL Weldon (conseil en développement durable). Ancien conseiller à la Délégation à la prospective et à la stratégie du ministère de l'Intérieur (2002-2007). Auteur de nombreux livres sur le développement durable et sur le conservationnisme (publiés notamment par les éditions internes de l'INF). Sous le nom de Chevalier Weldon, auteur de plusieurs traités ésotéristes chez des micro-éditeurs spécialisés (essentiellement sur l'alchimie).

Activités politiques, philosophiques, religieuses ou syndicales : sympathisant du Front national (carte de membre du parti entre 1984 et 1987, participation à plusieurs colloques jusqu'en 1995, puis tente de rompre tout lien officiel avec l'extrême droite), catholique non pratiquant, aucune activité syndicale connue. Sans en être membre (à notre connaissance), participe en tant que conférencier à de nombreux colloques et réunions d'associations philosophiques, ésotériques et sociétés secrètes : la Blue Anthill, la Stella Matutina, la Société théosophique, la Société des amis de Fulcanelli, la Virga Aurea, la Philosophia Reformata… Au cours des vingt dernières années, a également pris part à plusieurs rencontres du CFR et du Bilderberg. Membre de Mensa. »

En bas du texte imprimé, Iris avait ajouté quelques lignes à la main.

« C'est tout ce que j'ai trouvé en compilant les deux fiches (Weldon et Laloup). Il semble avoir encore aujourd'hui des liens avec le ministère de l'Intérieur, donc méfiance. »

Ari prit des notes sur son carnet Moleskine. La synthèse ne lui apprenait pas grand-chose. Le plus étonnant, finalement, était la date de naissance. Weldon était beaucoup plus vieux qu'il ne lui avait paru, dans ses souvenirs en tout cas. Après tout, la dernière fois qu'il l'avait vu, c'était à la télévision, quelques mois plus tôt. Son étonnante jeunesse l'aidait sans doute à se donner cette image de comte de Saint-Germain dans les milieux ésotéristes.

L'analyste rangea la première fiche dans le dossier et se tourna vers Marie. Allongée sur le lit, elle avait les yeux rivés à l'écran et grignotait des cacahuètes qu'elle avait trouvées dans le minibar.

— Ça a l'air passionnant, ce que tu regardes, dit-il d'un air taquin.

— Sublime. C'est une émission de téléréalité. Des parents qui n'aiment pas le petit ami de leur fille essaient de la convaincre de le quitter en lui présentant d'autres prétendants.

— Magnifique.

— Si tu veux que j'éteigne, tu n'as qu'à me laisser regarder ton dossier.

— Bien essayé. Mais c'est non.

— Tu veux un truc à boire ?

— Je suppose qu'ils n'ont que du whisky dégueulasse...

— C'est un minibar, pas le *Lutetia*.

— Donne toujours.

Elle lui apporta une mignonnette et en profita pour regarder par-dessus son épaule. Ari referma aussitôt le dossier. Marie retourna sur le lit, dépitée. Elle attrapa un coussin et le serra sur son ventre dans un geste enfantin.

Mackenzie se remit au travail. La deuxième fiche, concernant la Summa Perfectionis, était un peu plus longue. Il prit une gorgée de whisky et se lança dans la lecture.

« Le terme *Summa Perfectionis* (sommet de la perfection, en latin) fait référence à trois choses distinctes :

1 – C'est le titre d'un ouvrage sur l'alchimie, attribué à Jâbir ibn Hayyân (alchimiste arabe du VIIIe siècle), mais rédigé en réalité par Paul de Tarente (surnommé le Pseudo-Geber) au XIIIe siècle. Ouvrage

généraliste, synthèse des connaissances sur l'hermétisme au Moyen Âge.

2 – Plusieurs textes hermétiques font référence à la Summa Perfectionis comme étant une société savante secrète, créée à Londres au XVIe siècle par John Dee, mathématicien et occultiste britannique. Aucune preuve concrète qu'elle ait réellement existé. Ce pourrait bien être une mystification contemporaine (comme le Prieuré de Sion par exemple), inspirée de l'Invisible College, qui a bien existé, lui, et auquel John Dee a effectivement appartenu.

3 – Enfin, il s'agit de la raison sociale du département de recherche scientifique créé par Jean Laloup au sein de l'INF en 1975. Il en prend alors la présidence et quitte le poste de vice-président de l'INF.

Contrairement au reste de l'organisation, la Summa Perfectionis n'envoie aucun communiqué de presse. L'INF fait preuve d'une grande discrétion au sujet de ce département, dont l'objet officiel est de conduire des recherches scientifiques dans le cadre de la conservation de la faune et de la flore à travers le monde.

La liste exacte des membres de la Summa Perfectionis n'est pas communiquée, mais il semble que l'INF recrute essentiellement dans les milieux scientifiques.

Le budget est obscur (l'argent de la Summa Perfectionis est placé sur des comptes offshore). Le financement est assuré pour moitié par les fonds propres de l'INF, et pour les 50 % restants par des capitaux privés. Conformément à ses statuts, la Summa Perfectionis maintient une liste de cent donateurs privés, désignés membres d'honneur, qui paient une cotisation annuelle de dix mille livres sterling (ce qui assure au minimum un fond de roulement annuel d'un million de livres, sans compter les fonds versés par l'INF). La répartition du financement n'est détaillée sur aucun document officiel ; la Summa Perfectionis est simplement une ligne budgétaire dans les comptes annuels de l'organisation.

Dans les faits, il semble que l'activité principale de la Summa Perfectionis consiste à ouvrir des laboratoires de recherche (mais peut-être aussi de prospection) dans les différentes zones de « protection de la nature » acquises par l'INF. Là encore, leur liste exacte n'est pas connue, mais mention est faite de centres construits en Amazonie équatorienne, dans le désert de Gobi (Mongolie), près du mont Shasta (Californie), au pôle Nord, et dans la région de Vârânasî (Inde). »

Mackenzie interrompit aussitôt sa lecture. Il était certain de voir un lien entre toutes ces localités. Cela ne pouvait pas être une coïncidence. Malheureusement, il n'avait pas ici la documentation pour vérifier son pressentiment. Il aurait pu passer chez lui pour trouver les ouvrages de référence nécessaires, mais il était déjà tard et ils n'avaient pas mangé. Quelque chose lui disait toutefois qu'il venait de trouver le lien entre Villard de Honnecourt et les activités supposées de Jean Laloup.

Il referma le dossier devant lui d'un air satisfait.

— T'as fini ? demanda Marie, toujours allongée sur le lit.

— Pour le moment, oui.

— T'as trouvé quelque chose d'intéressant ?

— Peut-être. Il faut que je vérifie un truc.

— Quoi ?

— Je te dirai quand je serai sûr.

— Bonjour la confiance !

— T'as faim ?

Elle haussa les épaules.

— Bof. Un peu.

— Tu veux qu'on aille se faire un resto ?

— Pas très envie de sortir. On se commande un plateau ? Il y a un épisode de *Lost* qui commence dans cinq minutes.

— Tu aimes bien cette série ?

— Pas toi ?

— Si. Beaucoup.

— Alors tu nous commandes un plateau télé à la réception ? dit-elle en lui tendant le téléphone.

Ari acquiesça en souriant. Il passa la commande et quelques minutes plus tard, adossés à la tête de lit, ils mangèrent leur repas tout en suivant les rebondissements incroyables de la série américaine. Ils partagèrent ces moments avec une telle aisance qu'on eût dit qu'ils se connaissaient depuis longtemps. En réalité, peut-être se ressemblaient-ils bien plus qu'ils ne s'en rendaient compte eux-mêmes.

Quand le deuxième épisode fut fini, Marie posa le plateau par terre, s'allongea sur le lit et se tourna vers Ari, la tête appuyée sur son coude.

— Bon. C'est quoi le plan, maintenant ? On fait quoi ?

Mackenzie n'était pas certain de savoir si elle parlait de l'instant présent ou des prochains jours. Il préféra opter pour la seconde supposition.

— Eh bien, pour résumer, tout tourne autour de ce fameux Weldon, ou plutôt Jean Laloup, de son vrai nom. Bref, il faut que je trouve ce type.

— Et tu sais où le chercher ?

— Non. Pas encore. Mais il y a plusieurs pistes possibles.

— Alors on fait quoi ?

— Eh bien, toi, rien. Tu restes bien sagement planquée le temps que mon enquête avance.

— Super ! railla-t-elle.

— C'est toujours mieux que de se faire tuer, non ?

— Je te préviens, je ne vais pas passer mes journées enfermée ici, hein…

— Du moment que tu ne passes ni chez toi, ni chez ton père, tu fais ce que tu veux. Mais pour dormir, tu restes ici… Pour l'instant, je n'ai rien trouvé de mieux. Si mon enquête n'avance pas, on finira par prévenir la PJ, et ils s'occuperont de ta sécurité.

— Et toi ?

— Moi, tu sais, je suis seulement là pour te faire plaisir. Je pourrais très bien rester chez moi…

— Vous êtes trop bon, dit-elle d'un ton sarcastique. Il est tard. Je vais te laisser dormir, Ari. On prend quand même le petit déjeuner ensemble demain ?

— Oui, si tu veux. 9 heures ça te va ?

Elle acquiesça et se leva du lit.

Ari l'accompagna jusqu'à la porte. À la regarder ainsi marcher devant lui, il ne put s'empêcher de penser qu'elle était terriblement désirable. Néanmoins, il était fier de n'avoir pas essayé de la retenir. Il savait que sa rencontre avec Lola et son fameux Thomas – monsieur le caméraman faussement négligé – l'avait plongé dans un état de vulnérabilité lamentable, et que se réfugier dans des ébats avec une jeune actrice n'était certainement pas la meilleure idée. Sans compter que ce qu'il savait sur l'état de santé de Marie le mettait dans une situation délicate.

Mais alors qu'il allait lui ouvrir la porte, il la vit s'immobiliser sur le seuil et se retourner vers lui en souriant, comme si elle avait lu dans ses pensées. Dans la lumière orange du soir, son visage était plus doux encore et ses taches de rousseur lui donnaient l'air irréel d'un tableau vivant. Ari tenta de ne pas baisser les yeux vers ses seins lourds et ses hanches fines, diaboliques invitations au plaisir qu'il refusait de convoiter.

Cette fois-ci, il se pencha le premier pour lui faire la bise, certain de feindre correctement l'indifférence. Au second baiser toutefois, la jeune femme s'arrêta, la joue collée contre celle d'Ari, et le retint par l'épaule. Elle demeura ainsi quelques secondes, dans une hésitation figée, puis inclina doucement la tête. Le visage levé vers lui, elle le regardait avec dans les yeux une lueur nouvelle, pleine de sous-entendus.

Ari ne bougea pas d'un centimètre. Mais son souffle, sans doute, dut trahir son désir et il vit Marie approcher sa bouche de la sienne. Il eut d'abord un geste de recul, puis il ferma les yeux et se laissa entraîner dans un baiser d'une infinie tendresse. Bientôt, cette tendresse se transforma en fougue et leurs lèvres se pressèrent comme si elles avaient pu s'unir totalement.

Les mains de la jeune femme remontèrent le long de son torse et il se sentit poussé en arrière. Plaqué contre le mur, il rouvrit les paupières et la dévisagea. Elle avait maintenant dans le regard une ardeur que rien ne semblait pouvoir arrêter. Lentement, elle amena ses doigts fins vers le col de la chemise de Mackenzie et enleva le premier bouton. Elle s'approcha encore et l'embrassa dans le cou tout en le déshabillant.

Dans un premier temps, Ari se laissa diriger, comme pour montrer qu'il n'était pas l'initiateur de ce dérapage, puis, gagné par la ferveur, il attrapa Marie par les hanches et entreprit à son tour de la dévêtir. Il lui enleva son T-shirt noir, puis il dégrafa son soutien-gorge et libéra une poitrine plus belle encore qu'il ne l'avait imaginée.

Ils quittèrent l'entrée et se mirent en mouvement vers la chambre, jetant un à un leurs derniers vêtements sur le sol à mesure qu'ils approchaient du grand lit. Puis ils tombèrent sur le matelas, collés l'un à l'autre. Leurs mains, leurs bouches, leurs langues se faufilèrent, caressèrent, explorèrent et ce fut presque une joute entre deux corps avides de se posséder.

Ivre de désir, n'y tenant plus, Ari hissa l'actrice vers le haut du lit, se glissa entre ses jambes et la pénétra, son regard plongé dans le sien, comme un défi.

Ils firent l'amour longuement, sauvagement, sublimés l'un et l'autre par la férocité de leur flamme, découvrant, avec stupeur, une alchimie sensuelle inexplicable, une osmose presque biologique. La passion de leur ébat n'eut d'égal que la violence et la concordance de leur jouissance.

Au terme d'un râle presque animal, Ari, essoufflé, s'écroula au milieu du lit. Mais la jeune femme, assise sur lui à califourchon, l'attrapa aussitôt par la nuque, le regarda droit dans les yeux et, d'une voix volcanique, elle susurra :

— Qu'est-ce que tu fais ? Tu capitules, le vioque ? Je n'en ai pas fini avec toi, Mackenzie !

Ari écarquilla les yeux et assista, perplexe, à la résurrection de son propre désir. Marie, passionnée, déterminée, joua de tout son corps pour réveiller l'ardeur de son partenaire et ils firent l'amour une seconde fois.

Alors qu'elle le chevauchait, elle ne put soudain retenir un sourire et, le regard provoquant, elle ânonna :

— Je savais bien que t'avais envie de me sauter…

Ari la fit basculer sur le côté et roula au-dessus d'elle.

— Ce que je vois, moi, c'est que j'ai pris deux chambres pour rien.

Ils reprirent leurs ébats avec une vigueur nouvelle, belliqueuse, mélangeant les gémissements de plaisirs aux rires complices dans la chaleur de cette nuit d'été. Glissant l'un sur l'autre, se redressant soudain, se tournant autour dans un ballet païen, leurs deux corps trempés de sueur brillaient à la lumière de la lune comme deux lames de couteau.

Cette nouvelle danse fut plus longue et plus intense encore que la première et, par un miracle qu'Ari refusa de voir comme un signe, ils atteignirent à nouveau de concert l'apogée de leur plaisir.

Cette fois, épuisés, ils s'allongèrent l'un à côté de l'autre, le regard figé au plafond. Le corps de Marie fut secoué de quelques spasmes qui leur tirèrent à tous les deux des rires abandonnés.

Puis Marie se tourna vers lui. Tout en reprenant lentement son souffle elle le dévisagea avec une tendresse qui semblait l'étonner elle-même.

Ari lui caressa la joue. Le sourire que la jeune femme lui rendit lui parut presque triste. Il ne put s'empêcher de penser que Marie, à cet instant, devait songer à sa maladie, ou en tout cas, à son sort, à l'idée d'une échéance. Il éprouva un élan de compassion dont il eut presque honte. Il lui prit la main, la serra fort au creux de ses paumes et l'embrassa délicatement.

Il devait être une heure du matin quand les amants, nus, blottis l'un contre l'autre, s'endormirent enfin. Ils n'échangèrent pas un mot de plus. Tout était dit.

62.

Quand j'eus fini de décrypter le message de Villard, pensant d'abord qu'il s'agissait d'une mystification, je ne décidai pas tout de suite de vérifier l'authenticité de sa révélation. J'avais en outre beaucoup de travail à cette époque pour le duc de Berry. Bêtement, je n'attachai donc pas grande importance au sens du texte que j'avais enfin traduit. Si la forme m'avait ébloui et le défi enchanté, je ne fus en revanche pas convaincu de pouvoir tirer quelque profit de cet ensemble alambiqué. Il me parut trop obscur et je m'en désintéressai.

Ce n'est que quelques mois plus tard, par hasard, que l'envie de m'y replonger me saisit soudainement.

C'était un matin de l'été 1358. J'étais en train de marcher, comme souvent, vers la rive gauche, pour porter quelque document à l'Université quand je fus stupéfait en chemin par la rapidité avec laquelle avaient été achevés les travaux de clôture du sanctuaire de Notre-Dame.

Voyant les maîtres maçons qui nettoyaient leur chantier et enlevaient leur matériel, je restai un moment pour admirer le travail effectué.

J'ai toujours eu un grand amour pour la pierre, et pour l'œuvre des maçons une forte admiration. En 1389 et 1407, je fis d'ailleurs moi-même construire des arcades au cimetière des Innocents, et supervisai bien des fois la restauration de maisons que Pernelle et moi avions acquises.

Bref, après avoir félicité ces bâtisseurs, j'étais sur le point de partir quand un élément de l'énigme de Villard me revint en mémoire. Il y avait dans son énoncé une référence à laquelle je n'avais pas porté de véritable attention mais qui prenait enfin tout son sens à mes yeux.

En se servant des lettres d'un astrolabe ancien, l'auteur avait crypté une mystérieuse phrase de trois fois six lettres. Une fois décodée, la charade donnait ceci : « Église Centre Lutèce. »

Comme je la voyais devant moi, l'évidence m'apparut : il ne pouvait avoir parlé que de notre splendide cathédrale, Notre-Dame. Je m'en voulus de n'y avoir songé plus tôt.

Excité par cette nouvelle piste et retrouvant le goût du jeu, je me promis de revenir le soir même pour suivre les indications de l'étrange chasse au trésor.

Ainsi, à la tombée de la nuit, sans en avoir rien dit à Pernelle de peur qu'elle me prenne pour un fou, je revins devant Notre-Dame et, estimant qu'il devait s'agir du point de départ, effectuai depuis son parvis le trajet préconisé par Villard. La mesure du grand châtelet étant la toise, j'en comptai 56 vers l'occident, puis 112 vers le méridien, ce qui me porta de l'autre côté de la Seine, et enfin 25 vers l'orient.

Lorsque je découvris où cela m'avait mené, je sus que je ne m'étais pas trompé.

63.

Quand il sortit de la salle de bains, Ari n'eut pas le cœur de réveiller Marie. Étendue en travers du lit, nue, elle dormait d'un sommeil si profond qu'il aurait été cruel de l'en sortir. Le drap couvrait pudiquement ses fesses rondes et l'on ne voyait que son dos musclé, ses douces épaules et la longue chevelure brune qui lui masquait le visage. La lumière du soleil d'été glissait entre les lattes des stores et donnait à sa peau un soyeux grain doré.

Il resta ainsi quelques instants à la contempler, attendri par l'élémentaire beauté du tableau, puis il griffonna un mot sur le bloc-notes de l'hôtel pour la prévenir qu'il viendrait la retrouver au déjeuner. Il s'ébouriffa les cheveux devant la glace, enfila ses lunettes noires et sortit sans un bruit.

Il n'aurait sûrement aucune peine à trouver ce qu'il cherchait dans ses livres, chez lui, et un passage par son appartement ne serait de toute façon pas de trop. Morrison, son chat, devait mourir de faim. Il faudrait toutefois se montrer prudent. Les lieux étaient peu sûrs. L'homme à la canne était peut-être sur ses traces, pouvait surgir à tout moment ou avoir répandu son poison neurotoxique quelque part dans l'appartement.

Il remonta la rue Caulaincourt puis obliqua à droite pour rejoindre les Abbesses. Dans le soleil d'août – dont la chaleur était atténuée par quelques baisers de vent –, chemise ouverte, lunettes de soleil sur le nez, il huma l'air avec plaisir et, malgré le danger dont il se savait menacé, trouva son humeur d'une jovialité déconcertante. Il était simplement bien. La cause était aussi évidente que risible, mais il lui semblait qu'il ne s'était pas senti aussi léger depuis longtemps.

Bien sûr, il ne pouvait s'empêcher de penser à la mise en garde d'Iris. *C'est typiquement le genre de nana dont tu vas tomber amoureux. Vulnérable, dépressive, enfantine...* Et pourtant, il ne regrettait rien. Au fond de lui, il avait la certitude que tous deux se trouvaient à un moment de leur vie où cette aventure, légère et sincère, leur faisait du bien. Et il ne demandait rien de plus.

Arrivé au 32 de la rue des Abbesses, il salua Marion qui officiait derrière le bar du *Sancerre*, sur le trottoir d'en face, puis il remonta la rue qui menait chez lui.

Une fois devant son appartement, prenant garde de ne pas toucher directement la poignée avec les doigts, il ouvrit la porte d'entrée qui, visiblement, n'avait pas été forcée. À peine eut-il mis un pied dans la petite pièce que déjà le chat lui faisait une singulière démonstration de son affection, se frottant contre ses mollets, tournoyant entre ses jambes et ronronnant comme une Harley-Davidson miniature.

L'analyste se laissa amadouer et alla dans la cuisine remplir la gamelle. Morrison se jeta sur la nourriture en poussant des miaulements ravis.

La bonne santé du chat était déjà un signe rassurant. Mais Ari entreprit tout de même de faire le tour de l'appartement. Il ne remarqua rien de particulier. Quelles chances y avait-il que l'homme à la canne fût venu ici, après tout ? Son but, a priori, n'était pas de tuer Ari, mais de récupérer les documents de Mancel. Or, le cambrioleur avait pu le constater, ils ne se trouvaient ni là ni dans le coffre-fort de Zalewski... Alors pourquoi insister ? Pour se débarrasser d'un enquêteur trop curieux ? Ou pour retrouver Marie Lynch, dont, en revanche, il semblait vouloir la peau ?

Oui. C'était possible. Mais peu probable. L'homme à la canne était un professionnel, il devait bien se douter qu'Ari serait sur ses gardes. Par précaution, toutefois, l'analyste enfila une paire de gants. Il se dirigea vers son armoire. Il savait exactement ce qu'il cherchait et y avait pensé une bonne partie de la nuit.

Il ouvrit les portes du meuble en bois, farfouilla entre les gros volumes et trouva rapidement le bon titre : *Mythes et légendes de la Terre creuse*. Le livre en main, il entra dans le salon et hésita quelques instants, debout devant son canapé. Après tout... Pourquoi ne pas aller à l'hôtel ?

Il pouvait bien emporter son livre et le consulter là-bas. En théorie, rester ici demeurait risqué. C'était en tout cas une excuse valable pour retourner auprès du corps parfait de la jeune actrice.

— Morrison, mon chat, j'espère que tu ne m'en voudras pas, mais je t'abandonne à nouveau. Oh ! Ça va ! Ne me regarde pas comme ça, je ne suis qu'un homme, après tout, victime désarmée de ma fragilité. Et puis, il faut être honnête : tu as bien vu, tu es ici tous les jours, il est grand temps que je mette un peu de piment dans ma vie sexuelle. Ou plus exactement, que *j'aie* une vie sexuelle, tout court.

Le chat sembla bien plus intéressé par sa gamelle que par la tirade de son maître. Ari prit le livre sous son bras et quitta l'appartement en haussant les épaules. Les profondeurs de l'indifférence féline ne cesseraient jamais de le désappointer.

Lorsque, quelques minutes plus tard, il entra à nouveau dans la chambre d'hôtel, il fut presque déçu de voir que Marie ne dormait plus. Assise sur le lit, elle dégustait un copieux petit déjeuner, un plateau posé sur les genoux, devant un autre chef-d'œuvre incommensurable de la téléréalité.

— Bien dormi ?

— Comme une marmotte. Tu veux un croissant ?

— Pourquoi pas…

Ari enleva ses chaussures et s'approcha de la jeune femme. Il lui déposa un baiser sur le front – suffisamment détaché, espéra-t-il – puis s'installa à côté d'elle.

— Tu as trouvé ce que tu cherchais ?

— Je pense.

— Alors ?

— Alors rien, pour l'instant.

— Tu pourrais quand même m'en dire plus, Ari…

Mackenzie lui adressa un sourire embarrassé. Il conservait pour la jeune femme une once de soupçon qui l'empêchait de se livrer totalement.

— Marie, je t'ai promis de faire de mon mieux pour retrouver ton père. Crois-moi, cette enquête me tient à cœur. Mais je n'ai pas forcément le loisir de te faire un rapport détaillé de toutes les avancées de mes investigations.

Ari prit un croissant sur le plateau, puis il ouvrit sur ses genoux le gros volume qu'il avait apporté. Il tourna les pages tout en devinant les coups d'œil en biais que la jeune femme jetait par-dessus son épaule. Il lui suffit de quelques instants pour obtenir la confirmation qu'il attendait depuis la veille. Il ne s'était pas trompé.

Empressé, il fit claquer le livre devant lui en le refermant. Marie sursauta.

— Tu m'as fait peur ! Tu as trouvé quelque chose ?

— Oui, répondit-il avec un sourire ravi.

Sans rien ajouter, il prit son téléphone portable et composa le numéro d'Iris Michotte. Il fit signe à

Marie de baisser le son de la télévision. L'actrice poussa un soupir et s'exécuta.

— Iris ? C'est moi. Je crois que je sais ce que fabrique le Docteur.

— Explique.

Il jeta un coup d'œil vers Marie, hésita, puis estima qu'il était ridicule de jouer les paranoïaques. Il parla librement devant elle.

— Les différents centres de la Summa Perfectionis que tu as mentionnés dans ta synthèse...

— Eh bien ?

— Ils correspondent tous à une entrée supposée de la Terre creuse.

— Tu en es certain ?

— Oui. Voici les sept entrées les plus souvent mentionnées par les différents auteurs : les grottes de Los Tayos en Amazonie équatorienne, le désert de Gobi en Mongolie, le puits miraculeux de Saint-Julien-le-Pauvre à Paris, la Grande Pyramide de Khéops en Égypte, le mont Shasta en Californie, le centre du pôle Nord et le puits de Sheshna à Vârânasî en Inde.

— Merde alors !

— Je ne te le fais pas dire ! Cela correspond quasiment à la liste des centres de recherche installés par la Summa Perfectionis...

Marie, à côté de lui, reposa sa grande tasse de thé. Elle faisait mine de ne pas écouter, mais Ari se doutait qu'elle était tout ouïe.

— Bon... Et ça veut dire quoi ? demanda Iris au bout du fil.

— Ça veut dire que le Docteur croit à l'authenticité de ces fameuses portes et qu'il cherche quelque chose sous terre. Quelque chose que nous aurions peut-être trouvé si nous avions pu aller au bout du tunnel de Saint-Julien-le-Pauvre. Et pour ce faire, Weldon utilise une organisation internationale de protection de la nature… Et cherche à obtenir l'aide de plusieurs géologues.

— Leur aide ? Mais sur les trois qui ont disparu, il y en a un qui est mort, probablement assassiné de la même façon que Sandrine Monney… Tu appelles ça obtenir de l'aide, toi ?

Ari regarda l'actrice. Il était gêné de parler de cela devant elle alors que son père faisait partie des disparus. Mais cette fois la jeune femme soutint directement son regard, l'invitant à continuer.

— Peut-être que celui-là a refusé de collaborer… Comment s'appelait-il déjà ?

— Alamercery.

— Eh bien peut-être qu'Alamercery était moins conciliant, supposa Ari.

— Peut-être. Mais alors, à ton avis, qu'est-ce que le Docteur cherche sous terre ? Qu'est-ce qu'il y avait au bout de notre tunnel, Ari ?

— C'est bien la question. Le seul moyen de savoir, ce serait d'aller y refaire un tour…

— Le puits a été scellé, aujourd'hui il est classé Secret Défense. Tu peux oublier.

— Ouais. Alors peut-être vais-je devoir visiter l'une des autres entrées. Tu veux que je te dise ? Je suis prêt à parier que le Docteur se trouve en ce moment même dans l'un des centres, et qu'il y a emmené les deux géologues.

— Ça tient debout. S'il recherche quelque chose qui est caché sous terre…

— S'il a fait tuer Sandrine Monney et son collègue, c'est sans doute que le Docteur avait peur qu'ils ne découvrent les véritables activités de la Summa Perfectionis. Mais je me demande en revanche pourquoi il cherche si activement à mettre la main sur les documents de Mancel. Peut-être contiennent-ils des informations qui nous ont échappé sur les entrées de la Terre creuse…

Iris ne répondit pas.

— Dans ta synthèse, reprit Mackenzie, tu as mentionné cinq centres. En Amazonie équatorienne, en Mongolie, en Californie, au pôle Nord et en Inde. Je me vois mal les visiter tous ! Il faudrait qu'on puisse envoyer des gens sur place.

— Pour ça, il faudrait qu'on mette la DCRI au courant. Et je ne crois pas que ce soit une bonne idée, Ari.

— Non. En effet. On va devoir se débrouiller autrement. Je te tiens au courant.

Il raccrocha.

— C'est quoi, la Terre creuse ? demanda Marie, qui le dévisageait d'un air interdit.

— Une légende selon laquelle la Terre serait creuse et renfermerait un grand mystère, peut-être une population inconnue – voire une race supérieure. C'est une théorie qui était très à la mode dans l'entourage mystique d'Hitler, et qui fait écho au mythe de l'Hyperborée ou de l'Agartha, le royaume souterrain... Selon cette légende, il existerait sur terre plusieurs portes souterraines conduisant vers l'Agartha, et donc vers les mystères de la Terre creuse.

— Je vois. Et tu penses que Weldon aurait emmené mon père dans l'un de ces endroits ?

— C'est une possibilité. Il va falloir que je vérifie.

64.

Willy Vlaeminck, l'agent du SitCen, attendait nerveusement dans un bureau inoccupé du bâtiment Justus-Lipsius, où le SGA avait fixé le rendez-vous. Comme toujours, l'élu européen était en retard ; c'était sa façon à lui de montrer que son emploi du temps était plus important. Il arriva toutefois au bout d'un quart d'heure, plus rapidement que d'ordinaire, sans doute parce qu'il avait compris que ce que l'agent avait à lui apprendre était urgent.

Il entra sans frapper et s'assit à la longue table de réunion sans prendre le temps d'enlever son manteau.

— Je vous écoute, dit-il sans préambule, d'une voix autoritaire.

— Mackenzie a établi un lien entre l'affaire de Villard et les centres de la Summa Perfectionis.

— Quels centres ?

— Cinq centres de recherche que le Docteur a installés de par le monde, sur des territoires achetés par l'INF.

— Où ?

— En Amazonie équatorienne, en Inde, au pôle Nord, en Mongolie et en Californie.

— Comment se fait-il que personne ne m'ait jamais parlé de ces centres ?

L'agent belge eut un rictus embarrassé. Cela faisait plusieurs jours que ses collègues et lui cherchaient les failles dans les activités de Weldon et ils avaient pensé à tout sauf à cette organisation humanitaire, persuadés que le Docteur n'en faisait partie que pour redorer son image.

— Eh bien… Nous connaissions l'existence de ces centres, mais n'imaginions pas jusque-là qu'ils avaient un lien avec notre affaire.

Le masque du SGA trahit son irritation.

— Vous aviez donc tort. Pensez-vous que Weldon pourrait y chercher ce qu'il a trouvé à Paris ?

— C'est probable.

— Il se servirait de l'INF comme d'une couverture ?

— Oui. Le système est parfait. L'INF fait l'acquisition de zones immenses sous prétexte de préservation de la nature puis, comme ces espaces sont devenus privés et échappent aux autorités locales, elle y revend des concessions à des fins de prospection géologique, en toute impunité. Par exemple, l'INF, bien qu'elle s'en défende, a sûrement joué un rôle dans les scandales liés à l'extraction du Coltan en République démocratique du Congo. Il ne serait donc pas étonnant que son propre département de recherche effectue des fouilles sur ces territoires…

— Oui. Cela paraît évident. Je me demande pourquoi vous n'y avez pas pensé plus tôt. Se peut-il qu'il ait déjà trouvé ?

Laeminck haussa les épaules.

— Nous l'ignorons.

— Bref, vous ne savez rien. Encore une fois, Mackenzie est beaucoup plus avancé que vous.

— Sauf votre respect, c'est le plan que *vous* avez voulu mettre en place depuis le départ, monsieur le Secrétaire général adjoint. Nous avons sciemment mis Mackenzie sur la piste pour voir où il nous menait. Je ne me suis jamais caché des réserves que j'avais.

— Oui. Mais en quelques jours, grâce à mon plan, Mackenzie a réussi à mettre le doigt sur ce que vous n'avez pas été fichus de trouver en plusieurs semaines. Les dysfonctionnements du SitCen ne cessent de me sidérer. Alors ? Que comptez-vous faire, maintenant ? Pouvez-vous envoyer des gens sur place ?

— Envoyer des hommes dans les cinq centres d'un coup, c'est strictement impossible. Nous n'avons *toujours pas* la logistique suffisante…

Le SGA fit mine de ne pas relever, mais il savait pertinemment ce que l'agent belge sous-entendait. Les promesses d'augmentation du budget des services secrets européens tardaient à se traduire dans les faits. Et à dire vrai, le SitCen n'avait pas, à ce jour, les moyens suffisants pour mener à bien cette opération. Pourtant, il aurait été dommage de laisser qui que ce soit d'autre prendre le contrôle de l'affaire. Les enjeux étaient beaucoup trop importants.

— Et Mackenzie ? Il fait quoi ?

— Il semble persuadé que Weldon se trouve dans l'un de ces centres et il va chercher lequel. On peut supposer qu'il a l'intention de s'y rendre ensuite.

— Nous devons y être avant lui.

L'agent hocha la tête.

— Sommes-nous toujours les seuls sur l'affaire ? demanda le SGA en se levant.

— A priori, oui. Mais si nous allons en Californie ou en Mongolie, nous devrons prendre garde à ne pas éveiller les soupçons de la CIA ou du Gonganbu[1].

Le dignitaire européen, debout devant la table de réunion, marqua une pause, le regard dans le vide. Vlaeminck n'osa pas rompre le silence.

— Un jour ou l'autre il nous faudra envisager de prendre des alliés. Plutôt que de risquer de perdre le contrôle, peut-être devrons-nous le partager avec d'autres services.

— Si l'Europe le voulait, répondit Vlaeminck, elle pourrait se donner les moyens de régler le problème seule. Il y a toutes les chances que nous soyons à l'aube d'un tournant capital dans l'avenir des relations internationales. Il serait dommage de ne pas se trouver du bon côté de ce tournant.

— Alors débrouillez-vous pour trouver Weldon rapidement, répliqua le SGA. Ne lâchez pas Mackenzie. Nous devons le laisser nous guider le plus longtemps possible. Nous l'arrêterons au dernier moment.

Il sortit de la pièce sans ajouter un mot.

L'agent belge resta quelques minutes seul à l'intérieur. Plus le temps passait, plus il se sentait en

1. Ministère de la Sécurité de l'État chinois, comprenant un département de services secrets.

désaccord avec le SGA et cela n'augurait rien de bon pour la fin de cette affaire.

65.

— Ce qui m'intrigue le plus, au fond, c'est que nous n'avons pas la moindre idée de ce que Weldon cherche sous terre. Il a beau être un mystique illuminé, j'ai du mal à croire qu'il soit *réellement* en quête d'un royaume perdu ou d'une connerie dans le genre...

Ari et Marie déjeunaient en tête à tête dans le restaurant de l'hôtel. L'analyste aurait préféré se rendre dans l'une de ses cantines de prédilection du quartier, mais il valait mieux rester prudent. L'homme à la canne était peut-être sur leurs traces. Assis face à face sur des fauteuils bas, ils parlaient à voix basse.

— Pourquoi pas ?

— Parce que tout ça fait davantage penser à une authentique recherche scientifique et que les moyens mis en œuvre sont trop colossaux pour que cela ne soit qu'une folie d'hermétiste. Le fait que le Docteur soit entré en contact avec ton père, par exemple, prouve bien qu'il cherche quelque chose de scientifiquement concret, si je puis dire.

— Tu disais l'autre jour qu'il y avait un rapport avec l'alchimie... Tu ne crois pas que l'alchimie puisse être abordée d'une façon scientifique ?

— C'était le cas jadis. Mais aujourd'hui, l'approche scientifique de l'alchimie, ce n'est plus de l'alchimie, c'est de la chimie... Et puis, il n'y a pas que ça. Il y a l'agent du SitCen qui est venu me voir le jour où mon appartement a été fouillé, l'intervention du ministère de l'Intérieur avant que je puisse terminer mon enquête sur Villard de Honnecourt, le classement Secret Défense du tunnel parisien, etc. Pour que cette affaire intéresse autant de monde en haut lieu, c'est qu'il doit y avoir quelque chose de très sérieux derrière.

— Si tu le dis.

— Il y a de fortes chances que ton père soit dans l'un des centres avec le Docteur, Marie... Mais pourquoi ? En quoi ton père est-il utile à Weldon ? Qu'est-ce qu'un géologue peut lui apporter ?

— On n'a qu'à demander à Jaquemin.

— Qui ça ?

— Le professeur Jaquemin. C'est un collègue et ami de mon père. On n'a qu'à lui demander ce qui, selon lui, pourrait être caché sous terre et nécessiter la présence d'un géologue...

— Ce n'est pas une mauvaise idée, admit Mackenzie en souriant.

Ils finirent leur repas rapidement et partirent ensemble pour l'université Pierre-et-Marie-Curie, à l'autre bout de Paris. Ils furent reçus par le professeur de l'école doctorale, que Marie avait rencontré une ou deux fois chez son père.

L'homme, la soixantaine ventripotente et le crâne dégarni, avait un visage rond et amène. Il accueillit chaleureusement les deux visiteurs dans un grand bureau aux murs couverts de boiseries et de bibliothèques.

— Comment allez-vous, Marie ? Je suppose que les choses ne doivent pas être faciles... Nous sommes nombreux ici à penser à votre papa.

La jeune femme pencha la tête d'un air reconnaissant.

— J'essaie de ne pas perdre espoir. Je vous présente le commandant Mackenzie. Il enquête sur une affaire qui pourrait avoir un rapport avec la disparition de papa. Cela vous dérangerait de répondre à ses questions ?

— Mais pas le moins du monde. Tout ce que je peux faire pour vous aider.

— Je vous remercie, répliqua Ari.

— Que voulez-vous savoir ?

— Nous pourrions avoir besoin de votre avis de géologue.

— À quel sujet ?

— Cela risque de vous paraître étrange, ou un peu naïf, comme question…

— Allez-y toujours. Ce ne pourra pas être pire que les questions de mes étudiants.

— Qu'est-ce qui, à votre avis, pourrait se trouver à l'intérieur de la Terre et attirer la convoitise de grandes organisations internationales, au point que celles-ci soient prêtes à tuer ?

Le professeur écarquilla les yeux, perplexe.

— Je vous avais prévenu, c'est un peu spécial, bredouilla Ari.

— Eh bien… Je ne sais pas. Tout dépend de l'endroit et de la profondeur. Cela peut être beaucoup de choses…

— Une assez grande profondeur sans doute, et à de nombreux endroits de la planète, aussi bien au pôle Nord qu'en Mongolie, par exemple.

L'universitaire haussa les épaules.

— Comme ça, à brûle-pourpoint, je pense évidemment à de nouvelles réserves de pétrole… Mais de là à tuer !

— Oui… J'y ai pensé également. Mais je pencherais pour quelque chose de plus extraordinaire. Quelque chose qui puisse réellement justifier la mise en œuvre de méthodes… peu conventionnelles. Quelque chose qui puisse par exemple justifier qu'on enlève des géologues pour les obliger à participer aux recherches.

— Vous pensez que Charles a été enlevé ?

— Oui.

— Mon Dieu !

— Et il y a de fortes chances que le mobile de son enlèvement soit justement ses connaissances en géologie. Deux autres chercheurs travaillant dans le même domaine ont disparu.

Le regard du professeur Jaquemin fit plusieurs allers et retours entre Marie et Mackenzie, comme s'il cherchait dans leurs visages la confirmation que ce n'était pas une plaisanterie.

— Je vois, dit-il. Je ne pense pas que, de nos jours, on soit encore capable de tuer ou d'enlever des gens pour trouver du pétrole... Encore que les stocks s'amenuisent rapidement. La découverte de nouvelles réserves pourrait très bien entraîner de grands conflits politiques. Surtout s'il s'agissait de réserves susceptibles, par leur immensité, de modifier l'avenir énergétique de notre planète. Ce qui ne serait pas forcément une bonne nouvelle, en termes d'écologie, soit dit en passant.

— D'accord. Mais si ce n'était pas du pétrole, cela pourrait être un minerai ?

— Je ne vois pas quel minerai justifierait ce que vous semblez soupçonner. De l'or ? Du diamant ? Oui. Éventuellement. Ce ne serait pas la première fois que leur extraction provoquerait des conflits meurtriers... Mais aurait-on besoin de Charles pour ça ? Je ne le crois pas, non.

— Encore une fois, j'imagine quelque chose de plus étonnant que ça.

Ari avait peur de trop en dire. Après tout, il ne connaissait pas cet homme. Mais il avait besoin de trouver des pistes.

— Comprenez que je ne puisse pas rentrer dans les détails, professeur, l'enquête est en cours. Mais disons que cette chose cachée sous terre suscite l'intérêt des services secrets de plusieurs pays. Ce qui signifie qu'il s'agit de quelque chose d'extrêmement sensible...

— Les services secrets ? Alors ça peut-être n'importe quoi ! On est en plein *X-Files*... Je ne sais pas, moi, les restes d'un vaisseau extraterrestre ?

dit-il sur le ton de la plaisanterie. L'Agartha ? Un monde souterrain où Elvis Presley serait parti se cacher ?

Un sourire se dessina sur les lèvres d'Ari.

— Non... Je vous rassure. Ce n'est pas de cet ordre-là. Si trois géologues ont disparu, c'est bien qu'il s'agit d'une chose en rapport avec votre métier.

L'universitaire, songeur, hésita avant de faire une suggestion.

— Ce pourrait être un minerai aux propriétés prometteuses, ou une découverte scientifique capitale... Mais j'ai du mal à y croire.

— Pourquoi ?

— Écoutez, il est vrai que notre connaissance de l'intérieur de la Terre est sommaire – la profondeur à laquelle nous sommes capables d'envoyer du matériel de prospection est ridicule, par rapport au rayon de notre planète – mais globalement, nous savons de quoi elle est composée.

— Il ne pourrait pas y avoir de surprise ?

— On peut tout imaginer, bien sûr, mais a priori, non. Sans vouloir vous paraître professoral, la Terre est constituée de plusieurs couches, la croûte terrestre, le manteau et le noyau.

— Jusque-là, je vous suis...

— La croûte, dans sa partie continentale, est épaisse de 15 à 80 km. Or, à ce jour, les forages les plus profonds qui aient été effectués sont de 9 km sous l'Allemagne et 12 km dans la péninsule de Kola, en Russie. En somme, nous ne sommes pas encore capables d'atteindre la zone de transition entre la croûte et le manteau supérieur – ce qu'on appelle la discontinuité de Mohorovicic, ou le Moho, pour les intimes.

— En gros, nous n'avons fouillé que 12 km sur la profondeur totale de la Terre ?

— Oui. 12 km sur un peu plus de 6 300 ! Et nous n'avons donc jamais atteint le manteau supérieur. Il faut vous dire qu'à 10 km de profondeur, la température atteint tout de même 300 °C ! Cela nécessite un matériel très résistant. La croûte océanique étant plus mince que les plaques continentales, il y a eu plusieurs tentatives de percées au fond des océans, mais à ce jour aucun navire n'a encore réussi à forer jusqu'au Moho.

— J'adore ce nom, intervint Marie en souriant.

Sa fausse décontraction masquait mal l'angoisse qui l'habitait. Ari commençait à le comprendre, l'humour et la légèreté étaient chez elle un mécanisme de défense naturelle.

— Mais alors, reprit Mackenzie, comment connaît-on la structure de la Terre ?

— Il existe de nombreuses techniques, mais on procède principalement par l'étude de la propagation des ondes sismiques.

— OK. Pour revenir à notre sujet, vous pensez donc qu'il ne pourrait pas y avoir de minerai inconnu sous terre ?

— Peu probable. La majorité des roches constituant la croûte terrestre sont des oxydes.

— C'est-à-dire ?

— Silicium, aluminium, fer, calcium, magnésium, potassium et sodium. Il y a des exceptions, comme le chlore, le soufre et le fluor, mais leur quantité dans n'importe quelle roche dépasse rarement les 1 %. Le manteau, à supposer qu'on soit capable de l'atteindre un jour, est quant à lui constitué d'un agrégat de cristaux d'olivine, de pyroxènes et d'autres composants basiques.

— D'accord... Mais vous le dites vous-même, il y a des exceptions. Il pourrait très bien y avoir un minerai très rare, encore inconnu.

Le professeur eut une moue sceptique.

— À la limite... Mais pourquoi voulez-vous absolument que ce soit un minerai ? Après tout, ce grand secret international pourrait justement être la découverte d'une percée dans la discontinuité de Mohorovicic, non ?

— Je ne sais pas… Question d'intuition, répondit Ari d'un air hâbleur.

— Le doute est la base de toute démarche scientifique.

— Explorer des hypothèses est celle de toute démarche policière.

— Soit, concéda l'universitaire.

— Alors ? s'entêta Ari. Si l'on découvrait un nouveau minerai, quelle propriété pourrait-il avoir qui expliquerait toute cette agitation ?

— Je n'en sais rien. Nous sommes dans de la pure spéculation.

— Ce n'est pas grave. Prêtons-nous au jeu…

Le professeur Jaquemin haussa les sourcils. Visiblement, la prospective n'était pas sa tasse de thé. Pour un chercheur, Ari trouva qu'il manquait un peu d'audace.

— D'accord… Eh bien, si ce n'est pas du pétrole… Ce pourrait être une autre roche aux propriétés énergétiques. Cela expliquerait l'importance de l'affaire. L'énergie, vous le savez, est le plus grand défi du siècle à venir.

Le sexagénaire demeura pensif un instant, comme si l'exercice commençait à lui plaire, puis il reprit :

— Oui… Après tout. Vos types ont peut-être trouvé un moyen de passer à un niveau supérieur dans l'échelle de Kardashev !

— Qu'est-ce que c'est que ça ?

— C'est une méthode de classement des civilisations en fonction de leur niveau technologique, et plus exactement de la quantité d'énergie dont elles disposent.

— C'est-à-dire ?

— Eh bien, pour être précis : on considère qu'une civilisation est de type I sur l'échelle de Kardashev quand elle est capable d'utiliser toute l'énergie disponible sur sa planète d'origine. Une civilisation de type II doit être en mesure d'utiliser toute l'énergie produite par son étoile centrale. Et enfin, une civilisation de type III utilise toute l'énergie émise par la galaxie où elle se trouve.

— Notre civilisation est capable d'utiliser toute l'énergie disponible sur Terre ?

— Non, justement. C'est pourquoi on considère à ce jour que la civilisation humaine est de type 0, un peu en dessous du type I.

— Sait-on au moins quelle quantité d'énergie est disponible sur la planète ?

— En gros, oui. Ce sont des calculs un peu compliqués, mais de mémoire, ce doit être 1,6 ou $1{,}7 \times 10^{17}$ watts. Nous n'avons pas pour le moment la technologie suffisante pour collecter l'intégralité de cette énergie.

— Je vois... Bref, vous pensez que ce que ces gens cherchent sous terre pourrait être un moyen d'atteindre le type I de l'échelle de Kardashev ?

— Je n'en ai pas la moindre idée ! se défendit le professeur. C'est vous qui me demandez d'émettre des hypothèses...

— D'accord. Mais ça *pourrait* être ça.

— Oui. Pourquoi pas ?

— Et quelles en seraient les conséquences ?

— C'est difficile à dire, vous savez. C'est encore une situation inédite à ce jour. Mais le passage d'un niveau à l'autre dans l'échelle de Kardashev entraînerait certainement de profonds désordres sociaux. Certains futurologues affirment qu'un passage du type 0 au type I comporterait un grand risque d'autodestruction, car l'exploitation totale de nos ressources n'est pas sans risque. D'autres disent qu'une période de grands bouleversements pourrait être l'indicateur d'une prochaine ascension vers une civilisation de type I. Nous y sommes peut-être !

— Que voulez-vous dire ?

— Les bouleversements que nous connaissons depuis les années 2000 sont peut-être un signe annonciateur de l'imminence de notre passage du type 0 au type I. Ce qui est certain, c'est qu'un jour ou l'autre, il faudra trouver un moyen de remplacer le pétrole, qui est l'un des piliers de notre économie, or…

— Il n'y en aura bientôt plus…

— Absolument. Depuis 2002, le prix du pétrole a connu une hausse spectaculaire. Et cette fois-ci, ce n'est plus pour des raisons politiques, comme lors des chocs pétroliers des années 1970. Les principales causes sont la hausse de la demande, en particulier de la Chine, et l'épuisement rapide des réserves mondiales de certaines régions, comme en mer du Nord, par exemple. En janvier 2008, le baril a atteint les 100 dollars pour la première fois de son histoire à la Bourse de New York… Le problème, c'est que le pétrole est devenu indispensable à la vie quotidienne dans presque tous les pays. Dans les nations les plus pauvres, il faut bien se rendre compte que la hausse de son prix signifie moins d'éclairage et moins d'aliments chauds, car le kérosène est souvent la seule source d'énergie domestique disponible. Et puis ses dérivés chimiques servent à la fabrication de toutes sortes de produits, qu'ils soient hygiéniques, alimentaires, matière plastique, tissus, etc.

— Et on en a encore pour combien de temps ?

— En réalité, il est très difficile d'estimer quand le pic aura lieu au niveau mondial. Un certain nombre de mes confrères chercheurs en géologie et d'anciens experts géologues en prospection pétrolière se sont d'ailleurs regroupés pour dénoncer la surévaluation des stocks.

— Ils sont surévalués ?

— Oui.

— Par qui ?
— Presque tout le monde.
— Pourquoi ?
— Chacun a ses raisons. Pour un pays producteur, c'est un moyen d'attirer les investisseurs pour construire des infrastructures d'extraction et de transport. Pour un pays consommateur, cela permet de forcer les pays producteurs à maintenir un prix bas en agitant la menace d'aller se fournir ailleurs. Pour les compagnies pétrolières, enfin, c'est une façon de rassurer les investisseurs sur leur valeur à long terme.
— Mais en réalité ?
— En réalité, une fourchette de dates comprises entre 2020 et 2030 est à présent admise par la plupart des spécialistes.
— C'est demain.
— En effet.
— Et quelles sont les alternatives ?
— Les énergies renouvelables, telles que l'énergie solaire ou éolienne, les biocarburants, le moteur à hydrogène. Et puis, bien sûr, l'énergie nucléaire.
Ari hocha la tête.
— Bien. La recherche d'une nouvelle ressource d'énergie est donc une hypothèse crédible dans l'affaire qui nous intéresse ?
— Disons que c'est celle qui me vient le plus logiquement à l'esprit, oui, si l'on écarte des matières comme l'or, les diamants ou le Coltan, ou les hypothèses extraterrestres, la découverte du manteau supérieur et d'autres pistes encore que, visiblement, vous ne voulez pas explorer...
— Je suis un adepte du rasoir d'Ockham.
— *Entia non sunt multiplicanda, praeter necessitatem*, énonça le professeur avec un air satisfait.
— La disparition du père de Marie favorise la piste géologique. Pour l'instant, je m'en tiens là.

Ari se garda d'ajouter que d'autres raisons l'incitaient à privilégier cette piste, notamment le tunnel dans le puits de Saint-Julien-le-Pauvre.

— Au cours de sa carrière de chercheur, Charles s'est spécialisé dans deux domaines qui pourraient en effet s'avérer utiles dans ce type de recherche : la minéralogie et la géochimie. Il connaît très bien la problématique des ressources énergétiques. Mais pour être tout à fait honnête, les chances pour que se cache sous terre une nouvelle ressource énergétique sont tout de même assez faibles.

— Ce qui expliquerait que cela soit une découverte aussi extraordinaire, répliqua Mackenzie.

66.

Quand je me trouvai seul devant le puits miraculeux de Saint-Julien-le-Pauvre et que je découvris, stupéfié, qu'il était asséché et fermé à l'aide d'une grille, je compris qu'il s'agissait bien du « passage oublié » dont parlait Villard de Honnecourt.

Ses dernières phrases me revinrent alors en mémoire : « Prends garde ! Il est des portes qu'il vaut mieux n'ouvrir jamais. » L'avertissement était aussi clair et terrifiant qu'il était tentateur et, dès lors, je n'eus de cesse de descendre au fond du gouffre mystérieux. Cela devint une obsession.

Je ne sais pas vraiment ce que j'espérais trouver. Mais, au fond, qui sait réellement, quand il est ainsi confronté à la promesse d'une révélation, ce qu'il cherche, ce qu'il attend ?

Sais-tu, toi, lecteur, ce que tu cherches ? Ce que tu attends ? Quelle est la réponse derrière laquelle tu cours, tout au long de ta vie ? Cherches-tu Dieu ? Ou une meilleure image de toi-même ? Cherches-tu l'amour ? La paix ? Cherches-tu l'âme sœur ? Celui ou celle qui saura effacer ton indicible solitude ? Cherches-tu une réponse au secret de la mort ?

Car une seule chose est sûre, nous courons tous, cher lecteur. Nous courons tous.

67.

— Je te retrouve ce soir à l'hôtel.

Ari avait arrêté la MG-B en haut de la place de Clichy, en retrait du trafic, mais n'avait pas coupé le moteur. Quelques passants jetèrent des regards admiratifs au vieux cabriolet dont la carrosserie vert anglais scintillait avec la lumière du soleil d'été.

— Et pourquoi je ne viendrais pas avec toi ? répliqua Marie.

— Parce que je dois aller quelque part où je ne peux pas t'emmener.

— Ça m'agace quand tu fais ton agent secret ! s'exclama la jeune femme en se renfonçant dans le siège en cuir.

— En même temps... Il faut bien admettre que c'est un peu mon métier, répondit Ari avec un sourire désolé. Promis, je me dépêche.

— Je vais m'ennuyer, moi...

L'analyste se tourna vers la jeune femme, croisa les bras et fronça les sourcils d'un air pontifiant.

— Mais dis-moi : tu ne travailles jamais ? Je veux dire... Actrice au chômage, ça paye bien ?

Plutôt que de répondre, Marie déposa un baiser langoureux sur les lèvres de Mackenzie et sortit de la décapotable avec majesté.

Il resta abasourdi quelques secondes encore après le départ de la jeune femme. Il devait bien reconnaître qu'il y avait quelque chose de terriblement rafraîchissant qui se dégageait d'elle, et peut-être aussi dans cette situation. Il la regarda disparaître sur le trottoir, chaussa ses lunettes de soleil et se mit en route.

Il essaya de se concentrer sur ce qu'il avait à faire. Depuis sa conversation avec Iris, un sujet le tracassait : les documents de Mancel. Pour l'instant, persuadé que ces vieux papiers ne présentaient aucune valeur – et que le Docteur ne les cherchait que parce qu'il ignorait qu'ils étaient de simples titres de propriété –, il avait négligé cette piste. Mais peut-être comportaient-ils quelque chose qui lui avait échappé ? Au fond, il n'avait jamais pris le temps de les étudier de près. Le goût pour le mystère dont Villard avait fait preuve dans ses carnets pouvait aussi bien se retrouver sur ces parchemins : peut-être renfermaient-ils une énigme cryptée... L'acharnement de Weldon pour les récupérer laissait supposer qu'il y avait dessus des informations précieuses, bien qu'Ari en doutât. Il était temps d'en avoir le cœur net.

Un quart d'heure plus tard, il pénétrait dans le parking de la gare de Lyon. Il gara son cabriolet près des ascenseurs, prit son sac à dos sur le plancher de la voiture, monta jusqu'au niveau 0 et rejoignit l'espace Méditerranée, dans la partie inférieure de la gare.

Il y avait foule, à cette heure. Les arrivants qui souriaient de leurs retrouvailles, couraient fumer dehors la cigarette qu'ils n'avaient pu allumer tout au long du voyage, les partants qui s'agglutinaient, confus, autour des panneaux d'affichage, râlaient en n'y trouvant pas le quai d'où partirait leur train, les retardataires courant à petits pas en tirant leurs valises à roulettes, les badauds flânant chez les marchands de journaux franchisés, les SDF, les yeux baissés, cherchant du bout des doigts nos générosités rares, les militaires patrouillant en tenue de camouflage et exhibant leurs fusils-mitrailleurs tout en traînant les boots, le regard aussi provocateur que celui des petites frappes qu'ils tentaient d'impressionner, sans doute. Ari, chemise ouverte, s'engouffra tête basse dans cette mer d'air sec et chaud. La salle des consignes venait immédiatement à droite, derrière un sas de sécurité surveillé par deux agents en uniforme.

Krysztov lui avait expliqué précisément où il avait caché l'attaché-case : au bout des rangées de consignes automatiques, casier n° 83, code 1972. Facile à retenir : c'était l'année de la sortie de *Machine Head*, l'album que l'un et l'autre tenaient pour le meilleur de la discographie de Deep Purple.

Au début, Ari s'était étonné du choix de Zalewski. Une consigne SNCF, c'était désuet et peu sécurisé. Mais le Polonais l'avait convaincu que, au contraire, c'était la plus sûre des solutions, que les consignes modernes n'avaient plus rien à voir avec celles des vieux films noirs et qu'elles bénéficiaient presque de la même sécurité qu'un aéroport. À moins de connaître le code, ou d'utiliser des appareils high-tech indétectables, il n'y avait aucun moyen d'ouvrir les casiers. Provisoirement en tout cas, l'endroit avait l'avantage de n'être lié à aucun d'entre eux.

Arrivé devant l'entrée, Ari déposa son sac à dos sur le tapis roulant et passa le portique de sécurité sous le regard blasé des deux gardiens. Il longea le mur où s'alignaient les portes blanches métalliques. Quand il trouva la consigne n° 83, il jeta un coup d'œil autour de lui pour vérifier qu'on ne l'espionnait pas. Personne dans la salle. Il entra les quatre chiffres sur le clavier. La serrure se désarma dans un cliquetis aigu.

Mackenzie ouvrit le coffre. La lumière se glissa à l'intérieur. Il écarquilla les yeux. Le casier était vide.

68.

Caroline Levin se laissa tomber sur les genoux et poussa un hurlement de colère et de désespoir, les mains plantées dans le sol.

En vain, elle avait tourné toute la soirée dans la jungle environnante en criant le nom de son époux. Au début, elle avait cru qu'il n'avait pas vu le temps passer et qu'il était encore en train de leur chercher de la nourriture. Puis les heures avaient défilé et son inquiétude n'avait cessé de grandir. Quand le ciel s'était obscurci, elle avait acquis la certitude qu'il s'était passé quelque chose d'anormal. Quelque chose de grave. Erik ne pouvait pas l'avoir abandonnée.

Sous la voûte des arbres, en l'absence du moindre rayon de lune, il faisait nuit noire à présent, et la pile de la lampe torche était sur le point de rendre l'âme. Caroline devait se rendre à la terrible évidence : il ne servait plus à rien de chercher, et la meilleure chose à faire était de retourner à l'endroit où Erik l'avait laissée quelques heures plus tôt. Mais elle n'arrivait pas à renoncer. À vrai dire, elle n'arrivait plus à décider. Elle avait déjà envisagé mille scénarios, et tous la terrifiaient.

La peur, maintenant, l'avait envahie tout entière. Non seulement l'idée de ne jamais retrouver Erik était devenue soudain plus concrète, mais s'y ajoutait l'angoisse primitive de passer la nuit seule au milieu de cette jungle immense. Sans lumière. Sans présence.

Ses doigts se crispèrent, ses ongles s'enfoncèrent dans la terre, comme si elle avait pu trouver là, dans le sol, le pilier dont elle avait besoin pour ne pas s'effondrer. Elle sentit bientôt des larmes couler sur sa peau, des larmes de peur et de résignation. Mais il ne fallait pas céder. Si Erik avait été là, il l'aurait obligée à se redresser et se mettre en route. Elle ne pouvait pas rester ici. Elle devait revenir sur ses pas, tout de suite, avant que la torche ne s'éteigne complètement.

Maintenant.

Caroline s'essuya les joues d'un revers de manche et se releva lentement. Elle tremblait de tout son corps. Elle inspira profondément, puis se mit en marche, titubant entre les arbres, la mâchoire serrée. Sa lampe n'éclairait presque plus. Elle avança ainsi dans la pénombre, luttant contre l'angoisse, assurant chacun de ses pas au milieu des ombres immenses que les arbres dessinaient autour d'elle.

Après quelques détours, elle retrouva enfin son point de départ. Le campement provisoire qu'ils avaient choisi. Pendant un instant, elle avait espéré qu'Erik serait là, qu'il serait revenu. Mais non. La place était vide. Désespérément vide.

Assommée par le désespoir, Caroline Levin se laissa tomber au milieu du lit de feuilles qu'elle avait fabriqué un peu plus tôt.

Après quelques secondes de silence pesant, elle frémit. Une pensée hantait son esprit. Elle le savait : il fallait éteindre la lampe de poche pour garder, en cas d'urgence, le peu d'énergie qu'il restait encore dans les piles. C'était ce qu'il y avait de plus raisonnable à faire. Mais l'idée de se retrouver seule dans le noir avait quelque chose d'effrayant. C'était comme une abdication. Le cœur battant, elle appuya toutefois sur l'interrupteur de la torche.

Elle se trouva aussitôt plongée dans une obscurité plus totale encore qu'elle ne l'aurait imaginée. Elle fut alors saisie d'une soudaine et violente bouffée d'angoisse. Un frisson glacial parcourut son échine. N'y tenant plus, elle poussa un cri et ralluma aussitôt la lampe. Les larmes montèrent à ses paupières et elle se mit à sangloter.

La voix étranglée de spasmes, elle hurla une nouvelle fois le nom de son époux au milieu de la quiétude lourde de la forêt amazonienne. Mais ce n'était plus une exhortation. Ce n'était plus une recherche. C'était une plainte. Le cri d'une femme terrorisée appelant au secours.

Elle n'eut pour seule réponse que le lointain battement d'ailes d'un rapace apeuré.

Et puis la torche s'éteignit.

69.

Marie Lynch raccrocha son téléphone portable et, accablée, se laissa tomber sur un banc, en bas de la rue Caulaincourt.

Elle soupira en regardant le spectacle qu'offrait Paris. La ville était d'une agaçante vivacité, le soleil d'une ardeur exaspérante, et les passants souriaient bêtement, grisés par les artifices de l'été. La capitale, flamboyante, ressemblait à un décor de carton-pâte et les badauds aux mauvais acteurs d'une mauvaise comédie italienne.

D'un geste désinvolte, Marie chercha une cigarette dans sa poche et la coinça entre ses lèvres. Plus le temps passait, plus la situation devenait compliquée. Elle commençait à se détester elle-même, peut-être autant qu'elle détestait ces hommes qui se servaient d'elle, ces hommes pour lesquels elle devait encore travailler aujourd'hui.

Elle alluma sa cigarette et, balançant la tête en arrière, recracha la fumée en l'air pour ajouter quelques nuages à ce ciel trop bleu.

Tout avait commencé très simplement. Des agents du SitCen étaient venus la voir un matin dans son appartement. Sans la moindre compassion, ils avaient étalé sur la table un double de son dossier médical, des copies de ses relevés de compte, les tableaux d'amortissement de ses crédits, établi la liste de ses dettes, de ses emprunts, et ils lui avaient dit, avec le cynisme le plus abject des hommes auxquels le système ôte tout scrupule : « Mademoiselle Lynch, si vous voulez qu'on retrouve votre père et qu'on vous sorte de la merde financière dans laquelle vous êtes, il va falloir travailler pour nous. Nous saurons nous montrer reconnaissants. Nous savons, par exemple, que vous n'avez pas les moyens de vous offrir le séjour à la clinique Dumay dont vous avez besoin... Tout cela pourrait changer. »

C'était de cette façon odieuse, sans doute, que les services secrets avaient l'habitude de recruter leurs « honorables correspondants », d'assujettir leurs indics... L'argent. Les recruteurs le savent : il y a un taux d'endettement au-delà duquel n'importe quel individu oublie ses principes. La promesse d'une libération financière devient alors le plus puissant des appâts. Et lorsqu'en plus on est malade et que l'on n'a pas les moyens de se payer des soins spécialisés, on devient une proie aisée.

Elle avait commencé par faire mine d'être choquée. Question d'amour-propre. Et, finalement, elle avait cédé. Question de survie.

Les deux agents avaient souri, comme pour marquer le territoire de leur suffisance. Puis ils lui avaient dit : « Il vous faudra vous rapprocher d'un commandant de police français et nous tenir informés de ses moindres faits et gestes, de ses découvertes, ses déplacements, ses rencontres...

— Vous pouvez vraiment m'obtenir une place à la clinique Dumay ?

— Oui.

— Et vous effacerez toutes mes dettes ?

Toutes, sans exception, avaient-ils promis. Et ce faisant, elle allait les aider à retrouver son père. En somme, elle gagnait sur tous les niveaux, avaient-ils affirmé très sérieusement.

Quelques jours plus tard, ils l'avaient mise sur la route de Mackenzie et, de fil en aiguille, elle était devenue son amante pour obtenir les informations que le SitCen attendait.

Le problème, à présent, c'est qu'elle commençait à apprécier cet imbécile de Mackenzie. À l'apprécier beaucoup, même. Et elle n'était plus certaine de savoir avec qui elle devait être sincère. Devait-elle continuer à trahir Ari pour respecter l'accord passé avec le SitCen, ou bien tout lui avouer et renoncer au pacte avec les services secrets européens ?

Elle ignorait laquelle des deux solutions avait le plus de chances de lui rendre son père. Mais dans les deux cas, elle avait quelque chose à perdre. Si elle trahissait le SitCen, ses dettes ne seraient pas effacées et elle pouvait dire adieu à la clinique. Si elle continuait d'espionner Mackenzie, il finirait par l'apprendre, et elle perdrait alors le premier homme pour lequel elle ressentait quelque chose depuis fort longtemps...

Ressentir quelque chose.

Elle en venait à se demander si elle n'avait jamais éprouvé un sentiment comme celui qui la gagnait depuis la veille. Son attirance pour l'analyste ne relevait pas du fameux coup de foudre, et pourtant c'était plus troublant, peut-être même plus profond encore. Cela relevait de l'évidence. Ce n'était pas la passion dévastatrice du violent amour, ce n'était pas les *papillons dans le ventre*, non, c'était comme une authenticité sereine, une légitimité : ils *étaient* ensemble, sans se soucier du lendemain, parce que, de toute façon, il n'y en avait pas, *de lendemain*.

Elle n'aurait pu l'expliquer tout à fait. Il y avait sans doute dans cette attirance mutuelle une grande dose d'inconscient, peut-être même un peu de chimie, mais il y avait aussi des causes indubitables. Tous deux avaient perdu leur mère beaucoup trop jeunes, tous deux avaient connu le pire et le meilleur de l'amour et avaient rapporté de ce voyage une sorte de quiétude blasée et triste... Il semblait à

Marie que Mackenzie portait sur la vie et les hommes un regard très proche du sien : un mélange de cynisme et de tendresse amusée, une vision libérée de bien des dogmes, peu soucieuse des conventions sociales, avide de vérité, d'authenticité. L'un et l'autre attendaient finalement la même chose du futur, à savoir : pas grand-chose de concret, mais seulement quelques surprises et des plaisirs simples, avant la fin. Que la vie et les hommes, dont ils avaient déjà, de force, une trop bonne connaissance, les étonnent un peu.

Mais voilà. Elle l'avait trahi et devrait le trahir encore. Elle n'avait pas vraiment le choix : à ce jour, elle avait davantage besoin d'argent et de soins que d'amour. L'amour ne paierait pas ses crédits à la consommation. L'amour ne repousserait pas les symptômes de la maladie de Huntington. Alors, assise sur ce banc, sa cigarette pendue au bout des lèvres, les yeux rivés à la voûte immaculée d'un ciel à l'azur trompeur, elle ne put s'empêcher de penser que la vie, en somme, était une belle salope.

70.

Cela faisait une heure qu'Ari appelait Krysztov en vain. Le garde du corps ne répondait pas, ce qui n'était pas fait pour le rassurer. Il aurait voulu une explication immédiate à la disparition des documents de Mancel.

Il se gara au bas la rue de Miromesnil, à quelques pas du siège du SPHP, et se dirigea d'un pas rapide vers le grand bâtiment. Il montra sa carte à l'entrée et demanda à rencontrer Zalewski. Mais, comme il l'avait craint, le Polonais n'était pas là. Ari parvint toutefois à interroger un collègue qu'il connaissait, membre de la sous-direction des personnalités menacées.

— Désolé, Mackenzie, Krysztov est en mission, expliqua l'officier.

— Je n'arrive pas à le joindre sur son portable.

— C'est normal. Sur ce genre de missions, les téléphones personnels sont coupés.

Ari grimaça.

— Il faut que je le joigne tout de suite. C'est très, très urgent.

L'officier hésita. Joindre un agent en pleine mission pour des motifs privés était évidemment interdit, mais la gravité dans le regard de Mackenzie parvint à le persuader qu'il pouvait faire une entorse au règlement.

— Je vais voir ce que je peux faire, attendez-moi ici.

L'officier s'éclipsa dans un bureau et réapparut quelques instants plus tard en tendant un téléphone à Mackenzie.

— Faites vite, l'intima-t-il.

La voix de Krysztov grésilla dans le combiné.

— Qu'est-ce qui se passe, Ari ?

— Où sont les documents de Mancel ?

— Eh bien, je te l'ai dit, je les ai mis dans une consigne en attendant de...

— Ils ne sont *pas* dans la consigne, Krysztov. J'en reviens.

Il y eut un blanc.

— Tu... Tu es sûr ? Tu as regardé dans le bon casier ?

— Oui. Tu ne me caches rien, j'espère ? Tu ne les aurais pas mis ailleurs, par hasard ?

— Mais non, Ari ! Enfin !

Mackenzie s'en voulut presque d'avoir posé la question.

— Tu en as parlé à quelqu'un ?

— À personne ! Iris et toi êtes les seuls au courant.

Ari ferma les yeux. Bien sûr. Il n'avait pas pensé à cette éventualité-là.

— Iris ? Tu as donné le code à Iris ?

— Oui.

— OK. Désolé de t'avoir dérangé. Je te rappelle.

L'analyste raccrocha aussitôt, rendit le téléphone à l'officier du SPHP, le remercia et sortit du bâtiment au pas de course.

Il sauta dans sa voiture, enfila les oreillettes de son téléphone portable, démarra et composa le numéro de sa collègue. Aucune réponse. Il essaya chez elle et au bureau. Toujours rien.

Il jeta le téléphone sur le siège passager, s'extirpa rapidement de la petite rue et fonça vers l'extérieur de Paris.

Il n'arrivait pas à croire qu'Iris ait pu les trahir. Cela ne tenait pas debout. Il devait y avoir une explication. Avait-elle été forcée de parler ? Après tout, peut-être n'avait-elle rien à voir avec cela. Quelqu'un pouvait avoir utilisé un système pour ouvrir le casier 83 sans le forcer... Présomption d'innocence. Il devait garder le doute.

Un quart d'heure plus tard, il était à Levallois. Il entra dans le bâtiment de la DCRI, passa le sas de sécurité, monta au cinquième étage et se dirigea vers le bureau d'Iris. Vide. Mais la porte était ouverte.

Il hésita un instant devant la vitre, puis il entra et commença à fouiller nerveusement dans les affaires de sa collègue. Il inspecta les papiers posés sur son bureau, les lettres entassées dans les casiers... Il ne savait pas exactement ce qu'il cherchait, au fond. Un indice qui pût lui dire si Iris avait quelque chose à voir avec la disparition des documents. Et à mesure qu'il fouinait, il se rendait compte que c'était à la fois ridicule et déplacé.

Soudain, la porte du bureau s'ouvrit violemment et Ari vit entrer Gilles Duboy.

— Qu'est-ce que vous foutez là, Mackenzie ?

— Où est Iris ? répliqua-t-il plutôt que de répondre.

— Elle a appelé ce matin pour dire qu'elle était malade. Mais vous n'avez pas répondu à ma question. Qu'est-ce que vous foutez là ? Votre arrêt maladie à vous dure encore jusqu'à lundi... Vous n'avez rien à faire là.

Ari jeta un dernier coup d'œil au bureau.

— Vous avez raison. Je n'ai rien à faire là.

Il sortit de la pièce sans prendre la peine de saluer son supérieur et descendit dans la rue.

Une fois dehors, il alluma nerveusement une cigarette et regarda l'écran de son téléphone. Il avait espéré qu'Iris aurait laissé un message, un texto. Mais non, toujours rien. Et ce n'était vraiment pas normal. À présent, il était partagé entre inquiétude et colère. Soit il lui était arrivé quelque chose, soit elle les avait trahis. La seconde option lui paraissait tout simplement invraisemblable. Mais le plus insupportable, au fond, c'était de ne pas savoir.

Il montait dans sa voiture quand son téléphone sonna. Le numéro de Krysztov s'afficha sur le petit écran.

— Alors ?

— Iris a disparu.

— Merde.

— Elle a appelé ce matin pour dire qu'elle était malade. Je fonce chez elle.

— OK. J'ai fini ici. Je te rejoins.

Ari raccrocha et lança la MG-B dans les rues désertes de Levallois.

71.

Caroline Levin fut réveillée en sursaut par le cri d'un petit singe au-dessus d'elle.

Il lui fallut quelques secondes pour retrouver la conscience aiguë de la situation. Erik avait disparu. Elle était perdue, seule, au milieu de la jungle amazonienne et n'était pas équipée pour y survivre.

Pourtant, malgré la fatigue – elle avait dormi quelques heures à peine – la peur, la faim, la soif et l'accablement, elle refusa de se laisser submerger par les sanglots qui, déjà, montaient dans sa gorge. Elle avait assez pleuré. Il était temps de reprendre la situation en main.

Comme pour se convaincre, elle repensa à tous les sacrifices qu'ils avaient faits et à tous les espoirs qu'ils avaient placés dans cette satanée mission à l'étranger. Elle repensa à tous les rêves qu'ils avaient bâtis ensemble. La maison qu'ils devaient construire dès leur retour en France, l'enfant qu'ils voulaient faire... Ils avaient déjà des prénoms. Caroline avait même imaginé la décoration des pièces : le grand salon où elle pourrait enfin installer le piano de ses parents et où ils organiseraient de vrais grands dîners pour leurs amis ; leur chambre, avec un lit immense, bien plus grand que ce que pouvait contenir le petit appartement ridicule qu'ils occupaient pour l'instant dans le dix-neuvième arrondissement ; et puis la chambre du bébé, bien sûr, avec des jouets en bois, d'authentiques jouets anciens, et un petit lit débordant de peluches...

Ils en avaient parlé tant de fois, tous les deux, comme d'un avenir certain ! Et au fond, ça n'avait rien de fou, d'inaccessible ou d'orgueilleux. C'était un rêve de bonheur simple, auquel ils aspiraient de droit. L'un et l'autre avaient donné beaucoup pour y parvenir, pour réussir ce en quoi plus aucun de leurs amis ne croyait : fonder un foyer. Simplement ça. Ce n'était plus à la mode, c'était même devenu désuet, et la force de leur amour en faisait sourire plus d'un. Beaucoup n'y voyaient qu'une illusion de jeunesse. Mais Caroline, elle, le savait. *Pour le meilleur et pour le pire*. Elle avait choisi Erik, et Erik l'avait choisie, parce qu'ils avaient la même ambition, simple et fondamentale, et que l'un et l'autre ne se laisseraient jamais décourager.

Alors elle n'avait pas le droit d'abandonner ce rêve. Pas maintenant.

Les yeux grands ouverts, les poings serrés, elle se leva, épousseta ses vêtements, ramassa ses affaires et se mit en route.

Il faisait jour à présent et elle n'eut aucune peine à repérer les nombreuses empreintes qu'Erik et elle avaient laissées tout autour du campement de fortune. Ici des branches cassées, là des traces de pas. Tout était tellement plus clair que la veille !

La raison aurait voulu qu'elle reprenne son chemin, qu'elle marche à nouveau dans la direction qu'Erik avait choisie. Fuir et – pourquoi pas ? – trouver du secours... Mais elle refusait d'abandonner. Son mari était là, quelque part, vivant peut-être.

Ainsi, elle continua ses recherches, en essayant cette fois de les mener avec méthode. Elle commença par marcher en rond, autour du campement, en faisant des cercles de plus en plus larges, dans l'espoir de ne pas négliger le moindre centimètre carré de forêt. Un bâton dans la main, elle battait les plantes devant elle, fouillait partout, laissait son regard courir dans les moindres recoins, sous les troncs morts, derrière les futaies, dans les ombres... Soudain, elle aperçut, entre les rochers, une petite cascade qui coulait vers le sud. Elle se pencha, goûta l'eau. Elle était fraîche et bonne. Caroline en profita pour remplir la bouteille qu'elle portait dans son sac, but encore quelques gorgées puis, regonflée par cette bonne surprise, se remit en route.

Cela faisait plus d'une heure qu'elle marchait ainsi quand elle sentit poindre à nouveau les signes du découragement. Elle se surprit à pousser de profonds soupirs. Ses pieds lui faisaient mal, et sa mâchoire, à force de serrer les dents, était tout endolorie. Et puis, soudain, à plusieurs mètres de là, elle aperçut une tache rouge au milieu des branches. Une forme. Son cœur se mit à battre à toute vitesse.

Elle resta pétrifiée un instant. Rouge. La couleur de la chemise d'Erik. Ses jambes tremblaient. Les questions défilaient dans sa tête. *Est-ce bien lui ? Est-il vivant ?*

Elle sortit enfin de sa torpeur et se mit à courir.

La silhouette de son mari se dessina plus nettement : il était étendu au milieu de la jungle, inanimé. Sa jambe gauche, pliée en deux, faisait un angle dérangeant qui ne laissait rien présager de bon. Bientôt elle fut assez près pour voir qu'il avait les yeux fermés. Un frisson la parcourut. Elle se précipita vers lui et se laissa tomber à genoux.

— Erik !

Elle attrapa son visage. Ses joues lui parurent chaudes. Elle posa fébrilement une main sur son cœur et trouva la confirmation qu'elle cherchait. Le petit muscle battait encore. Il était en vie.

Une sorte d'ivresse ébahie la submergea. Les larmes qui coulaient sur ses joues étaient à présent des larmes de soulagement. Elle souriait. Elle prit la bouteille en plastique dans son sac et versa quelques gouttes sur le visage d'Erik. Elle lui tapota les joues, fit couler encore un peu d'eau sur son front. Rien. Elle frappa plus fort, le secoua par les épaules. Lentement, l'ingénieur ouvrit les yeux.

Il avait le regard complètement perdu, comme s'il était sous l'emprise d'une drogue.

Puis, petit à petit, il parut retrouver sa lucidité. Ses yeux se fixèrent sur le visage de son épouse et ses lèvres se mirent à trembler.

— Ma… Ma jambe, murmura-t-il d'une voix rauque.

Caroline lui posa la main sur le front et essuya du pouce une goutte de sueur.

— Ce n'est rien, mon amour, ce n'est rien.

Elle se pencha sur le côté et jeta un coup d'œil à la jambe gauche d'Erik. Non. Ce n'était pas rien. Le membre était fracturé net. Un bout d'os brisé avait déchiré la peau et dépassait du pantalon ensanglanté. Elle serra les dents et avala sa salive.

Non. Ce n'était pas rien, mais c'était toujours mieux que d'être mort.

— Je vais m'en occuper, mon amour.

Et soudain, ce fut comme si l'urgence et la gravité de la situation, mêlées à la joie d'avoir retrouvé son mari, la forçaient à se dépasser. Caroline se mit en action avec une force et un sang-froid extraordinaires.

Elle prit le couteau dans leur sac et commença par découper la jambe de pantalon d'Erik, en prenant garde de ne pas trop le faire bouger. En temps normal, la vision de l'horrible blessure, le sang, l'os saillant et la chair déchirée lui auraient fait perdre connaissance. Mais elle était concentrée sur ce qu'elle faisait. Elle était entrée dans un mode de survie qui la rendait complètement insensible. Quand elle eut fini, elle déchira des bouts de tissu sur ses propres vêtements et, en les imbibant d'eau, elle entreprit de nettoyer la plaie le plus délicatement possible. Chaque fois qu'elle touchait la peau ensanglantée d'Erik, elle le voyait se crisper et serrer les dents pour contenir la douleur.

Quand la blessure fut à peu près propre, elle découpa dans la chemise de son mari une longue bande de coton qu'elle trempa dans l'eau et la replia pour en faire un tampon de la taille de la plaie. Elle prit dans son sac la bouteille d'alcool et en versa abondamment sur la blessure. Erik poussa un cri de douleur qui résonna longtemps dans le cœur de la jungle. Mais Caroline ne se laissa pas impressionner et continua ce qu'elle avait à faire. Elle tenta de disposer le pansement sur la blessure, mais se rendit immédiatement compte qu'elle n'y parviendrait pas.

La jambe était pliée vers l'extérieur, et l'os dépassait d'au moins deux ou trois centimètres. Dans cette position, il serait impossible de faire un bandage pour maintenir le pansement, et encore plus de mettre une attelle. Or, elle n'avait pas le choix.

Elle s'attarda sur le visage de son mari, trempé de sueur. Il n'y avait pas d'alternative : d'une façon ou d'une autre, il allait falloir remettre la jambe d'Erik en place. Elle savait que c'était dangereux, qu'il y avait un risque d'endommager davantage les tissus environnants, de couper les muscles, les vaisseaux sanguins, les nerfs... Mais il n'y avait pas d'autre solution.

Elle reprit la bouteille d'alcool et, cette fois, la porta aux lèvres d'Erik. Elle lut alors dans son regard qu'il avait compris. Qu'il savait ce qui l'attendait. Il but plusieurs gorgées et ferma les yeux.

— Vas-y, articula-t-il simplement.

Caroline s'essuya les mains et vint se placer au-dessus de son époux. Elle posa un genou sous sa cuisse, pour la coincer fermement et, des deux mains, attrapa la jambe disloquée.

Elle ferma les yeux à son tour et chercha au fond d'elle le courage nécessaire pour continuer. La souffrance qu'elle allait infliger à Erik était sans doute la pire qui fût. Elle allait probablement le plonger en état de choc. Ou pire, provoquer une nouvelle hémorragie dont il ne pourrait se remettre. Mais il fallait qu'elle se persuade que c'était leur seule chance de pouvoir un jour repartir d'ici.

Ses mains se crispèrent sur l'os brisé. Elle avala sa salive. Les battements de son cœur résonnèrent dans sa tête. Ses doigts tremblèrent.

Soudain, elle fut comme électrocutée par le cri de rage de son mari :

— Vas-y, bon sang !

D'un geste brusque et violent, elle tira sur la jambe d'Erik. Il y eut un craquement sec et un déchirement visqueux. Une giclée de sang éclaboussa son visage.

Le hurlement de l'ingénieur fut aussi puissant que bref.

Quand Caroline ouvrit les paupières, elle vit qu'Erik avait perdu connaissance. Elle baissa les yeux. La jambe avait retrouvé une position normale. Maintenant, il allait falloir le panser et lui fabriquer des éclisses. S'il survivait, peut-être pourrait-il un jour se lever. Mais ce ne serait pas avant longtemps, sans doute.

72.

Krysztov débarqua quelques minutes après Ari dans l'appartement de la porte de Champerret.

L'analyste vint lui ouvrir, le visage déconfit.

— T'as les clefs d'ici toi ? demanda le Polonais en fronçant les sourcils.

— Oui. Depuis des années. C'est une longue histoire.

— Je vois...

Zalewski suivit son ami dans le salon.

— Alors ?

— Alors... Elle a fait ses valises. Elle a fait ses valises et elle est partie.

— Où ?

— Je n'en ai pas la moindre idée.

Le garde du corps se laissa tomber sur le canapé, abasourdi.

— C'est pas possible... Tu crois qu'elle aurait...

— Je n'en sais rien, coupa Mackenzie. Je ne sais pas ce qu'elle a fait ! Mais les documents de Mancel ne sont plus à la consigne, et elle était la seule, avec toi et moi, à connaître le code. Et maintenant, comme par hasard, elle est partie.

Ari s'appuya contre une commode en bois noir et leva les yeux au plafond.

— Cela ne lui ressemble tellement pas, murmura-t-il d'un air effondré.

— Tu crois qu'elle a été enlevée ?

— Ça serait plus crédible. Mais il n'y a pas la moindre trace de lutte dans l'appartement. Et puis pourquoi aurait-elle appelé à Levallois en faisant croire qu'elle était malade ? J'ai l'impression qu'elle a soigneusement préparé ses affaires...

— Tu as regardé son ordinateur ?

— Tu sais bien que j'ai horreur de ça.

Le Polonais se leva et s'installa derrière le bureau d'Iris. Il démarra le PC et commença à farfouiller dans le logiciel de courrier électronique. Il ne lui fallut que quelques minutes pour trouver la réponse qu'ils cherchaient.

— Regarde !

Ari vint se placer derrière lui et lut par-dessus son épaule, perplexe. Iris avait reçu un mail de confirmation d'Air France. Elle avait acheté des billets en ligne et son avion décollait de Roissy trois heures plus tard.

73.

À la troisième tentative, Marie Lynch poussa un juron et, furieuse, jeta le téléphone sur le lit de la chambre d'hôtel.

Elle en était sûre : Mackenzie faisait exprès de ne pas répondre. Il lui avait laissé un SMS et ne dirait rien de plus. Il fallait bien se rendre à l'évidence : elle ne signifiait rien pour lui. Au fond, peut-être s'était-il servi d'elle pour son enquête. Et pour la sauter, au passage. L'arroseur arrosé.

Quelle idiote elle faisait ! Elle qui avait cru un instant qu'il ressentait la même chose qu'elle. Elle ne s'était même pas posé la question, d'ailleurs, elle avait simplement pensé qu'il ne pouvait en être autrement. Mais à bien y réfléchir, tout lui paraissait tellement flagrant. Ari était encore amoureux de cette libraire dont il avait parlé. Comment s'appelait-elle, déjà ? Lola. Il avait vaguement mentionné son nom et, dans un bref élan de confidence, laissé entendre que cette histoire d'amour s'était mal finie et l'avait dévasté. Marie aurait dû immédiatement comprendre que le cœur de cet homme était pris, qu'il le serait encore longtemps, et qu'il n'y aurait de place dans sa vie que pour des aventures sans lendemain.

Pourtant, elle n'avait pas attendu grand-chose de Mackenzie. Elle ne s'était pas projetée. Diable ! Comment le faire, quand on n'attendait rien d'autre de la vie qu'une mort prématurée ? Mais elle avait quand même imaginé pouvoir profiter de l'instant, et que cet instant durât plus que vingt-quatre heures… Ils étaient bien, ensemble, et elle n'avait rien espéré d'autre qu'être bien encore un temps. L'avenir n'existait pas, mais le plaisir…

Elle secoua la tête. Après tout, c'était bien fait pour elle. Elle payait pour tous les pauvres types qui, après lui avoir fait l'amour, s'était imaginé que leur chance au loto allait devenir un abonnement et qu'elle n'avait jamais rappelés. Pour une fois, la désillusion serait dans son camp.

Elle poussa un soupir, prit son téléphone et composa le numéro de l'agent du SitCen.

— Mackenzie vient de prendre un avion pour Oulan-Bator, annonça-t-elle avec dépit.

— Il vous a dit précisément où il allait ?

— Non. Il m'a laissé un SMS. Tout ce qu'il m'a dit, c'est qu'il prenait un avion pour Oulan-Bator parce qu'il devait aller dans le désert de Gobi. Maintenant, démerdez-vous. J'ai rempli ma part du contrat. J'espère que vous tiendrez votre parole, bande d'enfoirés.

Elle raccrocha sans attendre de réponse.

Elle roula sur le bord du lit et tendit la main vers le minibar. Une par une, elle sortit toutes les petites bouteilles d'alcool qu'elle trouva dans la porte.

La nuit allait être longue.

74.

— Fais-moi penser à ne plus jamais monter derrière toi à moto ! hurla Ari après avoir péniblement enlevé son casque. Espèce de malade !

— Tu voulais arriver ici avant qu'elle embarque...

Krysztov descendit de la Buell et attacha l'antivol à une barrière.

— Je voulais surtout arriver ici vivant !

— Eh bien ? On est vivants, non ? On a doublé tout le monde, on est pile devant l'entrée, même pas besoin d'aller au parking, je vois vraiment pas de quoi tu te plains !

— Malade ! se contenta de répéter Mackenzie, blafard.

— Allez ! On y va !

Le Polonais passa en premier et ils entrèrent dans l'immense aérogare.

Chez Iris, ils avaient noté le numéro du vol ; ils se dirigèrent donc tout droit vers les écrans affichant les départs et repérèrent le comptoir d'enregistrement correspondant à l'avion qu'elle devait prendre. A priori, ils étaient suffisamment en avance pour l'intercepter. Mais mieux valait se dépêcher. Ils traversèrent le hall en courant et arrivèrent enfin devant une rangée de guichets où s'étendaient des files de voyageurs.

— Elle doit être quelque part parmi ces gens. Regarde ici, je m'occupe de l'autre queue, proposa l'analyste.

Les deux hommes remontèrent l'allée, chacun de son côté, à la recherche de la petite tête ronde d'Iris. Une par une, ils dévisagèrent les personnes qui attendaient patiemment, agglutinées autour de leurs valises. Iris n'était pas là.

Ari sortit sa carte de police et se précipita vers un agent d'enregistrement.

— Police, dit-il d'une voix pressante. Pouvez-vous me dire si Iris Michotte a déjà embarqué sur ce vol ?

L'employé de la compagnie aérienne hésita, désarçonné. Un agent de sécurité, au loin, comprenant qu'il se passait quelque chose, approcha.

— Qu'y a-t-il ?

Au même moment, Krysztov apparut à son tour et montra lui aussi sa carte de police.

— Nous avons besoin de savoir si une certaine Iris Michotte a effectué son enregistrement.

L'agent de sécurité inspecta la carte de Mackenzie puis fit un signe approbateur à l'homme derrière le comptoir. Celui-ci tapa aussitôt le nom sur son ordinateur.

— Oui. Elle a effectué son enregistrement il y a une dizaine de minutes. Mais l'embarquement n'a pas commencé. Elle doit être porte 14.

— OK. On y va.

— Je vous accompagne, proposa l'agent de sécurité.

Les trois hommes traversèrent le hall au pas de course et se faufilèrent sous les barrières pour rejoindre directement les portiques de sécurité où les policiers de la PAF[1] inspectaient les voyageurs.

Le vigile se dirigea vers un responsable et expliqua la situation.

— Vous êtes armés ? demanda l'officier.

---

1. Police aux frontières.

Mackenzie souleva sa veste pour montrer le magnum dans son holster. Zalewski l'imita aussitôt.

— Désolé, mais il faut laisser vos armes ici. Je ne peux pas vous laisser passer de l'autre côté avec ça. Vos cartes ?

Ari et Krysztov tendirent leurs papiers et déposèrent leurs revolvers sur la table métallique. L'homme passa chacune des cartes sous un lecteur optique. Puis il hocha la tête.

— C'est bon. Vous avez besoin d'assistance ?

— Non. Juste de nous dépêcher.

— OK. Allez-y, mais je préviens la DDSC[1].

Ari acquiesça et fit signe au garde du corps de le suivre. Ils franchirent les portiques et coururent vers la porte 14.

Ils zigzaguèrent entre les passagers qui déambulaient près des boutiques de duty-free en poussant des chariots de valises. Une à une, ils remontèrent les portes d'embarquement, scrutant les voyageurs installés sur les sièges des salles d'attente.

Quand ils arrivèrent enfin devant la bonne porte, Ari et Krysztov inspectèrent l'horizon. Iris n'était nulle part. Les deux hommes arpentèrent les allées de fauteuils et se retrouvèrent quelques instants plus tard, désappointés, devant le sas d'embarquement.

— Reste ici au cas où elle arriverait, demanda Ari à son ami. Moi, je vais aller voir dans les boutiques.

Il partit tout droit vers le marchand de journaux puis, n'y trouvant pas sa collègue, il opta pour les différentes boutiques hors taxes. Mais il constata vite qu'Iris n'était dans aucune d'elles.

En retournant dans le hall, où l'attendait toujours Zalewski, Ari aperçut un panneau qui indiquait le *business lounge*, sur la mezzanine. Ce n'était pas le genre de sa collègue de profiter des espaces VIP des

1. Direction de la défense et de la sécurité civile.

aéroports, mais peut-être avait-elle eu besoin d'une connexion Internet. Ou de se cacher. Cela valait le coup de vérifier.

Ari emprunta les escalators qui menaient vers les grandes baies vitrées. À mi-hauteur il aperçut enfin, de l'autre côté de la dalle blanche, la silhouette d'Iris. Le front collé à la vitre, seule dans cette partie déserte de l'immense aérogare, elle regardait, immobile, le spectacle ininterrompu qu'offrait le tarmac.

Ari – soulagé, au fond – ne put s'empêcher de trouver la scène émouvante. De là où il était, il ne pouvait voir son visage, mais à la façon qu'elle avait de se tenir, il devinait qu'Iris était plongée dans un profond désarroi. Toute trace de colère le quitta aussitôt. Il se laissa porter par l'escalator jusqu'à la mezzanine et traversa le parvis immaculé sans faire de bruit. Il était presque gêné.

Sa collègue dut voir son reflet dans les hautes vitres ; elle se retourna lentement vers lui. Il y avait dans son regard davantage de tristesse et de résignation que de honte.

Quand il fut à quelques pas, Ari ralentit.

— Qu'est-ce que tu fais là, Iris ? demanda-t-il d'une voix affligée.

Elle se mordit les lèvres. Ses grands yeux verts brillaient, humides.

— Ils ont mon frère.

— Pardon ?

— Ils ont enlevé Alain.

— Mais... Quand ? Comment ? balbutia l'analyste en attrapant Iris par les épaules.

— Depuis le début. Le soir des cambriolages...

Elle se colla contre lui et, laissant sa tête tomber contre sa poitrine, se mit à pleurer comme une adolescente. Ari la serra affectueusement contre lui. Soudain, les images lui revinrent. Il revit le regard stressé d'Iris quand elle les avait rejoints, lui et Krysztov, au *Sancerre*, le premier soir. Elle avait évoqué un problème avec son frère et ne s'était pas étendue sur le sujet. Il se souvint aussi qu'elle s'était emportée, qu'elle avait quitté le café, furieuse. Sur le moment, il avait mis son attitude sur le compte du cambriolage. Mais tout lui apparaissait plus clairement à présent. Et le zèle dont Iris avait fait preuve, l'énergie qu'elle avait dépensée pour convaincre Ari de ne pas lâcher cette affaire prenaient soudain tout leur sens.

— Mais pourquoi tu ne m'as rien dit ?

Iris releva la tête. Ses joues étaient mouillées de larmes.

— Ils menaçaient de le tuer.

— Mais putain, tu es flic ! Tu sais bien que même quand les preneurs d'otages menacent de passer à l'acte, on *doit* prévenir...

— Je sais ! le coupa-t-elle. C'est facile à dire de l'extérieur ! Mais ce n'est plus du tout la même chose quand il s'agit de ta famille, Ari !

— Et c'est pour ça que tu as pris les documents de Mancel ?

Elle se contenta de hocher la tête, le corps secoué de sanglots.

— Ils t'ont proposé un échange, c'est ça ?

— Je suis trop conne...

Ari poussa un profond soupir. Il passa les mains dans le dos d'Iris et la serra plus fort encore.

— Écoute, je ne voudrais pas te vexer, mais oui, t'es vraiment trop conne, dit-il avec tendresse.

— J'ai eu peur que tu fasses ton Mackenzie, si je te prévenais, et que ça fasse tout foirer...

— Eh ben ! Je te remercie !

— Tu sais très bien ce que je veux dire. Tu es un excellent agent, Ari, mais on peut pas dire que tu fasses dans la délicatesse...

Ari ne répondit pas. Ce n'était pas tout à fait faux. Même si la dernière fois qu'il avait été confronté à une affaire d'otages, il avait géré la situation avec succès. Mais il s'était agi de Lola.

— De toute façon, maintenant, je suis au courant. Alors on va y aller ensemble, Iris. Et on va sortir ton frère de là. Ils t'ont donné rendez-vous là-bas ?

Iris essuya les larmes sur ses joues.

— Non. Ils ne savent pas que je les ai localisés.

Un sourire se dessina sur le visage de Mackenzie.

— Ah... Je te reconnais mieux là, ma belle.

— Pour l'instant, ils attendent que je leur donne la preuve que j'ai bien les documents. Je les ai pris par sécurité, mais je ne les leur ai pas encore montrés. Ça m'a laissé le temps de les tracer.

— Tracer qui ?

— Weldon.

— Tu en es sûre ?

— Certaine. La piste que j'ai remontée mène tout droit vers l'un des centres de la Summa Perfectionis. Mais je pense qu'il ne me reste que très peu de temps avant qu'ils ne se rendent compte que je les ai doublés.

— Comment tu as fait ?

— Si tu étais moins réfractaire à la technologie, tu aurais pu le faire aussi. Par triangulation, mais à l'envers. À chaque appel, j'ai essayé de confirmer qu'ils appelaient de l'une des localités qui correspondent aux entrées de la Terre creuse. Au pire, il fallait sept coups de fil. Au quatrième, j'ai triangulé l'appel.

Ari caressa tendrement la joue de sa collègue. Malgré tout, Iris était un agent exceptionnel ; et même s'il avait du mal à lui pardonner de ne pas l'avoir alerté, après toutes ces années de confiance mutuelle, il devait reconnaître qu'elle avait réussi à faire une grosse partie du boulot à sa place : localiser Weldon.

— Et tu comptais aller le sauver là-bas toute seule ?

Iris haussa humblement les épaules.

— Par moments, je me demande si tu n'es pas aussi tarée que moi, ajouta Mackenzie.

— N'exagérons rien. Alors ? Tu m'accompagnes ?

— Évidemment. On va chercher ton frère, Iris. Mais il y a d'abord quelques précautions à prendre pour ne pas se faire repérer. On va avoir besoin de faux papiers. Allons chercher le Polak.

75.

Caroline était assise, la tête de son mari assoupi posée sur ses cuisses, à se demander combien de temps il faudrait attendre avant qu'il puisse marcher, quand elle crut entendre au loin un bruit sourd.

Elle se redressa, intriguée, et tendit l'oreille. Le bruit, comme un bourdonnement grave d'insecte, semblait se rapprocher. Délicatement, elle se dégagea et posa la tête d'Erik sur l'oreiller de fortune qu'elle avait fabriqué. Elle se leva et, sur la pointe des pieds, scruta la jungle vers le nord. Elle fut bientôt certaine qu'il s'agissait d'un moteur.

Son cœur se mit à battre plus fort.

Un véhicule approchait. Elle fut aussitôt prise de panique. Que faire ? Courir dans sa direction et appeler au secours ? Et si c'était les gardes de Weldon, lancés sur leurs traces ?

Elle jeta un coup d'œil en direction d'Erik. Il était profondément endormi. Elle n'avait pas le cœur de le réveiller. De toute façon, malgré l'attelle qu'elle lui avait fabriquée à l'aide de branches, il aurait été incapable de marcher. Il avait perdu beaucoup de sang et avait besoin de repos. Mais il avait surtout besoin de soins urgents.

Elle décida alors de tenter le tout pour le tout. S'ils restaient ici, leurs chances de s'en sortir seraient plus faibles encore.

Elle se pencha au-dessus d'Erik et lui caressa le front.

— Je reviens, murmura-t-elle comme s'il avait pu l'entendre.

Puis elle l'abandonna derrière elle et partit en courant en direction du bruit.

Avec une énergie inattendue, elle se faufila entre les arbres, enjamba les obstacles en essayant de suivre une droite pour couper la trajectoire probable du véhicule. À en juger par la progression du bruit, il était au nord et se dirigeait vers l'ouest. Il fallait donc qu'elle tente de le rejoindre sur sa gauche, en espérant qu'elle arriverait sur sa route avant qu'il ne soit passé. Les branches lui fouettaient le visage et le souffle commençait à lui manquer. Mais elle ne devait pas ralentir. Elle ne pouvait pas laisser passer sa chance. Leur chance. Elle maintint le rythme effréné de sa course, espérant seulement qu'elle saurait ensuite retrouver son chemin jusqu'à son époux.

Il lui sembla tout à coup que le bruit du moteur s'éloignait. Elle hurla. Sa gorge la brûlait. Mais elle hurla encore, des mots indistincts, un simple appel à l'aide. Soudain, son pied se prit dans une racine et elle bascula en avant.

Caroline eut le réflexe de se protéger le visage et s'écroula lourdement au milieu des plantes. Emportée par son élan, elle roula plusieurs fois sur le côté, arrachant herbes et branchages sur son passage, avant de s'immobiliser au pied d'un immense tronc.

Étendue sur le dos, perplexe, elle ouvrit les yeux et fixa un petit morceau de ciel bleu entre les cimes géantes des arbres.

Relève-toi. Relève-toi tout de suite.

Elle avala sa salive, inspira profondément et se remit péniblement debout. Son cœur battait à tout rompre, sa poitrine était en feu, son souffle court, malaisé, tous ses muscles lui faisaient mal, et pourtant elle reprit sa course sans attendre. Maladroitement, d'abord, jusqu'à ce qu'elle reprenne courage en entendant le moteur à nouveau. Elle fonça droit vers ce bruit qui était tout autant plein de promesses que de menaces, et ses bras battaient l'air comme ceux d'une athlète luttant contre la montre.

Soudain, entre les branches d'arbres, elle aperçut un bout de carrosserie vert kaki. Une Jeep. Elle ralentit légèrement et vit, à quelques mètres à peine, un sentier qui passait au cœur de la jungle. C'était sans aucun doute la route que suivait le chauffeur. Elle devait l'atteindre et arrêter le véhicule.

Elle franchit les derniers mètres, sauta par-dessus une souche et se jeta sur le chemin de terre en écartant les bras. La Jeep était si proche qu'elle faillit l'écraser. Les roues se bloquèrent et glissèrent avec fracas sur les cailloux. L'arrière chassa sur le côté, entraînant tout le véhicule vers l'extérieur du chemin dans un nuage de poussière.

Caroline, voyant cette masse de tôle qui glissait vers elle, ferma les yeux, terrorisée. Soudain, le bruit cessa. Elle rouvrit les paupières.

La Jeep était immobilisée à deux pas à peine.

C'était un vieux 4 × 4 militaire à la carrosserie défoncée et maculée de boue. Avec ses vitres teintées, impossible de voir à l'intérieur.

Caroline serra les mâchoires et attendit. Le sang battait dans ses tempes et des gouttes de sueur serpentaient sur son front, son cou, sa poitrine.

Soudain, la porte passager de la Jeep s'ouvrit.

TROISIÈME PARTIE

RUBEDO

76.

L'heure est venue pour moi, lecteur, de te révéler ce que je trouvai grâce au carnet de Villard. Tu sauras alors, enfin, la stricte vérité sur cette renommée que l'on me prête.

Après l'avoir découvert, j'hésitai longuement à m'aventurer dans le puits abandonné de Saint-Julien-le-Pauvre. Peut-être eût-il été plus raisonnable, plus prudent de demander à l'un de mes apprentis de m'accompagner, mais quelque chose me disait que c'était un voyage que je devais accomplir seul.

Après moult tergiversations, je me décidai donc enfin à descendre. Devinant que ce ne serait pas une expédition aisée, je la préparai soigneusement, emportant avec moi un matériel que je ne regrettai pas par la suite.

Certain que Pernelle aurait tout fait pour m'en empêcher, je lui cachai mon dessein, ce qui ne me facilita pas la tâche. Il me fallut user de toute ma ruse et ma discrétion pour prendre mes dispositions sans que ma douce épouse ne remarque la moindre agitation.

C'était au soir du 21 juin 1358, l'un des étés les plus chauds qu'il m'ait été donné de connaître. J'avais attendu une heure tardive pour ne croiser personne devant la petite église, dans la pénombre de la rue de Garlande.

Je dois vous confier qu'entrer ainsi, sans permission, dans ce lieu saint au beau milieu de la nuit me procura quelque émotion. Je me rassurai en pensant que je n'étais rien venu voler, que je n'avais, au fond, aucune intention méritant quelque divin châtiment. Mais la curiosité qui m'animait était-elle beaucoup plus honorable ? Elle était en tout cas suffisamment forte pour me donner un courage inattendu, et bientôt je me retrouvai dans l'enceinte de l'église, le cœur battant.

Il n'y avait personne à l'intérieur, mais la lumière vacillante des cierges qui brûlaient encore ne cessait de me faire sursauter en projetant, à chaque courant d'air, des ombres mouvantes sur les hauts murs de pierres.

Il me fallut user de plusieurs outils pour enlever la grille qui fermait le puits et je dus nouer solidement une corde à l'un des piliers pour descendre à l'intérieur. J'avais jeté une torche tout au fond pour y voir un peu plus clair et apprécier la profondeur. L'opération s'avéra plus périlleuse encore que je ne l'avais estimé, mais au final je pus poser mes pieds en bas de l'excavation sans m'être blessé. C'est alors que je découvris une chose incroyable.

Au fond du puits de Saint-Julien-le-Pauvre, loin du regard des fidèles, percé dans l'une des parois, un couloir obscur, étroit, s'enfonçait dans le cœur de la terre. Je venais de mettre au jour, stupéfait, la porte oubliée dont parlait Villard. Un passage secret !

Abasourdi par cette singulière découverte, je mis un peu de temps avant de me décider à explorer le souterrain. Il y avait quelque chose de terrifiant à descendre dans les entrailles du monde, et la mise en garde inscrite dans les carnets résonnait encore dans ma tête : « Il est des portes qu'il vaut mieux n'ouvrir jamais. » Mais c'était aussi pour moi l'occasion de connaître l'invisible, de sonder l'impénétrable. Moi, maître écrivain parisien, voué à l'oubli, j'avais enfin l'opportunité de jeter un œil de l'autre côté du voile, d'embrasser l'inconnu, l'exceptionnel. Je ne pouvais pas reculer.

Rassemblant mon courage, j'allumai une nouvelle torche et me mis en route, courbant l'échine. La tête baissée, je me glissai prudemment dans l'ouverture en tenant devant moi le flambeau comme s'il se fût agi d'une arme. La flamme n'éclairait pas très loin, mais suffisamment pour me permettre de voir où je mettais les pieds. Je me faufilai entre les parois rugueuses de pierre brute, prenant garde de ne pas glisser sur le sol de terre qui, par endroits, était envahi de flaques d'eau.

J'avançai lentement, les sens aux aguets. La pente se montra de plus en plus raide et l'espace de plus en plus étroit. Je n'aurais su dire si c'était l'air qui se raréfiait ou bien la peur qui me gagnait, mais je peinais à garder une respiration calme et régulière. La température, quant à elle, ne cessait de chuter.

Au bout d'un moment, je me rendis compte que j'avais perdu la notion des distances et de la durée. Depuis combien de temps m'enfonçais-je ainsi dans le ventre de Paris ? Le froid mordant crispait mes doigts, ma nuque. La tête commençait à me tourner. Et ce corridor qui n'en finissait pas de descendre…

Soudain, la lumière de ma torche vacilla. Je m'immobilisai aussitôt, sortis de mon sac un nouveau bâton de sapin enrobé de mèches de cire et l'allumai, les doigts tremblants. Le souterrain s'éclaira à nouveau autour de moi. Je me remis en route, décidé à bouger pour lutter contre le froid.

Je ne saurais dire combien de temps encore je marchai dans cette galerie interminable. Petit à petit, peinant à respirer, je sentis monter en moi des bouffées d'angoisse. Le courage commença à me manquer. Plusieurs fois, j'hésitai à rebrousser chemin. Mais l'envie de savoir était plus forte que tout. Le secret que Villard de Honnecourt avait caché dans ses carnets cent ans plus tôt méritait certainement que l'on se surpasse. Ce long chemin au cœur de la terre était une épreuve, un rite de passage. Je devais me confronter aux éléments, mais aussi à moi-même. Je m'entêtai, luttai contre ma peur. Contre le vide.

Bientôt, la température se mit à remonter. Elle redevint supportable, agréable, de plus en plus chaude, et puis elle se fit pesante, pénible presque. Je ne ralentis pas pour autant ma progression. Qui sait où je me trouvais alors ? À quelle profondeur ? Étais-je même encore sous Paris ? Je ne pourrais le dire. Mais soudain, je vis que le tunnel, à quelques pas, s'ouvrait sur un espace plus grand. Une sorte de grotte. De là où j'étais, je ne pouvais bien voir, mais je devinai les contours d'une vaste salle où semblait briller une faible et singulière lueur.

Mon cœur se mit à battre. J'en fus convaincu : le secret de Villard était là, devant moi. J'accélérai pour atteindre le bout du couloir. Ce que je vis alors dépassait l'entendement.

77.

Willy Vlaeminck était assis en face du SGA dans un bureau au premier étage du bâtiment Justus-Lipsius. L'image de leur correspondant apparut sur l'écran du système de visioconférence.

— Son nom ne figure sur aucune liste de passagers, monsieur le Secrétaire général adjoint.

Le dignitaire européen poussa un soupir.

— Il aura certainement utilisé une autre identité.

— Nous avons regardé descendre tous les passagers des avions internationaux depuis ce matin. Aucune trace de Mackenzie. Ni sur Air France, ni sur Air China, ni sur l'Aeroflot. Il n'est nulle part. La journée est presque finie ici et il n'y aura bientôt plus personne.

On devinait dans le regard du correspondant une colère contenue. Il avait fait seize heures trente de vol pour rien ! Derrière lui se dessinait le hall désert du Chinggis Khaan International Airport d'Oulan-Bator.

Vlaeminck réprima un sourire. Depuis le début, il avait exprimé sa désapprobation dans l'affaire Marie Lynch. Les moyens mis en œuvre pour manipuler la jeune fille lui semblaient déplacés, indignes de leurs fonctions, et, pour tout dire, il avait presque espéré que l'information qu'ils avaient obtenue d'elle serait erronée.

— Vous pensez qu'il est arrivé avant vous ? demanda le SGA, sans trop y croire.

En guise de réponse, le jeune agent, à l'autre bout du monde, haussa les épaules.

— Je pense surtout qu'il s'est moqué de nous, glissa Vlaeminck.

Le Secrétaire général adjoint lui adressa un regard furibond. Il coupa la communication avec Oulan-Bator.

— Vous feriez mieux de trouver où Mackenzie se situe réellement, au lieu de sourire bêtement !

L'agent belge hocha la tête sans prendre la peine d'effacer le sourire ironique de son visage. Ce Mackenzie commençait à lui plaire.

78.

Ari, Krysztov et Iris sortirent rapidement de l'avion par la passerelle couverte et entrèrent dans l'aérogare. Ils n'avaient emporté que des bagages à main, ce qui leur épargna la longue attente devant les tapis roulants. À la douane, leurs vrais-faux passeports de la DCRI n'éveillèrent pas le moindre soupçon.

Pendant le trajet, ils n'avaient pas beaucoup parlé. D'abord, ils éprouvaient tous les trois une légère gêne. Iris culpabilisait de n'avoir pas informé ses amis de l'enlèvement de son frère ni du chantage dont elle avait été victime, et les deux garçons s'en voulaient de l'avoir soupçonnée de déloyauté.

Mais surtout, leur silence trahissait leur inquiétude pour le frère d'Iris. Alain Michotte était un jeune homme instable, compliqué, souvent désagréable, mais il était aussi la seule famille qui restait à Iris. Et, au fond, ce n'était pas un mauvais sujet, plutôt un être sensible, que la mort prématurée de ses parents avait fortement perturbé. Ses facéties n'étaient là que pour masquer sa grande fragilité. Ari avait eu plusieurs fois l'occasion de passer du temps avec lui et s'était attaché à cet éternel adolescent parce qu'il comprenait – au moins en partie – les sources de ses faiblesses.

Après plus de dix-sept heures de vol, en arrivant en Équateur, tous trois espéraient qu'ils allaient retrouver le jeune homme. Et, surtout, qu'il ne serait pas trop tard.

Quand ils posèrent un premier pied hors de l'aéroport Mariscal Sucre de Quito, ils furent agréablement surpris par la douceur du climat. Malgré le soleil de plomb, l'air restait frais sur ce plateau situé à 2 850 mètres d'altitude.

Depuis l'avion, ils avaient eu tout le loisir d'admirer l'interminable chaîne de la cordillère des Andes et ses pics enneigés. Ils pouvaient à présent la contempler d'en bas.

Tout en longueur, la ville de Quito était encaissée au milieu de quatre volcans imposants. Depuis l'aéroport, collé à la capitale, on voyait se dresser le magnifique et menaçant Pichincha, encore en activité.

— Et dire qu'à l'heure qu'il est, les agents du Sit-Cen doivent être en train de nous chercher en Mongolie, glissa Ari en contemplant le paysage d'un air satisfait.

— Comment tu as su, pour Marie Lynch ?

— J'ai épluché ses appels. Au cours des deux derniers jours, elle a eu de nombreux échanges téléphoniques avec la Belgique.

Il se garda de préciser à ses amis qu'il avait contrôlé le portable de la jeune femme pendant qu'elle prenait une douche...

— L'enfoirée ! maugréa Krysztov en secouant la tête.

— Elle n'avait pas forcément le choix, rétorqua Ari. Les types du SitCen ont dû lui mettre la pression.

— Et n'oubliez pas que son père à disparu, ajouta Iris. Je suis bien placée pour savoir qu'on perd facilement les pédales quand on a un membre de sa famille qui se fait enlever...

Mackenzie jeta un coup d'œil à sa collègue. Le visage sombre, les traits tendus, elle peinait à contenir l'angoisse et la colère qui l'habitaient.

Soudain, le téléphone d'Ari se mit à vibrer. Il ne reconnut pas le numéro, mais décida de décrocher malgré tout.

— Mackenzie ?

— Oui ?

— Houssin, de l'INPS[1].

— Vous l'avez identifié ?

— Nous avons une correspondance, oui.

— Je vous écoute.

— L'échantillon de sang prélevé sur le coussin que vous m'avez confié appartient à un certain Ben Borja, un homme au casier judiciaire bien fourni.

— À savoir ?

1. Institut national de la police scientifique.

— Douze ans de placard pour homicide volontaire, entre autres choses… Il est sorti de prison l'an dernier ; donc, ça colle.

— Vous pouvez m'envoyer sa photo par MMS ?

— Je vais essayer de vous faire ça avant ce soir, oui.

— Merci. À charge de revanche.

Ari raccrocha et annonça la nouvelle à ses amis.

— On a un nom… Borja. Mais ça ne nous avance pas beaucoup.

— Alors on va où ? demanda le Polonais.

— Il faut qu'on trouve le centre de la Summa Perfectionis, répondit Iris.

— Tu ne sais pas où il se situe exactement ?

— Non, pas précisément. Tout ce que je sais, c'est qu'il est installé quelque part sur le territoire que l'INF a acquis dans la province de Morona-Santiago, en pleine jungle.

— Ah… Et comment on va faire pour trouver le centre ? Je suppose que le territoire en question est une immense réserve. C'est un peu comme chercher une aiguille dans une botte de foin, non ?

— Le centre est tout récent. Il a été ouvert l'année dernière. Il doit bien y avoir une trace de sa construction quelque part. Au cadastre, par exemple, ou dans les registres de permis de construire. Je pense que nous devrions aller enquêter depuis Macas. C'est la capitale de la province en question. Il y aura sûrement des pistes là-bas.

— Au pire, si on ne trouve pas, on se renseignera auprès des entreprises de bâtiment, suggéra Mackenzie. Ne perdons pas de vue que le centre a très probablement un rapport avec les théories de la Terre creuse.

— Et alors ?

— Et alors, selon la légende, il y aurait une entrée dans cette région, dans les grottes de Los Tayos. Il faudra qu'on regarde de ce côté-là.

— Eh bien ! On n'est pas au bout de nos peines, soupira Zalewski. On y va comment ?

— Il y a une liaison par bus pour rejoindre Macas.

— Par bus ? Il met combien de temps ?

— Quatorze heures.

Le Polonais écarquilla les yeux.

— OK. On loue une bagnole.

79.

En voyant l'homme sortir du 4 × 4, Caroline Levin se dit qu'il ressemblait à un Jivaro. Il était toutefois habillé comme un citadin moderne : jeans, chemise à carreaux, baskets.

Tenant encore la portière de sa main droite, comme s'il était prêt à repartir, l'homme fixait la jeune femme d'un air méfiant. Il lançait des regards alentour. On eût dit qu'il cherchait quelqu'un d'autre caché dans les arbres.

Caroline, à bout de souffle, ne parvenait pas à émettre le moindre mot. A priori, l'homme n'était pas un garde du centre. C'était plutôt un habitant de la région. Il n'avait pas l'air armé. Mais elle se demandait par où commencer, comment expliquer. Elle se dit qu'elle devait avoir une allure épouvantable. Crasseuse, le visage couvert d'égratignures, elle avait les vêtements déchirés et, probablement, une mine atroce.

Ils restèrent un moment à se toiser en silence, puis l'homme se décida enfin à parler. Il s'exprima en espagnol. Heureusement, Caroline avait encore quelques restes.

— Qu'est-ce que vous faites là ?

La jeune femme avala sa salive.

— Nous sommes perdus, lâcha-t-elle finalement avec un accent approximatif. Mon mari est blessé.

L'homme la dévisagea encore quelques secondes, puis il se pencha vers l'intérieur de la voiture et marmonna une phrase que Caroline ne put entendre. L'instant d'après, la deuxième portière s'ouvrit et une femme descendit à son tour du large véhicule. Son épouse sans doute. La figure plus amène, elle adressa un sourire à Caroline et lui fit signe d'attendre. Elle attrapa une sacoche sous la banquette de la Jeep puis s'approcha et lui tendit une gourde d'eau.

Caroline la remercia d'un signe de la tête, but quelques gorgées et lui rendit la gourde.

L'homme coupa alors le contact et les rejoignit d'un pas lourd.

— Où est votre mari ?

Caroline pointa du doigt vers le sud.

L'homme opina du chef, puis saisit une longue machette fixée à l'arrière de la carrosserie.

— Allons le chercher, proposa-t-il.

Il passa le premier et ils s'enfoncèrent tous les trois, en file indienne, dans la végétation dense de la jungle amazonienne.

80.

Les routes n'étaient pas toutes dans un état irréprochable. En altitude, elles étaient parsemées de nids-de-poule et faisaient des lacets interminables sur les flancs arborés des hautes montagnes. Il y avait un nombre impressionnant de camions, la plupart en piteuse condition, même sur les voies les plus étroites, et les chauffeurs avaient une interprétation très personnelle du code de la route. Les voitures étaient souvent surchargées, parfois on voyait même des enfants hilares qui se serraient dans le coffre, hayon grand ouvert. De temps en temps, ils se faisaient doubler par des chauffeurs de bus excités qui propulsaient ces masses de tôle rouillée dans les pentes abruptes sans la moindre appréhension.

Ils mirent un peu plus de dix heures pour rejoindre la capitale de la province de Morona-Santiago. En se relayant tous les trois derrière le volant, ils purent dormir à tour de rôle. Les prochaines heures, les prochains jours même, risquaient d'être éprouvants. Mieux valait accumuler le plus de sommeil possible.

Les paysages qu'ils traversèrent en quittant le bassin de Quito étaient d'une splendeur et d'une richesse saisissantes. Ils furent tous trois subjugués par le dépaysement. Le ciel était d'un bleu immaculé et l'on y voyait parfois planer quelque condor majestueux qui défiait avec grâce les impressionnants sommets de la cordillère. Le vert vif de la végétation dense contrastait, soudain, avec la blancheur des neiges éternelles. Ils traversèrent des villages indiens où les marchés abondaient, hauts en couleur, et où les gens portaient costumes bigarrés, ponchos rouges et chapeaux blancs, coiffés de plumes teintes. Ici on faisait rôtir des cochons d'Inde sur des broches, là on transportait des produits sur son dos, dans d'immenses paniers... Sur la route de Puyo, qui s'extirpait des montagnes à force de méandres et de dénivelés, ils passèrent par un petit bourg, épargné du monde moderne, où se tenait une procession religieuse. Un christ en croix, le corps couvert de sang, s'élevait au milieu des fidèles en transe et des décors aux dorures extravagantes.

En avançant vers l'est, ils découvrirent progressivement le spectacle saisissant de l'Amazonie, luxuriante, étouffante presque. D'un coup, la température se mit à grimper. Après des heures de route au milieu des cimes, ils traversèrent le Rio Pastaza et arrivèrent enfin dans la vaste plaine orientale où la jungle prenait naissance et s'étendait jusqu'à la Colombie, au Pérou.

— C'est magnifique, non ? demanda Ari à Iris, à côté de lui.

Il parlait à voix basse pour ne pas réveiller Krysztov, qui s'était endormi depuis un bon moment sur la banquette.

— Oui.

En réalité, elle ne parvenait pas à profiter du spectacle. Plus ils s'approchaient de leur destination, plus elle se laissait gagner par l'angoisse de ne pas retrouver son frère vivant. En venant ici, elle savait qu'elle avait pris un énorme risque. Si le Docteur découvrait qu'elle l'avait doublé, les chances de retrouver Alain en vie seraient probablement nulles. Mais elles auraient été plus minces encore si elle n'avait rien fait. Iris savait pertinemment comment se concluait ce genre de situations. En fait, elle n'avait pas vraiment eu le choix.

Ari jeta un coup d'œil à sa collègue et lut l'inquiétude sur son visage. Il savait qu'aucune parole n'aurait pu la rassurer totalement, aussi se contenta-t-il de poser une main sur son avant-bras et de lui adresser un sourire pour lui témoigner son affection.

Quand enfin ils arrivèrent, exténués, dans la ville de Macas, il était beaucoup trop tard pour espérer mener la moindre enquête et ils s'installèrent à l'hôtel pour la nuit.

81.

Assise au chevet de son mari, Caroline lui caressa délicatement le front du bout des doigts. Les larmes qui coulaient sur ses joues étaient des larmes confuses, où se mêlaient soulagement et désarroi. Elle avait tenu jusqu'à maintenant, par miracle, et il était normal que ses nerfs lâchent enfin. Son instinct de survie avait brutalement cédé la place au traumatisme naturel de l'épreuve qu'elle venait d'affronter.

Elle s'essuya les joues et s'efforça de sourire en voyant son mari ouvrir les yeux.

— Tout va bien, Erik. Tout va bien, maintenant.

Le couple qui les avait trouvés dans la jungle les avait conduits jusqu'à la petite ville de Sucúa, fief des Indiens Shuars. Il y avait peu de médecins dans cette région, car les gens, ici, préféraient confier leur santé aux mains des shamans. Pour les Shuars, la maladie était considérée comme un dérèglement entre l'homme et la nature, et seul le shaman était à même de corriger ce déséquilibre – à l'aide de plantes, en général. Devinant que Caroline et Erik avaient davantage confiance en la médecine moderne, les deux Indiens les avaient amenés au docteur de la Fédération des Communautés Shuars, une organisation créée dans les années 1960 par un groupe de missionnaires progressistes salésiens pour défendre les droits des autochtones.

— Vous avez eu de la chance que Taïjin et sa femme vous aient trouvés, dit le médecin en refermant sa grande valise noire au pied du lit. Une chance incroyable, même. Les gens ne vont pas souvent sur le chemin où vous étiez, vous savez. Il doit y passer deux ou trois voitures par an, pas plus. Heureusement pour vous, ils étaient allés assister à l'initiation d'un Uwishin[1] dans un petit village, à quelques kilomètres de là où vous vous trouviez. Qu'est-ce que vous faisiez au milieu de la jungle ?

Caroline jeta un coup d'œil à son mari. Pouvait-elle ou non révéler la véritable raison de leur présence ? Ils n'en avaient pas encore parlé. Erik, qui

1. Le shaman, chez les Shuars.

avait deviné la question dans le regard de son épouse, ferma les yeux et fit discrètement non de la tête.

— Nous nous sommes perdus…

— Mais que faisiez-vous dans la région ? demanda-t-il avec un soupçon de reproche dans la voix.

Caroline avala sa salive, embarrassée. Prétextant des difficultés à s'exprimer en espagnol, elle haussa les épaules et se contenta de répondre :

— Voyage.

Le docteur parut sceptique mais n'insista pas. Depuis quelques années, il arrivait régulièrement que des Européens – attirés là par les histoires de plantes hallucinogènes que l'on racontait au sujet des Indiens d'Amazonie – se perdent en pleine jungle.

— J'ai mis votre mari sous antibiotiques. Il est hors de danger maintenant. Mais il a besoin de soins que je ne peux pas lui donner ici. Demain, nous pourrons le transférer à l'hôpital de Macas, c'est à moins d'une heure de route. Pour le moment, je préfère qu'il se repose.

Caroline acquiesça et adressa au médecin un sourire reconnaissant. Elle aurait aimé pouvoir se confier à lui, qu'il sache et qu'il comprenne à quel point ils étaient heureux d'être là, vivants. Mais c'eût été bien trop compliqué.

— Je reviendrai dans une heure pour voir comment il se porte.

— Merci beaucoup.

Il sortit de la petite pièce obscure.

— Je ne savais pas quoi répondre, murmura Caroline en se penchant vers son époux.

Erik s'efforça de lever la main vers elle et posa délicatement sa paume sur sa joue, avec un sourire affectueux.

— Tu as bien fait, mon amour.

— Tu es sûr ?

— Oui. Cela n'aurait servi à rien. Cela dit, il faudra bien qu'on prévienne les autorités un jour ou l'autre.

— Les autorités ? Quelles autorités ? Ici ? Ils ne vont rien comprendre. Et puis, je ne saurais même pas à qui parler !

— Non, non. En France.

— En France ? Mais qui ? La police ? Ils vont nous prendre pour des fous, Erik ! Que veux-tu qu'on leur dise ? Que nous avons été retenus dans le centre contre notre gré ? Ce n'est pas tout à fait vrai. Nous sommes venus ici volontairement...

— Et Charles Lynch ? Il est mort tout de même ! Ce n'est pas rien ! s'exclama Erik.

Il fut alors saisi d'une longue quinte de toux. Caroline serra la main de son mari contre sa bouche et l'embrassa tendrement.

— Peut-être devrions-nous appeler sa fille, murmura-t-elle. Elle nous croirait, elle. Elle est forcément au courant.

Erik hocha la tête.

— J'ai gardé la photo que tenait Charles dans la jungle. Fouille dans mes affaires. Il y a son numéro inscrit derrière.

Caroline se leva et partit chercher la photo dans le jean en lambeaux de son époux. Elle trouva le cliché noir et blanc de l'actrice et lut l'étiquette collée au dos. Marie Lynch. Sa gorge se noua. Alors qu'elle ne la connaissait même pas, elle allait devoir annoncer à cette jeune femme la mort de son père. Ce n'était pas une tâche facile. Mais elle devait penser à tous les autres. Ceux qui étaient encore prisonniers dans le centre. Elle plia la photo et la glissa dans sa poche.

— Il faut que je trouve un téléphone.

Elle se leva et quitta la petite pièce obscure.

82.

— J'ai les résultats des analyses que vous avez demandées, annonça l'agent de la police scientifique à l'autre bout du fil.

Willy Vlaeminck était à présent livré à lui-même. Ses deux principaux collègues se trouvaient quelque part en Mongolie. Quant au SGA, en visite en Europe de l'Est, il ne serait pas de retour avant au moins trois jours.

Les choses s'étaient soudainement accélérées et la situation leur échappait de plus en plus. D'un côté, Mackenzie avait visiblement trouvé une piste sérieuse et, contrairement à ce qu'il avait réussi à leur faire croire, ce n'était pas en Mongolie. De l'autre, selon plusieurs indicateurs, l'affaire avait commencé à s'ébruiter dans les services. La CIA, le Gonganbu et le SVR[1] étaient en train de se renseigner sur Weldon et ses activités au sein de l'INF. Tôt ou tard, le SitCen allait perdre son avance, ce qui serait une catastrophe pour l'Europe. Enfin, il semblait qu'il y avait eu une fuite à la DCRI et que quelqu'un avait informé le ministre de l'Intérieur français des activités de Mackenzie.

Cette dernière nouvelle était sans doute la plus préoccupante de toutes. En effet, depuis la clôture précipitée de l'affaire des carnets de Villard, le SitCen avait des doutes sérieux sur la probité du ministre français. Vlaeminck espérait seulement qu'il n'allait pas tout faire capoter.

Mais pour l'heure, la priorité restait la même : localiser Weldon et le dénicher avant Mackenzie.

— Je vous écoute, dit l'agent belge, le téléphone coincé entre l'épaule et l'oreille.

---

1. Le service des renseignements extérieurs de la Fédération de Russie.

— Le produit qui a été utilisé est bien un poison neurotoxique qui a été transmis aux victimes par voie transcutanée. Un simple contact. Mon hypothèse est que l'assassin utilise des gants enduits de poison pour toucher la peau de ses victimes.

Vlaeminck se rapprocha de sa table pour prendre des notes

— Quel genre de poison ?

— De la batrachotoxine.

— Qu'est-ce que c'est que ce truc ?

— C'est un poison mortel, 250 fois plus puissant que le curare, que l'on prélève sur la peau de certaines espèces de grenouilles. Dans le cas qui nous intéresse, le neurotoxique qui a été utilisé provient d'une grenouille *kokoï*, un *phyllobates terribilis*, si vous préférez. Cette petite bête, qui dépasse à peine les trois centimètres, sécrète assez de toxine pour tuer dix mille souris ou une vingtaine d'êtres humains. Simplement en la touchant.

— Et elles viennent d'où, ces grenouilles ?

— La plupart des *phyllobates* viennent d'Amérique du Sud. Là-bas, on les appelle les « grenouilles à flèches », parce que les chasseurs recueillent leur poison pour en enduire leurs flèches. Ils le récupèrent goutte à goutte en maintenant la grenouille au-dessus du feu, puis ils trempent les pointes de leurs armes dans le liquide. À noter que le meurtrier se fournit probablement directement là-bas.

— Pourquoi ?

— La grenouille ne produit pas cette toxine naturellement. Je veux dire : on ne peut pas faire un élevage en France et espérer récupérer le poison, par exemple. La batrachotoxine provient des insectes que les batraciens mangent dans la jungle. Si un *phyllobates* est placé dans un environnement artificiel, il ne produit plus cette substance.

— Je vois.

— En ce qui concerne cette grenouille, précisément, c'est une espèce qui vit à l'ouest de l'Amazonie. En Colombie et en Équateur, essentiellement. Je ne sais pas si ça peut vous être utile…

83.

— Les choses seraient plus faciles si nous étions en mission officielle, soupira Krysztov alors qu'ils sortaient du grand bâtiment.

La matinée était déjà bien engagée et il faisait une chaleur étouffante dans les rues de la ville équatorienne. Le soleil resplendissait dans un ciel bleu que seule la lointaine fumée du volcan Sangay venait ternir. Macas était une agglomération tranquille, de taille moyenne, beaucoup moins développée que Quito et encore épargnée par le tourisme. Ses grandes avenues perpendiculaires, ses maisons basses faisaient penser à une petite ville des États-Unis, en plus colorée. Les costumes traditionnels égayaient les trottoirs de leurs teintes vives et variées.

Personne n'avait été en mesure de leur indiquer comment obtenir la liste complète des permis de construire délivrés dans la province de Morona-Santiago au cours des dernières années. Visiblement, il n'y avait pas de fichier centralisé et l'employé de la mairie de Macas les avait pris pour des illuminés. Ils avaient préféré ne pas trop se faire remarquer et n'avaient pas insisté.

— Ça va être plus difficile que je ne le pensais, soupira Iris.

La mine grave, ils marchèrent en direction de leur voiture, garée un peu plus loin. Ils étaient certains de ne plus être qu'à quelques kilomètres seulement du lieu qu'ils cherchaient, mais ils craignaient maintenant de ne plus avoir de piste et de se retrouver bloqués ici. Si près du but et si près, sans doute, du jeune frère d'Iris.

Le téléphone d'Ari se mit à vibrer. Il regarda le petit écran : c'était un indicatif français. Ici, le nom de l'appelant ne s'affichait pas, mais il reconnut sans peine le numéro de Marie Lynch. Il décida de ne pas répondre et enfouit le téléphone dans sa poche. Au fond, il ne lui en voulait pas vraiment, mais il avait bien l'intention de la laisser culpabiliser encore quelques jours.

— Bon, on fait quoi maintenant ? demanda Krysztov. Il y a sûrement un autre moyen que le cadastre et les permis de construire, non ?

— Il y a forcément un bureau de l'INF quelque part, suggéra Mackenzie. L'ONG a fait l'acquisition de toute une partie de la forêt équatorienne, ils ont obligatoirement une antenne dans le coin.

— Oui, il y en a une ici même, à Macas. Mais je nous vois mal débarquer là-bas.

— Et pourquoi pas ? Si on y allait au bluff ? proposa le Polonais. On rentre, on leur demande où est le centre de la Summa Perfectionis, l'air de rien...

— Vachement discret ! riposta Ari en souriant. Si ça se trouve, tous les employés de l'INF ont des portraits de nous avec marqué « *Wanted* » en dessous.

— Eh bien on n'a qu'à y aller la nuit ! Ça nous occupera. Je commence à m'ennuyer ferme.

Ari se tourna vers Iris d'un air interrogateur.

— C'est risqué, mais pourquoi pas ? Si on n'obtient rien cet après-midi du côté des entreprises de bâtiment, on peut toujours essayer ça, ce soir. Ça nous rappellera le bon temps.

Ils entrèrent dans la voiture et, au même moment, le téléphone d'Ari se mit à vibrer de nouveau. Il poussa un soupir et regarda le petit écran. Il avait reçu un texto.

« Appelle-moi d'urgence. J'ai des nouvelles. Mon père est mort. Marie ».

Mackenzie écarquilla les yeux.

— Merde !

Les deux autres l'avisèrent d'un air inquiet.

— Qu'est-ce qui ne va pas ?

Il ne répondit pas tout de suite, concentré sur l'information qu'il venait de recevoir. Était-ce un piège ? Non. Marie n'était pas sournoise à ce point. La pauvre ne mentait sûrement pas. Mais alors la nouvelle était terrible. Il s'en voulut de ne pas avoir décroché la première fois.

— Charles Lynch est mort, annonça-t-il finalement. Visiblement, sa fille a eu des infos.

Il inspira profondément et composa le numéro de Marie. La jeune femme répondit aussitôt. Bien qu'elle fît un effort pour les dissimuler, Ari devina les sanglots dans sa voix.

— Je… Je suis désolé, Marie.

— Merci, balbutia-t-elle.

— Comment as-tu appris ?

— C'est un couple. Ils m'ont appelée. Caroline, elle s'appelle, la femme. Ils étaient dans le centre avec mon père. Tu sais. Le centre de la Summa Perfectionis…

Visiblement sous le choc, elle parlait à toute vitesse, de façon confuse, en hachant ses mots. Ari n'osa pas l'interrompre.

— Ils se sont échappés. Je n'ai pas tout compris. Je crois qu'ils sont blessés. Mais ils ont réussi à sortir du centre où était mon père. On dirait qu'ils étaient prisonniers. Et papa serait mort en fuyant. Et maintenant ils sont dans un petit village en Équateur, mais papa est mort… Où es-tu, Ari ? Je sais que tu n'es pas en Mongolie. Je sais que tu es au courant pour le SitCen. Je suis désolée… Ils m'ont appelée. Ils m'ont insultée, ces connards. Tu es où ?

L'analyste se racla la gorge. Inutile de mentir, à présent.

— Je suis en Équateur, Marie.

— Mais… Mais comment ? Tu savais que papa était là-bas ?

— Je l'ai appris juste avant de partir.

Les pleurs de la jeune femme redoublèrent à l'autre bout du fil.

— Je suis désolée pour le SitCen, répéta-t-elle. Je m'en veux tellement de t'avoir trahi ! Ils m'ont fait du chantage, tu sais. C'est pour ça que je t'appelle, maintenant. Pour te donner l'information à toi. Pas à eux. Pour que tu me pardonnes…

— Tu as bien fait, Marie. Merci. Mais dis-moi, ces gens qui t'ont appelée depuis l'Équateur, ils t'ont donné un numéro de téléphone pour les joindre ?

Marie s'efforça de reprendre son souffle. Elle resta muette un instant, puis elle répondit enfin :

— Oui.

84.

— Nous vous attendions ici plus tôt, Borja. Deux de nos hôtes ont quitté le complexe. Je comptais sur vous pour vous charger d'eux. Il est trop tard maintenant.

Borja, qui avait troqué son costume noir pour un blanc, plus léger, se tenait debout devant le bureau du Docteur, ses deux mains gantées appuyées sur le pommeau de sa vieille canne.

— J'ai été retenu par les contretemps parisiens.

— Contretemps ? Des échecs, vous voulez dire ! Vous n'avez pas les documents et la fille Lynch court toujours.

— C'est ce qui arrive quand une mission n'est pas planifiée, Weldon. Vous savez que j'ai horreur de travailler dans la précipitation. Je vous avais prévenu. C'est comme ça qu'on commet des erreurs.

Le Docteur poussa un soupir. Borja n'avait pas tort. Les choses s'étaient précipitées depuis que

Mackenzie avait décidé de remettre son nez dans cette affaire. Ce satané flic leur mettait des bâtons dans les roues. Un jour ou l'autre, il allait devoir payer.

Weldon se frotta les joues en réfléchissant. Au fond, ces deux revers n'étaient pas si dramatiques. Pour l'instant, la fille Lynch ne représentait plus une réelle menace. Quant aux documents que Mackenzie avait trouvés dans le puits, il n'était même pas sûr qu'ils contiennent les informations qu'il cherchait. Peut-être avait-il péché par excès de curiosité.

Pour le moment, il y avait plus urgent.

— Je viens de recevoir un appel de nos contacts à Quito. Ari Mackenzie est quelque part en Équateur, accompagné d'Iris Michotte et de Krysztov Zalewski. Ils ont retrouvé notre piste.

— C'est une très mauvaise nouvelle, répliqua l'assassin sans manifester toutefois la moindre émotion.

— Je ne vous le fais pas dire, Borja. C'est même une catastrophe. Je ne vois qu'une seule explication possible : Michotte nous a doublés.

— Voulez-vous que je les élimine avant qu'ils ne remontent jusqu'ici ?

— Non. Il est trop tard. Inutile de perdre du temps à les chercher, laissons-les venir jusqu'à nous et mettons ce temps à profit pour leur préparer un accueil digne de ce nom.

Borja acquiesça avec un sourire. Organiser ce genre de choses… il adorait ça.

— N'oubliez pas que nous détenons un atout : le frère d'Iris Michotte. Il devrait enfin pouvoir nous être utile.

85.

Ari et ses compagnons n'avaient pas perdu une seconde. À peine l'analyste avait-il raccroché que, déjà, ils roulaient sur les petites routes équatoriennes à tombeau ouvert.

Ils arrivèrent dans le village de Sucúa au début de l'après-midi. Caroline Levin leur avait expliqué qu'elle était auprès de son mari blessé, au siège social de la Fédération des communautés Shuars. Ils avaient trouvé l'adresse sans difficulté.

En entrant dans la maison, ils découvrirent l'état de fatigue nerveuse et physique qui accablait la jeune femme. Elle avait l'air éreinté d'une rescapée et la détresse se lisait dans ses yeux.

— Bonjour, madame. Comment va votre mari ? demanda Ari en s'approchant d'elle.

— Il est allongé dans la pièce à côté. Il se repose.

Elle serra la main des trois arrivants puis croisa les doigts d'un air gêné.

— Je... Je vais peut-être vous paraître impolie, mais vous pourriez me montrer vos cartes ?

— Mais bien sûr, répondit Ari en cherchant dans son portefeuille. C'est tout à fait normal.

Il lui tendit sa carte de la Police nationale. Les deux autres l'imitèrent. La jeune femme soupira et ses yeux se mirent à briller. Elle commençait seulement à réaliser que son calvaire était bien terminé. Elle n'avait pas imaginé pouvoir trouver les autorités si rapidement.

Elle fit signe aux agents de s'asseoir et prit place en face d'eux, sur un fauteuil en bois.

— C'est la fille de Charles qui vous a appelés ?

Ari acquiesça.

— Son père l'aimait tellement ! Il parlait tout le temps d'elle, vous savez. Un jour, il nous a avoué qu'il avait accepté l'offre de Weldon uniquement pour venir en aide à sa fille. Elle a de graves problèmes de santé.

— Elle recevra certainement une aide quand tout ceci sera terminé, intervint Iris, compatissante.

— Vous voulez bien nous raconter ce qu'il s'est passé ? demanda Ari d'une voix qui se voulait réconfortante. Vous dites que vous vous êtes enfuis du centre, c'est bien cela ?

— Oui. Weldon fait croire aux gens qu'ils ne sont pas prisonniers, mais en réalité, c'est tout comme. Nous n'avions pas le droit de sortir. C'est Charles qui a craqué le premier. À cause de sa fille sûrement. Il s'est enfui quelques jours avant nous et...

Elle ferma brièvement les paupières pour retenir ses larmes.

— Nous l'avons retrouvé mort à quelques centaines de mètres de la sortie à peine. Ce sont sûrement les gardes qui l'ont tué. Mais j'ignore comment. Il n'avait pas l'air blessé.

— Vous pouvez nous dire pour quelles raisons vous et votre mari étiez dans le centre au départ ?

Caroline Levin leva les yeux vers Mackenzie. Elle semblait se demander si cette question n'était pas une sorte de reproche déguisé.

— Weldon avait proposé un poste à mon mari. Très bien payé. En échange de quoi, nous n'avions pas le droit d'en parler. Nous avions besoin d'argent, et le boulot n'avait pas l'air tellement spécial...

— Cela consistait en quoi ?

— Je ne sais pas vraiment... Il... Il faisait des analyses géologiques. Vous pourrez sans doute l'interroger plus tard, mais lui-même n'était pas au courant de tout, vous savez. Weldon s'arrangeait pour que chaque département soit isolé. Chacun travaillait sur un sujet précis, mais personne ne connaissait le projet dans son ensemble.

— Vous ne savez pas sur quelle matière portaient les analyses en question ?

— Non. Il faudra lui demander…

— Ne vous en faites pas, répliqua Iris tout en adressant un regard réprobateur à Mackenzie. Ce n'est pas urgent. Nous verrons ça quand votre mari sera reposé. Ce qui compte pour nous, dans l'immédiat, c'est de localiser le centre. Vous pourriez nous dire où il est situé ?

Ari devina l'angoisse dans le regard de leur interlocutrice. Visiblement, la seule évocation du lieu lui glaçait encore le sang.

— Pas précisément. Ils ne nous ont pas laissés voir à l'extérieur quand ils nous ont emmenés. Le complexe est caché au cœur de la jungle. Quand nous nous sommes enfuis, nous avons marché pendant deux jours, et puis nous nous sommes perdus. Mon mari s'est blessé. Ensuite, des gens d'ici nous ont trouvés. Il… Il faudrait leur demander à eux, peut-être qu'ils sauraient vous dire. Mais…

Elle hésita.

— Mais quoi ? la relança Ari.

— Ce ne devrait pas être difficile à trouver…

— Pourquoi ?

— Eh bien, le complexe est en sous-sol, dissimulé sous une cathédrale.

— Une cathédrale ?

— Oui. Une grande cathédrale gothique, en ruine.

— Dans la jungle ?

Elle haussa les épaules.

— Je sais… C'est difficile à croire. Mais c'est pourtant le cas.

Ari admit qu'en effet, si vraiment il y avait une cathédrale gothique dans la jungle amazonienne, il ne devrait pas être trop difficile de la localiser. Il se tourna vers Iris, qui comprit aussitôt qu'elle allait devoir faire des recherches. Elle opina du chef pour montrer qu'elle s'en chargerait.

— Vous pourriez me décrire le centre ? demanda Ari.

Cette fois, ce qui s'alluma dans les yeux de la jeune femme ressemblait davantage à une lueur de satisfaction.

— Je peux faire mieux que ça ! Nous avons un plan très précis de toute la structure. C'est Charles qui nous l'avait laissé, et c'est grâce à ce plan que nous avons pu nous enfuir. Tenez.

Ari récupéra le document et jeta un coup d'œil à l'architecture du complexe souterrain. D'un seul niveau, il était réparti en deux larges blocs qui se croisaient, si bien que l'ensemble dessinait une croix. Ari supposa que celle-ci devait être alignée avec celle de la cathédrale, en surface. À en croire le plan, il y avait deux issues. La première était étroite et donnait sur un couloir qui, vraisemblablement, remontait jusqu'à la cathédrale, et la seconde ressemblait plutôt à un hangar, un garage. Peut-être y avait-il un sentier pour rejoindre le centre en véhicule.

Il montra le plan à Caroline Levin.

— Vous êtes sortis de quel côté ?

— Celui-là, dit-elle en indiquant la plus petite des deux issues. C'était plus sûr : il y a toujours des gardes, de l'autre côté. Je pense que c'est là qu'est garée la camionnette dont ils se sont servis pour nous emmener, au départ.

— Je vois. Ça veut dire qu'il y a une route qui va jusque là-bas ?

— Sans doute, oui, puisque nous sommes arrivés comme ça. Mais pour fuir, nous sommes partis dans le sens opposé, alors je ne pourrais vous le garantir : nous ne l'avons pas vue.

— Il y a beaucoup de monde à l'intérieur du complexe ?

— Je ne sais pas exactement. Je dirais une quarantaine de personnes, tout au plus, entre les scientifiques et le personnel du centre. Et puis il y a les gardes.

— Ils sont armés ?

— Oui.

— Est-ce que Weldon s'y trouve ?

— Il y était quand nous nous sommes enfuis.

Ari se tourna vers Iris. Il se doutait que son amie brûlait d'envie de savoir si son frère était à l'intérieur. Elle lui fit comprendre, d'un regard, qu'elle préférait le laisser poser la question.

— Avez-vous remarqué si un jeune homme, de vingt-cinq ans environ, avait été conduit dans le centre au cours des derniers jours ?

— Non. Pas que je sache.

Mackenzie devina la déception sur le visage d'Iris.

— Bien. Je ne vais pas vous embêter avec mes questions plus longtemps, madame Levin. Nous allons nous débrouiller avec ça...

— Comment se fait-il que vous vous soyez trouvés ici ? demanda alors la jeune femme, d'un air intrigué.

— Nous étions sur la piste de Weldon.

— Cela veut dire qu'il est recherché par la police française ?

Les trois policiers échangèrent des regards embarrassés.

— Pas vraiment, avoua finalement Ari.

— Comment ça ?

— Nous travaillons pour les renseignements. Il n'y a pas d'enquête judiciaire à proprement parler...

— Mais alors... Pour nous, ça veut dire quoi ? Que personne ne va venir nous chercher ?

Ari poussa un soupir. C'était un problème qu'il n'avait pas encore eu le temps de régler. Ils n'étaient pas ici dans un cadre officiel, et pour que le couple soit pris en charge, il aurait fallu prévenir les autorités françaises... À un moment ou un autre, ils n'auraient pas le choix. Mais il voulait gagner un peu de temps.

— Le médecin m'a dit qu'il allait vous conduire demain à l'hôpital de Macas pour que votre mari reçoive les soins nécessaires. C'est le plus urgent. De notre côté, nous allons faire en sorte que vous soyez pris en charge par le consulat le plus tôt possible. Nous avons une chambre réservée dans un hôtel, là-bas, à Macas, vous pourrez vous y installer en attendant de nos nouvelles. Ça vous va ?

— Oui. Merci. Vous allez libérer les autres ? Et envoyer cette ordure de Weldon en prison ?

— Nous ferons tout notre possible. Je vous le promets.

À cet instant, une voix masculine s'éleva dans la pièce voisine.

— Caroline ! Fais-les entrer !

La femme se leva, ouvrit la porte et passa la tête par l'entrebâillement.

— Tu es sûr ?

— Oui.

Elle fit signe à Mackenzie et ses collègues d'entrer dans la chambre. Ils s'approchèrent lentement du lit où Erik Levin était allongé, la jambe maintenue par deux grandes attelles.

Il avait une mine épouvantable, des égratignures sur tout le corps et le visage, et il paraissait très affaibli.

— Vous devriez vous reposer, monsieur Levin, murmura Iris.

— Le complexe est protégé par un système de sécurité assez lourd, expliqua l'ingénieur en tournant péniblement vers eux son visage exténué.

Ari prit un tabouret et vint s'asseoir à côté de lui.

— Des caméras ?

— Oui, partout, même dans les appartements.

L'homme s'exprimait avec difficulté, mais il avait dans les yeux une vigueur évidente, probablement alimentée par la colère et le désir de vengeance.

— Il y a aussi des capteurs de mouvement dans les couloirs et des alarmes sur les principales portes. Vous n'arriverez jamais à entrer sans vous faire repérer. À trois, ça risque d'être très difficile.

— C'est noté...

Erik Levin se douta que sa remarque ne les avait pas découragés. Il esquissa un léger sourire, puis il reprit :

— Sur le plan, vous verrez où se situe le poste de sécurité. Je pense qu'il y a une douzaine de gardes à l'intérieur du complexe.

— Très bien. Est-ce qu'il y a une pièce isolée, une sorte de cellule où Weldon pourrait retenir un prisonnier ?

— Oui. Dans le poste de sécurité, justement.

— Y avait-il quelqu'un de séquestré ?

— Aucune idée. Je n'y ai jamais eu accès.

— Très bien. Je vous remercie.

Ari hésita. Puis finalement, il ajouta :

— Si vous êtes trop fatigué pour me répondre, je comprendrais très bien... Mais pourriez-vous me dire sur quoi Weldon vous faisait travailler à l'intérieur ?

Ari entendit Iris pousser un soupir dans son dos. Pour elle, la priorité était bien sûr d'aller sauver son frère. Mais Mackenzie avait trop envie de savoir. Depuis le temps...

L'ingénieur changea légèrement de position sur son lit et prit une pose plus confortable.

— Je suis fatigué, mais je peux vous raconter ça brièvement.

Ari sentit les battements de son cœur s'accélérer.

La question qu'il se posait depuis si longtemps allait enfin trouver une réponse. Quel mystère était enfoui dans le cœur de la Terre, ici ou à Saint-Julien-le-Pauvre ? Car c'était bien le nœud de toute l'affaire. C'était bien le véritable secret que devaient révéler les pages du carnet de Villard de Honnecourt. Et c'était aussi ce qui avait provoqué les nombreux meurtres auxquels Ari avait été confronté, à commencer par celui de Paul Cazo, le meilleur ami de son père.

L'heure était venue de connaître ce qui, de près ou de loin, avait motivé ces horribles assassinats. Il serra les poings sur ses genoux et écouta attentivement.

86.

À peine eussé-je mis un pied à l'intérieur de l'immense grotte qu'il advint un phénomène extraordinaire dont l'image, à jamais, restera gravée dans ma mémoire.

Ce fut comme si cette gigantesque alcôve s'était allumée d'un coup, par magie. Les murs noirs, le sol et le plafond furent soudain éclairés par la singulière lumière rouge qui s'était mise à grandir au centre de la pièce au moment même où je m'étais approché. Je découvris alors l'explication de ce véritable prodige.

À quelques pas de moi, au beau milieu de cette caverne oubliée, comme planté dans un grand cirque, se dressait une sorte de cristal, mesurant à peine plus d'un pied, aux reflets cramoisis, et qui semblait briller de l'intérieur. C'était un spectacle splendide qui me paralysa pendant un long instant.

Quand, sorti de la stupeur des premiers instants, je m'avançai doucement, la lumière à l'intérieur du cristal s'intensifia davantage. Je pris peur et m'immobilisai, le cœur battant. On eût dit que la chose se protégeait. Incapable toutefois de résister à la fascination qu'elle exerçait sur moi, je fis à nouveau quelques pas en élevant la torche au-dessus de moi, comme si elle avait pu me défendre. Et alors je compris.

De nouveaux éclats vifs étaient apparus à l'intérieur de la paroi transparente, approximativement à la hau-

teur où je tenais ma torche. Je sus alors que le cristal, d'une façon ou d'une autre, emprisonnait la lumière.

Jamais je n'avais vu pareille merveille. S'il y avait eu quelqu'un avec moi dans cette grotte, je pense qu'il aurait vu sur mon visage un ravissement presque enfantin.

87.

— Le Docteur a toujours fait en sorte de nous cacher l'objet véritable de ses recherches. Chacun ne connaît que l'infime partie sur laquelle il travaille, si bien qu'il est difficile d'avoir une vue d'ensemble. Mais en recoupant les informations auxquelles j'ai eu accès, notamment en parlant avec Charles Lynch, je crois m'être fait une idée assez précise de ce que Weldon tente de faire.

Erik Levin parlait lentement, on le sentait mal à l'aise, comme s'il avait peur d'être espionné. Le conditionnement dont il avait été victime au sein de la Summa Perfectionis avait manifestement laissé des traces. Aujourd'hui encore, après tout ce qu'il avait subi, il hésitait à trahir le Docteur, et pas seulement parce qu'il avait peur des représailles, mais parce qu'il avait l'impression d'être un parjure, et qu'il avait honte.

— Je vous écoute, l'encouragea Ari.

— Eh bien… Comment dire ?

Il soupira en se tournant vers son épouse, d'un air embarrassé.

— Le centre est censé se trouver au-dessus d'un gisement très… particulier.

— Une matière rare ? demanda Ari.

— En quelque sorte. Il s'agit d'un minéral de forme cristalline encore inconnu à ce jour.

— Un minéral de forme cristalline ?

— Oui. Un peu comme un diamant, si vous voulez.

— Et comment est-il possible que l'on ait ignoré son existence jusqu'à maintenant ?

— Cela arrive. Il est fréquent, par exemple, que l'on découvre un minéral inconnu dans la poussière d'une comète, soit directement dans la stratosphère, soit même enfoui dans le sol après qu'un astéroïde s'est écrasé. Récemment, sur des miettes de la comète Grigg-Skjellerup, on a prélevé un minerai qui était encore inconnu sur Terre : du siliciure de manganèse. C'est finalement assez banal. Il faut savoir que tous les ans, notre planète reçoit environ 40 000 tonnes de matériaux et poussières provenant la plupart de temps de la désintégration de comètes ou de collisions d'astéroïdes.

— Il s'agirait donc d'une matière venue d'une autre planète ?

— C'est l'une des possibilités, mais ce n'est pas la seule.

— Vous voulez dire qu'il existe aussi des éléments que l'on ne connaît pas sur notre propre planète ?

— Des éléments, non, mais des minerais, oui, expliqua l'ingénieur en essayant de masquer sa douleur.

Il parlait lentement, mais avec une détermination grandissante.

— En 2007, par exemple, un géant minier a mis au jour un minerai inconnu en Serbie. Avant cela, personne n'avait jamais mentionné son existence. Il s'agissait d'un borosilicate hydraté de sodium et de lithium. Les chercheurs ont étudié sa structure cristalline et ses propriétés avant de conclure qu'il n'avait encore jamais été répertorié. Ils l'ont baptisé Jadarite.

— Je ne savais pas que c'était possible.

— Bien sûr que si. Trente à quarante nouvelles espèces de minerai sont découvertes chaque année.

— Ah, en effet… Mais alors, si c'est si fréquent, pourquoi Weldon s'intéresse-t-il particulièrement à celui-là ?

Le visage d'Erik Levin s'assombrit. Il regarda Ari droit dans les yeux.

— Parce que c'est un composé cristallin qui possède des propriétés de diffraction tout à fait singulières.

— C'est-à-dire ?

— La matière que nous avons cherchée dans le sous-sol de cette forêt présente une caractéristique inédite, à ma connaissance en tout cas, et qui pourrait révolutionner l'avenir énergétique de la planète.

Ari hocha la tête. Le professeur Jaquemin et lui n'étaient donc pas partis sur une mauvaise piste.

— Comment ça ?

— La diffraction obtenue par ces cristaux leur confère des capacités photovoltaïques très nettement supérieures à l'ensemble des semi-conducteurs qui sont utilisés pour fabriquer des cellules.

— Pardon ?

— Vous savez ce qu'est une cellule photovoltaïque ?

— Vaguement…

— C'est un composant électronique qui, exposé à la lumière, génère de l'électricité. C'est ce qu'on utilise sur les panneaux solaires.

— D'accord.

— Les cellules photovoltaïques les plus répandues sont constituées de semi-conducteurs, principalement à base de silicium, qui est lui aussi un élément chimique de la famille des cristallogènes. C'est l'élément le plus abondant dans la croûte terrestre, après l'oxygène. Le problème est que le rendement des cellules obtenues à partir du silicium n'est pas suffisant, et cela fait des années que la science tente de faire des progrès dans ce domaine. Les fabricants de cellules photovoltaïques annoncent régulièrement des accroissements de leur rendement, mais rien d'extraordinaire. On a également testé des concentrateurs, avec des miroirs et des lentilles incorporées dans les panneaux, mais c'est encore un procédé complexe et coûteux.

— Et cette nouvelle matière permettrait de faire des avancées dans ce domaine ?

— C'est ce que nous étudions dans le complexe. Il y a de fortes chances en tout cas. Pour faire simple, à l'état naturel, ces cristaux ont l'étonnante particularité de conserver la lumière pendant un temps assez long, comme si elle était prisonnière à l'intérieur.

— C'est étrange...

— C'est surtout révolutionnaire. Car à partir de ce nouveau cristal, on devrait être en mesure de construire des panneaux solaires 10^9 fois plus puissants que ceux que l'on fabrique à l'heure actuelle. Vous voyez ce que cela signifie ?

— Un passage à un type supérieur sur l'échelle de Kardashev ? avança Ari en se souvenant des hypothèses émises par le professeur Jaquemin.

L'ingénieur parut surpris.

— Vous connaissez cette classification ?

— J'ai récemment interrogé un collègue de Charles Lynch sur ce que pouvait chercher Weldon et, parmi les hypothèses avancées, il y avait celle-là.

— Eh bien, il avait vu juste. Si nos découvertes ne sont pas erronées, l'application industrielle de ce nouveau minéral devrait en effet permettre à l'humanité d'utiliser toute l'énergie disponible sur notre planète, ce qui serait, vous vous en doutez, une révolution au moins aussi grande que la première révolution industrielle.

— Cela signifierait aussi une guerre pour le contrôle du minéral, intervint Iris derrière eux.

— Et Weldon se sert donc de l'INF pour mettre la main sur les éventuels gisements, continua Ari, en dépouillant les pays concernés de cette source de revenus potentiellement phénoménale…

Erik Levin hocha la tête d'un air gêné. Jusqu'à présent, il avait toujours réussi à éluder la question, comme s'il avait voulu nier les véritables intentions de la société qu'il avait intégrée en se concentrant sur l'innovation scientifique que représentait la découverte. Mais au fond de lui, il le savait : il se tramait quelque chose de parfaitement odieux derrière toute cette organisation. Et c'était en partie pour cela qu'il s'était enfui.

— Y a-t-il d'autres gisements avérés ? lui demanda Ari d'un air grave.

— Tout est parti d'un échantillon qui était en la possession de Weldon. Il ne nous a jamais dit où il se l'était procuré.

Ari se tourna vers Iris et Krysztov d'un air entendu. Ils partagèrent son regard désabusé.

— Et ici ? Vous en avez trouvé ?

— Vous allez rire : à ma connaissance, non. Je ne sais pas sur quelles études Weldon s'est fondé pour parier sur la présence du cristal dans ce sous-sol… Mais le jour où je me suis enfui, nous n'avions toujours rien trouvé. Cela ne nous a toutefois pas empêchés de mener des recherches sur l'échantillon dont il disposait, bien sûr. Et puis… Il n'est pas dit que nous ne serons pas capables un jour de le synthétiser, ou de reproduire les caractéristiques qui permettent le phénomène. Quoi qu'il en soit, c'est une découverte capitale pour l'avenir énergétique de la planète.

— Une découverte capitale tombée entre les mains de la mauvaise personne.

— C'est souvent le cas, murmura Krysztov qui n'avait pas encore dit un seul mot.

— Et quel est le rapport avec l'alchimie ? Pourquoi « Rubedo » ? Pourquoi le glyphe de John Dee ?

Erik Levin secoua la tête.

— Tout ça, ce sont les délires de Weldon et sa bande. Pour eux, le cristal est l'ultime découverte de l'alchimie. Ils y voient l'incarnation du principe de la Pierre philosophale, l'aboutissement du Grand Œuvre ou ce genre de balivernes auxquelles je n'ai jamais adhéré. Pour eux, le cristal est le « cinquième élément », l'alkahest, qui permet de créer quelque chose de plus précieux que l'or : l'énergie. C'est pour ça qu'ils ont appelé cette matière « le cristal de Rubedo », c'est le nom…

— De l'œuvre au rouge, continua Mackenzie en acquiesçant. La dernière étape de la transmutation alchimique.

— Vous savez le pire ? C'est que je me demande si Weldon, au fond, y croit vraiment, à toutes ces fadaises ésotériques. Je pense qu'il s'en sert plutôt pour fédérer les gens autour de lui. Les gens sont friands de ces choses-là. Il utilise l'imagerie traditionnelle de la *Summa Perfectionis*, le symbole de John Dee, tout ça… Mais je me demande si, au fond, sa motivation réelle est bien ésotérique. La seule chose qui l'intéresse, c'est le fric.

— Peut-être.

Ari se leva et se mit à tourner en rond au pied du lit. Il avait besoin de marcher pour analyser les tenants et les aboutissants de cette révélation.

Tout était donc parti de là ? D'un cristal ? Un minéral capable de révolutionner l'avenir énergétique de l'humanité ? Certes, c'était une chose incroyable, dont il n'était probablement pas capable de mesurer les conséquences à moyen et à long terme. Mais au bout du compte, Levin avait peut-être raison : ce pouvait être une affaire surtout économique. Une histoire de gros sous. Et c'était à cause de ça qu'on avait tué Paul Cazo. Pour percer le mystère de ce cristal et s'assurer qu'on en tirerait tout le potentiel économique… Sans vraiment le surprendre, cela l'écœurait.

— Et les carnets de Villard de Honnecourt, dans tout ça ? murmura Iris comme si elle se parlait à elle-même.

Ari était en train de se poser la même question.

— Ils devaient indiquer le lieu de l'un des gisements, sous Paris. Le lieu secret et mystérieux dont parlait Villard, c'était peut-être ça. Un gisement. Il se pourrait bien que l'échantillon de Weldon provienne de notre fameux tunnel...

— Weldon serait descendu après nous, quand le puits a été classé Secret Défense, et aurait trouvé le cristal ?

— Après ou avant. Ou bien quelqu'un d'autre l'avait récupéré avant lui et il a mis la main dessus. Après tout nous n'étions pas les premiers à décrypter l'énigme de Villard. C'est peut-être Mancel qui a trouvé le cristal au XVe siècle.

— Comment Villard pouvait-il savoir, déjà, à l'époque ? Comment pouvait-il savoir qu'il y avait ce cristal en sous-sol ?

— Un coup de chance ? suggéra Krysztov. Peut-être avait-il voulu explorer les sous-sols de Saint-Julien-le-Pauvre et était-il tombé sur un échantillon du cristal...

Ari acquiesça. La vérité, parfois, était presque décevante. Mais qu'avait-il espéré ? Qu'il y avait réellement un monde inconnu enfoui au cœur de la planète ? La Terre creuse ? Il secoua la tête en pensant aux légendes sur Elvis Presley ou Adolf Hitler. Non. Bien sûr. Ça ne pouvait être autre chose que ça. Et au fond, ce qui comptait, maintenant, c'était de mettre sous les verrous les personnes responsables de la mort de Paul Cazo comme de celle de Charles Lynch, de sauver le jeune frère d'Iris et de dénoncer les manipulations scandaleuses d'une pseudo-association de défense de la nature. Car tous ces gens-là étaient bien concrets. Bien réels.

Il cessa de trépigner et se tourna vers l'ingénieur.
— Nous allons vous laisser vous reposer, Erik.
Il était temps d'en finir.

88.

Le premier soir, l'ayant brisé en tentant de le déloger, je ne remontai que la première moitié du mystérieux cristal à la surface. Je le cachai dans mes affaires et l'emportai chez moi en secret, encore ébranlé par l'incroyable découverte que m'avaient fait faire les carnets de Villard de Honnecourt.

Je le conservai quelques jours sans en parler à personne, pas même à ma douce Pernelle. J'avais l'impression d'avoir accompli une sorte de méfait, un vol, et je n'osai m'en confier.

Je dois le concéder ici, ce petit morceau de cristal qui trônait dans ma cave, rue de Montmorency, devint rapidement une obsession. Au début, j'éprouvai le besoin d'aller le voir deux ou trois fois par jour, puis ce fut toutes les heures et bientôt il me devint insupportable de m'en défaire, ne serait-ce qu'un instant.

Pernelle finit par se douter de quelque chose et je me décidai à lui raconter toute l'histoire. D'abord, elle refusa de me croire, puis comme je lui montrai l'objet précieux, elle fut aussi subjuguée que moi par sa beauté et ses étonnantes propriétés.

Ce fut elle, au final, qui me persuada de montrer le cristal à quelqu'un. Conscient des rumeurs et des jalousies que cela pourrait entraîner, je m'y refusai d'abord mais, devant son insistance, décidai, s'il fallait vraiment me livrer, de le faire au seul homme qui avait toute ma confiance : Jean, qui n'avait pas encore été apanagé duc de Berry, mais qui était déjà l'un de mes plus fidèles et fortunés clients.

Un soir qu'il m'avait convoqué pour rédiger quelque document, je lui apportai l'échantillon en lui fai-

sant promettre de ne jamais révéler son origine. Il promit et je sentis aussitôt, à sa façon de me regarder, que les choses entre nous avaient changé. Plus jamais il ne me considérerait de la même manière, et je crois bien que je le regrettai.

Quelques jours plus tard, Jean me fit convoquer chez lui. Espérant qu'il avait seulement besoin de mes talents de maître écrivain, je me rendis dans son château avec mes plumes, mon encre et quelques parchemins.

Quand j'arrivai, une surprise de taille m'attendait.

89.

— Ça devient de plus en plus difficile d'avancer dans ce merdier.

Malgré les pleins phares, l'obscurité épaisse de la nuit devenait pénible à affronter. Cela faisait un moment déjà que Krysztov avait enclenché la transmission intégrale du 4 × 4, mais d'une petite route ils étaient passés à un chemin, et d'un chemin à un simple sentier. L'espace entre les arbres se réduisait de plus en plus et franchir les nombreux obstacles relevait de l'exploit. Installés tous les trois à l'avant du véhicule, ils devaient s'agripper – l'un au volant et les deux autres aux poignées prévues à cet effet – pour ne pas se cogner contre le toit ou les vitres.

— Continue aussi longtemps que possible, ça nous fera toujours ça de moins à parcourir à pied.

Ari jeta un coup d'œil à la carte. A priori, ils n'étaient plus qu'à une dizaine de kilomètres de leur destination.

Le lendemain de leur rencontre avec Caroline et Erik Levin, ils avaient soigneusement préparé leur expédition. Pendant que Krysztov s'était débrouillé pour rassembler du matériel et des armes, Iris et Ari étaient allés chercher des informations sur la mystérieuse cathédrale dans les archives de la ville.

Les urgences étaient multiples : bien sûr, Iris était pressée de retrouver son frère, mais en plus Ari se doutait que le SitCen ou la DCRI finiraient par être informés de leur expédition secrète. Enfin, il avait promis à Caroline Levin de mettre le consul au courant rapidement, et il tenait à mener à bien son expédition avant, car une fois les autorités prévenues, il serait trop tard : le dossier leur échapperait automatiquement. Toutefois, ils avaient attendu que la nuit soit avancée pour se mettre en route. Ils voulaient bénéficier de l'effet de surprise et espéraient arriver à un moment où tout le monde, ou presque, serait endormi.

— Tu es sûre de la localisation, Iris ? demanda Krysztov, les mains crispées sur le volant.

— Certaine.

— Et vous qui savez tout, reprit le Polonais, vous pouvez me dire ce qu'une cathédrale gothique fait dans la jungle, en plein milieu de l'Amazonie ?

— C'est une réplique de la cathédrale Santa María de Burgos, en Espagne, expliqua Iris. Les conquistadores l'ont fait construire ici aux alentours de 1535 pour marquer leur domination sur l'Empire inca.

— Mais pourquoi à cet endroit ? En pleine jungle ?

— Visiblement, c'était un site sacré pour les Incas. C'est assez classique dans l'histoire de la christianisation : on construit des églises là où se situaient les lieux saints de la religion qu'on veut remplacer.

— *Makom kadosh tamid kadosh*[1], murmura Ari pour lui-même.

1. Dicton hébreux : *Un lieu saint sera toujours saint.*

— Moi, ce qui m'étonne, fit remarquer Iris, c'est que les deux endroits qui semblent liés avec ce cristal, ici et à Paris, soient précisément situés en dessous d'un bâtiment sacré. Cette cathédrale et Saint-Julien-le-Pauvre…

— Tu prends peut-être le problème à l'envers. Il est possible que ces lieux aient été considérés comme sacrés justement à cause de ce qu'ils cachaient dans leur sous-sol, avant que les bâtiments soient construits… Et puis je te rappelle que, pour l'instant, si l'on en croit Erik Levin, Weldon n'a rien trouvé ici. Si ça se trouve, il n'y a absolument rien en sous-sol.

— Il y a peut-être aussi un rapport avec la légende de la Terre creuse, ajouta Iris. La cathédrale se trouve à une quinzaine de kilomètres à peine des grottes de Los Tayos…

Ils furent interrompus dans leur conversation par l'arrêt soudain du 4 ×4. Ari, projeté violemment en avant, se retint de justesse au tableau de bord.

— Désolé, maugréa Krysztov, mais je ne peux pas aller plus loin. Il faut qu'on finisse à pieds. Sinon, nous ne pourrons jamais revenir en arrière.

— OK. Allons-y.

Tous trois sortirent de la voiture et se rejoignirent devant le coffre.

— J'ai paré au plus urgent, expliqua le Polonais en ouvrant le grand sac de sport à l'arrière du véhicule. Des lampes de poche, une trousse de secours, une machette, des cordes, des couteaux, trois talkies-walkies. Question artillerie, j'ai pas pu faire de miracle, j'ai été obligé de me fournir au rayon chasse.

Ari ne put retenir un ricanement. Il devinait la déception dans le regard du garde du corps.

— Tu veux dire qu'on va tirer de la grenaille ?

— Non, quand même pas. J'ai acheté deux fusils à pompe. Des Mossberg 500, calibre 20, avec 7 balles dans le magasin. C'est vendu comme fusil de chasse, mais c'est l'arme préférée des flics, ici. C'est une version à canon court. Ça tire pas très loin, mais ça fait super mal.

— Merveilleux.

— Iris, même si tu restes à l'extérieur, je serais plus rassuré de te savoir armée. Je me suis dit que tu préférerais un flingue plutôt qu'un fusil…

— Je préférerais rien du tout, répliqua-t-elle en secouant la tête.

— Je t'ai trouvé un Colt Cobra. C'est petit, c'est léger. C'est avec ça que Jack Ruby a buté Lee Harvey Oswald.

— Ta fascination pour les armes me consterne, Krysztov.

— Je sais. Mais elle te sauvera peut-être la vie.

Iris haussa les épaules. Le Polonais lui déposa le revolver et une boîte de munitions entre les mains.

Les deux hommes s'équipèrent en silence. Ari ne put s'empêcher de penser que cet instant scellait la reformation de l'équipe de choc qui avait, quelques mois plus tôt, fait tomber la secte du Vril. Il espéra que, cette fois, ils pourraient aller jusqu'au bout en faisant arrêter les véritables responsables de toute cette affaire.

— Tiens, dit le Polonais en lui tendant des gants et un masque. Mieux vaut se protéger. Visiblement, ces types sont amateurs de neurotoxiques.

Ari remarqua alors que le visage d'Iris s'était assombri, comme si elle venait de prendre conscience de la dangerosité de leur expédition.

Pressée de retrouver son frère, elle avait longuement insisté pour entrer à l'intérieur du complexe avec eux, mais Zalewski avait refusé catégoriquement. Elle n'avait pas de réel entraînement au combat, et avoir quelqu'un à l'extérieur pour surveiller les éventuelles entrées et sorties ne serait pas superflu.

— OK. Il va falloir faire vite, très vite, expliqua

Krysztov en regardant Mackenzie. Selon Erik Levin, les portes sont protégées par des alarmes, et nous n'avons pas ici le matériel suffisant pour les désactiver. Bref, on n'a qu'une seule solution : on entre en force des deux côtés et on les écrase avant qu'ils n'aient le temps de comprendre ce qui leur arrive.

— Du pur Zalewski, ironisa Mackenzie. La délicate technique de la force brutale.

Le Polonais se retourna vers le coffre et en sortit une petite boîte en fer.

— Tiens, dit-il en tendant l'objet à son ami. Tu fais très attention, c'est pas hyperstable.

— Je sais.

Deux heures avant leur départ, Zalewski avait fabriqué du peroxyde d'acétone, un explosif artisanal. Ce n'était pas le plus efficace, et encore moins le plus sûr, mais il n'avait eu ni le temps ni l'équipement nécessaire pour fabriquer autre chose. Il avait également dû ajouter du plastifiant pour rendre l'explosif brisant et accroître leurs chances de faire sauter les portes.

— Bien. On y va.

Ari passa le premier. Il ouvrait la voie à grands coups de machette tandis que le garde du corps l'aidait à maintenir le cap à l'aide d'une boussole. Ils avançaient lentement, freinés par la densité de la végétation et les dénivelés. Malgré l'obscurité, il faisait encore chaud et le poids de leur équipement devint rapidement un calvaire. Après une heure de marche, toutefois, Zalewski annonça à ses amis la bonne nouvelle :

— On n'est plus très loin.

Ils s'arrêtèrent pour inspecter les environs. Rien ne bougeait dans la jungle endormie.

— C'est par là ? demanda Ari en pointant du doigt vers le nord.

— Oui, mais fais attention. Ça ne m'étonnerait pas qu'il y ait des caméras ou des détecteurs pour protéger la zone.

L'analyste se remit en route en prenant davantage de précautions, promenant le faisceau de sa torche sur le sol et en hauteur afin de scruter au mieux l'espace autour d'eux. Soudain, la lumière de sa lampe se réfléchit contre une paroi de verre, à quelques mètres seulement : un bout de vitrail brisé. Ari s'arrêta, puis il fit signe à ses compagnons et ils s'approchèrent en silence, médusés.

Cachée au milieu des arbres comme un vaisseau dans la brume, la cathédrale en ruine se révéla peu à peu sous leurs yeux ébahis. Ils avancèrent de quelques pas pour mieux la contempler. L'ensemble, dont on devinait encore la blancheur passée, alliait la rigueur de l'architecture gothique à l'exubérance espagnole. Partiellement recouverte de plantes et en partie effondrée, elle ressemblait à un temple oublié de la cordillère des Andes.

La façade principale, richement décorée, était percée d'une large rosace et soutenait une série de huit statues représentant des rois, dont très peu étaient encore intactes. L'édifice était flanqué de deux tours d'où s'élevaient de hautes et fines flèches ouvragées.

Ari se faufila entre les arbres et s'immobilisa face à l'entrée, là où un parvis de pierres était parvenu, tant bien que mal, à retenir l'invasion de la végétation.

— C'est tout simplement incroyable, balbutia Iris en s'arrêtant derrière lui.

Le silence des deux autres ne la contredisait pas. Bien qu'ils s'y fussent préparés, ils furent émerveillés par la majesté insolite de cette église, qui semblait avoir poussé par erreur au cœur de la forêt amazonienne. Cette vision avait quelque chose de surnaturel et de menaçant, et la pénombre amplifiait encore l'étrange impression qu'elle suscitait.

— C'est ici que nos routes se séparent, murmura finalement Krysztov. Iris, tu restes là. Tu es à l'abri et tu as une bonne visibilité sur l'entrée de la cathédrale. Ari, tu vas directement à l'intérieur du bâtiment, là où se situe l'escalier dont nous ont parlé les Levin, et moi je vais de l'autre côté. Dès que je trouve la seconde porte extérieure, je te préviens sur le talkie. Pour préserver l'effet de surprise, il faut absolument qu'on rentre en même temps.

— Pas de souci, répondit Mackenzie en vérifiant l'émetteur-récepteur à sa ceinture. Iris, tu ne bouges pas, hein ? Tu écoutes notre progression, en espérant que nous arriverons encore à te capter une fois dedans. Et tu surveilles tout ce qui entre ou sort de la cathédrale.

— Oui, oui, promis. Mais faites attention à vous.

Après avoir examiné une dernière fois son matériel, Krysztov fut le premier à se mettre en route. Il leur adressa un sourire et s'éloigna furtivement, se faufilant entre les arbres avec les gestes d'un homme rompu au combat. Retrouvant ses réflexes, il était déjà rentré dans sa peau de soldat. Les deux agents de la DCRI le regardèrent disparaître dans la nuit.

— Fais *vraiment* attention à toi, Ari, insista Iris. Et ramène-moi mon frère.

— Ne t'inquiète pas.

Ari la serra contre lui. Elle avait beau tout faire pour donner le change, jamais il n'avait vu autant de détresse dans ses yeux. Puis il se retourna vers le haut portail de la cathédrale. Il s'assura qu'aucune caméra n'était pointée sur lui, derrière les gargouilles, en haut des statues, puis il sortit de la lisière que les arbres formaient face au bâtiment.

Le dos courbé, l'arme au poing, il progressa prudemment vers l'édifice au milieu de l'obscurité, puis il se plaqua contre le grand montant de bois de l'entrée. Il écouta quelques instants, le dos droit, immobile. Aucun bruit. De la main gauche il entrebâilla la porte et, le cœur battant, se glissa à l'intérieur. L'arme en joue, prêt à tomber sur d'éventuels gardes, il posa un regard circulaire sur le décor spectaculaire qu'offrait, à la faible lueur de la lune, ce sanctuaire altéré par les outrages du temps et de la végétation. Dans l'ombre, les pierres des larges colonnes qui quadrillaient l'espace de chaque côté de la nef prenaient des couleurs bleutées. Dans d'autres circonstances il aurait sans doute pris le temps d'admirer ce spectacle insolite... Mais ce n'était pas le moment.

Ari, sans quitter des yeux le chœur de la cathédrale, fit un pas vers le bas-côté. S'il ne s'était pas trompé, l'entrée devait se trouver dans la partie gauche du premier transept. Il remonta lentement vers le centre, enjambant les nombreux débris qui jonchaient le sol. Les mains crispées sur le fusil à pompe, il longea le mur où se succédaient les restes de vitraux anciens, puis il passa près des statues et des meubles envahis par les lianes.

Soudain, Ari sursauta. Surpris par ce visiteur impromptu, des oiseaux nichés sous la voûte d'ogive s'étaient envolés dans un battement d'ailes sonore.

Putain d'oiseaux !

Il se remit en route. Quand il arriva dans la grande allée perpendiculaire, il promena le faisceau de sa lampe autour de lui et s'arrêta sur une porte. Le battant en bois, bancal, était rongé par la pourriture. Aucun doute, c'était l'entrée que lui avait indiquée Erik Levin. Il ne lui restait plus qu'à attendre le signal de Krysztov.

Ari s'accroupit à l'ombre d'une statue de la Vierge Marie. Il hésita un instant, jeta un coup d'œil alentour, haussa les épaules et alluma une Chesterfield.

90.

La stupéfaction que j'eus en entrant dans le château du futur duc de Berry fut, sans conteste, l'une des plus profondes que la vie m'ait réservées.

Après m'avoir fait attendre quelques instants au petit salon, l'un de ses valets me conduisit dans la grande salle de réception. Là, perplexe, je tombai nez à nez avec le roi, lequel, officiellement, était encore retenu prisonnier à Londres par nos ennemis. Sa présence en France était déjà, en soi, une surprise de taille – et sans doute un secret bien gardé. Mais qu'il fût prêt à me rencontrer, dans les appartements de Jean de Berry, était inouï.

S'il m'était arrivé de voir le souverain lors de réceptions publiques, c'était en revanche la première fois que je me retrouvais face à lui dans un cadre privé, et seul à seul de surcroît. Bien que très au fait des bonnes manières et du protocole qui s'imposaient dans ce genre de circonstances, je dois avouer que, pendant un court moment, je fus incapable de me montrer à la hauteur de l'événement. Pris au dépourvu, déconcerté, je balbutiai quelques paroles incompréhensibles et effectuai une révérence maladroite dont je rougis encore aujourd'hui.

Le roi essaya aussitôt de me mettre à l'aise. Il me demanda de ne pas faire de façons et de lui parler simplement. Je tentai de ne pas me laisser impressionner. Après tout, il n'était pas censé être là…

Peut-être, cher lecteur, dois-je te rafraîchir la mémoire au sujet de ce souverain car il est mort depuis fort longtemps et je ne sais combien d'années passeront encore avant que tu ne découvres mes écrits.

Jean II de France, que l'on appelait aussi Jean le Bon, était le fils du roi Philippe VI et de Jeanne de Bourgogne. Il avait dû, dans les débuts de son règne, en 1350, faire face à la terrible peste noire, qui provo-

qua la mort de la moitié de la population de notre pays et des pays voisins. En outre, il avait été confronté à la méfiance que le peuple manifestait alors à l'égard de la couronne, aggravée par les défaites dans la guerre qui, déjà, nous opposait à l'Angleterre. Enfin, il avait été exposé aux intrigues de Charles de Navarre, autre prétendant à la couronne.

C'est dans ce contexte que, dès 1355, les Anglais, menés par Édouard III, s'étaient à nouveau engagés dans la guerre. En septembre 1356, pendant la bataille de Poitiers, Jean le Bon avait été battu par l'ennemi et fait prisonnier. Charles de Navarre avait alors profité de l'occasion pour tenter de prendre le pouvoir.

Comme il s'était battu avec courage, le roi en captivité avait alors été perçu comme un héros, y compris par son ennemi, Édouard III. Incarcéré à Bordeaux avec tous les honneurs, il avait pu y organiser librement une cour et réagir, depuis sa prison, aux manœuvres de Charles de Navarre. Pressé de retourner sur le trône, Jean le Bon avait décidé de précipiter les négociations, quitte à céder beaucoup de terrain aux Anglais.

Les pourparlers, à l'époque où je le rencontrai, avaient donc lieu à Londres, où ses conditions d'incarcération étaient plus royales encore.

Tu comprends à présent ma surprise de le voir en France, à cet instant de l'histoire.

— Vous connaissez sans doute, monsieur Flamel, ma situation, dit-il après m'avoir fait prendre place près de lui. La France a grand besoin que je revienne sur son trône, et l'heure est venue pour moi de prendre les mesures nécessaires. Pour me libérer, Édouard III exige une rançon colossale que le Trésor ne peut couvrir. J'ai cherché tous les moyens possibles de réunir cette somme, mais n'y suis point encore parvenu. Je crois, toutefois, avoir trouvé la solution.

Ayant encore du mal à croire que c'était bien à moi, simple écrivain, que le roi s'adressait, je parvenais difficilement à me concentrer sur ses paroles.

— Voici ce que je dois faire : je dois marier ma fille Isabelle à Jean Galéas Visconti.

Je hochai la tête, commençant à saisir. Le jeune homme en question – j'avais eu l'occasion d'en entendre parler – était le fils de Blanche de Savoie et de Galéas Visconti, seigneur de Lombardie. Une famille fort riche. Il avait alors neuf ans et Isabelle de Valois en avait douze.

— Le rang du jeune Lombard étant insuffisant pour prétendre entrer dans ma famille, il devra me verser une somme conséquente, laquelle me permettra enfin de réunir le montant de la rançon réclamée par les Anglais. Vous me suivez ?

— Absolument, majesté.

Ce genre de mariages d'intérêt était chose courante au sein de la noblesse, et malgré le jeune âge des intéressés, je ne voyais là rien d'étonnant.

— Je dois toutefois, pour convaincre le père, faire quelques concessions de mon côté. J'ai promis d'ériger en comté la ville de Vertus, en Champagne, afin que ma fille puisse l'apporter en dot. Ainsi, Jean Galéas Visconti héritera du titre de comte de Vertus. Mais cela ne suffit pas. Je cherche à offrir à ce Lombard quelque présent significatif. Et pour cela, cher Nicolas Flamel, que j'ai besoin de vous.

— Majesté, je suis votre serviteur, dis-je en inclinant la tête.

J'avais deviné depuis un moment les raisons de ma présence ici et, bien que je n'eusse pu le dire à haute voix, cela me mettait fort en colère.

— On me dit que vous avez découvert un cristal aux propriétés miraculeuses.

Je ne m'étais pas trompé.

— Je ne sais si l'on peut parler de miracle, majesté, il faudrait l'avis du clergé, pour cela.

— Mais de prodige, certainement...

Je ne niai pas.

— Croyez-vous, mon très cher ami, que vous puissiez m'en fournir quelque échantillon et me permettre, ainsi, d'unir ma famille à celle des Visconti ?

À ce jour, je n'avais parlé de ma découverte qu'à deux personnes. Dame Pernelle et le duc de Berry. Je ne saurais dire pourquoi exactement, mais mon intuition m'avait laissé penser que la chose devait rester aussi secrète que possible. L'idée d'agrandir encore le cercle des initiés ne m'enchantait guère et la trahison du duc, qui avait promis de ne jamais ébruiter la chose, me heurtait. Toutefois, il s'agissait du roi de France. Le plus grand souverain de toute la chrétienté. Avais-je vraiment le choix ?

— J'en serais enchanté, mentis-je, résigné. Je dois toutefois vous prévenir, majesté, que je n'en possède qu'une petite quantité.

— Allons, Flamel, je suis certain qu'un seul échantillon saura satisfaire notre Italien. Je saurai, en retour, me montrer reconnaissant.

En vérité, je n'étais pas intéressé par la moindre récompense matérielle. Mon souci, à cet instant, était bien différent. J'hésitai à m'en ouvrir au roi. Rassemblant mon courage, je me décidai toutefois :

— Puis-je vous demander, votre altesse, une seule faveur ?

— Ce que vous voudrez.

— Quand vous offrirez le cristal à Visconti, ne lui confiez pas sa provenance. Ne lui dites pas que vous l'avez obtenu de moi. Je ne voudrais pas devenir la cible des centaines de curieux qui, inévitablement, chercheront à trouver la source...

— Cela va de soi, Flamel. Je n'en dirai rien. Le mystère, de surcroît, ne fera qu'agrandir sa valeur. C'est une excellente idée.

Et il en fut ainsi.

91.

— Je suis en position. Terminé.

En entendant le grésillement dans le petit haut-parleur, Ari approcha l'émetteur-récepteur de son oreille.

— Il n'y a ni gardes ni caméras, continua Krysztov. C'est étrange. À toi.

— Soit ils ont négligé la sécurité du bâtiment, ce qui m'étonnerait beaucoup, soit ils sont partis.

— Ou alors c'est un piège, intervint Iris sur leur canal. Faites attention, les garçons. Ils savent peut-être que vous êtes là.

— Il n'y a qu'un moyen de le savoir, répondit Ari. Krysztov, on entre. Je te préviens quand je suis devant la porte. Il faut qu'on fasse sauter ça en même temps. À toi.

— OK. Je me prépare. Terminé.

Mackenzie jeta un dernier coup d'œil à la voûte immense du bâtiment en ruine, puis, du bout de son fusil, il poussa la petite porte et s'avança dans l'escalier en pierre qui s'enfonçait sous la cathédrale.

Il sentit la tension monter en lui. À cet instant, il ne pensait qu'à une chose : sauver Alain. Sauver le frère d'Iris, qui était peut-être enfermé quelque part dans le complexe.

La lampe torche collée contre le canon du Mossberg, il descendit prudemment les marches. L'air était chaud et humide, les murs renvoyaient une légère odeur de moisi. À mesure qu'il progressait, Ari ne pouvait s'empêcher de songer au puits de Saint-Julien-Le-Pauvre et à la descente qu'il avait faite, seul, dans les entrailles de Paris. Quelques mois plus tard, voilà qu'il se retrouvait dans la même situation : un couloir obscur caché sous une église, une plongée vers le cœur de la Terre. Mais cette fois, il voulait des réponses pour clore cette affaire une bonne fois pour toutes. Plus rien ne pourrait l'arrêter :

aucune classification Secret Défense, aucun ordre ministériel.

L'escalier fit un coude vers la droite, Ari descendit encore une vingtaine de marches et parvint enfin devant une lourde porte métallique, dont la modernité contrastait avec les pierres du couloir.

Il jeta un coup d'œil alentour. Pas de gardes et pas de caméras ici non plus, mais la serrure semblait solide. Il espéra que l'explosif fabriqué par Krysztov suffirait.

En prenant garde de ne faire aucun geste brusque, il sortit la petite boîte en plastique de son sac à dos et la plaqua sur la serrure à l'aide de ruban adhésif. Il fixa ensuite le minuscule détonateur confectionné en urgence par le Polonais. Une charge primaire et secondaire, et un système de déclenchement électrique sommaire. Une bombe de terroriste. La dangerosité d'un tel appareillage n'était pas négligeable ; les anecdotes au sujet d'accidents survenus lors de la manipulation d'explosifs artisanaux étaient nombreuses, mais Ari avait une totale confiance en son ami. Dans la précarité de leur situation, Zalewski avait certainement agi au mieux pour minimiser les risques.

D'un geste assuré, l'analyste déroula lentement les deux fils le long de la porte, puis sur le sol, et il revint sur ses pas, jusqu'à l'endroit où l'escalier faisait un angle. Là, il pourrait s'abriter derrière le mur.

Une fois en place, il saisit à nouveau l'émetteur-récepteur qu'il portait à la ceinture.

— Krysztov, je suis prêt. La charge est en position. Terminé.

Aucune réponse. Ari resta patiemment adossé au mur rugueux. Il sentit son estomac se nouer. Son engagement au sein de la FORPRONU, seize ans plus tôt, avait laissé des traces. Une certaine conscience du danger imminent, et une bibliothèque d'images violentes qui ne manquaient pas de défiler dans sa tête quand il sentait venir le combat. Quelques instants plus tard, la voix de Zalewski résonna enfin dans l'appareil.

— Idem ici. J'attends ton signal. À toi.

— On se retrouve à l'intérieur à l'endroit prévu. Terminé.

Les deux hommes, à l'initiative du Polonais, avaient entièrement mémorisé les plans du complexe souterrain. En croix, comme la cathédrale, il n'était guère compliqué. Ils avaient soigneusement planifié leur progression à l'intérieur, sachant qu'Ari allait entrer par le sud et Krysztov par l'est. Si tout se passait bien, ils devaient se retrouver à l'entrée du poste de sécurité, au centre de la croix, endroit où ils risquaient de rencontrer la plus grande résistance, et où ils espéraient trouver Alain Michotte.

Mackenzie plaça son pouce au-dessus de l'interrupteur qui terminait les deux fils électriques, puis il enfila son masque.

Il appuya sur le commutateur du talkie.

— Prêt ?

— Prêt.

— On y va. Cinq, quatre, trois, deux, un, *go* !

La déflagration fut bien plus forte qu'il ne l'avait imaginée. Le souffle se fit ressentir jusque dans le haut du couloir et, quelques instants après l'explosion, il entendait encore tomber des pierres et des débris de métal. Une fumée noire avait envahi l'espace déjà obscur du souterrain. Sans attendre, Ari se précipita à travers l'épais nuage. Il descendit les quelques marches et distingua bientôt l'ouverture béante au milieu du mur. La porte avait été éjectée par l'explosion et une partie de la paroi de béton s'était écroulée. De l'autre côté, il aperçut un couloir gris. Aucune lumière allumée.

Sur ses gardes, progressant lentement à la manière d'un commando, il s'engouffra dans le corridor sinistre. Il n'y avait rien devant lui que cette perspective rectiligne, puis, tout au bout, une nouvelle porte. Ari pressa le pas. À n'en pas douter la double détonation, de ce côté et de celui de Krysztov, avait réveillé tout le monde à l'intérieur du centre et les gardes n'allaient pas tarder à réagir. Nerveux, bouillonnant, il sentait son cœur cogner, son sang battre dans ses veines.

Il avança aussi vite que possible jusqu'à la seconde porte, qu'il enfonça d'un grand coup de pied. Au-delà, il découvrit un nouveau couloir, peint de blanc cette fois, et le long duquel se succédaient sur chaque mur une dizaine de portes.

Mais toujours personne. Les lumières étaient éteintes. C'était à croire que tout le monde dormait.

— Il n'y a personne ici, à toi.

— Personne de mon côté non plus, répondit Krysztov avec une note d'inquiétude dans la voix.

— On continue, terminé.

Ari s'arrêta au niveau de la première porte sur sa droite. Il se plaqua sur le côté puis, de la main gauche, enfonça brusquement la poignée. Rapide coup d'œil à l'intérieur. Rien ici non plus. La salle était entièrement vide. Il pesta, retourna dans le couloir et se plaça devant la deuxième porte. Sans baisser sa garde, il pénétra dans cette nouvelle pièce. Promenant le faisceau de sa lampe, il distingua de simples meubles en fer, placards, commodes, tables… Mais aucun objet, pas un papier, rien. On eût dit que les lieux n'étaient plus occupés. Ou qu'ils avaient été complètement dévalisés.

Ari remonta l'allée, ouvrant les portes les unes après les autres pour constater que le centre – de ce côté-là en tout cas – était bien désert. Selon les plans, il se trouvait dans la zone résidentielle du complexe : chambres, réfectoire, cuisine, garde-manger… Plusieurs indices laissaient penser qu'il n'avait pas été abandonné depuis longtemps : aucune poussière sur les meubles, une odeur de cuisson dans les cuisines… À y regarder de près, d'autres signes permettaient de déduire qu'on était parti précipitamment. Dans l'une des chambres, Ari avait remarqué des vêtements qui pendaient d'un tiroir ouvert. Dans une autre, le lit était encore défait et on avait laissé un roman sur la table de chevet.

Il enclencha un interrupteur sur le mur, sans résultat. Il en essaya un autre quelques mètres plus loin. Toujours rien. On avait coupé les plombs.

En se dirigeant vers le bout du couloir, Ari reprit le talkie à sa ceinture.

— Krysztov ? Tu as trouvé quelque chose ?

— Les bureaux sont vides. Il reste des claviers et des écrans d'ordinateurs, mais on a enlevé les unités centrales. À toi.

— Les plombs sont coupés. J'ai l'impression qu'il n'y a plus personne.

— Ils sont partis en emportant tout ce qui pouvait les compromettre, intervint Iris, qui suivait toujours leur progression depuis l'extérieur.

Ari devina la profonde déception dans sa voix.

— On continue, Krysztov ?

— Je n'aime pas ça, Ari. S'ils sont partis, c'est sans doute qu'ils savaient qu'on arrivait… Ça sent le piège.

— Je sais. Mais on ne peut pas s'arrêter maintenant. Il y a peut-être des preuves, des indices.

— Visiblement, ils ont fait attention à ne laisser aucune trace. Du moins rien d'important. Tout ça ne me dit rien qui vaille. On ferait mieux de sortir.

Ari hésita. C'était risqué. Mais il s'imaginait mal affronter le regard d'Iris en lui avouant qu'ils n'avaient pas osé aller jusqu'au bout.

— Sors si tu veux, dit-il finalement. Moi, je continue. Alain est peut-être à l'intérieur.

Le Polonais mit quelques secondes à répondre lui aussi.

— OK. On continue comme prévu. Terminé.

Ari se remit en route, plus vigilant que jamais, puis il s'immobilisa devant la dernière porte. S'il ne s'était pas trompé, ils n'étaient plus très loin. De mémoire, le poste de sécurité, où ils devaient se rejoindre, se trouvait deux salles au-delà. Et derrière ce poste, la cellule où le frère d'Iris était peut-être enfermé.

Le doigt sur la détente du Mossberg, Ari pénétra dans la pièce centrale du complexe. C'était une grande salle carrée, une sorte de sas qui faisait la jonction entre les quartiers résidentiels, dans l'axe vertical de la croix, et la partie fonctionnelle du centre, dans l'axe horizontal. À droite, le couloir donnait sur les bureaux, les laboratoires et, un peu plus loin, sur le fameux poste de sécurité.

Il inspecta les alentours à la lumière de sa lampe puis reprit sa progression. Soudain, la voix de Krysztov s'éleva de son récepteur.

— Ari ! s'exclama-t-il. On sort ! Ça va sauter !

L'information fut comme un coup de poignard dans les entrailles de Mackenzie. En une fraction de seconde, il analysa la situation. Le chemin le plus court pour sortir ? Celui par lequel il était entré. Attendre Zalewski ? Non, ce dernier sortirait sans doute par l'autre côté. Chacun pour soi. Il fit volte-face et partit en courant.

Alors que ses pas claquaient sur la surface glacée du béton, les questions fusaient dans sa tête. Krysztov avait-il eu le temps d'arriver jusqu'à la cellule de détention ? Avait-il vu Alain ? Mais surtout : avaient-ils une chance de s'en sortir ? S'il arrivait quelque chose à son ami, il ne se le pardonnerait jamais. Il aurait dû se fier à l'intuition du Polonais et rebrousser chemin beaucoup plus tôt. Trop tard pour les remords.

À un rythme effréné, il fit tout le trajet en sens inverse. Le faisceau de sa lampe dessinait des zigzags sur les murs à la cadence de sa cavalcade. À chaque pas il s'attendait à être balayé par l'explosion. Il entendait presque s'égrener les secondes d'un compte à rebours fatal. À bout de souffle, il arriva à l'entrée du quartier résidentiel. En face de lui, l'ouverture béante qu'il avait faite un peu plus tôt. Quelques mètres encore et il serait dehors.

Ari se précipita vers l'escalier mais, avant qu'il ne puisse l'atteindre, il fut rattrapé par l'immense déflagration.

Il lui sembla entendre derrière lui les portes du complexe sauter les unes après les autres dans un vacarme étourdissant. Puis, avec un léger décalage, son corps fut projeté en avant par le souffle incroyable de la détonation.

Mackenzie roula sur le sol jusqu'au bas des marches en pierre. Il lui fallut quelques secondes pour reprendre ses esprits. Quand il se redressa sur les coudes, hagard, une épaisse fumée avait envahi les lieux et il sentit aussitôt la brûlure dans sa gorge.

Sortir.

Mû par des automatismes de survie, Ari se releva d'un bond, abandonna arme et lampe derrière lui et commença à monter le vieil escalier en titubant dans l'obscurité. S'appuyant sur la paroi pour ne pas tomber, il gravit les marches en retenant son souffle. À chaque inspiration, il le savait, il risquait l'intoxication. Sa poitrine était en feu et sa tête lui tournait de plus en plus. Après quelques mètres, il crut qu'il allait perdre connaissance. Mais ce n'était pas le moment de faiblir. Il tenta de focaliser son esprit et accéléra le rythme de son ascension.

Soudain, il lui sembla voir une lueur. Ari releva la tête. Mais les yeux lui piquaient et il la baissa aussitôt dans un geste de défense. Agrippé au mur, il lutta pour ne pas s'écrouler, puis brusquement, il vit une ombre se dessiner devant lui et sentit qu'on l'attrapait par l'épaule.

Iris. Il était sauvé.

Elle se plaça à côté de lui, fit passer son bras par-dessus son épaule pour le soutenir et l'aida à sortir de la fournaise.

Quelques instants plus tard, ils étaient dehors, sur le parvis de la cathédrale.

Ari s'écroula, à bout de forces, sur les grandes dalles de pierre.

— Mon frère ? demanda seulement Iris en s'agenouillant près de lui.

Ari se contenta de faire non de la tête. Puis il reprit lentement une respiration normale et attrapa son amie par le bras.

— Krysztov ! Appelle-le.

Elle acquiesça, prit son talkie et appuya sur le commutateur.

— Krysztov ? Tu me reçois ?

Aucune réponse.

— Essaie encore.

— Krysztov ! Réponds ! Krysztov ! Tu es là ?

Mais le récepteur resta désespérément muet.

92.

Pour me remercier de l'avoir aidé, le roi de France intercéda en ma faveur pour le poste de libraire-juré de l'Université de Paris. Ainsi, ne dépendant plus de la juridiction du prévôt, je fus exonéré de taille, économie conséquente grâce à laquelle je pus acheter tous les biens immobiliers que tu sais et m'enrichir rapidement. De même, le nombre des mes clients issus de la noblesse ne cessa de croître et je devins sans conteste le plus renommé des maîtres écrivains de la place de Paris.

Si ni le roi, ni le duc de Berry ni moi-même n'évoquâmes jamais l'existence du cristal, il fut bientôt connu que j'avais découvert un secret qui avait fait ma fortune. De là à me soupçonner d'alchimie, il n'y avait qu'un pas que les Parisiens, fascinés par la chose, ne tardèrent pas à franchir.

Voilà. Tu sais tout, cher lecteur. Tout, ou presque. Car mon histoire n'est pas tout à fait terminée, et je dois maintenant te dire pourquoi j'ai écrit ce texte que tu viens de trouver, du moins je le présume, dans cette poutre de ma maison de la rue de Montmorency.

93.

Ari, ranimé par l'angoisse soudaine d'avoir perdu leur ami, retrouva ses esprits. Il s'appuya sur Iris et lui fit signe de se mettre en route.

Agrippés l'un à l'autre, ils firent le tour de la cathédrale par le sud. De la fumée commençait à s'échapper de tous les côtés et la partie arrière de l'édifice était déjà gagnée par un feu pour l'instant restreint, mais qui ne manquerait pas de grandir rapidement. Ari sentit les battements de son cœur s'accélérer. Un feu en pleine Amazonie. Il n'osait en imaginer les conséquences. Il pressa le pas.

Soudain, il fit signe à sa collègue de s'immobiliser.

— Éteins ta torche !

Iris s'exécuta. Elle aussi avait repéré les deux phares blancs à une centaine de mètres. Un SUV, moteur en marche, attendait face à la cathédrale en flammes.

— Tu crois que c'est eux ?

— Sûrement. Ils ont posté quelqu'un ici pour s'assurer qu'on allait bien crever à l'intérieur. Ce doit être eux qui ont déclenché l'explosion. Ces enflures ont attendu qu'on soit vraiment dans le centre.

— Attendons de voir s'ils partent. Laissons-les croire que nous sommes morts à l'intérieur.

— On n'a pas le temps, Iris. Krysztov est peut-être en train de suffoquer quelque part dans les décombres. Passe-moi ton flingue, j'ai perdu le fusil en bas.

Elle lui tendit l'arme, la mine grave.

— Reste bien cachée et attends-moi ici.

Ari s'enfonça dans la végétation dense de la forêt et, le dos courbé, décrivit un large demi-cercle à travers les arbres pour arriver derrière le véhicule.

Il n'était plus qu'à quelques mètres quand le 4 × 4 effectua soudain une marche arrière. Plus de temps à perdre. Ces ordures avaient peut-être Krysztov ou Alain. Ari se redressa et se mit à courir aussi vite qu'il put. Ses poumons le brûlaient encore et tous ses muscles lui faisaient mal, mais il devait tenir bon. Le visage fouetté par les branches, il s'efforça de maintenir le rythme de sa course malgré l'obscurité. Mais il vit alors le SUV finir son demi-tour et s'engager sur un petit sentier de terre. Il n'arriverait jamais à temps à la hauteur des fuyards. Il tendit son arme, visa un pneu et appuya deux fois sur la détente. Il manqua sa cible. Le véhicule accéléra.

Ari se précipita jusqu'au sentier, ajusta son tir et envoya deux nouvelles balles. En vain. Les lueurs rouges des feux arrière disparurent bientôt derrière le rideau de la nuit.

Il poussa un grognement de rage. Il lui avait semblé ne voir qu'une seule silhouette à l'intérieur du véhicule. Mais comment en être sûr ?

Les nerfs à vif, il rebroussa chemin vers la cathédrale, où le feu ne cessait de grandir. Le souffle court, il sentait le sang battre à ses tempes et la tête lui tournait. Au loin, il entendit soudain la voix d'Iris qui semblait s'échapper directement du bâtiment en flammes.

— Ari ! hurlait-elle. Viens m'aider !

Estimant la direction d'où provenaient les cris, il partit en courant. Derrière une porte basse du flanc de la cathédrale, il aperçut deux ombres qui se découpaient sur la toile orangée de l'incendie. Dans les vapeurs vacillantes, derrière un rideau de flammèches incandescentes, Iris traînait tant bien que mal le corps inerte de Zalewski.

Ari se précipita dans l'ouverture pour lui prêter main-forte. Évitant une pluie de débris que les flammes avaient arrachés à l'édifice, il hissa Krysztov sur ses épaules et le sortit de cet enfer brûlant.

— Il respire encore, hoqueta Iris, essoufflée.

— Il faut qu'on se casse d'ici tout de suite ! Toute la forêt risque de cramer.

Mackenzie essaya de ranimer le Polonais en lui donnant quelques claques, mais il avait sombré dans un coma profond. Il le prit à nouveau sur ses épaules et fit signe à Iris de lui ouvrir la voie.

— On retourne au 4 × 4.

Ils firent tout le trajet en sens inverse. Freiné par le poids de Zalewski, Ari parvint tout de même à marcher à grands pas pendant un certain temps, jusqu'à ce que sa nuque lui fasse trop mal et qu'il capitule.

— Il faut que tu m'aides, Iris, j'en peux plus.

Ils portèrent le garde du corps ensemble. Quand ils arrivèrent enfin devant la voiture, ils glissèrent Krysztov sur la banquette arrière puis Ari se laissa tomber le long de la portière, exténué. La bouche ouverte dans une grimace de douleur, il peinait à retrouver une respiration normale.

— Tu veux que je conduise ? demanda Iris en se penchant au-dessus de lui.

L'analyste hocha la tête.

— Avec plaisir, ânonna-t-il.

— On va où ?

— Sucúa. Voir le médecin.

Iris se faufila derrière le volant et extirpa péniblement le véhicule de l'enchevêtrement de plantes. Ils s'enfoncèrent dans la jungle et les flammes disparurent lentement dans le rétroviseur.

Le trajet sembla irréel à Ari. Entre inquiétude et colère, affaibli par les épreuves qu'il avait traversées, il resta les yeux perdus dans le vague, incapable de mesurer le temps qui passait.

Il était plus de 4 heures du matin quand ils arrivèrent au siège de la Fédération des communautés Shuars. Ils n'eurent pas besoin de réveiller le médecin. Tout le village était débout : la nouvelle de l'incendie était déjà parvenue jusqu'ici et les secours se mettaient en route. Tout le monde – pompiers, policiers, secouristes, mais aussi civils – se préparait à combattre les flammes. La nuit s'annonçait longue.

— Mon Dieu ! Vous étiez dans l'incendie ? demanda le docteur en voyant arriver Iris et Ari qui portaient leur ami.

— Oui.

— Posez-le sur le lit.

Le médecin se précipita vers un placard et en sortit un masque à oxygène avec une lourde bouteille rouillée.

— Vous pensez que c'est grave ? demanda Iris d'un air alarmé.

Le docteur plaça le masque sur le visage du Polonais et le régla sur un haut débit.

— Intoxication au monoxyde de carbone. Il devrait s'en tirer. Les brûlures n'ont pas l'air trop fortes.

Il s'absenta et revint avec pommades et pansements.

— Les Levin ne sont plus là ? demanda Mackenzie.

— Non. J'ai obtenu une place pour Erik à l'hôpital de Macas. Ils sont partis hier soir. Maintenant, allez vous reposer dans la pièce à côté et laissez-moi m'occuper de votre ami.

94.

— Pouvez-vous me dire dans quelle chambre se trouve monsieur Umbert ?

Willy Vlaeminck était arrivé au petit matin dans la ville de Macas.

Retrouver la piste de Mackenzie avait demandé un peu d'astuce et beaucoup de chance. Dès que les analyses du poison neurotoxique l'avaient mis sur la piste de l'Amazonie – où se trouvaient les grottes de Los Tayos, l'une des sept entrées de la Terre creuse – il avait entrepris d'éplucher une à une les réservations sur les vols pour Quito et Guayaquil, les deux aéroports internationaux de l'Équateur. Tandis qu'il cherchait le nom de l'agent français, il était tombé sur celui d'Iris Michotte. Comme il avait étudié la biographie de Mackenzie en profondeur pour le recruter, le nom lui avait tout de suite évoqué quelque chose. Il s'était souvenu qu'il s'agissait de la collègue et meilleure amie de l'analyste. Mais pourquoi était-elle partie seule ? Mackenzie n'était enregistré nulle part. Cela ne tenait pas debout. Il avait alors eu la bonne idée de procéder à une seconde vérification : l'agent français avait peut-être utilisé une identité fictive de la DCRI. Par chance, le SitCen en possédait une liste, incomplète, certes, mais récente. Là, surprise : ce n'était pas un, mais trois faux passeports qui avaient été utilisés et, bizarrement, pas sur le même vol que Michotte, mais sur le suivant.

En interrogeant la compagnie aérienne, il avait trouvé l'explication : Iris Michotte n'était jamais montée à bord du premier appareil. Il en avait déduit qu'elle avait d'abord eu l'intention de se rendre seule à Quito – peut-être avait-elle espéré reprendre l'enquête à son compte – puisqu'elle était finalement partie sur le vol suivant avec Mackenzie et une tierce personne, leur ami Zalewski, probablement.

Suivre leur piste en Équateur avait été moins compliqué qu'il ne l'avait craint ; quelques heures d'enquête dans la capitale avaient suffi. En utilisant l'un des faux passeports, au nom d'Umbert, ils avaient loué une voiture et retenu deux chambres d'hôtel dans la petite ville de Macas. Dans la précipitation, ils n'avaient pas pris d'énormes précautions pour effacer leurs traces. L'urgence primait sans doute.

Ainsi, Vlaeminck avait roulé toute la nuit pour rejoindre au plus vite la province de Morona-Santiago. Il était épuisé. Par chance, le café n'était pas une denrée rare dans cette région du monde.

— Chambre 32, répondit le réceptionniste.

L'agent du SitCen avait de bonnes notions d'espagnol, et malgré le fort accent local de son interlocuteur, il parvenait à se débrouiller.

— Est-il dans sa chambre en ce moment ?

L'homme se retourna et jeta un coup d'œil au tableau où les clients étaient censés laisser leurs clefs en sortant.

— Je crois, oui. La clef n'est pas là. Vous voulez que je l'appelle ?

— Non. Merci, je vais monter le voir. Nous avons rendez-vous.

Voyant qu'il avait affaire à un Occidental, l'employé de l'hôtel ne trouva pas la chose suspecte et lui fit signe de passer, un sourire aux lèvres. L'agent belge emprunta l'escalier et monta au troisième étage.

Toute la matinée, il avait essayé de joindre Mackenzie sur son portable, en vain. Le silence du Français n'était toutefois pas étonnant ; depuis le début, il n'avait cessé de se méfier du SitCen. Mais Vlaeminck espérait qu'il pourrait éveiller son intérêt en lui exposant ses suspicions.

Tout en traversant le palier, il regarda les numéros inscrits sur les portes successives, puis s'arrêta devant la chambre n° 32.

Il hésita un instant. Il avait pris beaucoup de risques, en venant ici. Il jouait peut-être même sa carrière. Il espérait seulement qu'il n'avait pas tort de vouloir faire confiance au Français, malgré sa réputation exécrable.

Vlaeminck frappa trois coups à la porte. Aucune réponse. Il frappa encore. Toujours rien.

— Mackenzie ! Ouvrez ! C'est l'agent Vlaeminck, du SitCen ! J'ai des informations à vous donner...

Pas un bruit.

Le Belge poussa un soupir. Rebrousser chemin ? Non. Il avait fait un trajet trop long pour abandonner maintenant. Il essaya de tourner la poignée. La serrure n'était pas fermée. Aussitôt, il plongea la main dans sa veste, prit le revolver dans son holster et entra prudemment.

La chambre était plongée dans le noir. Vlaeminck serra les dents et s'avança lentement, l'arme en joue.

— Il y a quelqu'un ?

La lumière du couloir ne suffisait pas à éclairer toute la pièce mais, quand ses yeux s'habituèrent à la pénombre, il lui sembla distinguer une forme sur le lit. Les battements de son cœur s'accélérèrent. Il n'était pas un homme de terrain ; ou il ne l'était plus, en tout cas. Cela faisait des années qu'il n'avait pas eu à affronter ce genre de situation. D'une main hésitante, il chercha l'interrupteur et alluma.

Le spectacle qu'offrit alors la chambre lui donna immédiatement un haut-le-cœur. Il plissa les yeux en poussant un grognement écœuré et fit quelques pas en arrière.

Étendu au milieu du lit, les bras en croix, le cadavre d'une femme baignait dans des draps maculés de sang. Le corps criblé de balles, elle avait l'os du front éclaté en deux et des lambeaux de chair et de cervelle étaient répandus autour de son crâne.

Vlaeminck avala sa salive et porta la main devant la bouche, au bord du malaise. Puis il releva la tête.

Une feuille de papier avait été scotchée de travers sur le mur, juste au-dessus de la morte. Elle portait une phrase écrite au marqueur.

95.

Du bloc que j'ai trouvé dans le cœur de Paris, il ne subsiste aujourd'hui plus rien, et seuls Galéas Visconti et moi-même possédons des échantillons du précieux minéral. Ce que le Lombard en fit, et où se trouve son spécimen aujourd'hui, je l'ignore. Sans doute est-il perdu, délaissé, au milieu des multiples trésors dont jouit cette noble famille. Peut-être cela te paraît-il triste, mais il me semble, à moi, que c'est bien mieux ainsi.

En ce soir du 21 mars 1417, Pernelle est morte et moi, à l'âge honorable que j'ai atteint, je ne vais pas tarder à la rejoindre, sans grand remord. Nous n'aurons laissé derrière nous aucun enfant, aucune descendance. Depuis longtemps toutefois, j'ai préparé mon héritage. Les choses sont fort simples. Tous nos biens, pierres et liquidités, iront à Margot la Quesnel. Tous, sauf un. Le cristal. À ma mort, celui-là ne reviendra à personne en particulier, mais à l'humanité tout entière.

Depuis le jour où je suis descendu dans le puits, la dernière phrase de Villard de Honnecourt ne cesse de me hanter. « Il est des portes qu'il vaut mieux n'ouvrir jamais. » Plus le temps passe et plus son importance me saisit. Cet homme, comme le prouvent ses écrits, était un érudit, un sage – oserais-je le dire, un initié ? – et il me semble qu'il n'a pas parlé en vain. Le cristal, j'en suis à présent convaincu, aurait dû rester à jamais caché là où il était, préservé de la concupiscence et de la convoitise. Avec le recul, des années plus tard, je regrette encore de l'avoir montré au duc de Berry.

Il me paraît donc de mon devoir de ne le léguer à personne.

Toutefois, ce secret me pèse. À l'heure de ma mort, n'ayant pu m'en confier à un prêtre, il alourdit ma conscience et je ressens le besoin de me livrer, sinon à mes contemporains, au moins à la postérité, en espérant que les hommes de demain auront acquis la sagesse qui leur permettra de saisir l'importance de cet artefact.

Ce soir, donc, je placerai tout ce qu'il me reste du cristal dans un coffre, accompagné de cette lettre, et je dissimulerai le tout dans une poutre de la rue de Montmorency. Et puisque j'ai décidé de me débarrasser, avant d'embrasser la camarde, de ce secret qui me hante, je dois maintenant te révéler la dernière pièce de l'énigme de Villard.

Car, vois-tu, il te manque un élément, cher lecteur. Un élément capital.

Contrairement à ce que je t'ai dit jusqu'à présent, et contrairement à ce que retiendra vraisemblablement l'Histoire, les mystérieuses pages du manuscrit, celles qui renferment le secret du bâtisseur, n'étaient pas au nombre de six.

Non.

Il existe une septième page.

96.

La voiture s'engagea dans les rues poussiéreuses de Macas, peu après midi, sous un soleil de plomb.

Malgré la désapprobation du médecin et les réticences d'Ari, Krysztov avait tenu à les accompagner. L'intoxication au monoxyde de carbone pouvait provoquer un coma profond mais court, sans autres complications. Assis à l'arrière du 4 × 4, il avait les traits tirés, des cernes profonds sous les yeux et de nombreux bandages sur le corps. Le Polonais n'était pas du genre à baisser les bras et si secourir le frère d'Iris lui tenait déjà à cœur, s'ajoutait maintenant à cela un sérieux désir de vengeance personnelle. Cette histoire avait assez duré. Il y avait entre les trois amis une volonté commune d'en finir une bonne fois pour toutes, nourrie par de longs mois de frustration. Leur détermination se lisait d'ailleurs dans le silence qui régnait à l'intérieur de l'habitacle.

Vlaeminck avait laissé des messages sur le répondeur d'Ari toute la matinée. Quand celui-ci s'était enfin décidé à rappeler l'agent belge, il avait compris l'urgence de la situation. Ils s'étaient donné rendez-vous dans un petit bar de Macas.

Iris gara la voiture juste devant le café et ils n'eurent aucune peine à trouver Vlaeminck, le seul Occidental assis en terrasse. Vêtu d'un costume en lin blanc, il avait des faux airs de Bogart dans *Casablanca*. Ils s'installèrent tous les trois à sa table, sous le regard intrigué des autres clients. La présence de quatre Européens dans ce bar était exceptionnelle, voire suspecte, et le fait que l'un d'eux était couvert de pansements n'arrangeait rien.

— J'ai préféré vous rencontrer dans un quartier à l'écart de votre hôtel. Les flics sont déjà sur place.

— C'est vous qui les avez prévenus ?

— Je n'avais pas le choix, répondit le Belge d'un air désolé. Ma hiérarchie sait que je suis ici. Si je ne veux pas attirer les soupçons, il faut que je joue serré. Mais je n'ai pas mentionné votre présence. Ni la lettre que j'ai trouvée, dit-il en tapotant sur la poche intérieure de son veston.

— Et Erik Levin ?

L'agent du SitCen répondit d'une voix lugubre :

— Retrouvé mort à l'hôpital, lui aussi. Les causes du décès n'ont pas encore été déclarées, il n'a pas été abattu comme son épouse, mais ça m'étonnerait qu'il ait succombé de mort naturelle. Neurotoxique, sans doute. A priori, à une ou deux heures près, il est mort en même temps que son épouse.

Ari sortit une Chesterfield et l'alluma sans quitter des yeux son interlocuteur.

— Qu'est-ce que vous attendez de nous, au juste ?

— Je crois que nous sommes du même côté, Mackenzie, et qu'à présent nous devons collaborer.

— On peut dire que vous êtes têtu, comme garçon. La dernière fois qu'on s'est vus dans un café, vous m'avez fait le même cinéma, et je vous ai déjà dit que je n'avais pas envie de travailler avec vous. Qu'est-ce qui vous fait croire que je vais changer d'avis maintenant ?

— Si on veut connaître un jour le fin mot de cette histoire, nous devons travailler ensemble. Nous n'avons plus le choix.

— Ça reste à voir. Et je ne vous fais toujours pas confiance.

— Vous avez raison.

Ari eut une moue étonnée.

— Ça me fait mal de l'admettre, mais vous aviez raison de vous méfier du SitCen, continua le Belge.

— De la part d'un membre du SitCen, on frise l'oxymore, là...

— J'ai la certitude qu'un membre de ma hiérarchie a œuvré dans notre dos à tous, avec la complicité de votre ministre de l'Intérieur.

Mackenzie adressa un coup d'œil à Iris. Il avait presque l'air satisfait.

— Que mon ministre de tutelle soit un pourri n'est pas une révélation... Quant à votre hiérarchie, c'est votre problème, pas le mien.

— Peut-être. Mais nous avons les mêmes intérêts. D'une façon ou d'une autre, nos patrons respectifs sont tous les deux mouillés dans cette affaire, et nous voulons la même chose : ôter le ver du fruit. Mais pour le faire, j'ai besoin de vous, et vous avez besoin de moi. Nous devons nous faire confiance.

— Faire confiance à un type qui s'est servi d'une civile pour extorquer des infos sur mes activités ? Ça va pas être facile…

— Ce n'est pas moi qui me suis chargé de Marie Lynch. Vous n'êtes pas obligé de me croire, mais j'y étais opposé.

— Si vous le dites. Et qu'est-ce que nous gagnerions à collaborer avec vous ?

— D'abord, nous ne serons pas trop de quatre. Ici, vous n'avez aucun contact. Ensuite, à nous deux, nous aurons plus de chance de faire tomber notre hiérarchie, et je sais que vous rêvez de coincer votre ministre depuis longtemps… Au moins depuis l'affaire de la poignée de main avec l'acteur scientologue.

Un sourire se dessina sur les lèvres de Mackenzie. Le Belge était bien renseigné. Ari commençait à réviser son premier jugement à son sujet.

— Enfin, conclut Vlaeminck en tapotant la poche de son veston, j'imagine que vous avez vraiment envie de savoir ce que contient la lettre que j'ai retrouvée près du corps de Caroline Levin.

— Ça ressemble à du chantage.

— Vous êtes un homme difficile à convaincre. Et moi, vous l'avez dit, je suis un homme têtu.

— Et vous, vous y gagnez quoi ?

— J'ai aussi mes comptes à régler. Je n'arriverai jamais à finir cette enquête tout seul. Or je ne fais plus confiance à ma propre équipe. Vous, faut dire ce qui est, vous êtes un peu taré, mais vous m'avez l'air droit.

Ari ne put s'empêcher de sourire, puis il interrogea ses deux compagnons du regard. Il trouva dans leur haussement d'épaules l'évidence de leur consentement.

— Ça marche. Montrez-nous la lettre.

Vlaeminck afficha un visage satisfait. Il sortit de sa poche une feuille de papier et la déplia sur la table devant eux. Ari lut à haute voix.

« Alain vs. Mancel. 22 h 00, temple d'Illapa ».

Le visage d'Iris blêmit.

— Qui est Alain ? demanda le Belge.

— C'est... C'est mon frère, expliqua Iris. Ils l'ont enlevé.

L'agent du SitCen hocha lentement la tête. Il était sans doute content de pouvoir enfin combler les vides du scénario.

— Et Mancel, je suppose que cela fait référence aux documents que vous avez trouvés dans le puits ?

— Oui. Le Docteur cherche désespérément à les récupérer, depuis le début.

— Pourquoi ?

— Aucune idée, répondit Mackenzie. Je suppose qu'ils contiennent une information dont il a besoin. Le pire, c'est que je ne suis même pas sûr qu'elle s'y trouve vraiment. Ce ne sont que des titres de propriété datant du XVe siècle. Ils n'ont rien à voir avec les carnets de Villard. Mais cela, Weldon l'ignore. Nous n'avons jamais révélé ce que contenait le coffre.

— Ça n'a pas d'importance, au fond, répliqua le Belge. Ce qui compte, ce n'est pas la valeur réelle des documents, mais celle que le Docteur leur prête.

— C'est exactement ce que nous nous sommes dit.

— Et vous les avez avec vous ?

— Oui.

— Bien. En vous attendant, j'ai cherché à savoir ce qu'était le temple d'Illapa. C'est un vieux temple pré-inca, abandonné, qui se trouve, évidemment, sur le territoire acquis par l'INF, à quelques kilomètres à l'est d'ici. Vous pensez que nous devons procéder à l'échange ?

Iris fut la première à répondre, sans la moindre hésitation.

— Oui.

— Ce genre d'échanges est toujours risqué, fit remarquer Vlaeminck.

— En l'occurrence, il sera bien plus risqué pour nous que pour lui, précisa Mackenzie. Nous sommes quatre, ils sont au moins une douzaine, d'après ce qu'Erik Levin nous a dit.

— Nous n'avons aucune chance de les piéger.

— Il faudra bien trouver un moyen.

97.

Tu te demandes, cher lecteur, ce qu'est devenue la septième page de Villard de Honnecourt.

En vérité, je l'ai moi-même ôtée du portfolio avant que de revendre ce dernier à un bibliophile éclairé, un soir de 1388.

Rassure-toi. Je n'ai pas eu l'audace d'enlever définitivement pareil joyau au patrimoine de mon pays. C'eût été un crime. Mais j'ai toutefois préféré prendre quelque précaution afin qu'aucun imprudent de mon acabit ne commette la même erreur que moi. J'ai donc remis le manuscrit sur le marché, avec cette page en moins.

Seul celui qui aura à la fois lu cette lettre et décrypté les six énigmes de Villard trouvera la septième page, car, je peux te le dire à présent, je l'ai remise là où j'ai trouvé le cristal, là où Villard nous guide. Il m'est avis que cela n'arrivera pas avant fort longtemps.

Celui qui aura accompli le même chemin que moi, alors, ne trouvera certes pas le cristal, mais le secret que recèle l'ultime feuillet.

98.

La nature, ici, offrait un spectacle insolite. Encadré par deux hautes falaises abruptes, un lac se nichait au cœur de la jungle, tel un immense puits, un cirque oublié dans la luxuriance des arbres. Audessus de l'étendue d'eau, qui prenait de magnifiques teintes d'émeraude, un vieux pont de cordes reliait les deux parois. Et dans la pierre, taillé à même le roc, un escalier menait vers cette alcôve circulaire.

Ils avaient dû abandonner les véhicules en haut et avaient descendu tout le matériel nécessaire pour établir un campement sur la rive ouest du lac, à l'abri des regards.

— Nous n'aurions jamais dû rester ici. Je n'aime pas cet endroit.

— Je ne vous retiens pas, Mark.

L'Anglais haussa les yeux au ciel. Il supportait de plus en plus mal la condescendance du Docteur, ses airs supérieurs, ses grands mystères… Roberts ne se sentait pas à sa place entre le prisonnier aux poings liés et ce que les gardes étaient en train de faire à une centaine de mètres de là, près du lac. Le sale boulot, il n'aimait pas y assister. Sa spécialité, c'était les finances. Pas les armes.

Roberts prenait garde à ne jamais regarder dans cette direction. Il préférait ne pas voir. Il aurait même aimé ne pas vraiment savoir.

— A-t-on vraiment besoin de ces maudits documents ?

Un sourire s'esquissa sur le visage de Weldon.

— C'est donc ça qui vous retient, railla-t-il. Vous aimeriez savoir, n'est-ce pas ? Sinon vous m'auriez fait faux bond depuis longtemps.

— Répondez, Weldon. Qu'y a-t-il sur les documents que possède Michotte ?

— Une information précieuse, Mark. Une information très précieuse pour vous, mais aussi pour moi.

— Vous ne voudriez pas me faire une réponse plus précise, Weldon ? Je ne crois pas que ce soit le meilleur moment pour un schisme, et l'envie de prendre le large me titille de plus en plus.

Roberts savait que Weldon avait besoin de lui et qu'il ne prendrait pas la menace d'un départ à la légère. C'était l'Anglais qui tenait réellement le conseil d'administration de l'INF et, surtout, qui disposait de la fortune colossale de son père. Roberts Ltd. était un empire financier et foncier dont Weldon ne pouvait pas se priver.

— La septième page, Mark. Ce que nous cherchons, c'est la septième page.

— Quelle septième page ?

— Celle de la perfection, celle de la maîtrise. Le septième jour, la Création fut achevée. Ne voyez-vous pas le symbole évident que nous adresse Villard ? C'est le nombre de la Vie intérieure, celui des chakras, celui des astres comme des archanges.

— Épargnez-moi vos balivernes d'occultiste. Qu'y a-t-il sur cette septième page ?

— Chacun sa sensibilité. Moi, je vous parle de gnose, de spiritualité… et vous, vous me parlez d'intérêts financiers. Nous ne cherchons pas la même chose, Mark, c'est pour cela que je vous disais tout à l'heure qu'il s'agissait d'une information très précieuse pour vous comme pour moi. Vous savez bien que, dans mon état, l'argent n'a plus d'importance. Ce n'est pas d'or dont j'ai besoin.

— L'argent que vous me réclamez pour mener à bien votre projet n'a rien de spirituel, Weldon. Ne me prenez pas pour un imbécile. Qu'y a-t-il de concret sur cette page ?

— Le gisement originel, Mark. Un lieu où le cristal se trouve dans des proportions… astronomiques. Pour vous, il sera synonyme de fortune sonnante et trébuchante. Pour moi, il s'agira de trouver l'outil de ma renaissance.

— Vraiment ?

— Un homme comme moi, qui a traversé les âges, n'a que faire des choses matérielles...

— Alors finissons-en une bonne fois pour toutes, lâcha l'Anglais dans un soupir.

Il fit volte-face et retourna s'abriter. L'attente serait longue avant l'échange, et il éprouvait le besoin de s'isoler, comme si cela avait pu laver sa conscience de tout ce qui l'accablait déjà.

Derrière le rideau des arbres, à quelques mètres de là, les gardes jetaient dans le lac des cadavres lestés de pierres. Les corps des dix derniers scientifiques et de leurs familles, qu'ils avaient exécutés un par un, d'une balle dans la nuque.

99.

Ils avaient passé l'après-midi entière à élaborer leur plan. Pour minimiser les risques, ils avaient envisagé le plus de scénarios possible, mais ils ne pouvaient prédire ce que Weldon avait manigancé. Étant donné leur très nette infériorité numérique, ils avaient dû faire preuve d'imagination.

A priori, le Docteur ignorait la présence de Vlaeminck en Équateur. Il était donc préférable que le Belge reste caché. Cela ne gênait en rien leur plan, au contraire. Quant à Krysztov, il se mettrait en retrait pour assurer leur sécurité.

Ils avaient eu peu de temps pour étudier les plans du temple d'Illapa que Vlaeminck s'était procurés avant leur arrivée. Étendu sur une dizaine d'hectares, l'ensemble évoquait un village en ruine, construit en rond sur une colline. La partie centrale, au sommet, était un grand tombeau de deux étages. La raison pour laquelle Weldon avait choisi ce lieu leur apparut rapidement : la colline était percée par un réseau complexe de tunnels, qui étaient autant d'échappatoires possibles.

En fin de journée, ils étaient montés dans le 4 × 4 et avaient emprunté un petit sentier de terre au milieu de la forêt amazonienne avant d'arriver, un peu avant 22 heures, au pied des ruines.

Le site, perdu au cœur de la jungle, abrité derrière le voile de la végétation dense, ressemblait, quoique de taille plus modeste, au Machu Picchu. En contrebas, des rangées de maisons en pierre entouraient la colline. Puis des terrasses de culture, aménagées sur les pentes abruptes tels des jardins suspendus, se superposaient jusqu'à la plate-forme supérieure où s'élevait le bâtiment principal. Un immense escalier, assez bien préservé, menait vers le sommet depuis un large parvis rectangulaire, entouré par les restes de plusieurs piliers sculptés.

En arrivant, Krysztov repéra, en haut d'une colonne, un point stratégique d'où il pourrait observer toute la scène et protéger ses collègues au moment de l'échange. Le fusil sur l'épaule, il fit signe aux deux autres et monta s'installer discrètement.

Quand ils furent certains que le garde du corps était en position, Iris et Ari avancèrent sur la grande esplanade qui s'étendait au pied du large escalier. Ici, aucun arbre ne venait boucher le ciel parsemé d'étoiles. C'était une nuit claire, bleutée. Bordé des hauts piliers de pierre, le parvis rectangulaire était quadrillé par des ombres régulières. Sur leurs gardes, ils progressèrent jusqu'au bas des marches.

Le comité d'accueil était déjà là, en haut de la colline.

Sur la plate-forme supérieure, devant l'entrée du grand tombeau, Ari compta sept silhouettes, éclairées par la lumière orangée de torches plantées derrière elles. Six portaient une combinaison sombre. Des gardes, sans doute. Quant au septième…

Il l'aurait reconnu de plus loin encore. Cette allure squelettique, ces longs cheveux bouclés, mal coiffés, cet air d'un autre temps. Le Docteur en personne, alias Weldon. Ou plutôt Jean Laloup. Mais nulle part il ne vit Alain Michotte.

— Ce salaud n'a pas amené ton frère, murmura Mackenzie.

— C'était à prévoir, répondit Iris d'une voix qui dissimulait mal son appréhension.

— Continuons comme prévu. On va voir comment cela se déroule.

En haut des marches, le Docteur fit un pas en avant. Dans son dos, Ari distingua les trois portes qui donnaient sur le tombeau.

À cet instant, le téléphone de Mackenzie se mit à sonner. Appel masqué. En haut des marches, Weldon tenait un cellulaire contre son oreille.

Ari, ignorant comment il avait pu obtenir son numéro, décrocha.

— Restez là où vous êtes, Mackenzie ! Où est Zalewski ?

— Vous ne croyez quand même pas qu'on prendrait le risque de se faire abattre comme des lapins ! répliqua Ari. Il est resté en retrait. Il a pour ordre de faire feu si l'échange ne se passait pas comme prévu.

Laloup se pencha vers les hommes postés derrière lui et murmura quelques mots. L'un des six gardes disparut dans l'ombre. Puis le Docteur reprit la parole.

— Dites à Michotte de venir déposer les documents au milieu de l'escalier.

— Où est Alain ?

— En sécurité, tout près d'ici. Nous ne le lâcherons que quand je me serai assuré qu'il s'agit des bons documents.

— Ce n'est pas comme ça que cela marche, monsieur Laloup. Quelle garantie avons-nous que vous allez bien le libérer ? Nous ne savons même pas s'il est en vie !

— C'est ça ou rien, répliqua le vieil homme d'une voix dédaigneuse.

Ari se retourna vers Iris. Les choses étaient mal parties. Il lui fit signe de lui donner les documents de Mancel. Elle hésita, jetant des coups d'œil rageurs aux hommes postés en haut du grand escalier. Puis, finalement, elle lui tendit une grande enveloppe en papier kraft.

Mackenzie en sortit les vieux parchemins et les dressa en l'air.

— Vous ne respectez pas votre part du contrat, Laloup.

— Il n'y a pas de contrat, Mackenzie. Vous nous donnez les documents, et ensuite on le libère. C'est à prendre ou à laisser.

À cet instant, le cri d'un rapace déchira l'air, se répercutant contre les parois de l'édifice.

Le visage de Mackenzie s'assombrit. Il leva les vieilles feuilles au-dessus de sa tête, en direction de ses ennemis. Il y avait là l'intégralité des papiers qu'ils avaient trouvés sous l'église Saint-Julien-le-Pauvre. Une dizaine de titres de propriété laissés par Mancel au XVe siècle, des documents manuscrits d'une facture exceptionnelle.

Ari plongea la main dans sa poche et en sortit son briquet à essence. Tout en fixant le Docteur d'un regard plein de défi, il alluma la petite flamme d'un geste assuré et l'amena juste en dessous des parchemins.

Laloup fit un pas en avant.

— Qu'est-ce… Qu'est-ce que vous faites ? ! hurla-t-il dans le téléphone.

— Tu les veux, tes documents ? Viens les chercher, connard.

Les papiers s'embrasèrent d'un seul coup.

Avec un sourire cynique, Ari les déposa sur une marche à ses pieds.

100.

Ce secret – et je ne t'en dirai naturellement pas un mot de plus – est un lieu.

Bien que Villard ne le dise nulle part, je crois, aujourd'hui, que ce lieu correspond à celui dont vient ce cristal. Le gisement originel, en quelque sorte. En cet emplacement, je présume, on trouve ce minerai dans des quantités beaucoup plus importantes. Bien que je n'aie pas eu l'opportunité de vérifier par moi-même en m'y rendant, c'est, en tout cas, la déduction que j'ai faite et le secret que j'emporterai dans la tombe.

Toi qui as découvert mon coffre, peut-être sauras-tu en trouver la confirmation. Tu auras alors à ta disposition un trésor dont je ne suis pas capable de mesurer la valeur.

Mais j'espère que, comme moi, tu garderas présent à l'esprit la mise en garde de Villard de Honnecourt.

« Il est des portes qu'il vaut mieux n'ouvrir jamais. »

101.

— Vous ! Vous êtes un malade ! s'exclama le Docteur qui, soudain, avait perdu toute son assurance. Je vais tous vous faire abattre !

— Ça risque d'être plus compliqué que prévu…

Ari raccrocha, enfonça le téléphone dans sa poche et claqua des mains.

Comme par magie, une à une, des dizaines de torches s'allumèrent tout autour de l'esplanade. Les visages grimés d'une cinquantaine d'Indiens Shuars apparurent dans la lumière vacillante des flammes. Armés d'arcs, de sarbacanes et de lances, ils ressemblaient à des guerriers surgis d'un autre temps.

Ari frissonna de satisfaction. L'instant avait la douce saveur d'une revanche longtemps attendue.

Aussitôt après la rencontre avec Vlaeminck, il avait eu l'idée de retourner voir le médecin de la Fédération des communautés Shuars, dans le village de Sucúa. Il lui avait demandé de le conduire auprès des Indiens et de lui servir d'interprète. Vu l'ampleur de l'incendie qui ravageait encore leur forêt, il avait eu peu de mal à les convaincre de lui prêter main-forte. Il n'avait même pas eu besoin de mentir, d'exagérer, ou de promettre quoi que ce fût, mais simplement d'expliquer comment et pourquoi Weldon leur avait volé leurs terres et y avait mis le feu.

Ensemble, ils avaient élaboré une stratégie. Ari devait se rendre sur les lieux de l'échange et, pendant ce temps-là, les Indiens et Vlaeminck devaient trouver un moyen de récupérer l'otage en prenant l'ennemi à revers. Une fois ce dernier en sécurité, ils avaient mis au point un signal : le cri de rapace qui venait de déchirer l'air. Visiblement, les Indiens avaient libéré Alain. Le Docteur n'avait plus la main.

Comprenant qu'il avait été pris à son propre piège, Weldon fit quelques pas en arrière. Acculé, il opta pourtant pour la plus mauvaise solution : la violence.

Sans vraiment viser, il dirigea son arme vers Mackenzie et ouvrit le feu sans sommation. La balle ricocha contre un rocher.

— Planque-toi ! s'exclama Ari en poussant Iris à côté de lui.

Instantanément, les coups de feu éclatèrent de toutes parts et tout le monde entra dans la bataille : les gardes en haut des marches, Vlaeminck sur les remparts, Krysztov depuis sa colonne en retrait... Les Indiens, quant à eux, envoyèrent des volées de flèches.

Une fois à l'abri, Ari prit le talkie à sa ceinture.

— Vlaeminck, faites-moi vite un topo !

— L'otage est en sécurité, répondit le Belge au milieu des détonations. Deux gardes le retenaient dans une petite maison à une cinquantaine de mètres à l'ouest du temple. Nous les avons neutralisés. Vous pouvez rassurer votre amie : son frère va bien. Reste à capturer Weldon. Mais nous ne pouvons pas sécuriser toutes les issues possibles.

— OK. Il ne faut pas le laisser fuir. Je monte. Terminé.

Il se tourna vers Iris.

— Va rejoindre ton frère, il est libre.

Elle leva la tête, son visage illuminé par l'immense soulagement que lui procurait la nouvelle.

— Viens avec moi, Ari. Laisse-les se débrouiller. Alain est en sécurité, c'est le plus important, non ?

— Pour toi, oui. Mais moi, je continuerai tant que je n'aurai pas arrêté Weldon. Je le dois à Paul Cazo.

Elle acquiesça.

— Entendu. Merci, Ari. Merci pour tout. Je suis tellement désolée de toute cette histoire...

— File rejoindre ton frère. On se fera des politesses plus tard.

Elle sourit puis, le dos courbé, s'échappa vers l'ouest.

Ari resta en place pour couvrir son départ. Il tira trois balles en direction du tombeau, à l'aveugle, puis il se précipita vers les escaliers. Profitant de la confusion, il grimpa les marches quatre à quatre. Soudain, une ombre se dessina au sommet, sur la droite. Il aperçut un bref éclat ; le canon d'un revolver pointé vers lui. Un nouvel ennemi, qui était resté caché jusque-là. L'analyste reconnut immédiatement la silhouette.

Borja. L'homme à la canne.

Juste à temps, Ari fit un bond de côté et s'abrita derrière une vieille statue. L'impact de la balle projeta des morceaux de pierre alentour.

Mackenzie resta caché le temps de reprendre son souffle. Il n'était pas dans une position très sûre. Autour, les coups de feu résonnaient et l'on voyait filer des ombres noires sur les murs.

Krysztov avait rejoint l'agent belge sur l'enceinte ouest. Appuyés par les Indiens, ils avançaient en direction de la plate-forme supérieure. Les gardes de Weldon, quant à eux, s'enfonçaient lentement à l'intérieur de l'édifice, tout en faisant pleuvoir les balles. Cela faisait longtemps que le vieux temple inca n'avait pas connu un tel vacarme.

Ari pencha la tête pour jeter un coup d'œil vers le haut des marches : Borja était là, à le guetter, et fit feu instantanément. Aucun doute, cet empoisonneur – dans tous les sens du terme – en avait après lui et personne d'autre. Un défi personnel. Liquider Mackenzie.

Ari s'accroupit derrière la statue, patienta un instant puis fit le tour par l'autre côté. Retourner dans l'escalier était trop dangereux. La voie était complètement exposée. Il étudia rapidement une autre solution pour monter au niveau de son adversaire. En enjambant le mur sur sa droite, il pourrait escalader les terrasses successives jusqu'au bâtiment central sans être vu. Du moins, il l'espérait.

Il rangea son arme dans son holster et entama son ascension. Ses pieds glissaient sur la pente lisse, il dut s'aider de ses mains pour gravir la paroi. S'agrippant aux interstices entre les vieilles pierres, il progressa dans l'ombre, à l'abri des balles. Il arriva bientôt au pied du dernier mur, un peu plus haut que lui, qui donnait sur la partie est de la plate-forme. Il dut s'y reprendre à plusieurs fois pour se hisser par-dessus le rempart. D'un geste agile, il roula de l'autre côté et sortit son revolver dans la foulée. Il vit l'homme à la canne à une dizaine de mètres. Ce dernier avait dû l'entendre et venait de se tourner vers lui. Ari, couché sur le ventre, fit feu immédiatement.

Borja reçut la balle en pleine épaule et fut projeté en arrière. Il s'écroula au milieu de la plate-forme.

Mackenzie se releva et tira à nouveau, mais son adversaire était dissimulé dans l'ombre. Il le vit soudain se dresser et foncer vers l'intérieur du tombeau, trop vite pour qu'Ari ait le temps de réagir.

À l'autre bout du parvis, il vit Vlaeminck et Zalewski apparaître à leur tour. Le Polonais désigna son talkie-walkie. Ari prit le récepteur à sa ceinture.

— On rentre de ce côté-ci, à toi.

J'aurais préféré le contraire, pensa Mackenzie. C'est Weldon que je veux. Mais si je ne me débarrasse pas de Borja, il va surgir de nulle part quand je ne m'y attendrai pas. Je dois d'abord m'occuper de lui.

— OK. Borja est entré par la porte est. Je vais essayer de le rattraper. On se retrouve à l'intérieur. Terminé.

Ari rangea son talkie, rechargea son revolver et se mit en route dans la direction où était parti son adversaire. La lumière de la lune ne parvenait pas jusqu'à l'intérieur du bâtiment et l'obscurité y était totale. Il n'avait pas de lampe de poche. Impossible d'entrer comme ça. Il fit demi-tour et s'arma de l'une des torches plantées dans la terre.

Il avança prudemment et pénétra dans le tombeau par un couloir étroit, bas de plafond. Il allait falloir être très prudent : avec sa torche, il faisait une cible facile. Mais son adversaire souffrait du même handicap. Il amena la flamme vers le sol et découvrit aussitôt des gouttes de sang sur la surface lisse de la pierre.

Ses doigts se resserrèrent sur la crosse de son revolver, puis il commença à progresser dans le corridor obscur.

Soudain, une ombre traversera le couloir de la gauche vers la droite, à une dizaine de mètres à peine. Il eut le réflexe de tirer mais manqua sa cible. Il accéléra le pas. Une détonation l'interrompit dans sa course ; une balle siffla à quelques centimètres de sa tête.

Il se plaqua contre le mur et jeta sa torche de toutes ses forces dans la direction de son adversaire. Quand elle heurta le sol, l'impact projeta une nuée d'étincelles alentour qui éclairèrent cette partie du corridor. Il distingua nettement Borja, l'épaule couverte de sang.

Ari tira une première balle dans sa direction, puis une seconde. Mais il faisait encore sombre, malgré tout, et il était difficile de viser. En face, son adversaire l'imita. Les deux hommes, comme grisés par le danger, se mirent à courir l'un vers l'autre en vidant leurs chargeurs avec une frénésie barbare.

Mackenzie sentit une immense douleur à l'avant-bras gauche. Brûlure et déchirement. Une balle l'avait frôlé, emportant un bout de peau.

Rapidement, les deux hommes furent à court de munitions. Ils n'étaient plus qu'à quelques pas l'un de l'autre. Ari se jeta sur son ennemi pour tenter de le plaquer au sol. Il estima que l'homme, beaucoup plus âgé que lui, ne devait pas être un adversaire redoutable au corps à corps. C'était compter sans sa canne.

Alors qu'il venait de se jeter en avant, Ari fut saisi en plein vol par un coup violent qui l'atteignit en pleine tempe. Il perdit l'équilibre et roula sur le côté.

À quelques pas, la torche brûlait encore par terre, projetant sur les murs une faible lumière orangée. Mackenzie, un peu groggy, vit alors son adversaire dévisser péniblement le pommeau de sa canne, en extraire une petite fiole et répandre un liquide sur la paume de sa main droite, gantée de cuir. Puis l'homme lâcha sa canne et s'avança vers lui avec un sourire irrationnel. Il y avait dans ses yeux une folie que Mackenzie connaissait bien : celle des hommes pour qui tuer est un plaisir salvateur, une jouissance. Mais surtout, il y avait quelque chose d'anormal dans la façon dont le tueur laissait pendre son bras gauche, comme s'il n'éprouvait pas la moindre douleur alors que la balle, nichée dans son épaule, avait fait des dégâts.

Ari s'appuya sur le mur derrière lui et se releva, prêt à se battre. Il devait à tout prix empêcher l'homme de toucher directement sa peau avec sa main droite. Sinon, c'était la mort assurée.

En garde, tel un boxeur sur la défensive, il laissa son ennemi approcher.

102.

Iris aperçut la lueur vacillante d'une torche qui brûlait à l'intérieur d'une petite maison de pierre. Elle sentit les battements de son cœur s'accélérer. Pas de doute. C'était là que son frère s'était réfugié avec les Indiens.

Elle accéléra le pas.

Elle n'était plus qu'à quelques mètres quand, soudain, un homme surgit derrière elle et l'immobilisa d'une clef de bras qui lui enserra la gorge.

Elle commença à se débattre, crut reconnaître un Indien Shuar, puis une voix s'éleva devant elle. La voix de son frère.

— Arrêtez ! C'est ma sœur !

L'homme derrière elle relâcha lentement ses muscles et la libéra.

— Je ne vous ai pas reconnue, expliqua-t-il en espagnol d'un air désolé.

Mais Iris ne répondit pas. Elle s'en moquait. Une seule chose comptait : Alain était là, devant elle, bien vivant. Les yeux emplis de larmes, elle se jeta vers son frère et le serra dans ses bras de toutes ses forces. Ils restèrent ainsi un long moment, l'un contre l'autre. Lorsqu'elle le regarda enfin, elle vit sur le visage d'Alain un air qu'elle ne lui avait pas connu depuis des années. Le regard d'un enfant qui vient de connaître la plus grande frayeur de sa vie et qui cherche dans le sourire de sa sœur le réconfort, l'assurance, comme une ancre qui le ramène en territoire familier.

— Iris...

— Ça va, petit frère ?

— J'ai bien cru que j'allais y passer...

— Ils ne t'ont rien fait, dis-moi ?

— Ça va.

Iris relâcha son frère et l'inspecta de la tête aux pieds. Il avait l'air épuisé, mais n'était visiblement pas blessé.

Elle se pencha sur le côté et aperçut à l'intérieur de la maison les trois hommes que les Indiens Shuars retenaient prisonniers.

Elle fut certaine de reconnaître l'un d'eux : Mark Roberts. L'héritier de l'empire Roberts.

Le sourire sur son visage s'effaça et fit place à une grimace de dégoût. Elle fit quelques pas en avant, dévisagea l'homme, les mains liées devant lui par une corde.

— Pour l'argent, dit-elle avec dégoût. C'est pour l'argent que vous avez fait tout ça.

L'homme ne répondit pas, les yeux baissés, il ressemblait lui aussi à un enfant.

— Vous avez enrobé tout ça derrière un décor fallacieux, fait de mysticisme de bazar, pour fédérer autour de vous toute une bande de crétins, de la main-d'œuvre bon marché. Mais au fond, la seule chose qui vous intéressait, comme toujours, c'était l'argent. Comme si vous n'en aviez jamais assez.

Elle chercha un soupçon de dignité dans le regard de Roberts puis, n'y tenant plus, lui décocha une gifle magistrale dont la violence n'avait d'égale que l'angoisse qu'elle avait éprouvée au cours des derniers jours.

La tête de l'homme d'affaires fut projetée sur le côté et heurta le mur derrière lui. Il poussa un cri de douleur et se laissa tomber par terre, terrorisé.

Les Indiens autour d'eux lui adressèrent un regard perplexe.

Iris observa un instant cet homme lâche, cupide et indigent, elle éprouva un mélange d'écœurement et de pitié, puis elle haussa les épaules et retourna auprès de son frère.

103.

Voyant que son adversaire était à sa portée, Ari lui décocha un direct du droit. Son poing fermé heurta la joue de Borja, mais sans grande puissance. Celui-ci ne broncha pas et se remit aussitôt à avancer, visiblement insensible à la douleur.

En temps normal, Ari aurait foncé sur son ennemi et l'aurait submergé de coups, mais le risque d'entrer directement en contact avec le poison que celui-ci avait étalé sur ses gants réduisait grandement sa liberté de mouvement. Il fallait frapper vite et juste, tout en se maintenant à distance. Avec un adversaire aussi grand, ce n'était pas chose aisée. Mackenzie, malgré sa fatigue et sa blessure au bras, ne se laissa pas décourager. Il envoya un coup de pied latéral, manqua sa cible, puis un second, de front, qui fit mouche, un direct du gauche, un crochet du droit... Ses frappes passaient aisément la garde de son adversaire, trop basse, mais l'homme, impassible, ne semblait pas ressentir la douleur. Chaque coup lui marquait davantage le visage, mais il ne poussait pas le moindre grognement, et ses lèvres étaient toujours figées en un même sourire étrange.

D'abord, Ari trouva la chose singulière, puis rapidement très agaçante. Chaque fois qu'il parvenait à porter un coup, la satisfaction d'avoir évité le contact avec les mains de son adversaire était anéantie par la déception de voir celui-ci ne témoigner aucune souffrance, aucun affaiblissement.

L'homme à la canne continuait d'avancer, encaissant les coups les uns après les autres, et bientôt Ari se retrouverait acculé. De rage, il donna un coup de pied plus violent, mais son adversaire esquiva et profita du déséquilibre d'Ari pour le faucher d'une balayette sur sa jambe d'appui.

Mackenzie tomba à la renverse.

Avec horreur, il vit l'homme à la canne se jeter sur lui de tout son poids.

104.

Vlaeminck et Zalewski se plaquèrent contre les murs du couloir et laissèrent passer trois Indiens Shuars devant eux. Même si ces guerriers ne connaissaient pas spécifiquement ce bâtiment, ils étaient bien plus habitués qu'eux à l'architecture inca et avançaient au pas de course.

S'ils ne pouvaient les voir pour le moment, ils entendaient les gardes qui fuyaient, avec Weldon, selon toute vraisemblance.

Ils empruntèrent une succession de couloirs obscurs, leurs pas résonnant entre les parois de pierre. Cela faisait si longtemps qu'ils couraient que Krysztov se demanda s'ils n'étaient pas arrivés de l'autre côté de la colline.

Puis, enfin, ils aperçurent une porte au bout d'un corridor.

Les trois Indiens en tête ralentirent aussitôt et leur firent signe d'avancer prudemment. L'ouverture donnait sur une grande pièce où l'on devinait quelques rayons de lune.

L'un des éclaireurs s'approcha pour examiner l'intérieur. Il fut aussitôt accueilli par un coup de feu. L'Indien, sain et sauf, se plaqua contre le mur et, d'un geste, indiqua que leurs ennemis étaient postés en hauteur, sur la gauche.

Cette fois-ci, Zalewski insista pour passer en premier. Accroupi devant l'ouverture, il se tourna vers Vlaeminck.

— Couvrez-moi !

Le Belge se posta derrière lui, prêt à tirer.

Krysztov inspira profondément, compta dans sa tête jusqu'à trois et se jeta à l'intérieur. Alors que des coups de feu éclataient déjà, il dut à la fois courir de toutes ses forces et analyser l'environnement autour de lui. Là-bas, au coin nord-ouest, des escaliers montaient vers une mezzanine, laquelle donnait sur l'extérieur. Le tir ennemi venait justement du milieu de cette rampe. Au coin sud-est, à l'opposé, le double exact des escaliers menait vers une seconde mezzanine, en vis-à-vis. Le Polonais opta pour cette destination. Il obliqua brusquement sur sa droite alors que les balles continuaient de siffler autour de lui. Aux coups de feu des gardes de Weldon répondaient ceux de Vlaeminck, empêchant l'ennemi d'ajuster son tir, mais il allait falloir faire vite car le Belge n'avait pas un stock de munitions illimité.

Quand il fut à proximité de la rambarde de pierre, Zalewski se jeta en avant et l'enjamba avec la grâce d'un félin. Il s'abrita de l'autre côté, s'immobilisa quelques secondes pour reprendre sa respiration, puis il prit son revolver et commença à monter les marches tout en restant caché. En face, les coups de feu avaient cessé, et il entendait les bruits de pas du groupe de Weldon qui, comme lui, tentait de gagner la sortie du tombeau.

105.

Allongé sur le dos, le bras blessé, Ari n'ignorait pas que la moindre faiblesse pouvait lui coûter la vie. De la main gauche, il tenait Borja par le cou et, tout en pressant sur la carotide, il essayait de le garder à distance. De la droite il avait fermement saisi le poignet de l'homme pour l'empêcher de le toucher avec son gant empoisonné. Toute son attention était concentrée sur ce point capital. Et plus le temps passait, plus ses forces faiblissaient. Il n'était pas sûr de pouvoir tenir encore longtemps.

Le visage du tueur conservait ce sourire décalé, presque dément, et son regard perçant était plongé, moqueur, dans les yeux de Mackenzie.

Ari puisa encore un peu de force au plus profond de lui-même pour repousser son adversaire et glisser son genou sous le sternum de celui-ci. À la troisième tentative, il finit par y arriver. Il put alors libérer sa main gauche et porter des coups au visage de l'homme.

Son poing cognait, encore et encore, contre la joue gonflée de son assaillant. À nouveau, l'analyste constata, hébété, que ses coups ne lui infligeaient aucune douleur.

Ce type est complètement insensible.

Il refusa de se laisser décourager et persista. Son bras gauche n'avait pas assez de liberté de mouvement pour envoyer des crochets puissants, mais la répétition des coups portés à la face de Borja finirait par payer. Son visage commençait à saigner et se déformer sérieusement. L'arcade sourcilière droite s'était ouverte et enflait à vue d'œil. La pommette, boursouflée, prenait une couleur violacée et le sang giclait à chaque nouvelle frappe. Pourtant, la pression que l'homme aux cheveux blancs exerçait pour tenter de toucher la peau de Mackenzie avec son gant empoisonné ne diminuait absolument pas.

À bout de forces, écœuré par la vision de ce visage en lambeaux au-dessus de lui, Ari décida de changer de tactique. Il essaya de ramener sa seconde jambe entre lui et Borja pour le projeter au loin violemment. Mais son emprise sur le poignet du tueur se relâcha et, soudain, il lui échappa.

Tout se passa comme au ralenti. Inexorablement, la main empoisonnée s'abattit vers le visage de Mackenzie.

106.

Zalewski accéléra le pas, tout en gardant le dos courbé pour ne pas s'exposer au tir ennemi, depuis l'escalier d'en face. Il voulait arriver en haut avant eux, ou au moins en même temps, et les empêcher de fuir.

Par moments, un coup de feu déchirait l'air et résonnait entre les murs de l'immense pièce. C'était Vlaeminck, en bas, qui maintenait la pression et tirait, sans doute, dès qu'un garde avait l'imprudence de se mettre à découvert.

Quand Krysztov atteignit enfin le sommet, il comprit qu'il avait perdu la partie. Au milieu de la mezzanine, il vit le dernier garde se hisser par l'ouverture dans le plafond et s'échapper. Il ajusta son tir et pressa sur la détente. Il entendit le grognement bref de sa cible, puis l'homme s'écroula sur le sol, inanimé.

Le Polonais traversa la coursive et rejoignit la sortie à son tour.

Il enjamba le cadavre et, prudemment, s'agrippa aux bords de la trappe pour se hisser à l'extérieur. Une fois la tête au-dehors, il découvrit qu'ils étaient en effet de l'autre côté de la colline, sur le flanc nord. Le vent, entre-temps, c'était levé. Il soufflait, fort et bruyant. Plus bas, il aperçut les fuyards. Il sortit, s'agenouilla pour viser, mais il faisait sombre et les silhouettes dévalaient la pente à toute vitesse. Inutile de gaspiller des balles. Krysztov rengaina son arme et se mit à courir à son tour.

Il se jeta dans l'obscurité, enjambant les vieilles pierres qui jonchaient le sol, assurant sa course autant que possible pour ne pas trébucher au milieu de la descente. Plus il allait, plus il prenait de la vitesse, et il était obligé de tirer sur ses cuisses pour freiner et ne pas se laisser emporter par son élan. Il gagnait du terrain. Il voyait les silhouettes des gardes se dessiner devant lui, de plus en plus précises. Puis, soudain, au pied de la colline, deux lumières rouges s'allumèrent à côté d'une petite bâtisse. Les feux arrière d'un véhicule.

107.

La scène dura une demi-seconde à peine, mais le temps parut s'arrêter et Ari se sentit mourir mille fois. Encore et encore, il vit la main empoisonnée de Borja s'approcher de son visage, tomber sur lui comme la lame inévitable d'une guillotine.

Où Mackenzie puisa le reste de force pour, au dernier instant, se dégager sur le côté, il n'aurait su le dire lui-même. Dans la rage, dans l'humiliation, peut-être, ou bien dans le souvenir de Paul Cazo, cet ami qui avait payé de sa vie pour la cupidité du Docteur. D'un coup de hanche, Ari parvint à se libérer.

La main du tueur s'abattit à quelques centimètres de son visage.

Sans attendre, Mackenzie roula sur le ventre et se leva d'un bond. Alors que Borja commençait à se redresser avec l'acharnement d'un automate, Mackenzie saisit la torche presque éteinte qui avait glissé derrière lui. Les deux poings crispés sur le manche en bois, il se jeta vers son adversaire en poussant un hurlement sauvage et lui envoya un coup magistral au visage, balançant la torche comme s'il se fût agi d'une batte de base-ball.

Le choc fut d'une violence inouïe. Ari y avait mis tout son élan et tout ce qu'il lui restait de force. Dans un nuage d'étincelles, la tête du tueur fut projetée sur le côté avec un craquement sec.

Borja s'écroula sur la pierre froide, comme un grand sac lourd. Ari ne perdit pas une seule seconde et, le regard illuminé par la fureur, il lui asséna un deuxième coup, du haut vers le bas, cette fois. La torche dessina une courbe incandescente dans l'obscurité, et le crâne de Borja s'enfonça dans un éclat sonore.

108.

Malgré le bruit du vent, Krysztov entendit l'écho caractéristique d'une portière qui claque. Une ombre filait encore devant lui. Une dernière silhouette. L'un des trois hommes n'était pas encore arrivé dans la voiture.

Sans cesser de courir, le Polonais tendit le bras devant lui. Il tira une première fois, puis une deuxième. La silhouette fut aussitôt interrompue dans sa fuite et s'écrasa au sol dans un bruit sourd. Mais Krysztov continua d'avancer. Il ignorait s'il venait d'abattre le Docteur ou un simple garde. Une seule chose comptait : empêcher le 4 × 4 de partir.

Il n'était plus très loin quand il entendit le moteur démarrer. Il tira à nouveau, à deux reprises. La première balle se logea dans la carrosserie, la seconde fit voler en éclats le plastique d'un feu de recul. Cela ne servait à rien, et il ne lui restait plus qu'une balle. Un pneu, il devait viser un pneu.

Le Polonais s'immobilisa, tenta de retenir son souffle, les tempes battantes, et visa la roue arrière droite. Au moment précis où il appuya sur la détente, le véhicule se mit en marche. Il manqua sa cible.

Krysztov poussa un cri de rage en regardant, impuissant, disparaître la voiture au milieu des arbres.

Il fit quelques pas de plus et découvrit l'homme mort à ses pieds. Un garde. Un simple garde. Le Docteur leur avait échappé.

109.

Ari, le souffle court, resta quelques instants à genoux devant le cadavre de Borja, comme pour s'assurer qu'il était bien mort. Il éprouva un étrange sentiment de délivrance et de tristesse à la fois. De vide. L'impression d'avoir déjà vécu cette scène, quelques semaines plus tôt, en Italie. Un autre tueur. Une autre lutte pour la survie. Un autre mort. Combien de temps encore devrait-il courir ainsi ? Affronter ce genre d'ennemis ? Et pour quoi ? La vérité ou la vengeance ? Avait-il quelque chose à prouver, ou quelque chose à fuir ? Pourrait-il donner toute sa vie un sens à ces enquêtes successives ? Une seule image venait à son esprit, maintenant. Celle de Lola. Il savait, au fond, que, encore aujourd'hui, tout le ramènerait là : à cet échec, à ce manque, à cette douleur.

Soudain, la voix de Zalewski résonna dans le récepteur à sa ceinture et le ramena à la réalité.

— Ari, tu me reçois ?

— Cinq sur cinq.

— Tout va bien ?

— Ça peut aller. J'ai neutralisé Borja. Vous avez Weldon ?

— Non. Il s'est échappé en voiture. Impossible de le suivre. On se rejoint tous dans la cabane où Iris a retrouvé son frère.

Mackenzie hésita un moment. Il y avait peut-être des questions auxquelles il ne pouvait pas encore répondre. Mais une chose était sûre : il voulait en finir avec cette affaire. Maintenant.

— Allez-y sans moi. Je retourne au 4 × 4. Terminé.

— Tu plaisantes ?

Ari, le bras en sang, se releva en grimaçant. Non, il ne plaisantait pas du tout. Il n'avait jamais été aussi sérieux.

— Il est hors de question qu'on laisse filer cette ordure.

— Fais pas le con, Ari. Tu le rattraperas pas, il a trop d'avance. Vlaeminck va lui mettre un mandat d'arrêt international et...

— Non. Si on le chope pas maintenant, on le chopera jamais. Ces types trouvent toujours le moyen de se planquer. Il va disparaître quelque part en Amérique du Sud avec les autres fachos de son espèce. Cette histoire s'arrête ici.

Sans un mot de plus il coupa son talkie et le rangea dans sa poche. Le corps endolori, il se remit en route dans le couloir obscur. D'un pas rapide, il fit le trajet inverse pour sortir du tombeau. Tout en marchant, il déchira un bout de sa chemise et s'en fit un bandage sur le bras. La blessure, quoique superficielle, saignait abondamment. S'il ne la stabilisait pas, il allait perdre encore beaucoup de forces.

Il arriva enfin à l'extérieur, sous le ciel étoilé, et fut aussitôt frappé par la force du vent sec et chaud qui s'était levé. Il redescendit les escaliers en boitant. Tous ses muscles le faisaient souffrir, mais il n'y pensait pas vraiment. Une image, dans son esprit, avait chassé le visage de Lola. Jean Laloup, hirsute, semblait le défier par-delà le temps et l'espace.

Sous le manteau de la nuit, il traversa le village antique, quitta les ruines et pénétra dans la jungle. Après quelques hésitations, il retrouva le sentier et finit par apercevoir le 4 × 4 au milieu des arbres. Il accéléra le pas et put bientôt se hisser derrière le volant.

Il démarra le véhicule et enclencha la marche arrière. Mais alors qu'il allait effectuer son demi-tour, un grand claquement sourd se fit entendre sur la carrosserie, côté passager.

Ari sursauta. Il tourna la tête vers la droite et, derrière la fenêtre, aperçut le visage de Krysztov.

— Ouvre, imbécile !

Une fois la frayeur passée, le visage de Mackenzie s'illumina. Il se pencha et déverrouilla la portière.

— Tu croyais quand même pas que j'allais te laisser y aller tout seul ? lâcha le Polonais.

— Non. Je me disais juste que t'étais un peu long.

— T'es la pire tête de mule que j'aie jamais vue. Allez, dépêche-toi, il faut contourner le site et remonter vers le nord.

110.

— On dirait qu'une tempête se prépare, dit Iris en relevant le col de sa veste. Je ne savais pas qu'il pouvait y avoir autant de vent dans la jungle amazonienne !

— Ça arrive, répliqua Vlaeminck. Vous savez, *El Niño* prend naissance au large de l'Équateur. Ce phénomène détourne parfois les tempêtes tropicales de leur route habituelle…

En attendant qu'un camion vienne les chercher jusqu'ici, avec à son bord le médecin de la communauté, les Indiens avaient allumé un petit feu au milieu des ruines. La lumière des flammes, bouleversées par un vent de plus en plus fort, dansait sur les parois de pierre et y faisait de grands dessins abstraits qui semblaient venir tout droit du monde inca. Il régnait autour de la bâtisse une ambiance étrange.

D'un côté, Iris et Alain reprenaient lentement leurs esprits. Soulagés mais choqués, ils avaient du mal à prendre conscience que tout était bien fini, pour eux en tout cas. De l'autre, les Indiens lançaient des regards furieux à Roberts, recroquevillé dans un coin de la bâtisse, les mains nouées dans le dos. Dans ses yeux se lisait la peur, mais aussi la certitude que, sans la présence de Vlaeminck, les Shuars lui auraient probablement réservé un sort bien plus terrible.

L'agent du SitCen, après s'être assuré qu'Alain Michotte n'avait aucune blessure sérieuse, entra dans la cabane et se dirigea vers le Britannique.

— Weldon vous a abandonné, dit-il en le regardant droit dans les yeux. S'il s'échappe, vous savez comment les choses vont se passer : vous allez prendre pour deux. Alors dites-moi où vous pensez qu'il va se diriger.

— Je n'en sais rien.

— Faites preuve d'imagination.

— Comment voulez-vous que je sache ? Il va s'enfuir. Il ne fera jamais l'erreur de repasser dans un bâtiment de l'INF. S'il fait vite, il va probablement aller récupérer ses affaires, le cristal, son ordinateur, et après, vous ne le trouverez jamais…

— Où sont ses affaires ?

Roberts ferma les yeux. Il revoyait les corps des scientifiques, alignés devant le lac.

— Où ? répéta Vlaeminck en haussant le ton.

— Nous avons établi un petit campement au nord d'ici.

— À quelle distance ?

— Je ne sais pas... Une dizaine de kilomètres, pas plus.

— Donnez-moi une indication, quelque chose !

Le Britannique se mordit les lèvres. Il lui sembla entendre le bruit des cadavres que l'on jetait à l'eau.

— Il y a un lac. Sur la rive ouest.

Vlaeminck fit quelques pas de côté et posa son sac à dos sur ses genoux. Il en sortit une carte.

— Nous vous tenons, cette fois-ci, dit-il tout en consultant le plan. Vos soutiens politiques ne suffiront plus à vous protéger l'un et l'autre.

Roberts releva la tête. L'expression sur son visage avait changé. On y lisait à présent une touche d'ironie.

— Nos soutiens politiques ? Mais de quel soutien parlez-vous ?

— Allons, Roberts. Ça sert plus à rien, maintenant. On sait très bien que le ministre de l'Intérieur français vous a couverts depuis le début. C'est lui qui a fait classer Secret Défense le tunnel à Paris, et c'est aussi lui qui a fait pression pour clore l'enquête de Mackenzie...

— À l'époque, peut-être. Mais aujourd'hui, le ministre ne nous protège plus du tout. Il veut notre peau. Vous faites semblant ? Ne me dites pas que vous n'êtes pas au courant...

Vlaeminck fronça les sourcils.

— Pourquoi le serais-je ?

— Vous êtes un agent du SitCen, n'est-ce pas ?

— Oui.

— Alors, vous êtes forcément au courant. Vous me prenez pour un idiot.

— Au courant de quoi ? s'emporta Vlaeminck.

Roberts scruta, circonspect, le visage de l'agent belge. Il comprit que son interlocuteur ne savait réellement pas de quoi il parlait.

— Le ministre français s'est allié avec le Secrétaire général adjoint de l'Union européenne. Votre patron.

Une moue sceptique se dessina sur le visage de Vlaeminck.

— Comment ça, *allié* ?

— Écoutez, je ne sais pas dans quelle mesure, ni pourquoi, ni comment, tout ce que je sais, c'est à quelle date. Le 15 juillet. Et depuis, ils nous ont lâchés. Sans ça, vous ne seriez pas ici aujourd'hui.

Vlaeminck fouilla dans ses souvenirs. Le 15 juillet. De mémoire, il ne s'était rien passé de spécifique ce jour-là. Il allait falloir vérifier. Pour l'instant, il y avait plus urgent.

Il replia la carte sur ses genoux, se releva et prit son talkie-walkie.

111.

Le sentier serpentait entre les arbres immenses de la jungle. Malgré l'obscurité et le vent, Ari roulait à vive allure. Dans les virages, les larges roues du 4 × 4 dérapaient bruyamment sur la terre sèche.

Soudain, le talkie de Zalewski émit un bip et la voix de l'agent du SitCen résonna dans l'habitacle.

— Ici Vlaeminck, vous me recevez ?

— Affirmatif. Ici Zalewski. Je suis avec Ari dans le 4 × 4, à vous.

— Il y a un lac à une dizaine de kilomètres au nord du temple, de l'autre côté de la cathédrale. Il y a de fortes chances que Weldon se rende sur la rive ouest. Ils ont établi un campement là-bas, et il veut sans doute récupérer le cristal qu'il a en sa possession. À vous.

— Bien reçu, Vlaeminck. On y va.

— Vous ne pourrez pas y accéder en voiture. Le lac est niché dans un renfoncement, entre deux falaises. Soyez prudents, il y a une tempête qui se lève, terminé.

Krysztov attrapa dans sa poche la copie qu'Iris lui avait donnée de la carte des environs.

— Tu veux que je coupe par la jungle ? demanda Ari.

— Non, non. Suis le sentier. Je pense qu'il doit y avoir un passage plus loin. Ils étaient en 4 × 4 eux aussi. On doit pouvoir se garer sur la falaise.

Au bout d'un moment, ils longèrent la zone de la cathédrale. De là où ils étaient, ils ne voyaient plus de flammes, mais encore de grandes colonnes de fumée. Cela signifiait que l'incendie avait cessé de progresser. Les Indiens, sans doute, étaient parvenus à le contenir. Le vent, qui ne cessait de croître, risquait toutefois de les confronter à tout moment à un nouveau départ de feu.

Sans ralentir, ils continuèrent leur route pendant quelques minutes puis, soudain, Zalewski poussa un cri :

— Stop !

Ari freina de toutes ses forces. Le véhicule chassa légèrement sur le côté avant de s'immobiliser au bord du chemin.

— Quoi ?

— Il y avait un sentier, là, à droite, et si je ne me trompe pas, ça doit être celui qui mène vers la falaise.

Ari fit marche arrière et s'engagea dans l'étroit goulet. Le véhicule passait difficilement entre les larges troncs et il fut contraint de rouler lentement. Les branches d'arbres cognaient contre le pare-brise, comme autant de grands bras qui voulaient les retenir. Puis la végétation se fit moins dense et Mackenzie aperçut le 4 × 4 de Weldon, au-dessus d'un immense gouffre, pareil à un canyon. Il s'arrêta juste derrière et sortit de la voiture, l'arme au poing.

Dans la pâle lueur de la lune, la jungle offrait un spectacle magnifique. La terre, comme fendue en deux, s'ouvrait en arc de cercle à perte de vue. Cent mètres plus bas, au fond de l'abîme, un lac immense s'étendait, engoncé entre les deux parois. Devant eux, un pont de cordes et de bois, suspendu au-dessus du vide, reliait les deux falaises. Ballotté par le vent, il se soulevait comme par magie, restait quelques secondes en l'air, puis retombait pour recommencer un instant plus tard.

Sans attendre, Krysztov se dirigea vers le véhicule du Docteur et creva les quatre pneus avec un couteau à cran d'arrêt.

— Ils ont traversé le pont ? demanda-t-il en retournant vers Mackenzie.

— Non. Ils sont en bas ! Il y a un escalier qui descend le long de la falaise. On y va.

En effet, en contrebas, on devinait dans la pénombre trois silhouettes qui s'agitaient sur la rive du lac.

Ari s'engagea dans l'escalier abrupt, taillé à même le roc, et le garde du corps l'imita. L'un derrière l'autre, ils descendirent prudemment dans le précipice, prenant garde à ne pas se faire renverser par une bourrasque.

Tout en marchant, ils pouvaient voir le Docteur et ses deux gardes s'affairer autour de ce qui devait être des caisses en bois, qu'ils ouvraient avec frénésie, rassemblant probablement les objets qu'ils ne voulaient laisser derrière eux.

Ari et Krysztov pressèrent le pas. Cette fois, ils avaient une chance d'intercepter le Docteur. Les marches, toutefois, étaient étroites et abîmées et ralentissaient leur course. Ils étaient à mi-chemin quand l'un des gardes leva la tête dans leur direction, les regarda pendant un court instant avant de prévenir Weldon. Ce dernier donna ses ordres aux deux autres et partit précipitamment vers le lac.

— Qu'est-ce qu'il fout ? demanda Ari, essoufflé.

— Il va traverser.

L'instant d'après, le Docteur sautait dans une petite barque.

— Mais où il va ? insista Mackenzie.

— Il y a un autre escalier sur la falaise d'en face.

Des coups de feu éclatèrent. Postés en bas des marches, les deux gardes leur tiraient dessus. Les balles ricochèrent sur la roche. Ari et Krysztov se plaquèrent immédiatement contre la paroi.

— Ils vont nous retarder et Weldon va s'enfuir ! s'exclama Ari, fou de rage.

Zalewski se pencha brièvement en avant pour repérer la position des deux tireurs.

— On ne peut pas les viser d'ici, grogna-t-il.

Ari jeta un coup d'œil alentour.

— Avec nos armes, peut-être pas. Mais on va leur balancer une pluie de pierres, on verra bien.

Zalewski hocha la tête. De concert, ils s'approchèrent du bord et se mirent à donner des coups de pied dans la terre pour décrocher cailloux et blocs de pierre. L'averse rocailleuse s'abattit une quinzaine de mètres plus bas sur les gardes de Weldon qui n'eurent d'autre choix que de s'écarter. Dès qu'il les eut dans son champ de vision, Krysztov les accueillit d'un feu nourri. Il parvint aisément à neutraliser l'un des deux hommes. Le second partit se réfugier au milieu des tentes, quelques mètres plus loin.

Ari, les jambes tremblantes de fatigue, se précipita aussitôt dans l'escalier pour enjamber les dernières marches, suivi de près par le Polonais. Ils sautèrent sur la rive, dépassèrent le cadavre du premier garde et progressèrent en formation vers le campement, se faufilant entre les caisses abandonnées précipitamment.

Krysztov fit signe à son ami qu'il allait prendre l'ennemi à revers.

— Attends une minute et tire-lui dessus pour attirer son attention ici.

Ari acquiesça, se posta derrière l'une des grandes caisses et attendit. Il vit le Polonais disparaître dans les ombres avec l'agilité d'un félin. Quand il estima que Zalewski était en place, il commença à tirer. Une balle, une deuxième. Le garde ne tarda pas à riposter, révélant sa position dans l'obscurité. Ari continua l'échange de coups de feu. Soudain, les tirs de son adversaire s'arrêtèrent. Quelques secondes après, Krysztov réapparut, un couteau dans la main gauche.

— La voie est libre.

Ari le rejoignit en courant et regarda vers le lac. Le Docteur était déjà au milieu de la grande étendue d'eau et pagayait en direction de l'autre berge.

Ils se précipitèrent dans sa direction. Ari tira une balle vers la barque. Trop loin pour espérer toucher Weldon. Il hésita un instant, chercha désespérément une embarcation dans les environs. Rien.

— On plonge ? demanda Zalewski.

— On plonge.

Ils se jetèrent dans le lac à la poursuite de leur adversaire. L'eau alourdissait leurs vêtements et la fatigue accumulée au cours des dernières heures les empêcha vite de maintenir un rythme soutenu. Le vent, de plus en plus fort, rendait leur progression difficile. Ils étaient encore loin de la rive quand ils virent la barque de Weldon accoster. Le Docteur ne se retourna pas et fonça tout droit vers la paroi opposée. Malgré son âge, l'homme semblait disposer d'une énergie inépuisable... Il commença à escalader la deuxième falaise.

Ari reprit son crawl avec rage. Il y avait quelque chose d'irréel dans cette poursuite. Presque un excès de trivialité. Tout allait-il donc se terminer ainsi ? Par une course-poursuite au beau milieu de la jungle ? Soudain, cet homme mystérieux, cette figure légendaire des milieux ésotéristes parisiens perdait presque de sa superbe, devenait un simple brigand. Une petite frappe qu'on pourchasse...

Qu'espérait-il encore ? Quelle issue imaginait-il ? Disparaître au milieu de la forêt ? Pour sauver quoi ? Le projet Rubedo avait été découvert, et l'identité de Weldon démasquée. Alors quoi ? Sa vie ? Il la risquait davantage en prenant la fuite. Sa liberté ? Quelles étaient ses chances de s'enfuir, ici ? Non. Il devait rester quelque chose. Un dernier secret. Ce que Weldon, sans doute, cherchait dans les documents de Mancel. Ari refusait de croire que tout se résumait à l'exploitation d'un minerai. C'était trop simple. Trop facile. Le Docteur devait bien chercher autre chose. Mais quoi ?

Tout ça pour quoi ? se demanda Ari alors qu'il atteignait la rive, quelques secondes après Zalewski. À bout de forces, il sortit péniblement de l'eau. Ses vêtements dégoulinèrent sur la berge de terre noire. Le vent chaud, toutefois, ne tarderait pas à les sécher. Les deux mains appuyées sur ses genoux, il essaya de reprendre son souffle. Puis il leva la tête et fronça les sourcils. Soudain, au cœur de ce canyon, de ce lieu insolite, perdu au milieu de l'immensité de la forêt amazonienne, une question se mit à le tarauder.

Pourquoi ici ? Pourquoi le Docteur avait-il choisi cette région pour installer son campement, et ce temple un peu plus loin pour faire l'échange ? Pourquoi cet emplacement précis ? Cela ne pouvait pas être au hasard. La proximité de la cathédrale ne pouvait pas tout justifier. La configuration des lieux ? Non. Au contraire. Ce canyon était une impasse, un piège à rat, tout sauf un repère stratégique. Il devait y avoir une autre raison.

— Weldon ! hurla Ari d'une voix désespérée, comme si son cri avait pu arrêter le Docteur, ou donner du sens à cette chasse.

L'écho renvoya les deux syllabes en cascade, d'un côté à l'autre du canyon, au milieu du vacarme grandissant de la tempête. Sur l'escalier de pierres, la silhouette du Docteur continuait de monter inlassablement vers le pont suspendu, tourmenté par le vent.

Ari aurait voulu que Weldon s'arrête et les affronte, au moins verbalement, qu'il conserve un peu de dignité dans ce dernier combat. Acculé, le Docteur n'était peut-être bien, en effet, qu'un bandit ordinaire.

Mackenzie secoua la tête et se remit en marche, exténué.

— Passe devant ! proposa-t-il au garde du corps.

Il lui emboîta le pas et monta les marches, deux par deux, s'accrochant à la falaise pour ne pas perdre l'équilibre. Soudain, une déflagration déchira l'air. Un bout de pierre éclata à quelques centimètres sur leur droite. Le Docteur, depuis le sommet, avait ouvert le feu à son tour.

Ari dégaina son arme. Il espéra qu'elle n'avait pas souffert de la traversée. Dans le 4 × 4, il avait rempli son chargeur. De quoi tenir un peu. Il attendit un deuxième coup de feu pour riposter. Il constata, soulagé, que son revolver fonctionnait toujours. Mais de là où il était, il n'avait aucune chance d'atteindre sa cible. Il rengaina et, tout en prenant garde à ne pas s'exposer, passa le premier pour reprendre son ascension.

Après quelques marches, il risqua un coup d'œil vers le haut de la falaise. Il vit alors le Docteur monter sur le pont de cordes et commencer sa périlleuse traversée, au-dessus d'eux.

— Il retourne de l'autre côté !

— Avec ce vent ? Il est malade ! Et de toute façon, il ne pourra pas aller loin, avec les pneus crevés !

Malgré tout, ils se remirent en route et se hissèrent vers le sommet, déterminés. L'un et l'autre avaient perdu beaucoup d'énergie dans les combats qu'ils avaient dû livrer. L'incendie de la cathédrale, la poursuite dans le temple… Leur résistance avait été mise à rude épreuve et ils étaient tous les deux blessés, affaiblis. Mais ils avaient aussi un passé militaire, l'habitude de l'endurance, de dépasser ses limites. Et, surtout, l'adrénaline et la colère, à elles seules, les faisaient encore tenir.

Arrivés en haut de l'escarpement, ils montèrent à leur tour vers le pont de cordes. Le Docteur était déjà quasiment à l'autre bout. Krysztov fit feu par deux fois. Mais Weldon était toujours hors de portée. Inutile de gâcher des munitions.

Ari s'arrêta, une seconde peut-être, sur la passerelle archaïque qui se balançait au gré des rafales de vent. Les planches en bois n'étaient pas toutes dans un état irréprochable. Il avisa le vide sous leurs pieds.

Le vide.

Traverser ici était extrêmement dangereux. Mais le Docteur, lui, y était bien parvenu. Il inspira profondément pour rassembler force et courage et reprit prudemment sa progression, la mâchoire serrée.

Weldon, a priori, ne pouvait pas s'enfuir. Bientôt il allait découvrir ses pneus crevés. Il finirait bien par se rendre.

Mackenzie, les poings solidement fermés sur les deux cordes latérales, passa de planche en planche, assurant chaque pas, cherchant les répits du vent. Derrière lui, Krysztov suivait le même rythme. D'abord, ils marchèrent, puis ils augmentèrent progressivement la cadence de leurs pas.

Ils n'étaient pas encore au centre du pont quand le Docteur, arrivé sur la falaise, se retourna vers eux. Dans l'obscurité, il n'était qu'une silhouette noire se découpant sur le ciel nocturne et ses cheveux volaient derrière lui comme de fines branches d'arbre.

Ari, aussitôt, prit conscience de leur erreur. Leur erreur fatale. Dans l'urgence de la poursuite, ils n'avaient pas eu le temps de réfléchir. Malgré la distance, il fut certain de deviner la satisfaction sur le visage de Weldon. Aussitôt, il se retourna vers Zalewski d'un air paniqué.

— Fais demi-tour ! hurla-t-il. Fonce !

Le Polonais comprit à son tour.

— Il va nous balancer dans le vide !

Ils se mirent à courir en sens inverse, bien plus vite qu'ils n'étaient venus. Cette fois, leur vie en dépendait.

Mais, au bout du pont, Weldon n'avait pas l'intention de leur laisser le temps de se sauver. Il pointa son arme vers la première des quatre cordes qui retenaient la passerelle.

Le coup de feu se réverbéra sur les deux flancs du canyon. Le pont parut se dérober sous leurs pieds puis s'inclina légèrement, avant de se stabiliser.

— Fonce ! hurla Ari en poussant le Polonais devant lui.

Le deuxième coup de feu ne tarda pas à éclater et les deux cordes qui faisaient office de rampes se décrochèrent totalement.

Pris de vertige, Ari perdit l'équilibre et se jeta à plat ventre sur les petites planches de bois. Il s'agrippa de chaque côté, embrassant fermement le pont tout entier.

Devant lui, Zalewski n'avait pas eu autant de réflexes. Déséquilibré, il était partiellement passé par-dessus bord, et ses jambes pendaient dans le vide.

Ari jeta un coup d'œil en bas. Ils n'étaient pas au-dessus du lac, mais de la terre ferme. Toute chute serait fatale. Les battements de son cœur se mirent à accélérer. Il ne pensa qu'à une chose : sauver Krysztov.

Le corps tendu, Mackenzie rampa vers son ami. Un mètre, deux mètres. Chaque fois qu'il progressait, le pont menaçait de se retourner. Il devait faire des gestes lents et délicats pour maintenir son centre de gravité.

Nouveau coup de feu. La troisième corde céda et la passerelle, brusquement, fit un quart de tour sur le côté. Ari ne put retenir un cri de terreur. Ses jambes, à leur tour, passèrent par-dessus bord, l'attirant inexorablement vers le vide. La structure oscilla de bas en haut pendant un long moment. Pendu par les mains, Mackenzie jeta un coup d'œil vers le garde du corps. Ce qu'il vit dans son regard lui glaça le sang : une lueur de résignation.

— Tu fais pas le con, le Polack. Tu t'accroches et tu remontes ! ordonna Ari d'une voix tremblante.

Mais Krysztov n'avait déjà plus de force dans les bras, et, visiblement, il n'était pas prêt à se battre.

— Bouge, putain ! hurla Ari d'une voix pleine de colère, et il se mit à avancer vers Zalewski, ses mains glissant l'une après l'autre le long de la corde.

— J'en peux plus, Ari.

— Ta gueule, et bouge !

Quatrième coup de feu. Le pont, cette fois, résista. Ari en profita pour continuer. Quelques coudées seulement le séparaient du Polonais. Dans les yeux de celui-ci, il vit que la résignation avait cédé la place à une peur naturelle, instinctive. Ses doigts, lentement, perdaient prise sur la corde.

— Ne lâche pas, Krysztov. Ne lâche pas, bordel ! J'arrive !

— J'en peux plus, répéta Zalewski d'une voix chevrotante.

Ari tendait la main vers son ami quand le dernier coup de feu retentit.

Tout se passa à la vitesse d'un flash. L'ultime lien qui les retenait encore à la falaise céda d'un coup et la longue passerelle s'abaissa aussitôt, débutant un grand arc de cercle vers le gouffre obscur.

Ari sentit son estomac se soulever, l'étourdissement de la chute libre. Par pur réflexe, il termina le geste qu'il avait commencé et attrapa, à l'aveugle, le bras de Krysztov. Ses doigts se refermèrent vigoureusement sur son poignet.

Liés l'un à l'autre, d'abord, ils tombèrent… tombèrent comme dans un puits sans fond. Puis il y eut une première secousse, quand la corde se tendit. Ari résista, soutenant son propre corps et celui du Polonais dans une crispation d'effroi. Bientôt, certainement, il n'allait plus avoir l'énergie suffisante. Son bras le lançait douloureusement ; un muscle s'était probablement déchiré. Le pont, dans sa chute, les entraînait vers la paroi avec la vélocité implacable d'un couperet. Avec horreur, Mackenzie vit s'approcher la falaise à toute allure. Aucun moyen d'amortir le choc.

La percussion fut si terrible qu'Ari, sans vraiment s'en rendre compte, lâcha le poignet de Krysztov. Étourdi par la violence du heurt, sonné par la douleur, il perdit un instant le sens de ce qui se passait. Dans un réflexe de survie, ses deux mains s'agrippèrent fermement à un bout de corde. Puis quand il fut certain de ne pas tomber, plaqué contre le roc, il regarda en dessous de lui.

Il vit alors, terrifié, le corps de Zalewski qui dévalait.

Ralenti par les restes de la passerelle et par quelques branches accrochées à la falaise, le Polonais glissait vers le bas. Après une chute qui sembla ne jamais se terminer, il s'écrasa sur la berge dans un bruit sourd, une vingtaine de mètres en dessous.

Ari, dans un élan de frayeur, hurla le nom de son ami.

Puis le silence.

Dans la pénombre, il distinguait mal le corps étendu au pied de l'escarpement. Mais une chose était sûre : il ne bougeait pas. Pas du tout.

Le sang se mit à battre dans les tempes de Mackenzie, à lui faire mal, et son ventre n'était plus qu'un nœud de contractions. Il sentait déjà monter en lui la litanie des regrets. *Je n'aurais jamais dû le laisser venir avec moi. Nous n'aurions jamais dû monter sur ce pont...* Mais il voulait encore y croire. *Krysztov est un solide gaillard. Un dur au mal.*

Ari laissa ses mains glisser sur la corde pour descendre vers son ami le plus vite possible. Rapidement, le frottement des filaments lui brûla les paumes, mais il surmonta la douleur et conserva les poings serrés.

Maladroitement, il franchit les derniers mètres en utilisant les planches de la passerelle comme une échelle. Arrivé en bas, il se précipita aux côtés du corps immobile de Krysztov et s'agenouilla, le visage blême.

Du sang coulait du front de Zalewski, ses vêtements étaient déchirés, son corps, encore couvert par les brûlures de l'incendie, n'était plus qu'une immense plaie lacérée. Sa jambe droite était brisée, un bout d'os avait traversé le tissu de son pantalon et dépassait de la chair.

Ari prit aussitôt son pouls. Il poussa un soupir de soulagement : Krysztov était inconscient, mais son cœur battait encore.

Un solide gaillard.

Tout en maintenant délicatement sa tête, Mackenzie tourna lentement son ami dans la position latérale de sécurité, pour faciliter le passage de l'air dans ses poumons. Il vérifia qu'il n'y avait aucune hémorragie majeure. Rien d'apparent, à part la fracture ouverte de son fémur. Mais pour cela, il ne pouvait pas faire grand-chose. Il attrapa alors le talkie à sa ceinture. Par miracle, il était indemne. Il l'alluma et lança un appel d'une voix angoissée.

— Mackenzie pour Vlaeminck, Mackenzie pour Vlaeminck, répondez !

Si les Indiens étaient venus les secourir devant le temple, Vlaeminck, Iris et les autres seraient hors de portée.

Aucune réponse ne vint.

Ari, désespéré, essaya une nouvelle fois. Tout seul, il le savait, il ne pourrait pas s'en sortir. Traverser le lac et remonter la falaise en portant le corps inanimé de son ami était inenvisageable. L'abandonner ici tout autant.

— Mackenzie pour Vlaeminck, répondez !

Toujours le silence. La peur.

Puis il y eut un grésillement salvateur, et soudain la voix de l'agent du SitCen, distante, résonna dans le petit appareil.

— Je vous reçois, Ari. À vous.

Mackenzie éprouva une vague de soulagement.

— Nous avons besoin de secours ! Krysztov est grièvement blessé, inconscient. Il a fait une lourde chute. À vous.

— Bien reçu. On vous rejoint. Vous êtes où ?

— Sur la rive nord du lac, dans le canyon. Faites vite !

— Ne bougez pas, on vous rejoint dès que possible. Terminé.

Ari se laissa tomber sur le dos, à bout de forces. Il tourna la tête vers son ami, toujours évanoui. Puis il leva les yeux et inspecta le haut de la falaise. Le Docteur avait disparu, depuis longtemps sans doute. Cette ordure avait réussi à leur échapper !

Il sentit monter en lui une vague de colère et de frustration. Toutefois, il était certain de ne pas avoir entendu de moteur démarrer. Weldon avait dû trouver les pneus crevés de son 4 × 4 et partir à pied. Oui, mais où ? Dans quelle direction ? Que pouvait-il trouver à proximité ? Avait-il caché un autre véhicule ailleurs ? Retournait-il au temple ? Non, c'eût été beaucoup trop dangereux.

Par-dessus tout, la même question continuait de hanter son esprit. Pourquoi ici ?

La cathédrale, le temple, le lac. Ces trois lieux étaient situés dans la même région, sur le domaine de l'INF, certes, mais pourquoi Weldon avait-il pris le risque de faire l'échange aussi rapidement, sans préparation ? Et pourquoi était-il venu installer son campement précisément ici, dans ce lieu à la fois si exposé et si difficile d'accès ?

La cathédrale, le temple, le lac.

Malgré la douleur, la peur, la fatigue, il essaya de se concentrer. Trouver les liens invisibles, chercher l'évidence, l'explication la plus simple, c'était sa force, son talent.

La cathédrale, le temple, le lac.

Il se figura les trois lieux dans sa tête. Une idée, alors, lui traversa l'esprit. Il se redressa d'un coup et fouilla dans la poche de Krysztov. Il en sortit la photocopie du plan des environs. Luttant contre le vent, il aplatit le document devant lui et, du bout des doigts, dessina des contours imaginaires autour du temple, de la cathédrale et du lac en forme de demi-lune.

Il n'en crut pas ses yeux, étonné par sa propre découverte. C'était donc ça !

Les trois lieux s'inscrivaient parfaitement dans le glyphe de John Dee, le symbole de la *Summa Perfectionis*.

Les deux demi-cercles du temple figuraient la base du dessin, le chœur de la cathédrale se superposait avec la croix centrale, et le lac, en forme de demi-lune, correspondait exactement au sommet du glyphe. Cela ne pouvait pas être une coïncidence. L'alignement était parfait, les proportions crédibles. Mais alors…

Alors il manquait un quatrième lieu : celui du point central, situé au cœur du symbole et censé représenter le centre de l'univers, dans l'interprétation de John Dee. L'unité du Cosmos.

Ari eut une moue sceptique. Tout cela lui sembla complètement abracadabrant. Comment la géographie de trois lieux d'époques si éloignées pouvait-elle répondre à l'harmonie d'un symbole alchimique ? Le lac était un site naturel, le temple datait de l'époque pré-inca, et la cathédrale ne remontait qu'au XVIe siècle, soit plusieurs centaines d'années après la rédaction des carnets de Villard. Cela ne tenait pas debout. Non. Et pourtant... Pourtant il était certain qu'il avait vu juste. Et si pour lui tout cela relevait de la plaisanterie diabolique, le Docteur, lui, devait prendre la chose très au sérieux. Ce dernier imaginait sans doute que la cathédrale avait été délibérément construite à cet endroit par les Espagnols, pour achever un dessin qui, jusque-là, n'avait été qu'une pure coïncidence. Et c'était peut-être le cas. Weldon était bien capable d'affirmer que tout cela répondait à un plan millénaire secret. Que le glyphe de John Dee était antérieur à John Dee lui-même, que les sages de l'époque pré-inca le connaissaient déjà et qu'ils avaient bâti le temple à dessein... C'était le genre de fadaises que l'occultiste était à même de défendre. Et, encore une fois, l'important n'était pas la vraisemblance de l'hypothèse, mais le fait que le Docteur, lui, y croie.

Du bout des doigts, il traça à nouveau le symbole imaginaire sur la photocopie délavée puis posa son index au centre du cercle, là où aurait dû se trouver le point vital de la monade hiéroglyphique. Aucun bâtiment n'était mentionné à cet endroit. Il s'agissait, tout bonnement, du sommet d'une petite montagne.

Ari sourit. Le sommet d'une montagne, répéta-t-il dans sa tête. Là où tout commence, là où tout s'achève. L'unité du Cosmos. Le sommet de la perfection. *Summa Perfectionis*.

112.

Vlaeminck arriva une vingtaine de minutes plus tard avec quatre Indiens et le médecin de Sucúa. À leur tour, ils durent traverser le lac à la nage pour rejoindre Ari et Krysztov, lequel était toujours inconscient.

— Mackenzie ! Vous êtes blessé ? demanda le Belge en courant vers eux, affolé.

— Rien de grave. Occupez-vous de lui.

— Un hélicoptère est en route pour le rapatrier à l'hôpital de Macas. Il ne devrait pas tarder.

— Parfait, répondit Ari avec soulagement.

— Avec cette tempête qui ne cesse de grossir, j'espère qu'il va pouvoir se poser au fond du canyon…

Le médecin, de son côté, ne perdit pas un seul instant. À peine arrivé, il s'accroupit près du corps de Zalewski, déballa sa trousse de secours et commença ses premiers soins.

— C'est la deuxième fois que votre ami frôle la mort, lâcha l'homme d'un ton réprobateur. Vous cherchez à vous tuer, ou quoi ? Je vous avais recommandé de le laisser se reposer.

— Pas le choix, se contenta de répondre Mackenzie. Il va s'en tirer ?

— Comment voulez-vous que je sache ?

Ari regarda le médecin prodiguer les gestes d'urgence, puis il se releva et se tourna vers Vlaeminck.

— Weldon nous a échappé. Mais je pense savoir où il est parti. Je dois y aller tout de suite.

— Vous plaisantez ? Vous êtes en sang et à bout de forces. Vous croyez pas que…

— Hors de question qu'il nous échappe, le coupa Mackenzie. Restez ici en attendant l'hélicoptère. Moi, j'y vais.

— Vous serez plus utile auprès de votre ami. Nous nous occuperons de Weldon plus tard.

— Non. Si Krysztov était conscient, il me dirait d'aller chercher cette ordure.

L'agent du SitCen secoua la tête, devinant qu'il ne servait à rien de résister, puis il vérifia l'arme dans son holster.

— OK. Dans ce cas, je vous accompagne.

Ari hocha la tête. Il était épuisé. L'aide du Belge ne serait pas superflue. Il adressa toutefois un regard au médecin.

— Vous pouvez vous débrouiller sans nous ?

— Vous ne vous arrêtez jamais ?

— Jamais.

— Je vois, lâcha le médecin, consterné. Eh bien, faites ce que vous avez à faire. Je m'occupe de votre ami en attendant l'hélico.

— Merci infiniment.

— Je vous préviens, ne comptez pas sur moi pour revenir vous chercher dans la jungle ou je ne sais où. J'ai plein de blessés qui m'attendent à Sucúa. L'incendie a fait des ravages. Je ne peux pas m'occuper de tout le monde !

Ari se contenta d'acquiescer. Il fit signe à Vlaeminck de le suivre et ils traversèrent à nouveau le lac en sens inverse. Le vent soufflait encore plus fort qu'à l'aller, il soulevait des vagues sur la surface noire du lac.

— Vous êtes quand même bien amoché, fit remarquer l'agent du SitCen comme ils sortaient enfin de l'eau.

— Une balle m'a effleuré le bras dans le temple et je viens de faire une chute de vingt mètres… Je ne m'en tire pas si mal.

— En effet.

— Krysztov et moi avons la peau dure. On en a vu d'autres.

Ils commencèrent à gravir la falaise et sombrèrent alors dans un long silence, essoufflés par leur ascension. Par moments, Ari se retournait pour regarder, au loin, les silhouettes des Indiens et du médecin qui s'affairaient auprès de Zalewski. Il espérait que le Polonais n'aurait pas de séquelles trop graves, que sa colonne n'avait pas été touchée. Il refusa d'imaginer le pire et se focalisa sur sa quête. Attraper Weldon.

Une fois en haut, comme il l'avait deviné, Ari vit que le 4 × 4 du Docteur était toujours là. Ils montèrent dans le leur, garé juste à côté, et Mackenzie s'installa derrière le volant en poussant un long soupir. Il n'était pas mécontent de s'asseoir enfin à l'abri du vent. Tout son corps le faisait souffrir et ses jambes avaient du mal à le porter. Il aperçut son visage dans le rétroviseur. Blafard, les yeux cernés, le regard sombre, il avait une mine épouvantable.

— Alors, où on va ? demanda le Belge.

Ari sortit la photocopie de sa poche et posa le plan sur le tableau de bord.

— Là, dit-il en indiquant le point sur la carte qui, selon lui, pouvait correspondre au centre du glyphe de John Dee.

— Pourquoi là ?

— Pas le temps de vous expliquer. Mais je suis certain que le Docteur cherche quelque chose à cet endroit précis.

L'agent du SitCen n'en demanda pas plus et Ari fit demi-tour pour s'engager sur le petit sentier.

Le matin approchait déjà et Mackenzie n'osait calculer depuis combien de temps il était debout, combien de kilomètres il avait couru, combien de coups il avait reçus... Il en était sûr, c'était la dernière ligne droite. Il lutta contre la fatigue et se concentra sur le chemin à suivre.

La tempête gagnait encore du terrain ; par endroits, le ciel était complètement noir et les arbres étaient secoués de toutes parts sous les assauts des tourbillons sonores.

Ils foncèrent vers le sud-est, contournant une première colline envahie par la forêt équatorienne, puis le sommet qu'ils visaient se dessina peu à peu dans la pénombre. Ce n'était pas une montagne au sommet aiguisé, mais qui se terminait par un plateau, lui-même parsemé de hauts rochers noirs.

— Il faut qu'on monte là-haut, expliqua Ari.

— Vous croyez qu'il y est déjà ?

— Je ne sais pas. Il a plus d'une demi-heure d'avance sur nous, mais il est à pied.

— Cela m'étonnerait qu'on puisse monter jusque-là en 4 × 4.

En effet, après une dizaine de minutes, ils constatèrent que la forêt était devenue trop dense pour espérer continuer en voiture. Il allait falloir marcher. Ils abandonnèrent leur véhicule et, luttant contre le vent, ils avancèrent péniblement vers le plateau surélevé.

— Qu'est-ce qu'il serait venu faire ici ? insista Vlaeminck après de longues minutes de silence. Et pourquoi maintenant ?

Le vacarme de la tempête les obligeait à parler fort.

— Je ne sais pas. Ce type est un illuminé, il faut s'attendre à tout ! Il a un plan, ça, c'est sûr. Il cherchait quelque chose de précis sur les documents que j'ai brûlés. Pour lui, il ne s'agit pas seulement de l'extraction d'un minerai, j'en suis convaincu à présent. Et j'ai toutes les raisons de croire qu'il espère trouver une réponse ici. Je crois que, pour lui, cette montagne est la véritable *Summa Perfectionis*, l'authentique sommet de la perfection !

— Par moments, je me demande si c'est pas vous, l'illuminé, suggéra l'agent du SitCen.

Après quelques minutes de marche à travers la forêt, ils arrivèrent sur le flanc de la montagne, là où la végétation commençait à se clairsemer. Exposés à la violence des alizés, ils maintinrent malgré tout un rythme soutenu. Puis, soudain, Ari s'immobilisa.

— Qu'est-ce qui vous arrive ? souffla le Belge, courbé par la fatigue.

Ari tendit le doigt vers le haut de la montagne.

— Ce ne serait pas lui, là-bas ?

Vlaeminck chercha du regard dans la direction indiquée. Puis il se retourna vers Ari avec un sourire satisfait.

— Essayons de ne pas nous faire repérer.

Reprenant espoir, ils se glissèrent dans les ombres et accélérèrent le pas sur le sentier qui serpentait le long du flanc nord. Plus ils montaient, plus le vent sec et chaud leur fouettait le visage. Il en devenait presque assourdissant. Le chemin, quant à lui, était de plus en plus pentu et semblait ne jamais vouloir se finir. Rapidement, la silhouette du Docteur disparut au milieu des immenses rochers.

La montée, épuisante, s'avéra bien plus longue qu'ils ne l'auraient imaginé. À chaque nouveau lacet, ils pensaient être tout proches du sommet et, pourtant, c'était comme si la distance ne cessait de grandir.

Quand enfin ils arrivèrent, fourbus, à hauteur du plateau, le ciel, malgré les nuages encore nombreux, commença à se teinter de rayons orangés. Le soleil, bientôt, allait apparaître sur l'horizon crénelé de la jungle.

L'immense terrasse que formait ici la montagne était parsemée de rochers de tailles diverses, dressés vers les cieux. On eût dit une armée de géants difformes et Ari ne put s'empêcher de songer aux alignements de pierres que l'on trouvait sur les anciennes terres celtiques. Carnac, Stonehenge… Il n'était d'ailleurs pas certain que cela ne fût point les vestiges d'une œuvre précolombienne. Difficile de ne pas voir la main de l'homme dans cette forêt de roches.

— Il va falloir le retrouver dans ce labyrinthe ! cria Mackenzie pour couvrir le bruit du vent.

Vlaeminck, plutôt que de répondre, fit un geste de la tête vers l'un des blocs gris. Ari comprit et acquiesça. Prendre de la hauteur était en effet la meilleure solution. L'un derrière l'autre, ils escaladèrent le rocher. Déséquilibrés par les bourrasques, ils se tinrent laborieusement debout tout en haut.

Le plateau leur apparut alors dans son ensemble et ils découvrirent, perplexes, la structure circulaire qui occupait tout son centre. Un véritable cirque, incontestablement construit par l'homme. Surélevés, les rochers ne laissaient pas apparaître l'espace qu'ils entouraient ; on ne voyait pas au-delà.

— Il est sûrement là-dedans, lança le Belge.

Mackenzie en fut convaincu lui aussi. Et il fut certain, également, que ce cercle figurait le point central du glyphe de John Dee. Mais il se demandait ce qu'ils allaient trouver à l'intérieur. Le Docteur serait-il seul au centre de ce plateau abandonné, ou avait-il rejoint d'autres personnes ? Y avait-il un bâtiment dissimulé derrière l'enceinte des monolithes ? Un autre temple ?

— On y va ?

— Oui. Mais on va contourner par la droite en espérant qu'il ne nous voie pas arriver !

Le Belge hocha la tête et ils redescendirent rapidement de leur promontoire. Ari passa le premier, longeant les rochers successifs pour rester à l'abri, et ils firent un long détour vers l'ouest. Le ciel nuageux, en face d'eux, continuait de se colorer lentement d'une variété de tons vermeils, et les cimes des arbres ployaient sous la pression continue des rafales.

Enfin, ils arrivèrent au pied du cercle de pierres.

Ari sentit son cœur battre. Son intuition lui disait que tout allait se terminer ici, dans quelques instants. Ou peut-être s'en laissait-il convaincre, pour se rassurer. Car il n'était pas sûr d'avoir la force d'aller plus loin, si ce n'était pas le cas. Et l'échec, maintenant, était exclu. Pas après tout ce qu'ils avaient vécu.

Tout se termine ici.

Les images des dernières semaines lui revinrent une à une. Le corps de Paul Cazo, mort, ligoté sur une table, son crâne entièrement vidé. Puis celui des autres victimes. Les six pages cachées des carnets de Villard de Honnecourt. La descente dans le puits miraculeux. La clôture prématurée de l'enquête. La séparation d'avec Lola. Les trois appartements cambriolés. Le meurtre de Sandrine Monney. La rencontre avec Marie Lynch. La nuit qu'il avait passée avec elle. Et maintenant, l'Équateur... La dernière image, enfin, fut celle de Krysztov, évanoui au pied d'une falaise, entre la vie et la mort.

Non, décidemment, l'échec était inenvisageable. Cette histoire lui avait trop coûté.

Il fit un signe au Belge qui ne laissait pas le moindre doute. Ils dégainèrent tous deux leurs armes, avancèrent sur le monticule de terre et grimpèrent au-dessus d'un large bloc de granit.

Le spectacle qui s'offrit à eux dépassait ce qu'ils avaient imaginé.

La terre, au centre du cercle de pierres, était creusée en concavité, de telle sorte qu'on avait le sentiment d'être au cœur d'un vieux volcan éteint. Des milliers de cailloux, disposés les uns contre les autres, dessinaient sur le sol une succession d'anneaux concentriques jusqu'à un large autel de pierre, devant lequel se tenait, torse nu, les bras en croix, l'énigmatique Weldon.

Cadavérique, la tête levée vers le ciel, ses cheveux ébouriffés par le vent, l'homme semblait en pleine transe mystique. On eût dit une scène tirée d'une gravure biblique, totalement anachronique.

Accroupis en haut du rocher, Vlaeminck et Mackenzie échangèrent des regards stupéfaits.

— Qu'est-ce qu'il fout ? balbutia l'agent du SitCen, perplexe.

Ari haussa les épaules. Il se redressa pour descendre à l'intérieur du cercle de pierres, mais il fut interrompu dans son élan par une suite d'événements dont l'étrangeté grandissante les plongea l'un et l'autre dans une confusion hébétée.

D'abord, il y eut la voix du Docteur qui s'éleva au centre de cette arène insolite. Si grave et si puissante qu'elle semblait amplifiée, transformée, plus forte même que le grondement assourdissant du vent.

— N'approchez pas, Mackenzie ! hurla le Docteur sans changer de position.

De dos, les yeux fermés, comment avait-il pu deviner leur présence ? Les avait-il repérés depuis longtemps ? Dans ce vacarme, comment aurait-il pu les entendre approcher ?

— Faites demi-tour ! Croyez-moi, vous n'avez plus rien à gagner ici, Ari.

Tandis que Weldon prononçait ces dernières paroles, ce fut comme si, par magie, le soleil avait attendu ce moment pour chasser les nuages et projeter ses premiers rayons sur le sommet.

L'instant fut aussi spectaculaire qu'irréel.

Une à une, les hautes stèles noires s'allumèrent sous les assauts de l'astre matinal et leur surface brillante parut se transformer en or, tel du plomb dans les rêves les plus fous d'un apprenti alchimiste. Par un mystérieux effet de miroir, la lumière se décupla au centre des hautes pierres, si bien que Mackenzie et Vlaeminck furent aveuglés et contraints de se masquer les yeux.

Ari, la mâchoire serrée, parvint à résister, mais l'agent belge, dans un réflexe de survie, fit demi-tour pour se protéger de l'autre côté du monolithe.

Soudain, Mackenzie reçut un coup violent en plein front. Une pierre projetée par la tempête. Un instant, il crut perdre connaissance. Ses jambes cédèrent et il s'écroula. Ses mains s'agrippèrent alors aux aspérités de la pierre sous ses pieds. La tête se mit à lui tourner et le monde à vaciller autour de lui. Fébrile, il finit par se lever dans ce cyclone d'air et de lumière et, les paupières mi-closes, se laissa glisser le long de la paroi vers la terre ferme, pour tenter de rejoindre le Docteur. *Ne pas le laisser fuir.*

Ses pieds heurtèrent violemment le sol. Du sang poisseux coulait sur ses tempes. Il éprouva une nausée brutale. Malgré tout, il essaya de marcher, de reprendre ses esprits, mais c'était encore impossible.

La scène qui continuait de se dérouler, à quelques pas, lui parvint alors comme un songe flou et chimérique, une succession de tableaux elliptiques inondés par la splendeur dorée du soleil.

Il vit Weldon, luttant contre le vent, lever les bras au-dessus de sa tête dans un geste majestueux. L'instant d'après, un éclat rouge scintilla au creux de ses mains. Le cristal de Rubedo. La pierre brillait comme une ampoule, de plus en plus vive. Elle semblait se remplir de toute la lumière environnante, se nourrir des rayons éblouissants que projetait la surface des roches.

Ari, titubant, fit un pas en avant en protégeant son visage. Puis un autre. Il crut entendre des cris. Une incantation. Quelques mots lui parvinrent plus clairement : « *Tu auras par ce moyen la gloire de tout le monde, et pour cela toute obscurité s'enfuira de toi !* » Il fut certain de les avoir déjà entendus. La voix du Docteur, hystérique, s'élevait au milieu du vacarme. « *Il monte de la terre au ciel, et derechef il descend en terre, et il reçoit la force des choses supérieures et inférieures !* » Ari reconnut alors le texte de la Table d'émeraude…

La tête enfoncée dans les épaules, il se battit contre les éléments et continua d'avancer. Il n'était plus qu'à quelques mètres du Docteur quand l'impensable se déroula sous ses yeux, et il ne fut plus tout à fait sûr d'avoir encore toute sa raison.

La lumière qui irradiait du cristal sembla se libérer dans une grande explosion, un gigantesque éclat rouge et or. Dans un réflexe de défense, Ari ferma les yeux et se recroquevilla.

Quand il ouvrit à nouveau les paupières, le corps de Weldon tout entier s'était embrasé.

Mackenzie, tétanisé, demeura immobile quelques secondes, incapable d'analyser, de comprendre cette vision extraordinaire. Il ne parvenait à s'expliquer le phénomène dont il était le seul témoin direct, et son esprit cartésien se heurta aux seules interprétations surnaturelles qu'il aurait pu envisager. Pourtant, il ne rêvait pas : Weldon, encore debout devant l'autel de pierre, était en train de prendre feu et semblait attendre la mort, résigné.

Quand Ari sortit de sa torpeur, il se précipita vers le Docteur, conscient cependant qu'il ne pourrait rien faire, et quand il fut à sa hauteur, il ne put que regarder le vieil homme tomber, sans un cri, le corps noirci et mangé par les flammes.

L'analyste s'écroula sur les genoux, abasourdi. Il n'aurait su dire combien de temps il resta ainsi, assommé par l'image de cette scène apocalyptique. Le temps, tout simplement, avait cessé de lui paraître tangible.

Quand Vlaeminck le rejoignit enfin, le soleil s'était légèrement levé à l'horizon et l'angle de ses rayons avait cessé de faire briller le grand cercle de pierres. La montagne avait retrouvé une couleur normale.

L'agent du SitCen se précipita auprès de Mackenzie. Devant eux, le cadavre calciné de Weldon était encore parcouru de petites flammes, comme des feux follets qui lui dansaient sur le corps.

— Que… Que s'est-il passé ? balbutia le Belge.

— Je ne sais pas, avoua Mackenzie, le regard sidéré.

— Il s'est immolé ?

— Je ne sais pas, répéta Ari d'une voix monocorde.

Le vent, lentement, commençait à s'adoucir. C'était comme si la dépression était passée, emportant avec elle l'âme du vieil homme. Pour toujours.

ÉPILOGUE

ALKAHEST

113.

Mackenzie et Vlaeminck atterrirent à Bruxelles deux jours plus tard.

Pendant le trajet du retour, Ari n'avait pas prononcé un mot, sans doute parce qu'aucune parole n'aurait pu exprimer ce qu'il ressentait. Encore sous le choc, il était accablé physiquement aussi bien que moralement. Il y avait là quelque chose de l'étourdissement caractéristique des fins d'enquêtes, entre *baby blues* et petite mort, une sorte de vertige et de déception mélancolique. La tête collée au hublot, les yeux perdus dans le vague, il avait passé le vol à voyager dans ses souvenirs, ses regrets, ses angoisses et ses espérances.

Après l'atterrissage, Vlaeminck l'avait invité à se lever alors qu'il était encore perdu dans ses pensées.

Une section d'Interpol était venue chercher Roberts à la descente de l'avion pour le conduire en maison d'arrêt, en attendant que l'imbroglio judiciaire soit résolu entre le SitCen et la police française. Cela risquait d'être laborieux... Mackenzie le savait, l'instruction durerait des années. Procureurs, juges et avocats allaient se livrer une bataille interminable dans une gigantesque confusion, très probablement médiatisée à outrance, et il y avait fort à parier que toute la vérité ne serait jamais complètement révélée.

Krysztov était encore à l'hôpital de Macas. Ses jours n'étaient plus en danger et il serait bientôt rapatrié à Paris. Iris Michotte et son frère Alain, quant à eux, étaient directement rentrés en France, où le jeune homme allait recevoir un soutien psychologique approprié. Ensuite, ils partiraient ensemble au soleil, pour quinze jours de repos mérité.

Mackenzie et Vlaeminck n'étaient pas rentrés ensemble par hasard. Ils avaient une dernière chose à faire tous les deux. Cela faisait partie du pacte qu'ils avaient passé en Équateur. Et au fond, ils n'étaient pas mécontents, ni l'un ni l'autre, de partager ces moments. Comme deux rescapés d'une catastrophe, ils éprouvaient le besoin de se serrer les coudes, pour se rassurer et se prouver à eux-mêmes que ce qu'ils avaient vécu était bien réel, malgré l'absence de témoins. En outre, le déroulement des derniers jours leur avait inspiré un respect réciproque qui se transformerait peut-être plus tard en amitié.

Quelques heures à peine après que l'avion se fut posé, ils se rendirent directement, bille en tête, à l'accueil de l'aile nord du bâtiment Justus-Lipsius.

Profitant de son accréditation du SitCen, l'agent belge demanda à la réception qu'on lui fournisse le registre des entrées dans le bâtiment à la date du 15 juillet. Si Roberts ne lui avait pas menti, il s'était passé quelque chose de décisif ce jour-là, un événement qui avait entraîné la rupture des liens entre le Secrétaire général adjoint de l'Union européenne, le ministre de l'Intérieur français et les dirigeants de la Summa Perfectionis.

La première chose à confirmer était la présence, ou non, du SGA dans les locaux de l'Union à cette date. Si Vlaeminck ne pouvait avoir accès à l'emploi du temps du haut dignitaire européen, il pouvait toutefois consulter le livre des entrées et sorties.

Après avoir effectué quelques recherches, l'agent de sécurité fronça les sourcils.

— Que se passe-t-il ? demanda Vlaeminck, inquiet.

— Je ne comprends pas... Je n'ai aucune donnée ce jour-là.

— Comment ça ? On les aurait effacées ?

— Non. Elles sont inaccessibles. Attendez, je vais vérifier quelque chose...

L'homme décrocha son téléphone, composa un numéro et expliqua la situation à son interlocuteur. Il hocha plusieurs fois la tête, remercia la personne et raccrocha.

— Je... Je suis désolé, expliqua-t-il d'un air embarrassé, visiblement, ces données ont été classées Secret Défense.

Le visage de Vlaeminck s'assombrit. Il s'apprêta à protester, mais Ari l'attrapa par l'épaule et lui fit signe de le suivre.

— Inutile de faire un scandale et d'attirer l'attention, murmura-t-il. Au fond, nous avons une première confirmation : il s'est bien passé quelque chose de suspect ce jour-là.

— Oui... Mais quoi ?

— Il va falloir trouver un autre moyen.

Le Belge réfléchit un instant.

— Il y a peut-être une solution...

— Laquelle ?

— Suivez-moi.

114.

En recevant l'appel de l'agent de sécurité, le SGA comprit aussitôt que Vlaeminck avait découvert quelque chose, ou du moins qu'il était sur une piste. Et cette fois, il se demanda s'il allait pouvoir se couvrir. Il pensait pourtant avoir pris toutes les précautions. Quelqu'un avait dû les trahir. Weldon ou Roberts, indubitablement.

Il décrocha à nouveau son téléphone et composa le numéro privé du ministre de l'Intérieur français.

La voix de son interlocuteur se fit sèche et cinglante.

— Ce n'est pas le meilleur moment pour m'appeler !

— Vlaeminck et Mackenzie sont au courant de quelque chose.

Le Français poussa un long soupir à l'autre bout du fil.

— Comment ça ?

— Ils sont ici. Ils viennent d'essayer de consulter notre registre des entrées à la date du 15 juillet.

— Empêchez-les de fouiner !

— Que voulez-vous que je fasse ?

Le ministre marqua un temps de pause.

— Écoutez… Ils sont l'un et l'autre en dehors de leur juridiction, après tout ! Mackenzie est censé être en arrêt maladie et, de toute façon, il n'a rien à foutre dans vos locaux, que je sache ! Quant à Vlaeminck, il n'était pas en mission officielle. Prononcez une mise à pied pour Vlaeminck, avec le motif d'une faute grave, moi je me charge de celle de Mackenzie et, dans l'immédiat, interdisez-leur l'accès du bâtiment.

— Ce n'est pas si simple…

— Démerdez-vous, mon vieux ! Vous savez ce qui est en jeu. Votre carrière et la mienne. Et ne m'appelez plus sur ce numéro.

Le ministre raccrocha aussitôt.

Le SGA, dépité, frappa du poing sur la table. Il allait devoir gérer le problème tout seul. Il se prit la tête entre les mains, réfléchit un instant, puis il quitta son bureau d'un pas rapide et déterminé.

D'abord, parer au plus urgent. C'était une course contre la montre. Il se dirigea directement vers le poste de sécurité du bâtiment Justus-Lipsius et demanda au chef de service de bloquer le pass de Vlaeminck.

— Je lui enlève quoi ? Quel niveau de sécurité ? demanda le jeune agent, quelque peu surpris par cette requête inhabituelle.

— Tout ! Je vais faire ordonner une mise à pied. Vlaeminck ne doit plus avoir accès à une seule pièce de toute notre infrastructure, vous comprenez ?

— Entendu...

— Faites vite !

Le chef de la sécurité ouvrit l'application appropriée sur un ordinateur et s'exécuta, l'air embarrassé.

Le SGA fit volte-face et se mit en route pour l'aile nord du bâtiment, tout droit vers le bureau de Vlaeminck. Il monta au deuxième étage et entra sans frapper. Personne à l'intérieur. Il pesta. Puis il se dirigea vers l'ordinateur. Ce qu'il vit sur l'écran lui glaça le sang.

C'était un arrêt sur image d'une séquence vidéo filmée par une caméra de surveillance. Il n'eut aucune peine à reconnaître la scène. Il s'agissait de l'enregistrement de la fameuse réunion du 15 juillet, qui s'était tenue dans une salle de conférence, à l'étage supérieur. On le voyait aux côtés du ministre français, et face à eux, quatre représentants des pays de l'OPEP.

Ils avaient profité de la présence de nombreuses personnalités politiques, la veille, à la fête nationale française, pour mettre en place cette entrevue confidentielle au pied levé. Quelques minutes plus tard, il le savait, cette réunion allait déboucher sur un accord secret et parfaitement illégal. En échange d'un bakchich conséquent, les deux Européens avaient accepté de lâcher Weldon – qui, jusqu'alors, avait bénéficié de leur protection discrète – et de tout faire pour que le projet Rubedo capote, d'où l'investissement soudain du SitCen dans cette affaire.

Effrayés par les conséquences économiques de la découverte d'une nouvelle source d'énergie, les responsables de l'OPEP, qui ne voulaient pas perdre l'avantage que leur conférait le contrôle du pétrole, avaient décidé d'utiliser tous les moyens à leur disposition pour empêcher Weldon ou qui que ce fût d'autre d'exploiter ce minerai. L'argent avait suffi. Beaucoup d'argent.

Le SGA tapota sur le clavier et ferma l'application. Mais il savait que c'était un geste ridicule. Vain. Il était sans doute déjà trop tard…

Des gouttes de sueur se mirent à perler sur son front et il sentit un nœud se serrer dans son ventre. En quelques minutes, sa vie venait de basculer et la sensation de chute, d'écroulement était terrible. Tout son passé revenait à sa mémoire, son parcours jusque-là sans faute, et puis cette stupide erreur, fatale… Il aurait voulu réécrire l'histoire, la corriger. Mais on ne réécrit jamais l'histoire. La liberté des hommes commence par leur capacité à choisir chacun de leurs actes. Elle se termine par l'impossibilité de les défaire.

Les idées défilèrent dans sa tête à une vitesse folle. Fuir. C'était la seule solution. L'argent dormait sur un compte offshore. S'il quittait la Belgique à temps, il avait une chance de refaire sa vie ailleurs. C'était tout sauf l'avenir dont il avait rêvé, mais c'était toujours mieux que les années de prison dont il écoperait.

Le quinquagénaire se leva d'un bond et partit vers la sortie. Il ne passerait même pas par son bureau chercher ses affaires. Chaque seconde comptait.

Il descendit les marches quatre à quatre, le cœur battant, l'angoisse lui dévorant l'estomac. Marchant de plus en plus vite, il croisa de nombreux collègues sans même les regarder, les bousculant parfois. Mais quand il arriva dans le grand hall, il comprit, d'un seul coup d'œil, que c'était trop tard.

Mackenzie et Vlaeminck étaient là, côte à côte, entourés de trois agents de sécurité. En l'apercevant au loin, ils le désignèrent du doigt et il sut qu'il était inutile de lutter. Il était perdu. Il pouvait dire adieu à sa carrière politique, adieu au Conseil européen, adieu au bâtiment Justus-Lipsius. Les seuls couloirs qu'il arpenterait maintenant seraient ceux d'une prison. Et pour de longues années.

115.

Le lendemain, à peine arrivé à Paris, Ari avait tenté, en vain, de joindre Marie Lynch. Depuis son dernier appel en Équateur, il n'avait plus eu de nouvelles de la jeune femme et il commençait à s'inquiéter.

Le visage encore marqué, le bras bandé, Mackenzie sortit d'un pas rapide de l'immeuble de la jeune femme. Se demandant si elle ne refusait pas tout bonnement de répondre au téléphone, il était allé directement chez elle et, comme personne n'avait répondu quand il avait frappé à la porte, paniqué, il était entré par effraction, pour trouver l'appartement vide. Il restait toutefois un espoir : chez Charles Lynch, le père de la jeune femme, quelques rues plus loin.

Tout en pressant le pas sur les trottoirs parisiens inondés de soleil, Ari ne pouvait s'empêcher de penser à tout ce qu'il avait vécu pendant ces derniers mois. Il avait du mal à croire que tout était fini.

Comme il n'avait toujours pas réintégré la DCRI et qu'il se moquait éperdument de tirer la couverture à lui, il avait laissé l'agent du SitCen récupérer l'affaire. Au fond, il était plutôt content d'échapper aux interminables rapports et multiples auditions auxquels le Belge allait devoir se soumettre.

Les choses, d'ailleurs, allaient plus vite que prévu. Quelques heures à peine après l'interpellation du SGA, le ministre de l'Intérieur français avait été arrêté à son domicile, sur le point de s'enfuir lui aussi. Pour Ari, c'était presque le plus important. Certes, le Docteur était un dangereux criminel et un illuminé, mais Ari se demandait si le SGA et le ministre n'étaient pas, finalement, des êtres plus nocifs encore, parce que cachés derrière les institutions et abusant de la confiance qui leur avait été accordée par des nations entières.

Une chose était sûre, la rancœur qu'il conservait depuis des années à l'égard du ministre français était enfin apaisée, et il en retirait une satisfaction toute particulière. Pour une fois, il avait l'impression d'avoir la justice de son côté.

Quant à Roberts, nul doute qu'il allait passer l'essentiel du reste de sa vie derrière les barreaux.

Enfin, la dissolution de l'INF avait été prononcée quelques heures à peine après la médiatisation du scandale. Les conséquences médiatiques sur l'image des associations humanitaires seraient catastrophiques. Cela permettrait sans doute de faire un peu le ménage.

Bien sûr, il resterait de nombreuses questions et zones d'ombre. Tous les complices de Weldon seraient-ils identifiés et arrêtés ? L'homme avait bénéficié de multiples soutiens obscurs et la liste exacte ne serait sans doute jamais établie. À qui les territoires annexés par l'INF reviendraient-ils ? Existait-il réellement, comme l'avait supposé les membres de la Summa Perfectionis, des réserves conséquentes du mystérieux cristal de Rubedo ? Et dans ce cas, quel impact leur découverte aurait-elle sur l'avenir géopolitique de la planète ? Ou bien l'échantillon que Weldon avait eu en sa possession était-il unique ? L'hypothèse d'un débris venu d'une météorite, évoquée par Erik Levin, avait en tout cas la préférence de ce cartésien de Mackenzie.

Quant aux conditions étranges de la mort du Docteur, il y avait peu de chances qu'elles trouvent une explication officielle. Les *diaboliques* y verraient une nouvelle preuve du phénomène de combustion spontanée ou de toute autre baliverne du même acabit, qui ne ferait qu'augmenter la légende au sujet de cet auguste illuminé. Un scientifique aurait émis d'autres suppositions, suggéré une justification rationnelle en rapport avec les propriétés photovoltaïques du cristal, lequel aurait entraîné l'explosion de l'hydrogène contenu dans les cellules humaines… *Ou quelque chose comme ça,* pensa Mackenzie.

Ces questions, en réalité, ne l'intéressaient plus vraiment. À cet instant précis, une seule chose le préoccupait : retrouver Marie Lynch. La jeune femme devait être en état de choc. Entre sa grave maladie, le meurtre de son père à l'autre bout du monde et la façon dont elle avait été manipulée par le SitCen, il se demandait comment l'actrice s'en sortirait. Sans compter qu'il se sentait partiellement responsable.

Arrivé en bas de l'immeuble, il rassembla son courage. Il n'était pas certain de ce qu'il allait lui dire. Devraient-ils rester en contact ? La jeune femme avait probablement besoin de changer de vie, de repartir à zéro. Si les moments qu'ils avaient partagés étaient bien sincères, leur relation, toutefois, n'avait pas vraiment d'avenir... Mais il ne pouvait pas disparaître comme ça, sans lui témoigner au moins un peu de compassion, et même de gratitude. Après tout, c'était son dernier coup de fil qui avait permis de retrouver Weldon.

Ari gravit les étages en grimaçant, le corps encore meurtri par ses nombreuses blessures, puis il sonna à la porte de l'appartement de Charles Lynch.

Aucune réponse. Il sonna une deuxième fois. Toujours rien. Il éprouva alors un mauvais pressentiment. Après avoir vérifié que la cage d'escalier était vide, il décida d'enfoncer la porte. Ce n'était pas très discret, mais il n'était plus à ça près...

Au deuxième coup de pied, la vieille serrure céda. Ari pénétra prudemment dans l'entrée.

— Marie ? appela-t-il sans conviction.

Rien. Il se dirigea d'abord vers le salon, vide, puis vers le bureau. Toujours personne. Effleurant la bibliothèque du bout des doigts, il se remémora les moments qu'il avait passés ici avec la jeune femme pour effectuer des recherches sur l'ordinateur du géologue. C'était quelques jours plus tôt, seulement, mais cela lui semblait une éternité.

Il sortit du bureau et se dirigea vers la chambre. Tout était en ordre. Le lit était fait. Rien n'avait été dérangé. Marie n'était peut-être pas revenue ici depuis longtemps.

En retournant dans le couloir, il aperçut un rai de lumière sous la porte de la salle de bains. Sa gorge se noua d'un coup.

Fébrile, il se précipita vers la petite pièce et frappa doucement contre la paroi.

— Marie ? Tu es là ?

Du bout des doigts, il poussa le battant. La vision qu'il eut alors à travers l'ouverture lui fit un choc foudroyant. Pourtant, il s'y était attendu. Mais rien ne peut jamais vous préparer à ces cruelles vérités.

Étendue dans la baignoire, immobile, la peau déjà violacée, la jeune femme, nue, avait la tête penchée en arrière, les yeux rivés au plafond, et son poignet droit entaillé était maculé de rouge. Au sol, à côté d'elle, une bouteille de vodka, vide, était renversée au milieu d'une mare de sang.

Ari se laissa lentement glisser le long de la porte et, recroquevillé, se prit la tête entre les mains.

C'était le coup de trop. Le cataclysme qui achevait de l'anéantir. Et là, dans le silence et la blancheur morbide de cette petite salle de bains, il se mit à pleurer, pleurer si fort qu'il sut que ce n'était pas seulement pour Marie, mais pour tout le reste. Pour Paul Cazo, pour Lola, pour l'inanité d'une si longue enquête dont la résolution, au fond, ne lui apportait presque aucune satisfaction.

Le corps secoué de sanglots, il éprouva un violent sentiment de solitude et de vacuité, d'abandon. De vide. Il avait l'impression de ne plus pouvoir s'accrocher à quoi que ce fût, à qui que ce fût. Krysztov était à l'autre bout du monde, Iris auprès de son frère, la DCRI ne représentait plus rien pour lui, et Lola... Lola, il l'avait perdue depuis si longtemps !

Le dos collé contre la porte, les mains trempées de larmes, il reconnut le goût saumâtre de la dépression, cette vieille compagne qui, sans doute, ne l'avait jamais vraiment quitté.

116.

Réfugié dans le premier bar qu'il avait croisé, Ari avait enchaîné les *single malt* jusqu'à ce que le regard du serveur devienne franchement réprobateur. Éméché, il avait néanmoins traversé Paris au volant de sa MG-B, s'oubliant dans la musique de sa vieille cassette prisonnière, les haut-parleurs hurlant à tue-tête un titre de Bruce Springsteen.

Baby this town rips the bones from your back
It's a death trap, it's a suicide rap
We gotta get out while we're young
Cause tramps like us, baby we were born to run[1]*...*

Il gara la vieille anglaise devant l'immeuble de la porte de Bagnolet. Il était venu là sans réfléchir, comme si voir son père avait relevé de l'instinct de survie. Il coupa le contact, sortit péniblement de la voiture et grimpa dans l'immeuble en s'agrippant à la rambarde.

Titubant devant la porte, Ari se frotta le visage et essaya de se tenir aussi droit que possible. Comme toujours, le vieil homme mit longtemps à venir lui ouvrir, traînant des pieds.

— Bonjour, papa.

— Il faut changer de nom tout le temps si on ne veut pas se laisser constater.

Ari poussa un soupir. Il referma la porte derrière lui et suivit son père dans le salon. Pour une fois, il ne se plia pas au rituel : ranger la cuisine pendant que Jack Mackenzie regardait la télévision. Au lieu de cela, il remplit deux verres de whisky et prit place à côté du vieillard.

— Tiens, papa.

— Le docteur dit que je ne dois pas boire.

---

1. *Chérie, cette ville t'arrache la peau du dos*
C'est un piège mortel, une condamnation au suicide
Il faut qu'on parte d'ici tant qu'on est encore jeunes
Parce que les vagabonds comme nous, bébé, sont nés pour s'enfuir...

— Les docteurs sont des cons, papa. Tiens. Un Caol Ila *cask strength*, ça fait plus de cinquante degrés, ça peut que nous donner un peu de hauteur.

La remarque tira un sourire au septuagénaire. Puis il alluma la télévision d'un geste blasé.

— Comment tu te sens, papa ?

— Découvert et soupçonné de tendances réformatrices messianiques.

— Tu fais chier. Tu ne devrais pas regarder autant la télévision. Tu devrais sortir, un peu, il fait très très beau.

— Je parle à l'envers pour essayer de dire quelque chose d'authentique.

Ari haussa les épaules et but une gorgée de whisky en s'enfonçant dans son fauteuil. La tête lui tournait, mais ce n'était pas tout à fait désagréable et au moins, ici, il avait l'impression d'être à sa place. D'être au bon endroit. Au seul endroit supportable, même. La folie de son père avait ceci de rassurant qu'elle était fidèle, immuable.

Après un long moment, Jack éteignit la télévision et regarda son fils.

— Tu as arrêté le meurtrier de Paul ?

Ari, pour une fois, regretta presque que son père lui pose une question sensée. Le silence lui aurait encore convenu quelque temps.

— Oui, papa… En quelque sorte.

— Comment ça ?

— Il est mort.

Le vieil homme hocha la tête.

— Alors le secret de Villard est sain et sauf…

Ari, luttant contre son ébriété, approcha son siège de celui de son père.

— Non, papa. Les six pages ont été découvertes depuis longtemps et…

— Oui, oui, je sais pour les six pages, Ari, je ne suis pas complètement sénile, tu sais. Je suis fou, c'est pas pareil. Non. Je parle de la septième page.

Ari fronça les sourcils.

— La septième page ? Quelle septième page ?

Un sourire traversa le visage du vieil homme.

— Tssss...

— Quelle septième page, papa ?

Jack s'appuya sur les bras de son fauteuil et se leva, au ralenti. Il traversa laborieusement la pièce dans sa robe de chambre usée et partit ouvrir un tiroir sous la télévision. Ari, qui avait du mal à faire le point, le suivit du regard, perplexe.

Jack farfouilla à l'intérieur en poussant des grognements puis, enfin, il sortit du meuble une grande enveloppe jaunie. Il retourna auprès de son fils et lui tendit le document.

L'analyste ouvrit lentement l'enveloppe tout en lançant des coups d'œil stupéfaits à son père.

— Qu'est-ce que c'est que ça ?

En guise de réponse, le vieil homme retourna s'asseoir, attrapa la télécommande et ralluma la télévision.

Ari, les mains tremblantes, sortit le vieux parchemin en essayant de ne pas l'abîmer. Il reconnut aussitôt le trait de Villard de Honnecourt et, en haut de la page, la marque de la loge compagnonnique à laquelle avait appartenu son père et Paul Cazo : « L :. VdH :. » Il n'en crut pas ses yeux.

— Comment se fait-il que personne ne m'ait parlé de l'existence de cette page ? Et pourquoi... Pourquoi tu ne m'as pas dit que tu l'avais, papa ?

Aucune réponse. Jack était retourné dans le merveilleux monde de sa démence neurologique précoce.

— Je... Je croyais que tu avais quitté la loge et que tu avais tout laissé, insista Ari. Comment se fait-il que...

Il ne termina pas sa phrase, car il savait déjà qu'il n'obtiendrait plus rien de son père.

Résigné, l'analyste baissa les yeux et inspecta le document ancestral. La vue troublée par l'alcool, il cligna plusieurs fois des paupières.

Contrairement aux six autres pages, celle-ci ne comportait aucun texte en picard médiéval. Aucune légende. Seulement un dessin.

Et ce dessin n'était autre qu'une carte du ciel. Une simple carte du ciel, tel qu'il était connu au XIIIe siècle.

Ari se mordit les lèvres. Il n'était pas sûr de comprendre le sens de cette septième page. Il devait s'agir du document que le Docteur avait cherché désespérément. Que signifiait-il ? Quel message secret Villard de Honnecourt avait-il voulu transmettre à la postérité à travers ce malheureux croquis ?

Il remit délicatement le parchemin à l'intérieur de l'enveloppe et se prit la tête dans les mains.

Au même instant, son père se leva à nouveau et se posta devant lui, main tendue. Ari, quelque peu étonné, lui restitua l'enveloppe. Le vieil homme fit demi-tour, sans rien dire, et partit la remettre dans le tiroir du meuble de télévision, comme s'il se fût agi d'un simple magazine. Puis il retourna s'asseoir et se replongea dans son émission de variétés, l'air absent.

Ari resta immobile, interdit, pendant de longues secondes. Entre le whisky et l'irréalité de la scène, il n'était pas tout à fait certain de ne pas être en plein rêve. Puis, soudain un petit rire lui échappa. *Principe du rasoir d'Ockham*. La solution la plus simple... Le sens de tout cela lui sembla soudain évident. Limpide.

Il imagina la tête de Weldon s'il avait vu ce document.

Et c'était presque drôle. Le cristal ne venait pas de la Terre creuse.

117.

Chemise blanche ouverte, jean délavé, cheveux en bataille, Ari remonta, les mains dans les poches, la rue des Tournelles. L'après-midi touchait à sa fin. L'air était doux, les gens, partout, souriaient, un peu trop à son goût.

Comme chaque fois, il s'arrêta sur le trottoir, en face de la petite librairie à la devanture verte. À travers la vitrine, il aperçut aussitôt la silhouette de Lola. Sa chevelure brune, ses épaules fines.

Il resta de longues minutes à la regarder évoluer, parler avec des clients, ranger des livres dans les rayonnages. Elle était dans son monde à elle. Et lui n'était pas tout à fait dans le sien.

Il hésita à entrer. Parler avec Lola. Lui dire tout ce qu'il avait sur le cœur, sans réserve. Puis il se ravisa.

L'heure n'était pas encore venue.

Un jour, il le savait, il franchirait cette porte, et il n'y aurait plus rien, plus personne pour le retenir. Aucun dandy caméraman, aucune angoisse, aucune peur de l'avenir. Mais seulement l'abandon. Et alors il l'enlèverait. Il l'emmènerait avec lui. Loin. Loin d'ici et de ce qu'ils avaient été. Parce que rien d'autre n'aurait d'importance, et qu'il savait que c'était elle. C'était eux.

Mais l'heure, à ce jour, n'était pas encore venue.

118.

On fait des choses folles, par fascination du vide.

On passe sa vie à tenter de remplir une absence ; chacun la sienne. On construit des cathédrales, des temples pour des dieux que l'on ne rencontre jamais. On creuse la terre pour trouver des trésors qui n'exis-

tent pas. On se taille les veines au nom d'un sentiment si flou.

C'est peut-être là l'émouvante beauté de notre humanité. Cet entêtement à vouloir remplir un vide qu'un jour nous rejoindrons tous.

Et c'est le partage de cet entêtement qui fait de moi ton frère, ton compagnon de route.

FIN

Remerciements

J'ai écrit ce roman de janvier 2008 à mai 2009, entre le *Sancerre*, dans le Paris des Abbesses, les terres rouges du Saint-Chinianais, la folle ville de Beijing et le silence ensoleillé des Caraïbes. Comme toujours, détestant la solitude comme le vide, j'ai cherché autour de moi conseils et inspiration. La liste des gens que je dois remercier est un peu longue...

Il y a d'abord les personnes qui m'ont apporté une aide capitale dans la rédaction des *Cathédrales du vide* : Fabrice Mazza, Jean-François Dauven, Patrick Jean-Baptiste, Arnaud Allegret et ces fonctionnaires des renseignements qui m'ont demandé de ne pas les nommer mais qui se reconnaîtront...

Il y a ensuite toutes les équipes des éditions Flammarion et J'ai lu, et en particulier Stéphanie Chevrier, Gilles Haéri et Caroline Lamoulie.

Il y a aussi la famille : JP & C, les Piche & Love, les Saint-Hilaire ainsi que le clan Wharmby.

Il y a bien sûr les amis : la Ligue de l'Imaginaire, ceux du CAEP, ceux de *Château Pigalle*, les frères Séchan, Yves Ragazzoli et sa bande, Bénédicte Aurion & Marion Legoaster, Sébastien Drouin, Tiphaine Scheuer, les fidèles de Montmorency-Luxembourg et, *above all*, tous les mousquetaires des éditions Bragelonne.

Il y a également les musiciens, ceux qui m'accompagnent sur scène, Harry, Jean, Céline et Tim (myspace.com/travaillermoins), et ceux dont la proximité fait tant de bien : le groupe Kelks, LuisA, Nicolas Vitas, Chloé Robineau et Benoît Dorémus.

Enfin, mes plus tendres pensées vont à mes trois lumières, Delphine la fée, Zoé la princesse et Elliott le dragon.

Table des matières

9387

Composition
PCA

Achevé d'imprimer en Slovaquie
par NOVOPRINT SLK
le 13 octobre 2020.

Dépôt légal : septembre 2010.
EAN 9782290024669
OTP L21EPNN000166A002

ÉDITIONS J'AI LU
87, quai Panhard-et-Levassor, 75013 Paris

Diffusion France et étranger : Flammarion